華山歸還 화산귀환

華山歸還

화산귀환 9

비가 장편소설

목차

28장 죽어야 한다면 내가 가장 먼저 죽겠다…… 007

29장 의지하는 것이 아니라 함께 걷는 것이다…… 097

30장 아니! 알겠는데 못 참겠다고!…… 247

31장 솔직히 이젠 저도 감당이 안 됩니다…… 331

32장 여하튼 늦으면 돼지는 거야…… 425

28장

죽어야 한다면 내가 가장 먼저 죽겠다

　방 안으로 모여든 이들이 장문인 현종에게 보고를 올리기 시작했다. 누구 하나 빠질 것 없이 모두가 환한 표정이었다.
　"장문인. 서안에서 연통이 왔습니다. 화영문은 이제 완전히 자리를 잡아 더는 제자를 받을 수 없을 지경이라고 합니다."
　"오오. 그게 언제 출발한 연통인가?"
　"이틀 전쯤일 겁니다."
　"하하하. 그렇구나. 그래."
　느릿하게 고개를 끄덕이는 현종의 얼굴에 흐뭇한 미소가 번졌다.
　'쉽지 않은 일이라 여겼거늘.'
　하기야 어디 저 아이들이 지금까지 했던 일 중에 쉬운 일이 있었나. 감히 엄두도 못 낼 만한 일들을 척척 해결해 온 아이들이 아닌가.
　"서안으로 옮긴 뒤로 지출이 많아 아직은 정해진 금액을 모두 채우기가 어려우나, 다음 달부터는 다시 일부분이나마 보내올 수 있을 것 같다 합니다."

"어디 돈이 중요하겠느냐? 저 서안에 화영문이 뿌리를 내렸다는 것이 중요한 일이지."

현종이 슬쩍 서안이 있는 쪽으로 고개를 돌렸다. 방 안이니 벽에 가려 서안이 보일 리가 없음에도 말이다.

'애썼다.'

현영도, 제자들도, 그리고 화영문도 다들 고생이 많았을 것이다.

그 청명이 놈을……. 아니지, 아니지. 청명이도 고생이 많았겠지. 분명……. 분명 그놈도 고생을…….

'진짜 고생했을까?'

그놈이? 아무래도 그건 좀 고민을 해 봐야…….

"장문인?"

현상의 부름 덕에 삿된 상념에서 깨어난 현종이 두어 차례 헛기침하고는 다시 현상 쪽을 바라보았다.

"그래. 그 외에는?"

"전에 따로 말씀을 드렸지만, 만인방과 충돌한 일 말입니다."

만인방이라는 말이 나오자 부드럽던 현종의 얼굴이 조금 굳어졌다.

"무슨 문제라도 생겼느냐?"

"혹시 몰라 그 이후에 혹여 수상한 낌새가 느껴지면 따로 연락을 달라 했습니다만, 아직은 그런 기미가 없는 모양입니다."

현종이 다행이라는 듯 한숨을 내쉬고는 걱정스레 말했다.

"만인방. 만인방이라……. 아직은 너무 이른 곳이구나."

"하지만 어쩔 수 없이 벌어진 일 아닙니까."

"제자들을 탓하는 것이 아니다. 그저 걱정이 되어서 그러는 게지. 그놈들이 그리 호락호락한 놈들이 아닐 텐데."

"그런 놈들을 이겨 낸 것이 우리 아이들입니다. 마음을 놓아서는 안 되겠지만, 과히 경계할 필요는 없을 것입니다."

틀린 말은 아니었다. 현종이 가만히 고개를 끄덕였다.

'그리되어야 할 텐데.'

그의 시선이 운검에게 가 닿았다. 현종이 넌지시 운을 띄웠다.

"운검아. 서안으로 아이들을 조금 더 보내 보는 건 어떻겠느냐? 혹여 만인방이 그 아이들을 다시 노린다면……."

"저는 반대입니다, 장문인. 객관적으로 보았을 때, 화산에 남은 아이들은 서안으로 간 아이들보다 실력이 조금 처집니다."

운검은 단호히 고개를 저었다.

"그러니 남은 아이들은 하루하루 최선을 다해 수련하여 앞선 아이들을 따라잡아야 합니다. 사형제 간에 실력이 너무 벌어지게 되면 결국은 파벌이 나뉘게 되고, 자신감이 떨어질 수 있습니다."

"……파벌? 화산에? 청명이 앞에서는 모두 평등한 것 아니더냐?"

"……그렇긴 한데."

정론을 이야기하는데 규격 외인 청명을 끌고 오는 건 반칙이 아닌가.

"여하튼 서안에서는 수련에 전념하기가 힘듭니다. 저는 이 기회에 남은 아이들을 더욱 성장시키고 싶습니다."

현종은 결국 더 권하지 못하고 크게 고개를 끄덕였다.

'정 많은 녀석 같으니.'

대개 스승은 보다 뛰어난 재능을 가진 이들에게 조금이라도 더 관심을 기울이기 마련이다. 하지만 운검은 오히려 노력만으로는 남들만큼 성과를 내지 못하는 제자들에게 더 많은 신경을 썼다. 타고난 잔정이 많아서인지, 아니면 아이들 하나하나에 모두 정이 들어서인지…….

현종은 그런 운검이 아이들의 스승이라 참 다행스러운 일이라 생각했다. 떠맡은 일임에도 불구하고 불평 하나 없이 아이들을 가르치고, 그러면서도 스스로의 성장을 위해 수련하는 일 역시 게을리하지 않는다. 평범한 이라면 할 수 없는 일이었다.

"서안에 가 있는 아이들은 어디에서도 빠지는 아이들이 아닙니다. 그리고 저 만인방도 한차례 크게 화를 입었으니 당장은 그들도 신중하게 굴 수밖에 없지 않겠습니까?"

"으음. 그렇구나."

"그래도 혹시 모르니 산문의 경계를 강화하고 조금 더 조심하라 이르겠습니다."

운검의 말이 끝나자 운암이 가만히 상황을 지켜보다 조심스레 한마디 거들었다.

"이번 일은 저들이 서안으로 들어오리라 누구도 예상하지 못했기에 벌어진 일입니다. 개방에 부탁하여 만인방의 동태를 주시해 달라 하겠습니다. 그럼 만일의 사태가 벌어지더라도 더 일찍 알아차릴 수 있지 않겠습니까?"

"오. 그것참 좋은 생각이구나."

현종이 장로들과 운자 배를 둘러보며 은은하게 미소 지었다.

'참 많은 것이 달라졌구나.'

과거 화산에서 벌어지는 회의는 답답하기 짝이 없었다. 제자리에서 한 발짝도 나가지 못하는 이들끼리 없는 답을 찾아 고뇌하기가 일쑤였다.

하지만 지금의 화산은 그렇지 않다. 더 좋은 방향과 더 나은 길을 선택하기 위해 모두가 고민하고 적극적으로 의견을 낸다. 이 모든 과정이 화산을 더 높은 곳으로 이끌어 갈 것이다.

"서안에 화영문이 성공적으로 자리를 잡는다면, 화산의 영향력을 떨칠 기틀은 모두 서는 것이나 마찬가지다. 이는 축하해야 할 일이지만, 또한 경계해야 할 일이다."

현종이 말하자, 모두 고개를 끄덕였다.

"화산다운 화산을 만들어 가기 위해서는 앞으로도 너희의 많은 도움이 필요하다. 그러니 모두가 나를 도와주거라."

"물론입니다, 장문인!"

"반드시 그리하겠습니다."

믿음직스러운 대답이 돌아왔다. 현종이 뿌듯한 얼굴로 고개를 끄덕였다.

'이게 즐거움이고 행복이겠지.'

물론 여전히 걱정스러운 구석은 있다. 세상이란 그리 만만한 곳이 아니니까. 길이 있다면 화도 있는 법. 언젠가는 화산에도 지금 얻은 복만큼 다시 또 큰 화가 닥칠 일이 있을 것이다.

다만 현종은 부디 그 시기가 조금이라도 늦어지길 바랐다. 화산의 모두가 조금 더 행복을 느낄 수 있도록 말이다.

"무량수불."

· ❖ ·

"다들 모였나?"

차갑고도 나직한 목소리가 흘러나왔다. 무뚝뚝한 말투였지만 자리에 모인 이들 중 그 누구도 말투에는 크게 신경 쓰지 않았다.

"무슨 일로 바쁜 사람을 오라 가라 하십니까?"

"군사님 앞이다. 아가리 함부로 놀리지 마라. 그나마 멀쩡한 한쪽도 마저 찢어지고 싶지 않으면."

그 말에 입 한쪽에 긴 흉터가 있는 사내가 스산하게 고개를 돌렸다.

"오호라. 독혈수(毒血手)께서 소화가 잘 안 되시는 모양이로군. 배에 구멍이 뚫리고 싶어서 발악을 해 대시는 걸 보니 말이야."

"아가리 닫으라고 했다."

"호오? 한번 해보자는 거냐?"

독혈수라 불린 이가 싸늘하게 일갈하자 흉터의 사내가 천천히 몸을 일으켰다. 두 사람 사이에 사나운 기파가 일어나기 시작했다.

팽팽한 긴장감이 공간을 가득 메운 그때. 상황을 방관하며 지켜보던 만인방의 군사 호가명이 고저 없는 말투로 말했다.

"계속해 봐라. 방주님께서 하명하신 일을 하기도 전에 너희들끼리 싸움을 벌였다고 보고하면 그만이니."

방주라는 말이 나오자마자, 살기를 뿜어내던 사내들이 동시에 입을 다물고는 크게 헛기침했다.

"손월(孫越). 방주님의 명을 전하는 자리다. 경거망동하지 마라."

"예이."

탈명단창(奪命短槍) 손월이 입맛을 다시며 건성건성 대답했다. 그러고는 손을 들어 입가에 난 흉터를 살짝 어루만졌다. 이곳에 있는 이들은 저 행동이 그가 살심이 끓어오를 때 나오는 버릇이라는 걸 알고 있었지만, 누구도 그 사실을 굳이 지적하진 않았다.

"그리고 독혈수. 함께 임무를 수행할 사이다. 쓸데없이 손월을 자극하지 마라."

"알겠습니다."

잠잠해진 둘을 가만 바라보던 호가명이 물었다.

"야도(野刀)는 어디에 있나?"

"조금 늦었소."

그 말이 끝나기가 무섭게 한 사내가 전각 안으로 걸어 들어왔다. 몸에 바짝 붙은 무복 위에 짐승의 모피를 입은 그는 허리에 커다란 도를 도집도 없이 차고 있었다.

모두 자리에 모이자, 호가명이 감정 없는 차가운 눈으로 세 사람을 보다 입을 열었다.

"이야기는 들었겠지."

"무슨 이야기? 적사도 그 병신이 화산 놈들에게 사지가 잘려 진짜 병신이 되었다는 이야기?"

탈명단창 손월이 히죽히죽 웃어 댔다. 동료가 큰 부상을 입었다는 사실을 논하고 있음에도 손월은 물론, 이곳에 있는 누구도 일말의 연민조차 비치지 않았다.

"적사도니 뭐니, 허명을 얻고 제멋대로 날뛸 때부터 언젠가는 그 꼴이 날 줄 알았지."

심지어 내내 손월과 부딪치던 독혈수마저 한마디 거들었다.

"동료를 그런 식으로 말하는 건 사람이 할 짓이 아니지. 하지만 그 내용은 동감한다."

가만히 듣던 야도가 고개를 갸웃거리더니 말했다.

"그런데 화산파라면 과거에 구파일방이었던 그 화산파를 말하는 건가? 그 화산에 적사도를 상대할 이가 있었다는 거냐?"

그의 물음에 호가명이 무뚝뚝한 목소리로 대답했다.

"그래. 화정검이라는 화산의 이대제자에게 패했다더군."

"……그거참 놀라운 소식이군. 여러모로."

호가명의 확언에, 세 사람이 동시에 미간을 찌푸렸다.

적사도 엽평은 분명 이들보다 강하다고 말할 수 있는 자는 아니다. 강호의 명성과 실제 실력에는 차이가 있는 경우가 많고, 적사도 엽평은 그런 허명을 쌓은 아주 전형적인 예였으니까.

하지만 그렇다고 해서 적사도 엽평이 무시해도 될 만한 이라는 의미는 아니었다. 적어도 그런 애송이에게 당할 자는 아니었다.

"방심했군. 그럼 죽어야지."

야도가 혀를 두어 번 차고는 피식 웃으며 말했다.

"애송이를 상대할 때는 그게 문제란 말이야. 방심하면 안 된다는 걸 뻔히 알면서도 방심하게 되지."

그때, 셋이 적사도를 비웃는 내내 침묵하고 있던 호가명이 싸늘하게 일갈했다.

"방심하는 건 너희 멋대로 해라. 다만 그럴 거면 반드시 죽어라. 살아 돌아오면 너희는 방주님의 진노를 오롯이 감당해야 할 테니까."

"……명심하겠소."

방주라는 말이 나오자 세 사람은 어김없이 동시에 움츠러들었다.

패군 장일소.

만인방에 소속된 자들에게. 아니, 사파는 물론이고 강호에 몸을 담은 모든 이들에게 패군의 이름은 공포와 두려움의 상징이나 다름없었다. 그의 밑에서 벌써 수십 년을 버텨 온 이들조차도 패군이라는 이름 앞에서는 그저 한없이 작아질 뿐이었다.

"쯧쯧. 그나저나 방주님께서 화가 많이 나신 모양이네. 지금도 전쟁이 한창인데 우릴 모두 부르다니."

"조금만 더 시간이 있었으면 채주 한 놈 정도는 목을 잘라 가져올 수 있었을 텐데."

"허세는. 네 목이 날아갔겠지."

또다시 슬금슬금 싸움이 벌어질 기미가 보이자 호가명이 눈을 찡그렸다.

"사담은 나중에 해라. 어차피 섬서까지 가는 길에 지겹도록 보게 될 테니까. 너희에게 내릴 명은 하나다. 각 대를 이끌고 화산으로 가라. 그리고 그곳의 개미 새끼 한 마리 살려 두지 말고 모조리 죽이고, 전각에는 불을 질러라. 우리는 화산이라는 이름을 강호에서 완전히 지운다."

"……그렇게까지?"

여유롭게 팔짱을 끼고 있던 탈명단창이 가장 먼저 반응했다.

"화산이 구파에서 쫓겨났다고는 하지만 그래도 아직 정파일 텐데, 그런 곳을 완전히 지우라니. 뒷감당이 되겠소이까?"

그러자 호가명의 입꼬리가 비틀렸다.

"상관없다. 어차피 구파일방 놈들은 화산을 그리 달가워하지 않는다. 적당히 생색이야 내겠지만, 화산의 복수를 위해서 우리와 본격적으로 싸우려 들 곳은 없을 것이다."

"그래도 세상일이라는 게……."

"설령 반발이 크다 해도 상관없다."

구파일방을, 정파를 모두 적으로 돌리겠다는 것과 다름 없는 이야기를 하면서도, 그는 처음처럼 냉정한 목소리로 말했다.

"싸우려 드는 이가 있다고 해도 나쁠 것 없지. 슬슬 오랫동안 굳어진 세력도를 바꿔야 할 시간이니까."

그제야 탈명단창은 더는 따져 묻지 않고 고개를 끄덕였다.

"방주님의 지시라면 따라야지."

이곳의 모두는 알고 있었다. 패군이 충동적으로 일을 저지를 사람이 아니라는 사실을 말이다. 분명 그들로서는 감히 짐작할 수도 없는 깊은 뜻이 있을 것이다.

그런데 그때 침묵을 지키고 있던 독혈수가 입을 열었다.

"다만 한 가지 의아한 점이 있긴 하군. 고작 화산을 상대하는데 세 개의 대나 가야 한다는 말이오? 아무리 적사대가 당했다지만……."

"세 개의 대가 아니다. 이번 일에는 흑조단(黑爪團)도 함께한다."

"……제정신으로 하는 말인가?"

"물론."

그 말과 함께 아무것도 없던 그들의 등 뒤에서 돌연 검은 붕대로 전신을 휘감은 사내가 휘적휘적 다가왔다.

"……흑시(黑豺)."

세 사람이 모두 표정을 굳히며 흑시라 불린 이를 돌아보았다. 만인방의 군사 호가명 앞에서도 딱히 저어하는 것 없어 보이던 이들이지만, 흑시를 바라보는 그들의 눈에는 은근한 두려움과 불쾌감이 어려 있었다.

"너무 과하지 않습니까? 흑조단까지 간다니……."

"방주님의 의지다."

호가명이 이의를 표하는 이들의 말을 싸늘하게 잘랐다.

"그러니 조금의 실수도 용납할 수 없다. 화산에 살아 있는 것이라고는 개미 새끼 한 마리도 남기지 마라."

"존명."

명이 떨어지자마자 흑시가 가장 먼저 몸을 돌려 전각을 빠져나갔다. 남은 세 사람도 고개를 슬쩍 숙인 뒤 전각을 나섰다.

"방주님께서 화가 많이 나신 모양이로군."

나가는 길, 야도가 넌지시 말을 꺼내자 탈명단창도 무겁게 고개를 끄덕이고는 간지럽다는 듯 목을 벅벅 긁어 대었다.

"이거 제대로 처리 못 하면 목이 달아날 판이군. 화가 난 방주님은 정말 마주하고 싶지 않단 말이야."

혼자 가만히 무언가 생각하는 듯하던 독혈수가 이를 악물며 말했다.

"실수는 없다. 방주님이 명하신 대로 방심도 없이 화산을 지운다. 그 외에는 생각할 것도 없다."

"크흐. 오랜만에 피 맛 좀 보겠군."

"화산까지 길어야 나흘인가. 늦지 마라."

"왜? 나 없이는 겁나나?"

"나중에 와서 죽일 놈 없다고 불평을 늘어놓지 않을 거라면 늦어도 된다."

"그건 안 되지."

세 사람이 눈빛을 교환하고는 각자 다른 방향으로 멀어지기 시작했다. 이제 모두가 각자의 대를 이끌고 섬서로 향할 것이다.

섬서의 화산. 그 가파른 봉우리로.

· ◈ ·

"그럼 잘 부탁하겠네, 화영문주."

"장로님······. 이리 일찍 화산으로 돌아가시면 저희는 어찌합니까. 화영문은 아직 장로님의 지도가 필요합니다."

현영이 빙그레 웃으며 화영문주 위립산의 어깨를 두드렸다.

"허허. 겸손한 것은 좋지만, 너무 과한 겸양은 오히려 비례(非禮)가 되는 법일세. 속가를 운영하는 것에 있어서는 내 능력이 어디 화영문주의 능력에 비할 수 있겠는가?"

"하지만……."

"걱정할 것 없네. 잘될걸세."

현영이 위립산을 안심시키며 부드럽게 웃었다.

"서안에서 화산까지라고 해 봐야 그리 먼 거리도 아니잖은가? 화영문에 무슨 일이 생긴다면 반드시 우리가 올 것이네."

"장로님. 그리 말씀해 주셔서 정말 감사합니다."

"감사는 내가 해야지, 이 사람아."

현영이 위립산의 어깨를 다시 한번 다독여 주었다.

"이리 제자가 많고 딱히 경쟁이 될 상대도 없으니 화영문은 번창할 일만 남지 않았겠는가? 가까운 시일 내에 다시 만나 추가로 속가문을 여는 일을 따로 논의해 보도록 하세."

"예. 안 그래도 저희 사범들 가운데 어느 정도 나이가 찬 이들이 있습니다. 그들 역시 일문을 열기에 부족함이 없을 것입니다."

"허허. 참 좋은 일이지, 좋은 일이야. 그리고……."

꽈악. 위립산의 어깨를 잡은 현영의 손에 힘이 들어갔다.

"문비는 은하상단을 통해 보내도록 하게."

"……예."

"허허. 부담을 주려는 건 아니네만……."

현영이 칼날 같은 눈빛으로 위립산의 뒤에 선 제자들을 훑었다. 찰나였지만, 수를 헤아리기엔 충분한 시간이었다.

"솔찬히 들어오겠구만."

"……계속해서 제자를 늘리도록 하겠습니다."

"허허. 이 사람도 참. 그러다 몸이라도 상하면 어쩌려고. 허허허허."

장로님……. 몸이 상하니 제자를 줄이라는 것인지, 아무리 몸이 상해도 제자를 더 받으라는 것인지를 좀 명확하게 해 주셔야 할 것 같습니다……. 좋아 죽을 것 같다는 표정이신데…….

떨떠름한 표정을 짓던 위립산이 슬그머니 현영에게서 한 발짝 물러섰다. 그리고 짐을 둘러멘 화산의 제자들을 바라보았다.

"도장님들, 제대로 쉬지도 못하셨는데……."

위립산과 시선이 마주치자 청명이 어깨를 으쓱했다.

"괜찮아요. 사실 좀 더 머물러도 되는데, 여기에 있다 보니까 사형들이 좀 풀어지는 것도 같고. 수련할 시간도 좀 부족하고."

"……그만큼을 했는데 부족하다고?"

"저 마귀 새끼……."

뒤에서 악에 받친 원성이 들려왔지만, 청명은 들리지 않는다는 듯 깔끔하게 그들의 불만을 무시했다.

"그리고 속가를 돕는 가장 좋은 방법은 본산이 강해지는 거죠. 걱정하지 마세요. 제가 그 부분만큼은 철저하게! 어떻게든! 무슨 수를 써서든! 아주! 완벽하게 도와드릴 테니까요."

아니, 뭐……. 그렇게까진……. 위립산은 차마 대답하지 못하고 살짝 질린 얼굴로 청명을 바라보았다.

그때, 옆을 지키고 있던 위소행이 대신 나서서 고개를 숙였다.

"정말 감사했습니다, 도장님들."

"아, 그래. 그런데 소행아. 너…… 저번에 본산에서 수련을 좀 하고 싶다고 하지 않았느냐?"

청명이 묻자, 위소행이 처음 듣는 말이라는 듯 눈을 동그랗게 떴다.

"제가요? 언제요?"

"응. 너 저번에 분명히 그러지 않았……."

"제가요?"

"……."

"언제요?"

위소행이 표정 변화 하나 없는 얼굴로 빤히, 당당하게 청명을 응시했다. 그러자 뭔가 더 말하려다 입을 다문 청명이 고개를 끄덕였다.

"……크게 될 놈이네."

물론 얼마 전까지만 해도, 언젠가 한 번쯤 본산에서 수련을 해 보는 것이 위소행의 원이었다. 화영문을 이어야 했기에 본산의 제자가 될 수는 없지만, 적어도 화산의 속가라고 자부하려면 한 번쯤은 본산에서 지내 봐야 하지 않겠는가?

하지만…….

'죽어도 안 가!'

지금도 죽을 판이다. 청명이……. 아니, 화산이 화영문에 전수한 수련 방식은 너무 과격하고 무지막지해서 화영문 제자들의 입에서는 매일 곡소리가 나고 있었다.

문주인 위립산이야 운영과 수련, 모든 부분에서 도움이 되어 준 화산이 떠나는 걸 진심으로 아쉬워하고 있지만, 직접 몸으로 구르는 화영문 제자들의 생각은 전혀 달랐다.

'제발 좀 가라.'

'문주님, 제발 그러지 마십시오. 그러다 진짜로 안 가고 더 있는다고 하면 어떡합니까?'

'어제 하도 굴러서 다리가 후들거린다. 그런데 여기서 약한 모습 보이면 또 굴리려 들겠지.'

불과 한 달여의 시간 사이에 화영문도들은 피골이 상접하여 죽 한 그릇 못 먹은 몰골이 되었다. 심지어 수련 양이 화산 제자들의 오분지 일에 불과했는데도 말이다.

그런데 뭐? 본산에서 수련을 해?

"도장님! 저는 아버지를 돕고 싶습니다! 전 화영문의 귀신이 되어야 할 사람입니다!"

"아, 그래?"

청명이 순순히 고개를 끄덕였다. 그리고 위립산을 보며 말했다.

"문주님. 화영문 적당히 정리되면 애 화산으로 보내세요. 제가 완벽한 화영문의 후계자로 특별히 관리해서 돌려드릴게요."

"……그러겠습니다."

"아, 아버님?"

위소행이 눈을 휘둥그레 떴지만, 위립산은 그런 아들의 시선을 깔끔하게 외면했다. 그러고 되레 청명을 보며 한술 더 떴다.

"화산 속가를 이으려면 본산에서 수련을 해 봐야지요."

잠시만요. 아버지는 수련받으신 적이 없…….

"그렇죠!"

청명과 위립산이 서로의 손을 굳게 맞잡고 위아래로 흔들었다. 눈앞에서 실시간으로 구세대의 야합을 지켜보는 위소행은 환장할 지경이었지만, 어쩌겠는가. 그에게는 이 야합을 막을 힘이 없는 것을.

"그럼 다음에 뵐게요."

"버, 벌써 가십니까?"

"화산까지 돌아가려면 서둘러야죠."

위립산이 아쉽다는 듯 입맛을 다셨다. 서안에 온 후 워낙 폭풍 같은 일들을 겪었다 보니 지난 시간이 더없이 짧게 느껴졌다.

"문주님. 서안을 잘 부탁드릴게요."

위립산이 몸을 움찔했다. 화영문을 잘 이끌어 달라는 것이 아니라 '서안을 잘 부탁한다.'였다. 그건 위립산을 단순히 한 속가의 문주로 보지 않고, 한 지역을 맡아 줄 동료로 본다는 의미였다.

정말 그런 의미를 담아 한 말인지는 청명 본인이 아닌 이상 정확히는 알 수 없지만, 적어도 위립산은 이 말을 그렇게 받아들였다.

"걱정하지 마십시오, 소도장. 화영문은 화산의 속가요. 그 어디에 내놔도 부끄럽지 않은 당당한 문파로서 화산의 이름을 빛내겠소이다."

현영과 대화할 때만 해도 큰 사명에 부담감을 느끼던 위립산은 언제 그랬냐는 듯 당당하게 말했다. 청명이 빙그레 웃었다.

"헤헤. 그래 주시면 저희는 고맙죠."

위립산이 가만히 그런 그를 바라보다가 따라 미소를 지었다.

그는 아직도 잊지 않았다. 아니, 도무지 잊을 수 없었다.

― 화산은 기억할 겁니다.

과거 청명이 그에게 했던 말을.

― 화산은 은혜를 잊지 않습니다. 문주께서 지난 수십 년간 화산에 대한 정성은 반드시 보답을 받을 겁니다.

위립산이 손으로 시큰거리는 눈가를 누르며 살짝 고개를 숙였다.

'참으로 기이한 사람이구나.'

세상이 달라지고, 화산의 위상이 달라졌으며, 덩달아 위립산 그의 입지도 달라졌건만. 청명만큼은 과거 화영문에 걸어 들어왔던 그때와 조금도 달라진 데 없이 그대로였다.

아, 물론 다른 사람과는 달리 청명에겐 그게 꼭 좋은 거라고 말할 수는 없지만…….

"소도장. ……고맙소이다."

하고 싶은 말은 많았지만, 막상 입에서 나오는 말은 고맙다는 말뿐이었다. 청명이 다시 한번 환하게 웃었다. 그 따뜻한 미소에 위립산의 가슴도 절로 훈훈해지…….

"그럼 상납금 좀 올려 주세요. 요즘 화산 재정이 답보 상태라."

……지는 않았다.

"……아니! 돈 많이 벌더만!"

"돈은 벌어도 벌어도 부족한 거죠!"

"벼룩의 간을 내어 먹으시오!"

"이젠 벼룩이 아닌 것 같은데."

"일없소이다."

펄쩍 뛰던 위립산이 이내 피식 웃으며 말했다.

"화영문이 조금 더 크면 그때 가서 이야기하십시다."

"그럼 열심히 커야겠네요."

웃어 버린 청명이 마침내 몸을 돌렸다. 이리 이야기를 하고 있으면 한도 끝도 없다. 얼른 발길을 돌리지 못하고 자꾸 괜한 소리를 늘어놓는 것은 청명 역시 이곳을 떠나는 게 조금쯤 아쉽기 때문이리라.

"혹 우리가 없을 때 문제가 생기거든, 우선 은하상단과 상의를 하게나. 내 상단주께 잘 이야기를 해 두었네."

"예! 그리하겠습니다."

현영이 슬쩍 뒤를 돌아보았다. 화산의 제자들이 모두 준비를 마쳤다는 걸 확인한 그는 크게 고개를 끄덕이고는 발걸음을 옮겼다.

"그럼 출발하자꾸나."

이윽고 그들은 화영문도들의 배웅을 받으며 화영문을 나섰다.

"도장님들! 조심해서 가십시오! 감사했습니다!"

"가는 길에 평안하십시오!"

"다시는 돌아오지 마십시오!"

뭔가 이상한 말이 마지막에 끼어든 것 같았지만, 굳이 따져 묻는 이는 없었다.

"그럼 다들 다음에 봬요."

화산의 제자들이 손을 흔들자 화영문도들도 격렬하게 마주 흔들며 그들을 배웅했다. 멀어져 가던 화산 제자들의 모습이 이내 지평선 너머로 사라졌다.

"갔다! 갔다!"

"크흐흐흑. 너무 길었다."

"다시 오지는 않겠지?"

"해방이다! 해방이야! 으하하하하하핫!"

잃었던 나라를 되찾아도 이리 열렬한 반응이 나오지는 않을 것이다.

등 뒤에 도열해 있던 화영문도들이 저마다 신나서 외쳤다. 그 소리를 들은 위립산이 얼굴을 와그작 일그러뜨렸다.

'썩을 놈들.'

화영문의 이름을 등에 진 녀석들이 이렇게 가볍게 굴다니. 내일부터는 화산 제자들이 굴리던 것보다 더 과격하게 이놈들을 굴려 주겠노라 다짐했다.

그는 화산 제자들이 사라진 방향을 향해 아주 오래도록 손을 흔들었다.

"……감사하외다."
아쉬움과 고마움이 뒤섞인 한마디가 저도 모르게 흘러나왔다.

"이렇게 가도 되는 거야?"
"뭘?"
청명이 고개를 갸웃했다. 그러자 백천은 잠깐 주저하다 말했다.
"……뭔가 좀 일을 하다 만 느낌이라."
"애초에 천년만년 머물 것도 아닌데, 뭐."
청명이 쓴웃음을 머금었다. 물론 백천이 무슨 말을 하려는 건지는 알고 있었다. 이대로 돌아가자니 조금 찝찝하겠지. 이번 일을 확실히 마무리하기 위해서는 화영문도들을 좀 더 가르치고, 그 아래 제자들을 지도하는 방식 역시 조금은 더 손봐 주어야 한다. 하지만…….
"화영문은 화영문이야. 저들은 화산이 제구실하지 못할 때도 문파를 잘 운영해 왔어. 따지고 보면 화산보다 더 나은 문파지."
"음. 그렇긴 하지."
"우리가 더 간섭하는 것도 주제넘은 일이야. 화영문의 일은 화영문이 해야 한다. 화산의 속가는 먼 곳에서 화산의 일을 대신 처리하는 부하가 아니야. 스스로 하나의 문파로서 화산을 지탱해 주는 곳이지."
청명이 슬쩍 고개를 돌려 이제는 멀어진 화영문을 바라보았다.
"위 문주님은 훌륭한 문주셔. 잘하실 수 있을 거야."
백천은 그런 그를 새삼스러운 눈으로 바라보았다.
사실 청명이 어떤 사람을 이리 높이 평가하는 건 흔치 않은 일이라 놀랄 수밖에 없었다. 걱정이 완전히 가시진 않았지만, 틀린 말도 아니라 결국 백천은 고개를 주억였다.

"네가 그렇다면 그런 거겠지."

짧은 답에 청명이 그것뿐이냐는 듯 그를 바라보았다. 그러자 백천이 재차 물었다.

"그럼 유령문은?"

"화산으로 오라고 했으니, 그쪽으로 오겠지. 이건 장문인께 보고를 드려야 하는 일이거든."

청명이 당연한 일이라는 듯 여상히 대답했다. 백천은 수긍하면서도 기묘한 미소를 지었다.

'이상한 데서 철저하다니까.'

평소에는 제멋대로 일을 밀어붙이고 보는 청명이지만, 장문인의 권한이 필요한 일에선 함부로 선을 넘지 않는다. 물론 너무도 당연한 일이긴 하지만, 백천은 그저 저 청명이 놈이 그 선을 지킨다는 게 신기하기만 했다.

"그럼 이제 진짜 화산으로 가기만 하면 되는 거로군."

"그렇지. 그런데…… 아직 하나 남은 모양이네."

청명이 턱짓으로 관도를 막고 서 있는 이를 가리켰다. 눈을 가늘게 뜬 백천이 화산의 행렬 앞을 막아선 이를 바라보았다.

남자명. 서월문의 문주이자 종남 속가의 대표와도 같은 그가 관도 한 중간을 막고 선 채 화산의 제자들을 기다리고 있었다.

앞서가던 현영이 발을 멈추고 가만히 남자명을 바라보다가 입을 열었다.

"무슨 일이오. 남 문주?"

"……떠나신다 들었습니다."

남자명은 입술을 살짝 깨물고 현영과 화산 제자들을 빤히 응시했다.

"그간 추한 꼴을 보인 것은 사실이외다. 그리고 부끄러운 꼴을 보인 것도 맞소이다."

망설이는 듯 잠깐 머뭇거리던 남자명이 단호하게 말했다.

"하나, 다 끝났다고 생각지는 마십시오. 종남의 속가는 이대로 무너지지 않습니다. 시간이 얼마나 걸릴지는 모르겠지만, 우리는 반드시 잃은 것을 되찾을 겁니다."

굳은 의지가 담긴 남자명의 말을 가만 듣던 현영이 빙그레 웃었다.

"좋은 말이오."

"……무시하시는 겁니까?"

남자명이 뾰족한 목소리로 물었다. 하지만 현영은 그를 무례하다 탓하지 않고, 그저 고개를 저으며 말했다.

"그대들이 잃은 것은 서안의 민심이오. 서안의 민심을 다시 찾기 위해서는 낮은 자세로 협의를 이행해야 하지 않겠소? 그럼 서안은 더 살기 좋은 곳이 될 테니 당연히 좋은 일이지."

"……."

"그리고…… 하나 기억해 두시오. 화산은 절대 다른 문파를 무시하지 않소. 그러기에는 긴긴 시간 우리가 받은 설움이 너무도 컸소이다. 내 말이 무슨 뜻인지 남 문주라면 이해할 것이오."

남자명은 저도 모르게 고개를 끄덕였다. 현영이 말을 이었다.

"화무십일홍(花無十日紅)이라, 모든 것은 언젠가는 쇠하기 마련이오. 하지만 쇠한다 해서 끝일 리가 있겠소? 겨울이 가면 언제고 꽃은 다시 피는 법이지."

조용히 현영을 바라보던 남자명이 천천히 옆으로 비켜나며 길을 열었다. 그러고는 그들을 향해 가만히 포권 했다.

"무운을."

그의 입장에서 보일 수 있는 최대한의 예의였을 것이다. 가볍게 마주 포권 해 준 현영이 빙그레 웃으며 다시금 걸음을 옮겼다.

"가자꾸나."

그들이 관도를 완전히 벗어날 때까지 남자명은 포권을 풀지 않았다.

그의 모습이 무척이나 작게 보일 때쯤에야 뒤를 한번 돌아본 백천이 청명을 향해 입을 열었다.

"신기하네. 남 문주는 종남 속가 문주들 중 제일 지독한 사람인 줄 알았는데."

"나도 처음엔 사숙이 백자 배 중에 제일 나쁜 놈인 줄 알았어."

"……."

"근데 맞더라고."

"인마!"

농담에 발끈하는 백천을 보며 청명이 피식 웃고는 말을 이었다.

"사람은 자신이 처한 상황에 따라 달라지잖아. 진정으로 그가 어떤 이인지 알기 위해서는 밑바닥을 보는 수밖에 없어."

"……저 사람은 바닥만은 제대로 된 무인이었다는 거로군?"

"그럴지도 모르지."

백천이 다시 뒤를 돌아보았다. 멀어서 잘 보이지 않았지만, 남자명은 아직도 그곳에 서 있었다.

"그럼 언젠가는 저 사람이 화영문에 위협이 될 수도 있지 않겠느냐? 종남이 봉문을 푼다면 종남의 속가도 다시 힘을 받을 수 있을 텐데."

"뭐 그럴 수도 있지. 하지만……."

백천을 따라 뒤를 돌아보았던 청명이 이내 고개를 돌렸다.

"고인 것은 언젠가는 썩기 마련이야. 아무리 화영문이라고 해도 편히 서안에 안주하다 보면 언젠가는 변하고 무뎌지겠지."

"무뎌지느니 함께 강해지는 게 낫다?"

"그렇지. 없는 것보다는 나을 거야."

혼잣말을 중얼거리듯 답한 청명이 하늘로 시선을 던졌다.

과거, 청문이 그에게 말했다.

- 마음에 들지 않는다고 없애는 것이 능사는 아니다. 물길이 방해가 된다고 물길을 틀면 언젠가는 수해가 닥치는 법이다. 그리고 숲이 방해가 된다고 불을 지르면, 언젠가 그곳은 사람이 살 수 없는 곳이 된다. 그저 두거라. 살아간다는 것은 그런 게 아니더냐. 그게 도고, 그게 삶이란다.

'아직 잘 모르겠어요, 사형.'

어설프게 청문을 흉내 내서 그때 들은 말을 비슷하게 읊긴 했지만, 그는 아직 청문이 도달했던 도(道)에는 닿지 못했다.

다만, 과거에는 그저 뜬구름 잡는 소리로 느껴졌던 말들이 요즘은 조금씩 이해가 되기 시작했다. 그러니 언젠가는…….

청명의 발걸음이 멈췄다. 하늘을 응시하던 그의 시선이 저 먼 곳, 까마득히 멀게 보이는 희미한 봉우리를 좇았다.

"돌아가자, 화산으로."

"그래!"

우렁차게 대답한 화산의 제자들이 발걸음을 재촉했다.

그리고 그 시각. 그 화산의 봉우리를 또 다른 이들이 바라보고 있음을, 이때의 제자들은 전혀 알지 못했다.

"아니, 미안하다고."

"……."

"거, 이 새끼 진짜 소심하네? 입만 열면 대자대비(大慈大悲)가 어쩌고 하는 중놈이 뭐 별것도 아닌 걸로 삐쳐서 입이 툭 튀어나와 있어. 소림에서 그렇게 가르치던? 이것도 중이라고, 어휴."

"삐친 게 아니라……!"

"삐츤 그 으느르."

"아, 하지 마시오!"

혜연의 반들반들한 머리가 아침 해처럼 새빨갛게 달아올랐다.

"사, 사람을 그렇게 두고 가는 게 어디에 있소!"

"몰랐다니까. 아니, 그리고 따지고 보면 이 새끼야! 애초에 중이라는 놈이 귀신 무섭다고 제일 구석에 있는 방에 처박혀 문 잠그고 있었던 게 문제지! 네가 그렇게 있으면 귀신은 누가 잡냐, 귀신은!"

"소, 소림에서 귀신 잡는 방법 같은 건 가르쳐 준 적 없단 말이외다!"

"금강경은 토끼 구워 먹을 때 땔감으로 쓰려고 들고 다니냐?"

"주, 중이 무슨 육식을 한단 말이외까!"

"앞으로 고기에 손만 대 봐라!"

"전에도 손댄 적 없습니다……."

아옹다옹하는 혜연과 청명을 번갈아 바라보던 백천과 조걸이 동시에 한숨을 푹 내쉬고는 못 말리겠다는 듯 고개를 내저었다.

"청명이 놈은 그렇다 치고. 혜연 스님은 언제부터 저렇게 저놈이랑 티격태격하는 사이가 된 거냐?"

"뭐 누구는 안 그렇습니까? 태풍이 옆을 지나가면 뭐든 다 휩쓸리는 법 아니겠습니까."

"저 둘이 천하비무대회의 결승에서 그렇게 싸웠었다는 게 참……."

그때는 멋있었지. 그래, 대단했지. 그런데…….

백천이 혜연을 흘긋 보고는 다시 땅이 꺼져라 한숨을 푸욱 내쉬었다.

'스님, 대체 왜 그러셨습니까?'

물론 세상에는 섶을 지고 불로 뛰어드는 인간들이 종종 있다. 사람이라는 건 반드시 이성적이지는 않아서, 다른 이들이 보기에는 도무지 이해할 수 없는 일을 저지르는 자들이 가끔 나오고는 한다. 하지만…….

'그것도 정도가 있지.'

청명이 놈에게서 뭔가를 얻겠다고 제 발로 찾아온다? 왜? 아예 제 발로 지옥에 걸어 들어가지.

물론 이러려고 그런 선택을 한 건 아니겠지만, 안타깝게도 혜연은 지금 자신이 고른 선택지의 대가를 혹독하게 치르는 중이었다.

"그런데, 사숙. 그럼 저 스님은 화산까지 따라오는 겁니까?"

"아무래도 그런 모양이다."

"소림에 안 돌아가고요? 왜 그런 고생을 사서 한답니까?"

"……난들 알겠느냐?"

"거, 진짜 보면 볼수록 희한한 양반이네."

혜연은 알고 있을까? 그가 세상 다시없이 희한한 인간들이라 생각하는 화산의 제자들이 그를 원숭이 보듯 바라보고 있다는 사실을.

다행인지 불행인지, 지금 혜연은 청명에게 정신이 팔려 화산 제자들이 자신에 대해 뭐라 떠드는지는 미처 듣지 못한 기색이었다.

"그런데 사숙."

"아, 자꾸 왜?"

"……왜 사숙하고 제가 이 수레를 끌고 가는 겁니까?"

……거참 좋은 질문이로구나.

조걸이 뭘 묻든 막힘없이 대답하던 백천이 입을 딱 다물고 허망한 얼굴로 먼 하늘을 바라보았다. 털털털털. 청명과 혜연, 그리고 현영이 탄 수레를 백천과 조걸이 우마 대신 끌고 있었다.

그들의 대화를 들었는지 청명이 대신 대답을 해 주었다. 돌아보지도 않았는데 날카로운 시선이 비수처럼 날아와 등 뒤에 박히는 게 생생하게 느껴졌다.

"왜냐고? 하나는 잘난 체하다가 검 날려 먹고 애들 수련용 검이나 대신 차고 있는 인간."

움찔. 백천이 슬그머니 제 허리춤을 내려다보았다.

적사도 엽평과 싸우면서 완전 박살이 나 버린 검 대신, 화영문의 신입 수련생들이 쓰는 목검이 대롱대롱 매달려 있었다.

"아니, 그……."

"그리고 하나는 사파한테 칼 맞은 인간."

움찔. 뭐라 말하려던 조걸이 입을 다물고 몸을 부르르 떨며 청명이 없는 앞쪽에만 시선을 고정했다. 결코 눈을 마주치지 않겠다는 듯이 말이다.

"호오? 반응 보니까, 내가 그냥 넘어갈 줄 알았나 보지?"

'하여간 거머리 같은 놈.'

'대체 무슨 일을 겪으면 사람이 저리 쪼잔해지는 거지?'

"와, 그 난리를 쳐 놓고는 어깨에 힘을 줘? 누가 무슨 보면 대단한 일 한 줄 알겠네?"

청명이 이를 빠득빠득 갈아 대는 소리가 들려왔다.

"아, 아니지. 대단한 일 하긴 하셨지. 사이좋게 '단둘만' 사망자가 될 뻔했으니까. 아주 역사에 남으셨겠는데? 어? 어디 말 좀 해 봐. 어?"

수레를 끌던 백천과 조걸이 나란히 목을 움츠렸다. 청명이 둘의 뒤통수를 노려보며 혀를 찼다.

"하여튼 제정신이 아니야. 이제 겨우 병아리 티 벗은 것들이 지들이 봉황인 줄 알아요, 봉황인 줄 알아. 화산에 도착할 때까지 다른 놈들 속도에 조금이라도 뒤처지면 엉덩이에 바람구멍 날 줄 알아."

"……."

"달려."

"넵!"

백천과 조걸이 더는 입도 뻥긋 못 하고 소처럼 수레를 끌며 달리기 시작했다. 수레 옆을 달리던 화산 제자들의 얼굴에 안쓰러워하는 기색이 스쳤다.

'적사도 엽평을 잡았는데 되레 욕을 먹네.'

'불쌍해.'

하지만 누구 하나 입 밖으로 그 생각을 뱉지는 못했다. 딱 한 사람, 수레 위에 있던 혜연만이 눈을 굴리며 눈치를 보고 있었다. 백천과 조걸을 번갈아 보던 그는 아무래도 이 상황이 생소하고 불편한지, 입을 열고 말았다.

"그, 그런데 시주. 아무리 그래도 사람이 끄는 수레에 올라타고 가는 건 좀……."

"네가 끌래?"

"……편안하다는 말입니다."

"그래."

모두가 뭐라 말도 못 하고 멍한 눈으로 혜연을 바라보았다.

'저 스님 적응력 진짜 어마어마하구만.'

'얼굴은 시뻘게져 놓고 아무렇지도 않게 말하네.'

'벌써 검게 물들기 시작했네.'

'소림은 이대로 괜찮은 건가?'

단 두 마디 말로 혜연을 정리한 청명이 목소리를 높였다.

"달려라! 이 느려 터진 말들아! 내일까지 무슨 수를 써도 화산에 도착한다! 죽었다 생각하고 뛰란 말이야!"

"오, 올 때 사흘 걸렸다고!"

"근성이면 뭐든 다 할 수 있어! 달려!"

"끄으으응!"

백천과 조걸이 속도를 높이기 시작했다. 한층 빨라진 수레에 보조를 맞춰 다른 제자들도 군말 없이 달려 나갔다.

저 멀리 보이는 화산의 봉우리가 조금씩 가까워져 오고 있었다.

· ※ ·

처소 밖으로 나와 하늘을 보던 현종이 살짝 눈살을 찌푸렸다.

'먹구름이······.'

화산에 비가 내리는 일이 그리 드문 일은 아니지마는, 먹구름이 몰려오는 모양새가 오늘따라 이상하리만치 불길하게 느껴졌다.

먹구름을 한참 동안 불안한 눈빛으로 올려다보던 현종은 결국 부질없다 여기면서도 걱정을 입 밖으로 내뱉었다.

"아이들에게 별일이 있는 건 아니겠지."

무의식적으로 제자들이 떠나 있는 서안 쪽을 응시하던 그는 이내 삿된 생각을 떨치려 고개를 저었다. 현영과 청명까지 있는데 큰일이 있을 리야 있겠는가. 어련히 잘하고 올 것이다.

어느새 지척에 다가온 운암이 현종을 향해 깊게 읍했다.

"장문인, 표정이 어두우십니다. 혹 근심이라도 있으십니까?"

현종이 아무것도 아니라는 듯 고개를 저었다.

"그런 게 아니란다. 그저 날씨가 하 수상하여, 불길한 징조는 아닐까 걱정했을 뿐이다."

현종은 먹구름에 시선을 고정한 채 잠깐 생각에 잠겨 있다 말했다.

"사람이란 참 이상하지."

운암은 그런 그를 가만 바라보았다. 장문인의 심유한 눈빛을 보고 있으니 과연 마음이 가라앉는 느낌이었다.

"과거 늪에 빠진 듯 살아갈 때는, 화산이 다시 비상할 수만 있다면 더는 바랄 것이 없다고 여겼다. 하지만 막상 비상했다 해도 과언이 아닐 상황이 오니……."

현종이 쓴웃음을 지으며 말을 끝맺었다.

"또 다른 걱정이 생기는구나."

"사람이란 본디 그런 게 아니겠습니까."

"그렇지. 또한 삶이란 그런 것이겠지. 높은 곳에 오른 이는 더 많은 것을 짊어져야 하는 법 아니겠느냐."

현종이 살짝 눈을 감았다. 화산이 더 많은 것을 얻고 높이 올라갈수록 화산을 시기하는 이들은 늘어날 것이고, 적도 더 많이 생겨날 것이다. 일전에 소림의 방장인 법정과 나누었던 대화가 새삼스레 생각났다.

"내가 더 많은 것을 짊어져야 아이들이 조금 가벼이 세상을 뛰놀 수 있을 텐데."

하지만 그 말을 들은 운암은 맑게 웃으며 고개를 저었다.

"그렇지 않습니다, 장문인."

"음?"

"화산의 제자 중 누구도 장문인의 어깨를 밟고 뛰려 하지 않을 것입니다. 제자건 장문인이건 함께 가는 것. 그것이야말로 앞으로 화산이 가야 할 길이 아니겠습니까?"

"……언변이 많이 늘었구나, 이 녀석."

"하하. 워낙 입만 열면 청산유수인 놈과 함께 어울려 지내다 보니 그리되었나 봅니다."

현종이 운암의 말에 공감하며 너털웃음을 터뜨렸다. 이 고얀 것들은 현종이 거름이 되는 것조차 용납하지 않는다. 아직은 더 뛸 수 있으니, 함께 뛰자고 말한다. 그렇다면…….

"그래, 그래야지."

현종이 고개를 끄덕이던 바로 그 순간이었다.

"장문인!"

저 멀리서 운검이 새하얗게 질린 얼굴로 달려왔다. 그 모습에서 심상찮은 일이 생겼음을 직감한 현종이 표정을 굳혔다.

"무슨 일이더냐?"

"개, 개방에서 사람이 왔습니다! 시급한 일로 지금 당장 장문인을 뵈어야 한다고요!"

개방이라는 말을 듣는 순간, 현종은 그의 불길한 예감이 맞아들었음을, 정말로 큰일이 생겼음을 깨달았다.

개방은 정보 단체. 그들이 시급을 논한다는 건 곧 중대한 문제가 발생했다는 의미와 같았다.

"당장 이리로……. 아니! 내가 직접 가겠다! 앞장서거라!"

현종이 앞서 달리는 운검을 따라 경공을 전개했다. 산문에 도달하니 전신이 땀으로 흠뻑 젖은 개방도가 바닥에 아무렇게나 털썩 주저앉아 거친 숨을 몰아쉬고 있었다.

"무슨 일이오!"

"자, 장문인을…….'"

"예는 됐소! 상황부터!"

헐떡거리던 개방도가 크게 심호흡하더니 단숨에 말을 쏟아 내었다.

"저는 개방 화음 분타의 부분타주인 소취걸(小取乞), 양표(梁漂)입니다! 오늘 아침 다른 개방 분타에서 연통이 도착했습니다. 만인방! 만인방이 섬서에 들어섰습니다!"

"만인방!"

현종이 올 것이 왔다는 생각에 주먹을 꽉 움켜쥐었다.

"그들의 이동 방향을 고려했을 때, 목적지는 화산인 것으로 보입니다."

"마, 만인방이 어찌……!"

개방도를 둘러싸고 있던 화산 제자들의 입에서 신음 같은 목소리가 새어 나왔다. 숨길 수 없는 두려움이 삽시간에 퍼져 나갔다. 어찌 그렇지 않겠는가. 상대는 만인방. 천하를 호령하는 다섯 사파 중 하나다. 이제 겨우 기지개를 켜기 시작한 화산과는 그 명성과 힘에서 비교가 되지 않을 정도로 세가 큰 곳이다.

청천벽력 같은 소식에 모두가 당혹하여 말을 잃었다. 그 가운데, 오로지 현종만이 침착함을 유지하며 입을 열었다.

"적의 수는?"

"예?"

"만인방 전체가 몰려오지는 않을 것 아닌가? 섬서로 들어선 적의 숫자에 대한 정보는 없는가?"

"아, 예! 있습니다! 저희가 수집한 정보에 따르면 적의 수는 삼 개 대! 그 외에 추가적인 인원은 아직 파악하지 못했습니다."

"삼 개 대라."

현종이 미간을 좁혔다. 만인방의 체계를 정확하게 알지 못해서인지, 삼 개 대라는 게 어느 정도의 전력인지 감이 잡히질 않았다.

"듣자 하니 그 만인방에는 큰 무력대만 헤아려도 열이 넘는다고 하던데, 내가 아는 바가 맞는가?"

"그렇습니다. 만인방은 십이 개의 대로 이루어져 있으며, 그 외에 몇 개의 무력단이 추가로 존재합니다."

"그중 셋이라."

모두 몰려오지 않은 건 다행이라 할 수 있지만, 그들도 무작정 사람을 보낼 만큼 바보는 아닐 터.

'화산을 상대하는 데 셋이면 충분하다는 판단이 섰다는 뜻이겠지. 그만큼 자신이 있다는 것일 테고.'

반면 화산은 지금 전력이 온전한 상태조차 아니었다.

"혹 서안에는 연통을 보냈는가?"

"예! 가장 빠른 수단으로 소식을 알렸습니다!"

"마지막으로."

현종이 말을 꺼내기 전에 살짝 심호흡했다. 반드시 알아야 할 일이지만, 차마 대답을 듣기 두려운 일을 묻기 위해서였다.

"그들이 서안에 들어온 시점을 생각했을 때, 지금 그들의 위치가 어디쯤 되겠는가?"

차마 사실대로 고하기 어려운 상황에 양표가 식은땀을 삐질삐질 흘리며 답했다.

"그, 그것이……. 아마 지금쯤은 화음에 거의 도달했을 것으로 보입니다. 어쩌면 화산의 밑일지도……."

작게 침음을 흘린 현종이 천천히 눈을 감았다. 찰나의 시간조차 아까운 다급한 상황. 하지만 그 누구도 눈을 감고 침묵하는 현종을 재촉하지 못했다.

그렇게 침묵 속에서 시간이 흐르고, 현종이 곧 눈을 떴다.

"운암. 제자들을 모아라."

"예!"

그의 두 눈에는 단 한 점의 흔들림조차 깃들어 있지 않았다.

그때, 현상이 살짝 떨리는 목소리로 말했다.

"장문인. 이곳에 있는 제자들만으로는……. 차라리 본산을 버리고 서안의 제자들과 합류하는 것이 어떻습니까."

"적들이 이미 화음에 도달하였으니, 화산을 포위했다면 달아나는 와중에 많은 제자들이 상하게 될 것이다."

"……."

"네 말이 옳을지 모른다. 그게 더 현명한 길일지도 모른다. 하나! 나는 단 한 명의 제자도 놓을 수 없다. 그들은 내 시체를 밟기 전까진 화산의 제자 중 누구도 해하지 못할 것이다!"

"……제가 어리석었습니다."

현상이 고개를 숙였다. 현종의 눈이 새파란 광망을 내뿜었다.

"보여 주겠다. 화산은 다시는 누구에게도 굴복하지 않는다는 사실을!"
그 말을 들은 모두의 얼굴에 더없이 결연한 빛이 스며들었다.

그 시각.
"여기가 화산인가? 더럽게 높군."
탈명단창 손월이 피식 웃으며 드높이 솟은 화산을 바라보았다.
"그리고 가파르다. 도인들이 기거하기에 적당한 곳은 아니로군."
"크크크. 상관없잖으냐? 오늘 이후로는 화산에 도사라고는 찾아볼 수 없게 될 테니까."
낄낄거리며 독혈수에게 응수하던 탈명단창의 시선이 화산으로 오르는 길에서 조금 떨어져 있는 화음현으로 향했다.
"……저기도 여흥으로는 나쁘지 않을 것 같은데. 저놈들 목을 죄다 베어 들고 화산에 오르면 도사 놈들이 기겁하지 않을까?"
그 말을 들은 야도가 고개를 내저으며 잘라 말했다.
"우린 지금 정파 놈들의 배 속에 들어와 있는 거나 마찬가지다. 화산 파쯤이야 별것 아니지만, 다른 놈들이 지원을 오면 골치 아파진다."
"쯧. 겁쟁이 놈 같으니."
구시렁거리기는 했지만 그 말에 일리가 있다고 생각했는지, 탈명단창도 더는 딴죽을 걸지 않고 화음현에서 눈을 돌렸다.
"흑시는 아직 도착하지 않은 건가?"
"모르지, 그놈들이야."
"……하여간 재수 없는 놈들."
빈정거리듯 말한 탈명단창이 고개를 돌렸다. 구름에 반쯤 가려진 화산의 봉우리를 보던 그가 씨익 웃으며 중얼거렸다.

"확실히…… 붉게 물들면 장관이겠군."
"지체할 것 없다."
독혈수의 무감한 재촉에 탈명단창은 이를 드러내며 히죽 웃었다.
"좋아. 모조리 쳐 죽여 주지!"
만인방의 무력대가 가파른 화산을 가공할 속도로 오르기 시작했다.

· ✦ ·

'빌어먹을. 조금만 더, 조금만 더 빨리 알아챘다면!'
소취걸 양표의 얼굴이 형편없이 일그러졌다. 무력감이 밀려든 탓이었다. 정보가 조금만 더 빨랐다면 어느 정도 대비할 시간이 있었을 것이다. 하지만 이번에는 명백하게 정보가 늦었다. 적이 섬서까지 들어오고 나서야 알아챘으니 대비할 시간을 벌 수 있을 리 없잖은가.
하나, 이건 개방의 잘못이라고만 하기엔 조금 어려운 일이었다. 아무리 개방의 거지들이 천하 도처에 깔려 있다고는 해도, 모든 이들을 감시할 수는 없으니까.
애초에 저 만인방이 무력대를 셋이나 차출하여 화산으로 보낼 거라고 어느 누가 상상이나 했겠는가.
'만인방은 분명 녹림과 이전투구를 벌이는 중이다. 그런 와중에 전력을 이만큼이나 빼낼 여력이 있단 말인가?'
"아니! 아니지!"
양표가 정신을 차리려고 고개를 뒤흔들었다. 지금은 그런 뒷사정을 생각하고 있을 때가 아니다. 중요한 건 당장 있을 습격이니까.
상황은 절망적이다.

만인방의 무력대 셋이라면 웬만한 중소 문파는 반나절이 채 지나지 않아 흔적도 없이 쓸어 버릴 수 있다. 그리고 지금 화산의 전력은 명백하게 중소 문파 이하다.

화산은 중진 고수의 수가 절대적으로 부족하다. 그나마 강호에 명성을 날린 이들은 서안에서 아직 복귀하지 않았다. 냉정하게 말하자면 지금 화산에 남은 이들은 큰 전력이 되지 않는다.

'역시 무리다.'

아무리 생각해 봐도 이곳에 있는 이들만으로 만인방을 상대하는 건 불가능했다. 당랑거철이란 이럴 때 쓰는 말 아니겠는가.

하지만 정말 이해할 수 없는 것은…….

양표의 시선이 연무장으로 향했다. 화산에 남은 모든 제자가 도열해 있었다. 굳건한 바위처럼 선 그들을 양표는 도무지 이해할 수가 없었다.

'모르는 건가?'

강호 경험이 적으면 모를 수도 있다. 상대가 얼마나 강한지. 지금 자신들이 얼마나 절망적인 상황에 처해 있는지.

'아니야. 모를 리는 없을 텐데.'

그런데 이상하게도 화산 제자들의 눈에는 어떠한 망설임도 보이지 않았다. 모두가 결연한 얼굴로 의지를 다지고 있을 뿐이다.

물론 느껴지기는 했다. 미미한 두려움이. 앙다문 입술 끝이 가볍게 떨렸으며, 불안한 듯 검을 쥔 손을 연신 쥐었다 펴기를 반복했다.

하나 양표는 잘 알고 있었다. 용기 있다는 것이 곧 두려움을 느끼지 못한다는 뜻은 아니라는 걸.

진정한 용기는 두려움을 느끼지 않는 게 아니라, 두려워하면서도 물러나지 않는 것이다.

그런 의미에서 지금 화산의 제자들은 진정한 용기가 무엇인지를 몸소 보여 주고 있는 셈이었다.

"모두 모였느냐?"

"예, 장문인!"

대답이 고요한 화산에 우렁우렁 울렸다. 도열한 제자들의 앞으로 나선 현종은 어둡게 가라앉은 눈빛으로 모두를 찬찬히 바라보았다. 그런 현종의 곁을, 매화검을 꽉 움켜잡은 현상이 지키고 있었다.

"소식은 들어 알고 있을 것이다."

딱딱하게 굳은 얼굴과는 달리 현종의 목소리는 퍽 담담했다.

"만인방의 악적들이 지금 화산을 오르고 있다. 그들의 목적이야 명확한바, 아마 우리는 오늘 화산의 운명을 건 싸움을 해야 할 것이다."

제자들의 눈에 바짝 힘이 들어갔다. 이미 알고 있었던 이야기지만, 장문인의 입을 통해 들으니 스스로 짐작할 때와는 분명 느낌이 달랐다.

손끝이 저릿저릿할 만큼 커다란 긴장감이 연무장을 휩쓸었다. 현종은 모두의 안색을 살폈다. 저마다 의연한 모습을 보이려 애쓰고 있지만, 굳은 표정에서 숨길 수 없는 불안감을 여실히 느낄 수 있었다. 현종이 조용히, 그리고 나직하게 물었다.

"겁이 나느냐?"

"아닙니다!"

대번에 튀어나온 대답에, 현종은 눈을 지그시 감으며 고개를 저었다.

"나는 겁이 난다."

"……."

예상치 못한 말에, 모두가 조금 당황한 시선으로 그를 보았다.

"나는 겁이 나는구나. 혹여 오늘 목숨을 잃을까 봐. 너희가 다치는 모습을 볼까 봐. 화산이 오늘로 그 명운을 다할까 봐. 하지만 그 무엇보다 내가 가장 두려운 것은…….”

현종이 얼른 말을 잇지 못하고 잠시간 입술을 굳게 닫았다. 그리고 모두의 얼굴을 새기듯이 하나하나 본 후에야 천천히 입을 열었다.

“너희들이 죽고 내가 살아남아 비어 버린 자리를 내 두 눈으로 보게 될지도 모른다는 것이다.”

바늘 떨어지는 소리도 들릴 만큼 고요한 침묵이 흘렀다.

“나는……. 나는 혹여 그런 일이 벌어질까 너무도 겁이 난다.”

제자들은 알 수 있었다. 이건 사기를 올리기 위해 꾸며 낸 말 같은 게 아니었다. 현종의 진짜 속내였다.

“화산의 제자들아. 죽어야 한다면 내가 가장 먼저 죽겠다.”

현종이 허리춤에 찬 검을 부서져라 움켜잡았다.

“화산의 장문인으로서, 감히 그 누구도 나보다 먼저 죽는 것을 허락하지 않겠다. 피를 흘려야 한다면 내가 먼저 흘릴 것이고, 목숨을 내어놓아야 한다면 내가 가장 먼저 내어놓을 것이다!”

목소리의 울림이 커져 갔다. 담담하던 현종의 목소리가 점점 고조되며 화산을 뒤흔들듯 울리기 시작했다.

“하나 그 전에!”

챙! 현종의 검이 뽑혀 나왔다. 검신이 햇살을 받아 희게 빛났다.

“감히 화산을 짓밟으려 하는 저들에게, 화산이 어떤 곳인지 가르쳐 줄 것이다. 다시는 그 누구도 화산을 무너뜨릴 수 없음을! 화산의 매화는 다시는 지지 않음을! 똑똑히 알려 줄 것이다!”

모두 가슴이 벅차올라 이를 악물고 턱에 힘을 주었다. 투박하지만 진심이 담긴 목소리는 화산의 제자들에게 힘을 불어넣었다.

"검을 뽑아라!"

날카로운 금속음을 울리며 모든 제자가 일제히 검을 뽑아 들었다.

"너희를 믿어라. 너희가 해 온 것을 믿어라. 감히 화산을 우습게 본 저들에게 그 대가를 치르게 할 것이다!"

"예! 장문인!"

도열한 제자들에게서 벼락같은 고함이 터져 나왔다.

이곳에 있는 모두는 언젠가 이런 날이 오리라 생각하고 있었다. 명성을 높여 간다는 것은 적을 만들어 간다는 것과 다르지 않으니까. 그저 그 시기가 그들의 예상보다 조금 빨랐을 뿐이다.

"운암! 운자 배를 이끌어라."

"예, 장문인!"

"운검! 백자 배와 청자 배를!"

"맡겨 주십시오!"

현종이 제자들을 둘러보고는 가만히 고개를 끄덕였다.

적은 지금 세 갈래 길을 통해 화산을 오르고 있다. 차라리 지형의 이점을 살려 적들을 요격하자는 의견이 없었던 건 아니다. 하나, 안 그래도 모자라는 전력을 다시 셋으로 나눈다는 것은 자살행위에 지나지 않는다. 게다가……

'나는 믿는다.'

모두가 하나 되어 모였을 때, 저들보다 오히려 화산이 더 큰 힘을 발휘할 수 있음을.

"적을 맞을 준비를 하거라!"

가볍게 납검한 현종이 침중한 눈빛으로 산문을 바라보았다. 이제 곧 저곳으로 만인방의 악적들이 들이닥칠 것이다.

"소취걸이라 하였는가?"

고개를 돌린 현종이 옆에서 상황을 지켜보던 양표를 향해 물었다.

"예, 장문인. 소취걸 양표입니다."

"서안으로 출발한 연통은 언제쯤 도착할 것 같은가?"

"이미 도달했을 것입니다."

"그렇군. 그럼 타 문파의 지원은?"

"……요청은 했습니다만……."

말을 잇던 양표의 얼굴빛이 어두워졌다. 그가 입술을 잘근거리다 덧붙였다.

"종남이 봉문 하여 가까운 곳에 도움이 될 만한 문파를 찾기가 어렵습니다. 개방 낙양 분타에도 지원을 요청했으나, 아마……."

양표가 결국 말끝을 흐렸다. 현종이 묵묵히 고개를 끄덕였다.

만인방을 상대하려면 적어도 구파일방이나 오대세가 정도는 나서야 한다. 하지만 가장 가까운 종남이 봉문 해 버린 이상, 지원을 기대해 볼 만한 다른 대문파는 기껏해야 호북의 무당이나 하남의 소림 정도다. 하지만 거리상 지금 당장 출발한다고 해도 그들이 도착할 때쯤에는 이미 상황이 끝이 나 있을 게 분명했다.

다시 말하자면.

'지원은 없다는 거로군.'

현종이 살짝 눈을 감았다. 흔들리는 마음을 애써 다잡고 내리누른 그는 가만히 고개를 돌려 서안 쪽을 바라보았다.

'청명아.'

입술을 깨무는 옆모습에서 근심과 걱정이 묻어났다. 현영과 청명 일행이 늦어 이곳에 있는 이들이 모두 죽을까 봐 걱정하는 것이 아니다.

진정으로 두려운 것은 이곳에 남은 이들이 모두 죽어 쓰러지고 화산이 불타고 있을 즈음에 그들이 도착하는 것이다.

 '그것만은 안 된다.'

 특히나 청명은 살기가 짙은 아이다. 그리고 세상 누구보다 화산을 끔찍하게 아끼는 아이다.

 그 아이가 무너진 화산을 그 두 눈으로 보게 되었을 때 무슨 일이 벌어질지 현종도, 그가 아닌 다른 누구도 감히 짐작할 수 없을 것이다. 서안 방향을 바라보던 현종이 한숨처럼 중얼거렸다.

 "걱정 말거라, 청명아."

 이 아이들은 반드시 내가 지켜 낼 테니까. 목숨을 다해서라도.

• ◈ •

 "슬금슬금 속도 줄어들지?"

 뒤에서 들려온 목소리에, 땀으로 흠뻑 젖은 백천이 힐끔 청명을 돌아보았다.

 "뭐?"

 "……."

 세상 한가롭게 수레에 드러누워 다리를 꼬고 있는 청명을 보자니 속이 뒤집히고 울화가 솟구쳤다. 하지만 뭘 어쩌겠는가. 그의 허리에는 여지없이 목검만 대롱대롱 매달려 있는데. 늘 함께하던 매화검이 사라지니 사지를 하나 잃은 듯한 기분이었다.

 "검수가 검을 깨 먹어? 어휴, 그 검이 좀만 일찍 깨졌으면 아주 그 모가지도 해 먹었겠어?"

백천은 뭐라 반박도 못 하고 허망한 눈으로 다시 앞만 응시했다.

'나쁜 새끼.'

물론 검을 부러트린 건 잘못이지만 아무리 생각해도 공이 과보다 큰데, 그 쥐꼬리만 한 잘못 하나를 이렇게 철저하게 물고 늘어지다니!

'진짜 귀신은 뭐 하나!'

유령문 같은 써먹지도 못할 얼치기 말고 진짜 제대로 된 귀신이 나타나서 저놈 좀 잡아가야 할 텐데.

백천이 한숨을 푹 내쉬고 다시 걸음에 박차를 가하려던 순간이었다. 순간적으로 이상한 느낌을 받은 백천이 고개를 획 들었다.

"왜?"

"아니, 저기."

백천이 발걸음을 멈추었다. 조걸은 영문을 몰라 하면서도 반사적으로 그와 박자를 맞춰 속도를 늦췄다.

"저기 뭐가 오는데?"

"응?"

누워 있던 청명이 벌떡 몸을 일으켜 앉더니, 살짝 눈을 가늘게 떴다. 과연 저 먼 곳에서 무언가가 다가오는 게 보였다. 처음에는 작은 점 같았던 것이 순식간에 가까워지며 점점 커졌다. 어느 정도 가까워지고 나서야 그들은 그것의 정체를 알아볼 수 있었다.

"거지 아저씨 아냐?"

"홍대광 분타주님?"

"맞는 것 같은데?"

청명은 부리나케 달려오는 홍대광을 보며 피식 웃었다.

"또 뭘 빼먹었나. 하여튼 제일 바쁜 사람이야."

어마어마한 속도로 달리는 홍대광의 옆으로 흙먼지가 잔뜩 일었다. 이죽거리며 한마디 하려던 청명은 순간 그의 심각한 얼굴을 보고 표정을 굳히며 입을 닫았다.

"……무슨 일 있나?"

마침내 도달한 홍대광이 몸을 날려 청명의 앞에 내려섰다.

"큰일 났다, 화산신룡!"

"왜요, 또? 뭔 일 있어요?"

"만인방! 만인방이 지금 화산으로 몰려가고 있다!"

쿵! 뭔가 커다란 소리가 들리는가 싶더니, 수레 위에 올라타 있던 청명이 어느새 홍대광의 바로 앞에 나타나 그의 양어깨를 움켜잡았다.

"……뭐라고?"

"마, 만인방! 지금 만인방의 무력대 셋이 화산으로 향하고 있다. 아마 지금쯤은 화산에 도착하여 산을 오르고 있을 거다!"

확언을 들은 순간, 청명이 허리를 순간적으로 크게 회전시켰다. 그러고는 단 일말의 망설임도 없이 바닥을 박차고 몸을 날리려 했다.

"안 된다! 청명아!"

콰악! 하지만 심상치 않은 상황임을 직감하고 곧장 청명에게 달려온 백천이 그의 팔을 콱 움켜잡았다.

"놔!"

"너 혼자 간다고 어찌할 수 있는 일이 아니잖으냐! 같이 가자!"

"이…….

청명의 눈에 귀화가 타올랐다. 청명이 버럭 소리를 질렀다.

"느려 터진 것들까지 데리고 갈 상황 아니야!"

"죽어도 따라가마. 기어서라도 따라갈 테니 우릴 데리고 가라!"

"……."

백천의 단호한 외침에 청명이 속이 끓는 듯 입술을 질끈 깨물었다.

"청명아! 아이들을 데리고 가거라."

그 상황을 정리한 것은 현영이었다. 그가 단호하게 잘라 말했다.

"네가 아무리 강하다고 해도, 한 손이 열 손을 감당할 수는 없다. 네가 모두 감당하려 한다면 결국은 손발이 어지러워질 수밖에 없을 것이다."

얼굴을 굳힌 채 잠시 고민하던 청명이 결국 고개를 끄덕였다. 지금은 이런 걸로 시간을 낭비할 때가 아니다.

아무 말도 하지 않았지만 백천과 유이설, 윤종과 조걸이 당연하다는 듯이 달려 나와 청명의 앞에 섰다.

"소승도 따라가겠습니다."

어느새 수레에서 내려온 혜연이 청명을 보며 반장을 취했다.

"몰랐으면 모르되, 알고도 손을 놓을 수는 없지요. 소승도 데려가 주십시오."

"죽을 수도 있어."

"생사여일(生死如一) 아니겠습니까."

담담한 대답에 청명도 더는 혜연을 말리지 않고 고개를 끄덕이고는 현영을 돌아보았다.

"나도 제자들을 이끌고 최대한 빨리 도착하겠다."

확인을 마친 청명이 가타부타 말도 없이 이를 악물고 달려 나가려던 그 순간이었다.

"처, 청명아!"

누군가의 목소리가 청명을 또다시 막아 세웠다. 어지간하면 무시했겠지만, 목소리에 어린 간절함이 청명의 발을 붙들었다.

백상. 그가 어찌할 바를 모르는 표정으로 청명과 그 일행을 바라보고 있었다. 아주 잠깐 머뭇거린 백상이 간곡하게 말했다.

"처, 청명아. 사질들을…… 그리고 사형제와 사숙들을 부탁한다. 부디…….”

그러자 청명이 언제 얼굴을 굳히고 있었냐는 듯 싱긋 웃었다.

"걱정하지 마. 내가 누구야. 먼저 쓸어 버리고 있을 테니 빨리 오기나 해. 간다!"

청명이 앞으로 짓쳐 달려 나갔다. 그와 동시에 백천 무리와 혜연이 그의 뒤를 따라 온 힘을 다해 경공을 펼치기 시작했다.

"같이 가자, 화산신룡!"

홍대광 역시 상황이 상황인지라 제대로 숨도 돌리지 못한 채 청명의 뒤로 곧장 따라붙었다. 순식간에 점이 되어 화산 방향으로 사라지는 제자들을 보며 현영이 입술을 질끈 깨물었다.

'장문인, 부디!'

간절한 마음으로 먼 곳의 화산을 일별한 그가 급히 소리쳤다.

"서두르자꾸나! 어서!"

"예!"

수레를 아예 버리고 전력으로 달리기 시작한 현영의 눈에 어찌할 수 없는 걱정이 어리기 시작했다.

'더 빨리!'

청명의 발이 힘껏 땅을 박찼다. 쾅! 디딘 땅이 폭발하듯 터져 나가는 동시에 그의 몸이 쏜살처럼 대지를 가르고 내달렸다.

"허억! 허억!"

그리고 그런 그의 뒤를 백천 일행과 홍대광이 이를 악물고 뒤따랐다.

평소라면 어느 정도 저들에게 보조를 맞춰 주었을 청명이지만, 지금은 그럴 여유가 없었다. 이 순간에도 화산에서는 누군가가 피를 뿌리며 쓰러지고 있을지도 모르는 일이었다.

'안 돼!'

청명이 저도 모르게 입술을 질끈 깨물었다. 끝내 찢어져 버린 입술에서 흘러내린 피가 방울방울 턱을 타고 흩날렸다.

이미 그런 꼴은 충분히 보았다. 설령 그가 죽는 한이 있어도, 그 광경을 다시 볼 수는 없다. 그 짙은 무력감과 영혼이 타 버리는 것 같은 고통을 무슨 수로 또다시 감당하란 말인가.

'안일했다.'

세상은 결코 청명의 예상대로 흐르지 않는다. 애초에 그가 그렇게 세상을 손바닥 위에 올려놓고 주무를 능력이 되었다면 그 빌어먹을 십만대산의 정상에서 사형제들이 죽어 나가지도 않았을 것이다.

알고 있었는데.

으드드득. 이가 부서져라 악다문 그의 턱에 힘줄이 돋아났다.

"청명아!"

그때, 뒤에서 부르는 다급한 목소리에 청명의 고개가 획 돌아갔다.

'우는소리 해도 더 늦출 수는…….'

백천이 안간힘을 쓰느라 하얗게 질린 얼굴로 크게 외쳤다.

"우린 신경 쓰지 말고 더 빨리 달려라! 죽어도 따라간다. 우리한테 맞춰 주지 않아도 돼!"

청명이 슬쩍 고개를 끄덕이곤 다시 시선을 앞으로 돌렸다. 꽉 쥔 주먹에 더욱 힘이 들어갔다.

"더 빠르게 간다!"

청명의 속도가 더욱 빨라졌다. 동시에 일행이 모두 젖 먹던 힘까지 짜내어 앞서가는 그의 뒤를 바짝 쫓았다.

최대 속도로 달리는 유이설의 시선은 청명의 등에서 떨어지지 않았다. 이렇게 보고만 있어도 느껴졌다. 지금 그가 얼마나 화가 나 있는지. 또 얼마나 다급한지.

하지만…… 단지 그것만이 전부는 아니었다.

'울고 있는 아이 같아.'

말없이 그의 등을 응시하던 유이설이 앙다문 입술에 힘을 주었다.

'다른 생각을 할 때가 아니야.'

화산이 위험에 처했다. 혹여 사형제들이나 장문인이 목숨을 잃는 상황 같은 건 상상도 하고 싶지 않았다.

유이설이 경공에 더 박차를 가하자, 다른 사형제들도 무언가에 쫓기는 사람처럼 더욱 필사적으로 바닥을 걷어찼다.

"서둘러!"

구름에 둘러싸인 화산이 점차 손에 잡힐 듯 가까워져 왔다.

* ❖ *

쾅! 단단한 자단목으로 만든 대문이 박살 나며 사방으로 파편이 날렸다.

희뿌옇게 일어난 먼지 사이로 탈명단창 손월이 한 발을 내디뎠다. 화산의 산문 안으로 걸어 들어온 그는 가만히 주변을 훑고는 어이가 없다는 듯 얼굴을 일그러뜨렸다.

"……뭐야? 이게 다인가?"

눈앞에 펼쳐진 드넓은 연무장에는 화산의 문도들이 그들을 기다린 것처럼 미리 나와 도열해 있었다. 하지만 아무리 헤아려 봐도 겨우 백여 명 남짓이었다. 되레 자신들의 수가 더 많을 지경이 아닌가.

"이런 조무래기들 몇 잡자고 이렇게나 보내다니. 군사 양반도 슬슬 치매가 오는 건가?"

"주둥아리 조심해라."

저벅. 저벅. 그의 뒤로 독혈수가 느릿하게 걸어 들어왔다.

"그리고 이들을 얕보지 마라. 적사도와 같은 꼴이 되고 싶지 않다면 말이다."

"어디다 그런 병신 놈을 가져다 대."

독혈수가 입꼬리를 뒤틀더니 화산의 문도들을 바라보았다. 살기를 가득 담은 차가운 시선이었다.

"만에 하나 방심하여 같은 일이 벌어진다면 너 역시 곱게 죽지는 못하겠지. 방주님의 진노를 온몸으로 받아야 할 테니까."

"……무슨 끔찍한 소리를."

"틀린 말도 아니지."

야도가 사람 좋은 얼굴로 웃으며 터덜터덜 산문 안으로 들어섰다. 그런 그의 뒤로 만인방의 무력대가 뒤따랐다.

"매번 방심하지 않을 수는 없지만, 상황이 상황 아니겠소? 방주님께서 제대로 화가 나신 것 같으니, 토끼를 잡을 때도 전력을 다해야지."

그러자 탈명단창은 영 마음에 들지 않는다는 얼굴로 야도와 독혈수를 노려보더니, 혀를 차며 고개를 돌려 버렸다.

"잘도 지껄이는군."

노골적인 적의였지만 정작 그 대상인 두 사람은 크게 신경을 쓰지 않았다. 말과는 달리 탈명단창이 수긍했음을 알기 때문이었다.
"그보다…… 거물이 나오시는 모양인데."
화산의 장문인 현종이 천천히 걸어 나와, 도열해 있는 화산의 제자들 앞에 섰다. 그가 세 사람을 노려보아 입을 뗐다. 묵직한 목소리가 흘러나왔다.
"예의를 모르는 자들이로군. 남의 집 문을 부수고 들어왔으면 우선은 사과부터 해야지."
탈명단창이 천천히 고개를 뒤틀어 현종을 바라보았다. 죽일 대상을 찾는 듯 사방으로 퍼져 나가던 살기가 현종을 향했다.
"늙은이가 화산의 장문인인가?"
"그렇다네. 현종이라 하지."
"크흐. 이거, 화산의 마지막 장문인을 만나게 되어 영광이로군."
지독하게 무례한 말에 현종의 눈썹이 살짝 꿈틀했다.
"실로 예를 배우지 못한 놈들이로구나."
탈명단창이 손가락을 들어 미간을 북북 긁으며 대꾸했다.
"거, 설교는 적당히 해 둬. 나는 애초에 설교 듣는 걸 그리 좋아하지 않는 데다가……."
그러더니 허리춤에 찬 단창을 툭 치며 입꼬리를 끌어 올렸다.
"곧 죽을 늙은이에게 설교를 듣는 취미는 더더욱 없거든."
조금 전보다 훨씬 노골적인 살기가 현종을 찔러 대기 시작했다. 하지만 그 살기를 정면으로 받으면서도 현종의 표정은 조금도 변치 않았다.
"호오? 생각보다 꽤 강단이 있는데? 다 쓰러져 가는 문파의 장문인치고는 말이야."

"나이가 든다는 건…… 많은 일을 겪는다는 뜻이지. 작고 하찮은 것에 새삼스레 놀랄 일이 없도록 말이다."

현종이 대수롭지 않은 일이라는 듯 담담히 말했다.

"……이 늙은이가!"

탈명단창이 막 발작을 하려는 찰나, 야도가 두어 걸음 앞으로 나섰다.

"좋은 말이로군."

그러고는 빙그레 미소를 지으며 현종을 마주 보았다.

"하지만 그건 오늘 살아남은 뒤에 해야 할 말이겠지? 목이 잘린 주제에 경험이니 뭐니를 논한다는 건 우스울 테니까."

현종은 그를 가만히 응시했다. 살짝 주름이 진 눈가에 정광이 어렸다. 담담하고 묵직한 그의 기세에 살짝 억눌린 야도는 무의식적으로 도를 움켜잡으며 표정을 굳혔다. 그가 현종을 노려보며 말했다.

"만인방주 패군 장일소의 명으로 오늘 화산을 지운다. 감히 만인방을 건드린 것을 죽어서도 후회하고 또 후회해라."

"만인방?"

스르르릉. 현종의 검이 천천히 뽑혀 나왔다.

한 손에 든 검을 천천히 늘어뜨린 현종의 모습은 마치 산 정상에 자란 노송처럼 한 치의 흔들림 없이 굳건했다.

"여기가 어디라고 생각하는 것이더냐."

현종의 목소리가 화산 전체를 감싸듯 퍼져 나갔다.

"이곳은 화산이다. 감히 만인방 따위가 그 목을 뻣뻣하게 들 곳이 아니지. 횡행천하하며 협의를 지켜 온 선조들의 얼이 어려 있는 곳. 사파의 무리 따위가 흙발을 들일 곳이 아니다."

이내 현종의 검이 천천히 올라가 정면의 야도를 겨누었다.

"무기를 내려놓고 물러난다면 한 번의 자비를 베풀어 주겠다. 하지만 끝까지 싸우겠다면, 내 검이 무정타 원망하지 말거라."

야도의 눈이 가느스름해졌다.

"……그 입심처럼 실력도 있으면 좋겠는데 말이야."

비틀린 입매에서 노기가 스멀스멀 묻어 나왔다.

"비켜라!"

그런데 그때, 탈명단창이 야도를 밀치고 앞으로 나섰다.

파앗. 짧은 파공음과 함께 탈명단창의 허리춤에 매달려 있던 두 개의 단창이 그의 손에 들렸다. 단창을 쥔 그가 사납게 말했다.

"걱정하지 마라, 늙은이. 너는 죽이지 않으마. 네 제자 놈들이 하나하나 모두 죽어 가는 모습을 전부 지켜봐라. 넌 제일 마지막으로 목에 바람구멍을 내 주지."

"내가 죽기 전에는 누구도 죽지 않는다."

탈명단창은 짧게 비웃을 뿐, 더는 대꾸하지 않았다. 대신 그의 눈이 살기로 번들댔다.

"다 죽여 버려!"

뒤쪽에서 대기하고 있던 탈명단창의 수하들이 커다란 고함을 내지르며 화산의 제자들을 향해 달려들었다.

"운암! 운검!"

현종의 부름에 운암과 운검이 기다렸다는 듯 제자들을 이끌고 전방으로 뛰쳐 나가, 달려오는 만인방의 무사들을 맞아 갔다.

"현상! 놈들이 제멋대로 날뛰게 두지 마라!"

"예! 장문인!"

현상이 지체 없이 검을 뽑고 앞으로 달려들었다. 동시에 현종의 눈이 침중하게 가라앉았다. 그의 시선은 자신을 노려보는 야도에게로 향해 있었다. 지금 그가 해야 할 일은 단 하나.

'막아 내야 한다.'

강호의 전투라는 것은 결국 절대고수의 역할이 반. 저 세 명의 대주들을 날뛰게 둔다면 화산에는 승산이 없다.

하지만 과연 할 수 있겠는가? 이미 다 늙어 버린 몸으로.

화산을 이끈다는 핑계로 검을 놓은 지가 언제던가.

마음이 격동으로 가득 찼다. 손끝이 싸늘하고, 내딛는 다리가 미세하게 떨려 왔다. 땅이 발목을 붙잡아 대는 양 한 걸음 한 걸음이 무거웠다.

그래. 두렵다. 더없이 두렵다. 그러나······.

"내 상대가 되지 못한다는 건 스스로도 알고 있을 텐데 잘도 나서시는군. 그 떨리는 다리로 말이야."

비웃음 섞인 야도의 말에 현종이 굳은 얼굴로 대꾸했다.

"때로는 두려워도 나서야 할 때가 있는 법이다."

"······."

"오거라. 만인방의 악적이여. 화산의 검이 어떤 것인지 내 너에게 새겨 주겠다."

야도가 그러자 야도가 말은 잘한다는 듯, 얼굴을 뒤틀며 웃었다.

"그 대단하신 화산의 검을 어디 한번 견식해 보실까?"

그의 몸이 빛살 같은 속도로 현종에게 달려들었다.

쐐애애애액! 카아앙!

날아드는 도를 가까스로 검으로 막았다. 하지만 도에 실린 무게와 힘이 얇디얇은 검을 금방이라도 부러뜨려 버릴 것 같았다.

'가, 강해.'

삼대제자 장위화(蔣諻話)의 얼굴이 일그러졌다. 단 일수를 교환했을 뿐인데, 상대의 강함을 뼈저리게 느낄 수 있었다. 반응이 조금만 늦었어도 그는 이미 피를 뿌리며 쓰러졌을 것이었다.

어찌어찌 막아 내기는 했지만, 그렇다고 상황이 좋은 것도 아니었다. 그그그극! 상대가 힘으로 내리눌러 왔다. 손목이 뒤틀리고 허리가 부러질 듯 꺾이고 언제 쓰러져도 이상하지 않을 만큼 다리가 휘청거렸다.

"흐흐. 애송이 놈들."

검과 도가 맞닿은 곳 뒤로 상대의 얼굴이 보였다. 그는 이런 일이 일상인 것처럼 아주 여유로웠다. 험악하게 살기를 뿜어내는 그 얼굴을 보고 있자니, 정말 목숨을 걸고 싸우고 있다는 실감이 났다.

눈앞이 깜깜했다. 할 수 있을까? 그가? 청명도 아니고 백천도 아닌 그가 저 신주오패 중 하나인 만인방의 무사들과 싸울 수 있을까?

'어, 언제 오지?'

청명은? 그리고 백천은? 버틸 수 있을까? 그들이 도착할 때까지?

"흐흐흐흐! 이 맹랑한 놈이 감히!"

쿵! 검에 맞닿은 도에서 강렬한 내력이 밀려들어 왔다. 순간적으로 속이 진탕되는 충격에 장위화의 다리가 훅 꺾였다.

"이 어르신을 앞에다 두고 딴생각을 해? 죽어라아앗!"

버티지 못하고 뒤로 밀려나니, 그의 머리로 강렬한 도격이 떨어졌다.

'아······.'

죽음을 예감한 장위화가 두 눈을 부릅떴다. 저건 막을 수 없······.

하지만 그때, 콰앙! 하고 커다란 폭음이 터지며 장위화의 머리로 날아들던 도가 빠른 속도로 튕겨 나갔다.

갑작스런 상황의 변화를 머리로 미처 다 이해하지 못한 장위화가 멍하니 입을 벌렸다. 누군가가 그런 그의 한쪽 팔을 획 잡아끌었다.
"일어나거라."
"과, 관주님!"
어느새 다가온 운검이 그를 일으켜 세운 뒤, 시선도 주지 않은 채 천천히 그의 앞으로 나아가 섰다.
"의심하지 마라. 너희 역시 그 고된 수련을 이겨 낸 화산의 검수들이다. 스스로에게 의혹을 품지 마라. 그리고 기대지 마라!"
운검의 목소리가 쩌렁쩌렁 사방을 울렸다.
"언제까지 그놈들의 뒷모습만 바라볼 생각이냐! 언제까지 그놈들이 이끌어 주기를 기다릴 셈이냐! 스스로 해 온 것을 믿고, 본인의 실력을 믿어라! 그리고!"
운검이 검을 허공에 한번 떨치고는 걸어 나갔다.
"돌아온 놈들에게 끝내주는 미소를 지어 줘야지. 그렇지 않으냐?"
대답할 틈은 없었다. 운검이 곧바로 앞으로 치고 나가, 달려드는 만인방의 무사들을 베어 나갔다. 빠르고, 정확하고, 또한 진중하다. 화산 검학(劍學)의 교본과도 같은 그의 검이 적을 유린했다.
"물러서지 마라!"
적들을 힘껏 밀쳐 내며 운검이 버럭 소리를 질렀다.
"혼자 할 수 없다면, 서로의 등을 지켜라! 쓰러뜨릴 수 없다면 버티는 것부터 시작해라! 그걸로도 충분하다!"
검을 잡은 장위화의 손에 힘이 들어갔다. 아직 손끝이 차가웠으나, 그는 곧 입술을 질끈 깨물고는 두 다리로 굳건히 섰다.
'나도 화산의 검수다.'

설령 적을 쓰러뜨릴 수 없다 해도 꼴사나운 모습을 보일 수는 없다!

장위화는 자신에게로 달려드는 만인방의 무사들을 향해 용맹하게 검을 휘둘렀다. 마찬가지로 운검의 검 역시 거침없이 적을 찌르고 베었다. 파아앗! 눈 깜짝할 새 십방을 점한 그의 검 앞에, 달려들던 이들은 주춤할 수밖에 없었다.

"아악!"

"비, 빌어먹을! 빨라!"

운검의 검이 만인방도의 어깨를 찌르며 피를 뿌려 댔다. 서걱. 물러서는 이의 허벅지까지 깔끔하게 베어 낸 운검은 자세를 낮추며 재차 검을 찔러 넣었다.

검으로 따지자면 화산에서 세 손가락 안에 들어가는 실력자가 운검이었다. 같은 배분에는 적수가 존재하지 않았다. 위 배분인 현자 배까지 포함하더라도 기껏해야 무각주인 현상 정도가 그보다 나을 뿐이다. 운검은 그 사실을 누구보다 잘 알고 있었다.

'내가 해야 한다.'

이곳에 있는 이들은 미숙했다. 실력은 둘째치고 단 한 번도 실전을 겪어 본 적이 없는 이들이다. 그런 아이들은 분위기에 휩쓸리면 제 실력의 반도 발휘하지 못하고 무너진다. 그렇게 되면 끝이다.

그러니 무조건 그가 해내야 했다. 선두에 선 그가 적들을 무찌른다면 뒤에서 지켜보는 아이들도 용기백배하여 적을 상대할 수 있을 테니까.

"침착해라! 머리를 차갑게 유지해!"

운검이 막 눈앞의 적을 베어 내고 소리친 그때였다.

콰아아아아! 뭔가 크게 회전하는 듯한 소리와 함께 어마어마한 기세가 운검을 향해 날아들었다.

"읏!"

운검이 고개도 돌리지 않은 채 몸을 뒤집었다. 어깨의 옷자락이 뜯겨 나가고, 얼굴의 피부가 길게 갈라지며 선혈을 뿜었다.

바닥에 내려선 운검은 긴장된 얼굴로 고개를 돌렸다.

"이거, 화산에도 나름 한 수가 있는 놈이 있잖아?"

탈명단창. 양손에 짧은 단창을 쥔 그가 껄렁껄렁하게 고개를 흔들며 운검을 향해 다가오고 있었다. 주변에서는 치열한 전투가 계속되었으나 탈명단창은 조금도 개의치 않았다. 그의 시선은 운검에게 고정되어 있었다.

"네놈만 죽이면 쉽게 끝나겠군."

"이쪽이 할 말이로군."

"흐흐흐흐. 도사 놈들이 주둥아리가 제법 잘 돌아간다니까."

비웃음을 흘리던 탈명단창의 눈에 핏발이 섰다.

"그 아가리에 창을 박아 넣어 주마!"

다음 순간, 그의 손안에서 맹렬하게 회전하던 단창이 순식간에 운검의 가슴을 향해 쏘아졌다.

낭창하게 휘어졌던 검이 유성처럼 꼬리를 남기며 적을 향해 쇄도했다. 하지만 날카로운 기세를 품은 그 검은 시커멓게 물든 손에 가로막혀 힘없이 튕겨 나가고 말았다.

'이런!'

싸움이 어려워질 것을 예감한 현상의 얼굴이 삽시간에 굳었다.

어깨까지 검게 물든 독혈수의 팔이 섬뜩하게 빛났다. 강철을 종잇장처럼 찢어 낼 수 있는 현상의 매화검이 저 검게 물든 팔에는 생채기조차 남기지 못했다. 현상이 속으로 침음을 흘렸다.
 '이게 만인방의 대주급인가?'
 만인방에는 십여 개의 무력대가 있고, 각각의 대주들은 만인방을 대표하는 강자들이다. 비록 그 위에 방주와 장로급들, 그리고 대에 속하지 않은 강자들이 즐비하다고는 하지만 대주직을 맡은 이라면 적어도 만인방의 상위 스무 명 안에 드는 강자라는 의미였다.
 '구파일방과 대등한 만인방의 고수라.'
 문득 마음속 저 밑바닥에서부터 묘한 감정이 치밀어 올랐다.
 현상은 화산의 무각주. 이제는 그를 아득히 뛰어넘어 버린 청명이 녀석이 입산하기 전까진 화산의 최고수 자리를 놓지 않았던 사람이다.
 하지만 지금 현상은 만인방의 대주 하나를 상대로도 감당하기 버거워하고 있었다. 청명이 놈이 챙겨 준 혼원단이 아니었다면, 이미 그는 싸늘한 주검이 되어 바닥에 쓰러져 있었을지 모른다.
 "후우."
 현상이 길게 숨을 내쉬었다. 손목이 시큰하고, 허리가 조여 왔다. 심지어 늙어 체력이 떨어지는 그와는 달리 눈앞의 독혈수에게는 생생한 젊음까지 남아 있었다.
 그럼에도 현상이 물러날 수 없는 까닭은…….
 제자들을 지키기 위해? 아니면 화산이라는 이름을 이어 가기 위해?
 '모르겠군.'
 어쩌면 그런 허울 좋은 이야기는 아무런 의미가 없을지도 모른다.
 그는 현종과 다르다. 그처럼 제자들을 가없이 사랑할 수는 없었다.
 그리고 현영과도 다르다. 현영은 화산을 위해서라면 목숨까지 쉽사리 내던지겠지만, 그는 그처럼 맹목적으로 화산을 위할 수 없었다.

그는 그저…….

"생각이 많아 보이는군."

독혈수의 말에 현상의 눈썹이 살짝 꿈틀했다. 적이 내비치는 여유가 현상의 손끝을 저리게 만들었다.

독혈수가 고개를 내젓더니 작게 혀를 찼다.

"늙는다는 건 참으로 안타까운 일이지. 십여 년만 일찍 만났다면 좋은 승부가 되었을지도 모르는데."

현상이 어쩔 수 없이 밀려드는 씁쓸함에 웃음을 지었다. 동정인지 비웃음인지 모를 적의 말이 비수처럼 날카롭게 가슴을 파고들었다. 가슴이 시릴 만큼.

"포기하면 곱게 죽여 줄 수도 있다."

마지막 회유 아닌 회유에 현상이 침중한 눈으로 독혈수를 바라보았다. 실로 우스운 일이 아닌가.

답이 없던 현상이 검을 들어 독혈수를 겨누었다.

"아해야. 네 앞에 있는 이가 무엇으로 보이느냐?"

"…….''

"늙어 기력을 잃은 검수? 그게 아니면, 화산의 장로라는 허울을 뒤집어쓰고 호가호위하는 늙은이?"

어쩌면 모두 틀린 말은 아닐지 모른다. 하나.

"똑똑히 알아 두거라."

깊게 숨을 들이쉰 그는 정광 어린 눈으로 독혈수를 노려보았다.

"네 앞에 서 있는 건 화산의 역사다."

현종은 장문인으로서 무너져 가는 화산을 지켜야 했다. 현영은 화산이 망하지 않도록, 어떻게든 화산의 숨을 붙여 두기 위해 동분서주했다.

그리고 현상은 그들이 깊은 한숨을 내쉬고 피눈물을 흘리는 동안 그저 화산의 무학에만 파고들었다.

마음이 편해 보인다고? 속 편히 무학만 익히면 되는 일 아니냐고? 웃기지도 않는 소리.

그는 이제껏 현종에게 수도 없이 간청하고 빌었다. 차라리 산을 내려가 돈을 벌게 해 달라고. 익힌 무학이 그리 가볍지 않으니, 적지 않은 돈을 벌어 화산에 도움이 될 수 있을 거라고 말이다.

하지만 그럴 때마다 돌아오는 대답은 늘 똑같았다.

- 돈이 없어도 다시 일어설 수 있다. 사람 역시 언젠간 다시 들기 마련이다. 하지만 무학이 끊긴다면 아무리 번창한다 해도 그건 화산이라 할 수 없다. 현상아. 너는 화산의 무학을 지켜야 한다.

누군가는 해야 하는 일. 말라비틀어져 형체조차 알아보기 어려운 화산의 무학을 익히고, 복원하며, 또한 발전시키는 일.

빛 한 점 들지 않는 어둠 속을 손끝으로 더듬어서 길을 찾는 것처럼 끝도 보이지 않는 지난하고 고통스러운 그 길을, 현상은 죽어라 걸어왔다. 그것도 무려 수십 년 동안.

그 고통을 누가 이해하겠는가. 그 절망을 누가 감히 짐작이나 할 수 있겠는가. 현상은 그 무게를 오롯이 혼자서 감내해야 했다.

그렇게 지켜 온 화산의 무학이 이제야 피어나, 열매를 맺고 조금씩 숲을 만들기 시작했다.

하면 현상의 역할은 끝난 것인가? 늙고 병든 고목은 그저 후대의 활약을 바라보며 말라비틀어져야 하는가?

"포기라고 했느냐?"

더 이상 그에게 남은 것은 없다.

그가 지켜야 할 모든 것들은 이미 후대로 넘어갔다. 화산의 무학을 발전시키는 건 더 이상 그의 일이 아니고, 화산의 아이들을 가르치는 것 역시 더는 그에게 맡겨진 일이 아니다.

역할을 다해 버린 꽃은 그저 스러질 뿐. 그러나…….

"내 생에 단 한 번도 포기가 허락된 적은 없었다."

현상이 입술을 터져라 짓씹었다. 그리고 웅혼한 목소리로 말했다.

"나는 죽어 거름이 될 생각 따위는 추호도 없다. 아이들의 앞길을 위한 청석이 될 생각도 없다. 비록 늙고 추레해졌다 해도 나는 화산의 검수다. 죽어야 한다면 그저 검수로 죽을 것이다."

그러니 지켜야 할 것은 오직 하나. 자존심뿐.

"오너라. 만인방의 악적이여. 내 오늘 네게 화산의 무학이 무엇인지를 똑똑히 알려 주마."

무슨 생각을 하는지 모를 표정으로 가만히 듣고 있던 독혈수의 눈빛이 차가워졌다.

"잘도 지껄여 대는군. 그 목이 뽑히고도 지껄일 수 있는지 보자."

사납게 대꾸한 독혈수의 양손이 검게 물들었다. 동시의 그의 몸에서 칼날 같은 기파가 뿜어져 나오기 시작했다.

그 가공할 기파를 전신으로 받으며, 현상은 대지 위에 오롯이 섰다.

'이 검에 무엇이 담겼던가.'

글쎄. 그리 깊이 생각해 본 적은 없다. 다만 수십 년간 휘두르고 또 휘둘러 왔던 검을 그저 펼쳐 낼 뿐이다.

'고목나무에도 꽃은 핀다지.'

그렇다면 그의 검에도 매화가 피어나지 않을 이유가 어디에 있다는 말인가.

현상의 검 끝이 파르르 떨렸다. 잿더미에서 다시 피어나는 불꽃처럼, 선연한 붉은빛을 띠는 매화가 피어나기 시작했다.

화산에 이십사수매화검법이 다시 돌아온 그 날부터 현상은 매 순간 고민에 고민을 거듭했다.

그 역시 안다. 그의 나이에 더 강해져 봐야 한계는 극명하다는 것을. 차라리 그 시간에 아이들을 가르치고 그들을 지원하는 것이 화산에는 더욱 큰 도움이 될 수 있다는 사실을 말이다.

하지만 그럼에도 현상은 검을 놓지 못했다. 미련하다고, 욕심스럽다고 해도 좋다.

그는 검수. 일생을 검 하나를 잡고서 살아온 검수다.

더 강해지지 못한다는 것이 어찌 수련하지 않을 이유가 될 수 있겠는가.

"으음?"

불꽃처럼 피어나는 매화를 본 독혈수의 얼굴이 딱딱하게 굳어 갔다.

"한 수가 있었구나!"

그가 양팔을 폭풍처럼 횡으로 휘저으며 돌진했다. 날아드는 매화가 그의 독수에 부딪혀 튕겨 나갔다. 검은 폭풍과 겹겹이 피어오른 매화가 사방으로 검기의 파편을 날리며 서로를 노렸다.

뚫으려는 자와 막으려는 자. 한 치의 양보도 없는 팽팽한 접전이 벌어지고 있었다.

카앙! 날아든 도가 검에 가로막혀 밀려났다.

짧은 충돌 이후 야도와의 거리를 벌린 현종이 깊은숨을 내쉬었다.

'강하군.'

상대의 실력은 명백히 그보다 뛰어났다. 자신은 기껏해야 방어하는 데만 급급할 뿐이다.

야도와의 싸움이 소강한 짧은 틈을 타 이마에 흘러내린 땀을 손끝으로 훔친 현종은 가라앉은 눈으로 슬쩍 주변을 돌아보았다.

'아직은…….'

운검과 현상의 활약 덕에 아직은 크게 밀리지 않고 있었다.

제아무리 기백이 넘쳐 난다고 해도, 이곳에 있는 화산의 제자들은 만인방 무사들에 비하면 아직 실력이 처지는 게 사실이다.

전쟁이란 반은 기세로 먹고 들어가는 것. 현종 자신을 포함해 적의 대주들을 상대하는 세 사람이 무너진다면, 제자들 사이에서 희생자가 급격하게 불어날 것이 자명했다. 상상만 해도 가슴이 서늘해졌다.

'현상. 운검.'

그러니 그와 저 두 사람이 최대한 시간을 끌어 주어야 한다. 서안에서 소식을 전해 들은 아이들이 달려올 때까지.

물론 쉽지 않은 일일 것이다. 한눈에 보아도 탈명단창과 독혈수의 무위는 현상과 운검보다 뛰어나니까. 하지만 어떻게든…….

"이거 나를 앞에 두고 옆을 돌아볼 여유가 있으시다니. 과연 화산의 장문은 장문이시구려."

현종의 시선이 다시 천천히 정면으로 향했다. 마치 그의 생각을 읽은 것처럼 기다리고 있던 야도가 도면으로 자신의 손바닥을 탁탁 내리쳤다.

"여유 부리시는 것도 좋지만, 제 자존심도 조금은 생각을 해 주시는 게 어떻겠습니까, 장문인?"

그는 여유 넘치게 빙그레 웃는 낯이었지만, 현종은 뼈가 담긴 말에 안색이 굳어지는 것을 숨길 수 없었다.

"일파의 장문을 상대해 보는 일이 이번이 처음은 아니지만, 화산쯤 되는 명문의 장문을 상대해 보는 건 확실히 처음이군요. 제 기대를 저버리지 않으셨으면 좋겠습니다."

치열한 현종을 비웃듯 날카로운 말이었다. 현종이 투명한 시선으로 야도를 응시했다.

호승심? 그런 것은 없다.

자존심? 그런 건 내다 버린 지 오래였다.

남은 것은 그저 화산의 장문인이라는 막중한 책임감과 부담뿐.

"당신을 넘지 못하면 누구도 죽일 수 없다고 했던가요?"

"그러하다."

야도가 고개를 두어 번 끄덕이고는, 어깨에 걸치고 있던 커다란 도를 곧추세웠다.

"말은 좋지만!"

그 순간, 야도의 손에 들린 도가 빛살처럼 현종을 향해 날아들었다. 서걱. 그리고 현종이 반응해 채 검을 들어 막기도 전에, 가슴팍을 횡으로 길게 가르고 지나갔다.

앞섶이 길게 갈라지며 선명한 선혈이 배어났다. 피륙의 상처일 뿐이나, 그 상처가 의미하는 것은 결코 가볍지 않았다. 방심한 것도 아니건만, 상대의 공격에 반응하지도 못했다. 이는 현종과 야도의 무위가 극단적으로 차이가 난다는 뜻이 아니겠는가.

"그건 강자의 입에서 나올 때나 의미를 지니는 말이지요. 그렇지 않습니까, 장문인?"

현종은 슬쩍 시선을 내려 쭉 찢어진 자신의 가슴팍을 바라보았다.

'역시 강하군.'

적은 사선을 넘나들며 살아온 자. 냉정하게 말해서, 경험만 따져도 감히 현종이 상대할 수 있는 이가 아니었다.

쭉정이만 남은 화산의 무학을 평생 갈고닦았다 해도 승리를 장담할 수 없는데, 화산을 되살리기 위해 애쓰느라 수련조차 제대로 하지 못했던 현종이 무슨 수로 야도를 상대하겠는가.

"그대는 분명 나보다 강하다."

"잘 알고 있구려."

"하지만 그게 내가 물러나야 할 이유는 되지 않지."

현종이 가슴의 상처를 무시하고 가만히 검을 늘어뜨렸다.

"본디 무학이란 강함을 겨루기 위해 만들어진 것이 아니다. 타고난 역량을 어찌할 수 없는 세상에 무학이 생겨나며 약자들도 강자를 상대할 수 있게 되었지. 무학이란 결국 약자가 강자에게 대항하기 위한 수단이라는 의미다."

"하하. 그래서 약자의 입장에서 나를 상대해 보시겠다?"

야도가 이를 드러내며 웃더니, 다시 도를 움켜쥐었다.

파아아앗! 문답무용으로 날린 도격이 현종의 머리를 쪼갤 기세로 쇄도했다. 지금까지 현종이 어떻게든 막아 왔던 공격과는 차원이 다른 위력이 담겨 있었다.

카앙! 치켜올린 검이 도를 흘려 냈다. 하지만 도에 실린 힘을 완전히 감당하는 것은 어려웠기에, 비낀 도가 현종의 어깨 살점을 한 움큼 뜯고 지나갔다. 촤아아악. 뿜어져 나온 피가 허공에 흩뿌려지며 현종의 흑의가 금세 짙게 물들었다.

두 번의 공격. 그리고 두 개의 상처. 실력 차는 명약관화하다.

"말은 이루어야 의미가 있는 법이지. 그렇지 않소?"

야도가 사나운 얼굴로 이죽이며 말했다.

"정파라는 놈들이 지껄여 대는 것에는 신물이 나. 항상 돼먹지 못한 궤변을 늘어놓으니까. 하지만 그런 놈들도 목이 잘리기 직전이 되면 좋은 소리를 내며 울더군."

그러고는 도에 묻은 피를 바라보며 잔혹하게 웃어 젖혔다.

"장문인은 어떤 소리를 내며 울지 기대되는군!"

야도의 도가 다시 한번 거세게 뻗어졌다.

섬전 같은 속도. 그리고 그 속도에 어울리지 않는 가공할 힘. 야도(野刀)라는 별호에 걸맞게 난잡하고 거칠기 짝이 없는 투로(鬪路)였지만, 그 속도와 힘은 그 거친 투로의 단점을 가리고도 남았다.

도기가 맹렬하게 휘몰아쳤다. 마치 태풍을 맞닥뜨린 바다에 파도가 휘몰아치는 듯했다. 하나 그 쏟아지는 도기를 맞이하는 현종의 자세는 굳건하여 단 한 치도 흐트러지지 않았다.

카앙! 카앙! 날아든 도격이 튕겨 나갔다. 하지만 전신을 노리고 쏟아지는 도격을 모조리 막아 내는 건, 현종으로서는 불가능한 일이었다.

서걱. 팔뚝이 베였다.

서걱. 종아리에서 피가 솟구쳤다.

서걱. 가볍게 베인 옆구리가 금세 피로 물들었다.

그러나 곳곳이 베어 나가는 와중에도 현종의 눈은 단 한 차례도 흔들리지 않았다.

순식간에 전신이 피로 물든 그가 결연한 눈빛으로 중단세를 취한 채 야도를 겨누었다. 그러자 한차례 폭풍 같은 도격을 쏟아 낸 야도가 미묘한 표정으로 공격을 멈추었다.

'뭐지? 이자는?'

고작 몇 합의 짧은 접전만으로도 적어도 다섯 군데는 베어 냈다. 실력의 격차가 자명했다. 아무리 봐도 저자는 그의 상대가 아니다.

그런데…….

"고통을 느낄 줄 모르는 건가?"

아무리 단련에 단련을 거듭했다 한들, 살이 베여 나가는 고통을 저리 아무렇지 않게 받아들인다고?

이는 수도 없는 상처를 입으며 살아온 야도에게조차 불가능한 일이었다. 그가 눈을 가늘게 뜨고 현종을 살폈다.

'아니. 저건 애초에 베일 것을 각오한 자세다.'

몸 곳곳이 베여 나가는 한이 있더라도, 중심선(中心線)만은 확실하게 막아 낸다. 머리부터 사타구니까지, 몸의 중심이 지나는 곳을 베이지 않으면 죽지는 않으니까.

하지만 그건 웬만한 독심(毒心)이 없이는 시도조차 할 수 없는 일이다. 칼밥을 먹고 들판에서 풍찬노숙하는 야인도 아니고, 산속에서 고고하고 편히 살아온 노인이 그 정도의 독심을 보인다고?

"고통이라 했는가?"

그런데 그때, 현종이 핏기가 가신 얼굴로 담담히 입을 열었다.

"그대가 어떤 삶을 살아왔는지는 모르지만, 나는 고작 이런 피륙의 상처를 고통이라 느낄 만큼 편히 살아오지 못했네."

그의 눈빛은 지독할 만큼 고요하게 가라앉아 있었다.

칼날이 육체를 파고드는 고통 따위는 눈앞에서 문파가 무너져 내리는 걸 지켜보는 고통에 비할 바가 아니다. 잘린 팔다리는 언젠가 아물 테지만, 썩어 들어간 속은 치유조차 되지 않으니까.

화산을 지켜 온 이들은 모두 그만한 고통을 참아 내며 여기까지 왔다.

그 참담한 고통에 비하면 이딴 상처는 생채기만도 못하다.

"아무래도 자네는 장문이란 자리를 오해하는 것 같군."

"……뭐?"

"장문인은 가장 위에서 존중받는 자리가 아닐세. 오히려……."

현종의 나지막한 목소리가 야도의 귀에 날카롭게 파고들었다.

"마지막의 마지막까지 물고 늘어지는 자를 의미하지. 그대가 강하여 내 육신을 벨 수는 있을지언정, 내 혼을 베어 낼 수는 없네."

버틴다. 설령 몸의 피가 모두 빠져나가 껍데기만 남는다 해도.

마지막 영혼 한 방울이 사라질 때까지. 아니, 사라진 뒤에도 현종은 결코 쓰러지지 않을 것이다.

'내게는 아직 해야 할 일이 있다.'

그의 뒤에는 화산의 제자들이 있다. 그러니 아직은 쓰러질 수 없다.

"나는 화산의 장문인이다."

그의 담담한 목소리는 그 어떤 호령이나 울부짖음보다 더 강하게 야도의 심장을 조여 왔다.

현종의 검이 야도의 목을 흔들림 없이 겨누었다.

"그 의미를 똑똑히 알려 주도록 하지."

야도는 저도 모르게 마른침을 삼키며 도를 틀어쥐었다.

◆ ❖ ◆

'좋지 않아.'

당소소의 얼굴에 초조한 기색이 스쳤다. 전황을 주시하던 그녀가 급히 몸을 돌려 팔을 뻗었다. 그녀의 손에서 비도(飛刀)가 발출되었다.

쇄애애애액! 빛살처럼 날아간 비도는 이내 화산의 제자를 공격하던 만인방의 무사에게 박혔다. 한창 기세를 올리던 만인방 무사들이 방심한 틈을 타, 비도는 사각에서 시시각각 날아들었다.

"끄윽!"

자세가 흐트러져 위기를 맞았던 백자 배 백현(白賢)이 당소소의 비도가 벌어 준 틈을 놓치지 않고 검을 휘둘렀다. 상대를 가까스로 베어 낸 그가 무의식중에 당소소를 돌아보았다.

"고맙……."

"고개 돌리지 마세요!"

"그, 그래!"

"비도 회수해서 뒤로 던져 주세요! 빨리!"

당소소가 바닥에 떨어진 비도들을 급히 주워 다시 소매에 꽂아 넣으며 이를 악물었다.

'밀린다.'

전황은 한눈에 보아도 좋지 않았다. 그나마 장문인과 장로님, 그리고 백매관주가 앞을 틀어막아 주고 있기에 아직 버티고 있는 것이다.

하지만 중앙에 격전이 벌어질 공간을 만들어 두고 있던 만인방의 무사들이 천천히 포위망을 좁혀 들어오고 있었다.

가각! 그녀의 손에 들린 비도들이 마찰하며 쇳소리를 빚었다.

'다시는 들 일이 없을 줄 알았는데.'

당가의 여식이라는 신분을 버리고 화산의 제자가 되기로 했을 때, 그녀는 평생 지녀 왔던 비도를 손에서 놓고 검을 들었다. 이제 자신은 화산의 제자이니 화산의 무학을 써야 한다. 그러니 다시는 비도를 쓰지 않겠다고 굳게 맹세했었다.

하지만 지금은 그런 것을 따질 때가 아니었다.

그녀는 총명했고, 그렇기에 누구보다 잘 알고 있었다. 적어도 이 순간만큼은 검수로서의 자신보다, 암기와 의술을 쓸 수 있는 당가인으로서의 자신이 더욱 가치 있다는 것을.

검수로서의 그녀를 대체할 이는 차고 넘치니까.

그녀가 뒤쪽에서 전황을 파악해 틈틈이 비도를 날려 사형들이 위기에 처할 때마다 돕지 않았더라면, 이미 사상자가 한참은 나왔을 것이었다.

'지금처럼 계속 버티기만 할 순 없어.'

애초에 전력을 따지면 지금의 화산은 만인방의 상대가 되지 않는다.

믿을 것이라고는 단 하나. 같은 무력대라 생각할 수 없을 만큼 제멋대로 싸워 대는 저들과 서로 어깨를 맞댄 채 함께 싸우고 있는 화산, 그 둘의 조직력 차이뿐이다.

하지만 그것도 한계가 있는 법. 애써 초조함을 감추며 시선을 슬쩍 옮긴 당소소는 입술을 질끈 깨물었다. 피로 물든 의복을 입은 장문인의 모습이 그녀의 눈에 아프게 틀어박혔다.

'장문인!'

가슴이 찢어질 듯 아팠다. 전신이 이미 피로 물들었음에도 장문인은 굳건히 서서 야도를 상대하고 있었다.

그러나 그건 죽을힘을 다해 버티는 것일 뿐, 승산은 조금도 없어 보였다. 운검도, 현상도 마찬가지.

'이대로는 안 돼.'

당소소는 입술을 꽉 깨문 채 바삐 머리를 굴렸다.

"아악!"

그런데 그 순간, 그녀의 귀에 날카로운 비명이 파고들었다.

다급하게 고개를 획 돌린 그녀의 얼굴이 새파랗게 질리고 말았다. 부상을 입은 화산의 제자와, 그의 목을 향해 무서운 기세로 날아드는 도. 당소소의 입에서 찢어질 듯한 비명이 터져 나왔다.

"안 돼!"

당소소의 손에서 세 개의 비도가 가공할 속도로 발출되었다. 챙! 챙! 날아든 비도 중 두 개는 상대의 도에 맞고 튕겨 나갔지만, 마지막 하나의 비도는 정확하게 상대의 심장을 파고들었다.

그 모습을 본 당소소의 눈동자가 일순 크게 흔들렸다.

'주, 죽……'

털썩. 비도를 맞은 이는 잠깐 부르르 경련하다가 그대로 고꾸라졌다.

첫 살인이었다.

"내, 내가……."

전신에 얼음물을 뒤집어쓰기라도 한 사람처럼 떨던 그녀는, 곧 한 손을 들어 올려 자신의 뺨을 후려쳤다. 쫘아아아악! 한 번으로 그치지 않고 몇 번이나 연거푸.

얼마나 세게 내리쳤는지, 곧 뺨이 새빨갛게 물들며 부어올랐다. 그리고 찢어진 입술에선 핏물이 턱을 타고 줄줄 흘러내렸다.

"소소야!"

"돌아보지 말아요!"

"……."

놀라서 돌아보는 이들을 향해 반사적으로 소리를 질렀다. 그러고는 흘러내린 피를 소매로 모질게 문질러 닦으며 독기 어린 눈을 힘주어 치떴다.

'등신같이 굴지 마, 당소소.'

놀라서 벌벌 떠는 건 나중에 해도 충분하다. 만일 이 상황에서 본인이 흔들린 탓에 누구 하나라도 더 죽어 나간다면 아마 당소소는 평생 자신을 용서하지 못할 것이었다. 마음을 다잡은 당소소가 힘껏 소리쳤다.

"상처 입은 사람은 뒤로! 어서!"

"알았다!"

적의 검에 맞아 쓰러진 이들이 순식간에 뒤로 날라졌다. 그리고 그 자리는 아직 부상을 입지 않은 이들이 메꾸었다. 당소소는 이를 악물며 부상자의 갈라진 상처에 지혈제를 뿌렸다.

'울지 마.'

자꾸 눈물이 비어져 나왔다. 함께 웃고 수련하고 뒤에서 함께 청명의 욕을 해 대던 사형제들이 적의 검 앞에 힘없이 쓰러져 간다.

다행히 아직 죽은 이는 없지만, 한눈에 봐도 심각한 상처를 입은 이가 한둘이 아니었다. 목숨을 장담할 수 없는 이들도 있었다.

'절대로 안 죽어! 절대로! 그렇게 못 놔둬!'

섬전 같은 손놀림으로 상처를 봉합한 그녀는 피에 젖은 손으로 품 안에서 혼원단을 꺼냈다. 이 싸움이 시작되기 전 다급히 찾아온 장문인이 직접 그녀에게 맡긴 것이었다.

- 부탁한다, 소소야. 부디……

뒷말은 듣지 않아도 알 수 있었다. 한 사람도 죽지 않게 해 달라는 것. 그 어리석기까지 한, 맹목적인 부탁을 당소소는 받아들였다.

"안 죽어! 절대로! 죽으면 내가 죽여 버릴 거야!"

발작적으로 소리를 지른 당소소의 시야에 또다시 쓰러지는 화산의 제자가 눈에 들어왔다. 한시가 급한데, 참담함에 눈을 질끈 감을 수밖에 없었다.

"진형을 지켜! 적의 공격에 현혹되지 마라! 등을 맞붙이고 사형제를 믿어라! 그러면 눈앞의 적만 상대하면 된다!"

그때, 그녀를 일깨우듯 돌연 누군가가 고함을 내질렀다.

그 말에 다시금 진형을 가다듬은 화산의 제자들이 서로 간의 간격을 좁히며 공세를 쏟아 내기 시작했다. 당소소 역시 정신을 차렸다.

"부상자! 빨리!"

"알았다!"

의식을 잃은 이의 입 안에 잘게 자른 혼원단 조각을 밀어 넣으며 당소소는 저도 모르게 서쪽을 계속해서 바라보았다.

'사형.'

청명 사형. 제발 빨리 와요. 제발.

"신경이 쓰이는 모양이지?"

"……."

탈명단창이 안색이 굳어진 운검을 향해 이죽거렸다.

그를 막아선 이 냉막한 검수는 그야말로 검수의 표본이라고 할 수 있었다. 더없이 냉정하고 더없이 차가웠다. 그리고 펼쳐 내는 검마저 더없이 정교하다. 하지만 탈명단창은 알 수 있었다.

'어설퍼.'

검수로서는 꽤 수련해 왔는지 모르겠지만, 이놈은 이런 전투에 익숙하지 않다. 아닌 척하지만, 등 뒤가 신경 쓰여서 어쩔 줄을 몰라 하지 않는가.

화산 제자들의 비명이 들릴 때마다 어찌할 수 없이 움찔거리는 게 명백하게 느껴졌다.

"흐흐. 참으로 자상도 하시군."

히죽 웃은 탈명단창이 그의 애병을 슬쩍 들어 올리며 비아냥거렸다.

"다 망한 화산에 이 정도의 검수가 있을 줄은 몰랐다. 하지만 그래 봐야 집 지키는 개에 불과하지."

운검은 굳이 탈명단창의 도발에 응해 주지 않겠다는 듯 말없이 자세를 낮추며 무게 중심을 아래로 옮겼다. 하지만 탈명단창은 이런 이들을 어떻게 상대해야 하는지 아주 잘 알고 있었다. 상대의 약점이 고스란히 보이는데 써먹지 않을 수가 있나.

"빨리 나를 쓰러뜨리고 도우러 가고 싶은 모양이지?"

"……."

"흐흐. 뭐 좋아. 그럼 덤벼 보라고."

"말하지 않아도 그럴 생각이다!"

운검이 한 발을 앞으로 내디디며 벼락같은 속도로 달려들었다. 그의 검이 환상처럼 허공을 가르고 수놓았다. 검기가 이내 유성처럼 떨어지며 탈명단창의 하체를 노렸다.

'막힌다!'

이놈 정도의 실력이라면 이 일검은 반드시 막힐 것이다. 하지만 저놈이 단창을 교차하는 순간에 그걸 흘려 내고…….

그 순간이었다. 자신에게 날아드는 검을 바라본 탈명단창이 기이한 웃음을 흘렸다. 그러더니 갑자기 단창을 앞으로 찔러 넣었다.

'뭐?'

그가 무엇을 하려는 건지 눈치챈 운검이 눈을 찢어질 듯 부릅떴다.

그저 마주 찌른 것뿐이라면 고작 그 정도에 당할 운검이 아니었다. 하지만 단창은 그를 노리고 날아들지 않았다. 그의 옆, 정확히는…….

'안 돼!'

운검이 황급히 검로를 바꾸었다. 급격하게 내력을 뒤트느라 단전이 뒤흔들리고 내력이 역류했지만, 그의 검은 일말의 주저 없이 그를 지나 제자들을 노리는 단창의 앞을 가로막았다.

카앙! 검이 단창을 막아 낸 그 순간, 탈명단창의 좌수에 들린 또 하나의 창이 눈에 보이지도 않는 속도로 운검의 허벅지를 꿰뚫었다.

콰드득. 살이 꿰뚫리고, 근육이 찢기는 소리가 선명하게 울려 퍼졌다.

충격을 이기지 못하고 뒤로 몇 걸음 물러선 운검이 창백하게 질린 얼굴로 탈명단창을 노려보았다. 그의 허벅지에는 어느새 어린아이 주먹이 들어가고도 남을 만한 구멍이 뚫려 있었다. 숨을 쉴 때마다 검붉은 피가 쉴 새 없이 콸콸 솟았다.

킬킬거리던 탈명단창은 운검의 허벅지를 꿰뚫은 단창의 날에 묻은 피를 혀로 핥았다.

"엿 같은 맛이군."

"……."

"그리고 머리도 나빠. 제자 하나 죽는 대가로 내게 상처를 낼 수 있으면 이득이라는 걸 알았어야지. 크크크큭."

"이놈……."

운검이 이를 으득 갈았다. 방금 탈명단창의 공격을 막지 않았더라면, 그의 다리 정도는 베어 낼 수 있었을지 모른다.

하지만 그 대가로 제자들 중 한 사람은 확실히 죽었을 것이다. 단창에서 뿜어진 공력을 감안하면 그러고도 남았다. 이곳에 있는 제자들은 아직 이놈의 공격을 막아 낼 실력이 되지 못하니까.

"너 같은 놈들을 상대하는 건 그리 어렵지 않지."

"……무인으로서 최소한의 자존심도 없나?"

"이건 효율의 문제지."

탈명단창이 어깨를 으쓱하더니 우습다는 듯 히죽 웃어 댔다.

"그냥 싸운다고 해도 너는 내 상대가 못 돼. 백 번 중에 아흔아홉 번은 내가 이기지. 하지만……."

탈명단창이 손에 든 애병을 들어 올려 옆을, 화산의 제자들을 겨누었다.

"백 번 싸워 백 번 이길 수 있는 방법이 있는데, 내가 왜 정직하게 싸워야 하지? 놀아나기 싫으면 네 제자들이 죽는 걸 그냥 두고 보면 돼. 하하하핫!"

그의 손에서 맹렬하게 회전한 단창이 다시금 화산의 제자들을 향했다.

'이 미친놈이!'

운검의 눈에 핏발이 섰다. 저 개 같은 놈이 날리는 단창의 궤적에는 명백히 자신의 수하들도 속해 있었다. 이대로 단창을 날린다면 오히려 등을 보이고 있는 그의 수하들이 더 위험할 것이었다.

하지만 탈명단창의 손에는 조금의 망설임도 없었다. 자신의 수하들과 화산의 제자들을 한 번에 꿰어 버리겠다는 듯 말이다.

"하압!"

파아아아아아앗! 탈명단창의 손에서 회전하던 단창이 벼락같은 속도로 발출되었다.

"안 돼!"

운검은 더 이상 생각할 겨를도 없이 몸을 날려 앞을 막아섰다.

카가가가가각!

내력을 잔뜩 주입한 그의 검면에 단창이 파고들었다. 검에 구멍을 내어 버리겠다는 듯 단창이 맹렬하게 회전하며 사방으로 불똥을 튀겼다.

우드드득. 손목이 부러지는 듯한 고통에 운검이 이를 악물었다.

일점에 집중해 찔러 오는 단창을 검으로 막아 낸다는 건 절대 쉬운 일이 아니었다. 더구나 자세마저 완벽하지 않다면 더욱더.

예상했다는 듯, 일순 탈명단창의 눈에 새파란 광망이 일었다.

"등신이!"

그는 손에 남은 다른 단창으로 발출한 단창의 끝을 내질렀다. 까앙! 힘이 더해진 단창은 운검의 검을 그대로 날려 버린 후 그의 오른쪽 어깻죽지를 파고들었다.

파아아아아아앗! 회전하는 창에 살이 갈리며 사방으로 흩뿌려졌다. 피 보라가 일고, 뼈가 으스러지는 광경은 실로 섬뜩했다.

"……."

운검은 아픔을 느끼지 못하는 것처럼 천천히 고개를 돌려 자신의 어깨를 뚫어 버린 단창을 바라보았다. 뼈가 끊어지고, 살이 찢겨 나간 팔이 겨우겨우 떨어지지 않고 몸에 붙어 있다.

"너는……."

그 순간, 탈명단창의 이죽거림이 운검의 귀를 선명하게 파고들었다.

"제자 때문에 죽는 거야."

콰드드득. 잠깐 회전을 멈췄던 단창이 공력을 받고 다시금 회전하며 운검의 어깨를 더욱 깊숙하게 꿰뚫고 나왔다.

푸우우우웃! 다시 한차례 피가 사방에 뿌려졌고, 말 그대로 뜯겨 나간 운검의 팔이 허공으로 솟구쳐 올랐다.

그 충격적인 광경에 화산의 제자들이 울부짖었다.

"사숙! 으아아아아아아아! 빌어먹을!"

"죽여 버린다! 저 개새끼! 내가 반드시 죽여 버릴 거야!"

그 모습 하나하나가 화산 제자들의 눈에 화인처럼 똑똑히 새겨졌다.

오른팔이 허공으로 치솟고, 그 충격을 버티지 못한 운검이 내동댕이쳐지는 그 모습이.

턱. 잘려 나갔음에도 아직 검을 움켜쥔 채 놓지 않은 팔이 하나의 물건처럼 아무렇게나 바닥으로 떨어졌다.

한평생 화산의 제자들에게 검을 가르쳤던 팔.

백매관의 관주로서 수없이 많은 검을 펼쳐 보였던 그 팔이 운검의 몸에서 떨어져 나갔다.

"운검아!"

현종이 고함을 내지르며 몸을 날리려 했다. 하지만 매서운 야도의 도는 그의 발이 떨어지는 것을 허락하지 않았다.

카앙! 목을 노리고 날아든 도가 잔뜩 뒤흔들린 현종의 검과 부딪쳤다. 평정을 잃고 휘둘러진 검은 도를 완전히 막아 내지 못했다. 뒤로 튕겨 나간 현종의 검이 주인의 목을 얕고 길게 베었다.

"침착하셔야지요, 장문인."

야도가 입꼬리를 뒤틀었다.

"평정심이 그쪽의 장기 아니었습니까?"

"……."

"아쉽게 되었습니다. 당신이 죽기 전엔 누구도 죽지 않는다는 말을 지키지 못하게 되었군요."

현종의 눈에 핏발이 섰다. 온몸의 피가 거꾸로 솟는 것 같았지만, 한편으로는 그도 알고 있었다.

지금 운검을 도우러 가다가는 야도에게 등을 공격당할 뿐이다. 그리고 운검과 그가 동시에 무너진다면 아슬아슬하게 유지되던 전세가 급격하게 기울고, 이곳의 모두가 죽기까지 불과 일각도 채 걸리지 않을 것이다.

분노로 실핏줄이 모조리 터져 나간 현종의 눈에서 눈물처럼 피가 흘러내리기 시작했다.

이미 상처가 많았다. 온몸에서 피를 너무 흘려 현기증이 일었다. 오로지 치솟은 노화와 울분만이 그를 지탱하고 있었다.

"오라, 악적아. 너를 죽이고 저놈에게 그 대가를 치르게 하겠다."

야도가 부자연스러울 만큼 크게 웃어 젖혔다.

"지금까지는 조금 재미가 있었는데……."

그러고 언제 웃었냐는 듯 정색하며 살기를 번뜩였다.

"이제는 재미도 없어지겠군. 소원대로 빨리 끝내 드리지."

그의 도에 한층 어마어마한 기세의 새파란 도기가 어렸다.

우드득. 끔찍한 소리와 함께 현상의 왼쪽 손목이 부러져 나갔다. 운검의 부상으로 인해 현상이 일순간 노출한 짧은 틈을 독혈수는 놓치지 않았고, 그가 날린 일장을 피하지 못해 어쩔 수 없이 손으로 막은 대가였다.

손목이 부러진 것만이 문제가 아니었다.

'독(毒).'

상처 입은 손목이 순식간에 부어오르며 검게 물들기 시작했다.

급한 대로 내력을 밀어 넣어 기의 흐름을 틀어막은 현상은 이를 악물며 다시 검을 부러져라 틀어쥐고 휘둘렀다.

거칠고 살기 어린 참격이 독혈수에게 떨어졌다. 하지만 그의 검은 여전히 독혈수의 방어를 뚫지 못했다. 기껏해야 검은빛을 띠는 팔뚝에 작은 생채기를 남기는 게 전부였다.

"급해 보이는군. 크흐흐."

현상의 눈에 핏발이 섰다. 앞에 있는 독혈수가 떠드는 말은 들리지도 않았다.

'운검아.'

운검은 그가 가장 아끼는 제자였다. 현종이야 운암을 총애했지만, 검수인 현상은 누가 뭐라 해도 운검을 가장 아꼈다.

지켜보고 있자면 그야말로 흐뭇했다. 운검은 단 하루도 수련을 게을리하지 않았고, 단 한 순간도 검수로서의 본분에서 벗어나지 않았다.

언젠가는 그의 뒤를 이어 무각주가 될 이. 그가 바로 운검이었다.

하지만 지금, 운검의 모든 것이라 할 수 있는 우수가 잘려 나갔다.

검을 들어야 할 손이. 제자들을 가르쳐야 할 그 팔이.

"으아아아아아앗! 죽여 버리겠다, 이놈들!"

노호성을 내지른 현상이 그답지 않게 거친 기세로 독혈수를 몰아붙였다.

"하하하핫! 도사 입에서 잘도 그런 말이 나오는군!"

독혈수는 여유롭게 웃어 가며 현상의 검을 받아 냈다.

'운검아.'

현상의 눈에서 참지 못한 눈물이 흘러내렸다. 손목이 부러진 고통 때문이 아니었다. 가슴이 문드러질 듯 먹먹해서 견딜 수가 없었다.

'운검아. 이놈아.'

'뭐지?'

정신이 흐릿하고 가물가물했다. 마치 세상에 뿌연 안개가 낀 것처럼 제대로 앞을 볼 수도 주변을 느낄 수도 없었다.

'그러니까 나는······.'

무슨 일이 있었지?

모호한 무언가를 찾으려 했지만, 혼몽하여 어딘가로 한없이 흘러가는 느낌이었다.

"······숙조! 정신 차······."

그때, 어디선가 아스라하게 들려오는 목소리가 있었다.

뭐라는 거지? 잘 들리지 않는다. 무언가 귓가에 웅웅 울리는 느낌만 날 뿐, 무슨 말인지는 명확하게 이해할 수 없었다.

"사숙조!"

익숙한 부름에, 서서히 닫혀 가던 운검의 눈이 다시 느리게 열렸다.

'아······.'

그랬지. 나는 싸우는 중이었지.

익숙한 오른팔로 땅을 짚고 일어서려던 운검의 몸이 그대로 고꾸라지며 처박혔다.

그는 희미한 시선으로 오른쪽을 더듬었다.

없다. 당연히 팔이 있어야 할 곳에, 아무것도 없었다.

그제야 자신의 상황을 완전히 이해한 운검이 입술을 짓씹었다.

'피를 너무 흘렸나.'

제대로 지혈을 하지 않는다면 이대로 죽을 것이다.

부들거리는 왼손을 뻗어 힘겹게 오른팔의 혈도를 누른 운검은 균형이 맞지 않아 쓰러질 듯 비틀대며 자리에서 일어났다.

"호오?"

탈명단창이 팔짱을 낀 채 그 모습을 보며 재미있다는 듯 낄낄 웃었다.

"그대로 죽어도 이상하지 않을 텐데, 확실히 근성은 있는 놈이군."

노골적으로 비꼬는 말에도 운검은 그를 보지 않았다. 아니, 사실 그 말은 운검의 귀에 닿지도 못했다.

멍한 얼굴로 주변을 두리번거리던 그는 이내 비틀대면서도 한 곳을 향해 걷기 시작했다.

"못자리라도 찾는 건가?"

탈명단창이 피식 웃으며 마지막 쐐기를 박기 위해 단창을 들어 올렸다. 하지만 이내 멈칫하며 눈을 크게 치떴다.

"……허?"

움직이지 않는 다리를 질질 끌며 걸어간 운검은 느리게 자세를 낮추었다.

잘려 나간 팔. 운검이 도착한 곳은 그의 오른팔이 있는 곳이었다.

"그런다고 다시 붙일 수……."

무어라 얘기하려던 탈명단창이 말을 잇지 못하고 입을 다물었다.

운검의 손끝이 향한 곳은 팔이 아니었다.

떨어져 나간 자신의 팔이 쥐고 있는 검. 그 검을 왼손으로 뽑아 들려 했다.

손잡이 윗부분을 잡은 운검이 발을 뻗어 잘려 나간 팔을 짓밟았다.

몸에서 떨어져 나갔음에도 절대 검을 놓지 않겠다는 듯 꽉 쥐어진 손가락을 뜯어내듯 밟아 버린 그는 기어코 검을 뽑아낸 뒤에야 몸을 일으켰다. 적잖이 힘이 들었는지 숨을 헐떡인 운검이 휘청거렸다.

"……."

천하의 탈명단창조차 그 광경에는 할 말을 잃고 말았다.

그는 평생 수많은 전장을 누볐다. 그의 단창에 팔다리가 떨어져 나간 이들이 어디 한둘이었겠는가.

하지만 그는 지금까지 단 한 번도 자신의 잘려 나간 신체가 아닌 검부터 집어 드는 이를 본 적이 없었다.

"……미친놈인가?"

그게 끝이 아니다. 피를 과도하게 흘려 시퍼렇게 질린 얼굴, 팔이 뜯겨 나간 고통에 연신 경련하는 어깨, 그리고 단창에 꿰뚫려 질질 끌리는 다리까지. 당장 쓰러져 죽는다고 해도 이상할 게 없는 몰골이다.

하지만 운검은 그런 상태로도 익숙지 않은 왼손으로 다시 검을 쥐고 탈명단창의 앞을 막아섰다. 운검이 더듬더듬, 입을 열었다.

"……계속. 계……속하지."

탈명단창을 보는 그의 얼굴은 무슨 일이 있었냐는 듯 무표정했다.

"나는……. 나는 아직 살아 있다."

언제 힘없이 풀려 있었냐는 듯 운검의 눈에서 줄기줄기 새파란 살기가 흘러나왔다. 그 눈에 확고한 의지가 담겨 있었다.

"내가 죽기 전에는…… 내 제자들에게 손가락 하나 못 댄다."

"이, 이놈이!"

탈명단창이 오기가 치솟는 듯 인상을 찌푸렸다. 순간적으로나마 기백에 밀렸다는 걸 깨달은 그의 얼굴이 붉게 달아올랐다.

'뭐 이런 징그러운 놈이 다 있지?'

그동안 협의니 뭐니 지껄이는 놈들을 수도 없이 봐 왔다.

그러나 아무리 번드르르하게 말하던 놈이라 해도 죽기 직전이 되면 일단은 제 목숨부터 지키려 들었다. 어느 누구도 예외 없이 말이다.

탈명단창은 그걸 정파의 위선이라고 불렀다. 제 목숨을 지키고 나서야 지키는 협의가 대체 무슨 의미가 있단 말인가. 그건 창고에 쌀이 남아도는 부자가 거지에게 던져 주는 동전 한 푼과 같은, 값싼 자기 위안이었다.

하지만 이 작자는 그런 놈들과는 달랐다.

"얌전히 죽은 체하고 있었다면 살 수 있었을지도 모르는 것을."

짓씹듯 말한 탈명단창이 발작적으로 단창을 움켜잡았다.

"그따위 몰골로 감히 내 앞을 막아서?"

파아앙! 섬전처럼 쏘아진 단창이 운검의 아랫배를 꿰뚫었다. 서 있는 것만도 기적인 운검은 그 공격에 조금도 반응하지 못했다.

견제 삼아 날린 단창이 배를 꿰뚫자 탈명단창조차 눈살을 찌푸렸다.

'이건 뭐……'

사실상 시체나 다름없는 상태가 아닌가.

단창을 뽑아 회수하자 구멍 뚫린 몸에서 피가 꾸역꾸역 흘러나왔다. 이미 출혈이 너무 심했던 터라 피가 뿜어져 나오는 기세마저도 약하기 짝이 없었다.

"곱게 죽을 기회를 날렸……."

탈명단창은 코웃음을 치다 질린 얼굴로 입을 다물었다.

배에 구멍이 뚫린 운검이 왼손으로 잡은 검을 천천히 들어 올려 중단세를 취하고 있었다. 하체의 중심은 이미 무너졌다. 검 끝은 시종일관 흔들렸다. 눈은 반쯤 감겨 초점이 없었으며, 자세마저 올곧지 못했다.

그런데 이 말도 안 되는 기백은 대체 뭐란 말인가.

마치 절세의 검수가 기수식을 취하는 것과 같은 압박감이 느껴진다. 절대 그럴 리 없다는 걸 뻔히 알고 있음에도 말이다.

"이 개자식이……."

상대의 기백에 눌릴 때마다 탈명단창은 자존심에 상처를 입었다. 이미 만신창이가 되어 어린아이도 쓰러뜨릴 만한 적에게 겁을 먹다니. 결코 있을 수 없는 일 아닌가.

탈명단창이 악을 쓰듯 사납게 외치며 단창을 그러쥐었다.

"어디 보자!"

푸우욱. 단창이 운검의 가슴을 얕게 찔렀다. 겨우 손가락 한 마디 남짓 찌르고 돌아온 단창은 재차 운검의 가슴을 찔러 댔다.

"네놈이 얼마나 버티는지!"

푸욱. 순식간에 가슴팍에 다섯 개의 구멍이 뚫렸다.

"네가 쓰러지는 순간 네 제자들은 모두 죽는다. 어디 몇 번이나 버텨 낼지 한번 보자고!"

계속해서 단창을 내지르는 탈명단창의 움직임은 흡사 발작처럼 보였다. 절대 운검이 죽지 않을 만큼, 하지만 그 고통만은 생생하도록.

순식간에 가슴께에 십여 개의 구멍이 뚫린 운검이 휘청였다. 하지만 더듬더듬 뻗어진 다리는 어찌어찌 몸을 지탱해 냈다.

"이······."

탈명단창은 이를 부득부득 갈며 운검의 다리에 단창을 깊게 박아 넣었다.

콰당! 다리가 또다시 꿰뚫리고도 서 있을 수는 없었던 모양인지, 운검의 몸이 그대로 바닥에 고꾸라졌다.

그 꼴을 본 탈명단창이 비웃음을 흘렸다.

"기백? 의지? 엿 같은 소리 하고 있네. 실력이 없으면 그게 무슨 소용인가, 결국은 시간 좀 끈 것뿐이지. 이제 그만 죽어라. 네 제자들은 내가 하나도 남김없이 네 곁으로 보내 주지."

한 손으로 단창을 치켜든 그가 쓰러져 신음하는 운검의 목을 정확히 겨눴다.

화산의 제자들이 비명을 질렀다.

"으아아아! 비켜, 이 새끼야! 죽여 버리겠어!"

"사숙! 사수우우욱!"

"비키라고! 으아아아아아아! 이 빌어먹을!"

하지만 탈명단창의 수하들은 화산의 제자들을 잡고 늘어지며 맹렬히 공격을 퍼부었다. 어느덧 화산의 제자들은 퍼붓던 공세가 무색할 만큼 수세에 몰려 있었다.

속이 타들어 가고 피눈물이 흘렀지만, 이들을 뚫어 낼 수가 없었다.

"관주니이이이임!"

누군가의 처절한 고함 소리가 들려왔다. 탈명단창의 입가에 비릿한 미소가 어렸다.

"죽어라, 병신아."

그의 단창이 운검의 목을 꿰뚫었다. 아니, 꿰뚫으려 했다.

바로 그 순간.

콰아아아아아아아아아아! 귀를 찢어발기는 듯한 굉음과 함께, 무언가가 탈명단창을 향해 가공할 속도로 날아들었다.

'뭐?'

그 어마어마한 기세에 탈명단창이 눈을 부릅뜨며 휙 고개를 돌렸다. 살기를 가득 담은 검기가 무시무시한 속도로 그를 향해 날아들었다.

몸이 반으로 갈릴 위기를 직감한 그는 운검의 목에 꽂으려던 단창의 궤도를 바꿔 앞을 틀어막았다. 가가가가가각! 하지만 날아든 검기는 단창을 마치 갉아먹듯 파고들었다.

'이, 이게 뭐……!'

끝내 잘려 나간 단창의 윗부분이 거세게 위로 튕겨 나갔다. 그러고도 멈추지 않은 검기가 탈명단창의 가슴께를 찢어발겼다.

피 분수가 뿜어진다. 탈명단창은 단번에 거의 뼈가 드러나도록 갈라진 자신의 가슴을 멍하니 내려다보다 휘청거리며 뒤로 물러났다.

'뭐냐, 이 말도 안 되는 검기는?'

그의 떨리는 시선이 검기가 날아온 쪽을 향했다.

그리고 그는 보았다. 화산으로 올라오는 가장 짧은 길. 길이라고도 할 수 없는 절벽을 박차고 솟아오른 한 사내가 바닥으로 내려서는 모습을.

그가 모습을 드러낸 순간부터, 격렬히 타오르는 불꽃 같았던 전장이 얼음장처럼 싸늘하게 식어 가기 시작했다.

산문 안으로 막 들어온 사내는 고개를 들어 가만히 주변을 돌아보았다.

쓰러져 있는 사형제들. 전신을 피로 물들인 채 금방이라도 쓰러질 듯 가까스로 선 장문인. 독으로 몸의 절반이 검게 물든 장로. 그리고…….

"……."

바닥에 쓰러진 운검과 그의 잘려 나간 오른팔.

사내는 바닥에 널브러진 팔에서 시선을 떼지 못한 채 석상처럼 굳어 버렸다.

"사혀어어어어어어어엉!"

그때, 당소소의 절규가 들려왔다. 울음기 섞인 그 목소리에, 청명이 고개를 들어 탈명단창을 바라보았다.

허공에서 시선이 부딪친 그 순간, 탈명단창은 움찔 경련하고 말았다.

'뭐, 뭐냐. 저놈은……?'

뭔가 결이 달랐다. 강하고 약하고의 문제가 아니다.

탈명단창 역시 전장에서 살아온 이. 적이 얼마나 죽음과 살인에 익숙한지는 눈빛만으로도 알아볼 수 있었다.

그렇기에 도저히 움직일 수가 없었다. 저토록 감정이 느껴지지 않는 차가운 눈빛을 지니기까지 인간이 얼마나 끔찍한 지옥도를 겪어야 하는지, 머리가 아닌 몸으로 이해해 버렸기 때문이다.

살기조차 느껴지지 않았다. 극도로 분노한 이는 오히려 냉정해진다던가. 청명은 무감한 눈으로 가만히 탈명단창과 만인방 무리를 바라보다 천천히 입을 열었다.

"너희 모두……."

치밀어 오르는 무언가를 꾹꾹 억누르는 듯 잠깐 입을 다물었던 그가 곧 나지막이 말을 이었다.

"……곱게 죽지는 못할 거다."

이윽고 검을 늘어뜨린 청명이 귀신같은 기세를 내뿜으며 탈명단창을 향해 걸어가기 시작했다.

29장

의지하는 것이 아니라 함께 걷는 것이다

"처, 청명아!"

누군가 외치자, 무겁게 내려앉았던 정적이 깨지며 화산 제자들의 목소리가 발작적으로 여기저기서 쏟아져 나왔다.

"처, 청명이 이놈아!"

심지어 현종조차도 치밀어 오르는 감정을 어찌할 수 없었는지 격앙된 목소리로 외쳤다. 그를 앞에 둔 야도는 이 기이한 상황을 이해할 수 없어 멍하니 바라보았다.

'뭐냐, 대체?'

방금 전, 저 청명이라 불린 놈이 날린 검기가 각인이라도 된 양 아직도 두 눈에 선했다. 단 일검에 탈명단창 손월의 단창을 잘라 버리고, 그에게 치명적인 부상을 입힌다? 그게 가능한 일인가?

스스로 탈명단창에 비해 한 수에서 두 수는 더 앞선다고 자신하는 야도였지만, 아무리 그래도 탈명단창을 쓰러뜨리기 위해서는 팔 하나 정도는 내어 줄 각오를 하고 달려들어야 한다.

그런데 그런 탈명단창의 애병을 멀리서 날린 검기만으로 잘라 냈다니. 그것도 화산의 어린 도사가. 직접 보고도 납득하기 어려운 일이었다.

등골을 타고 식은땀이 흘러내리는 게 느껴졌다.

어찌할 수 없는 공포감에 전율하던 야도는 이내 이를 악물었다.

'하지만 그래 봤자 한 놈이 아닌가?'

절대고수가 전장에 행사하는 영향력이 어마어마한 것은 사실이나, 만인방은 이미 이 전장을 접수한 것이나 마찬가지다. 이제 와서 하나가 더 해진다고 해서 달라질 것은 아무것도 없다. 그런데…….

'왜 나는 움직이지 못하고 있는가?'

야도의 도 끝이 파르르 떨리고 있었다. 그는 핏발이 선 눈을 청명에게서 뗄 엄두조차 내질 못했다. 비단 야도만 그런 것이 아니었다.

저벅. 청명의 발이 묵직하게 지면을 내리밟았다.

어느새 전투는 멈춰 있었다. 현종을 농락하듯 도를 휘두르던 야도도, 현상을 몰아붙이던 독혈수도. 조금 전까지의 격렬한 전투가 거짓이었던 양 손을 멈춘 채 숨 죽였다. 마치 쥐가 코앞에서 뱀을 맞닥뜨렸을 때처럼 말이다. 지독하게 부자연스러운 정적이 이어졌다.

움직이는 순간 목이 잘려 나간다.

머리가 아닌 본능으로 상황을 이해해 버린 그들은 폐부에서부터 밀려드는 선득한 공포에 그대로 굳어 버렸다.

저벅. 저벅.

청명의 걸음이 조금 빨라졌다. 그의 발이 향한 건 당연하게도 탈명단창과 운검이 있는 곳이었다.

몸을 무겁게 억누르는 공포감에. 청명과 탈명단창의 사이에 자리한 무인들은 저마다 긴장으로 얼굴을 일그러뜨린 채 마른침을 삼켰다.

"으……."

만인방의 무인들은 청명이 다가올수록 저도 모르게 아주 조금씩 뒷걸음질 쳤다. 그리고 입술 새로 억눌린 신음을 흘렸다.

달아날 수 없다. 퇴각 명령이 떨어지지 않는 이상, 달아난다 해도 그들에게 어차피 남는 것은 죽음뿐이다.

"비켜."

그들의 바로 앞까지 온 청명의 입에서 서늘한 목소리가 새어 나왔다.

일순 시선을 교환한 만인방의 무사들이 입술을 질끈 깨물었다.

"죽여!"

"흐아아아아아압!"

누군가의 발작적인 외침과 함께 십여 명의 무사들이 동시에 청명을 향해 되레 짓쳐 달려들었다. 살기 위해서는 달아날 게 아니라 달려들어야 한다는 사실을 수많은 싸움을 통해 터득한 이들이었다. 기합을 내지른 무사들이 저마다 기세를 끌어 올렸다.

쐐애애애액! 도와 창에서 선명한 기운이 섬뜩하게 휘몰아쳤다. 이는 어쩌면 그들의 인생을 통틀어 가장 위력적인 공격인지도 몰랐다. 궁지에 몰린 이들은 초인적인 힘을 발휘하는 법이니까.

사납게 몰려드는 도기와 창기의 폭풍이 청명의 전신을 향해 휩쓸어 왔다. 저 과격하고도 자비 없는 기운들에 맞서기에, 피륙으로 만들어진 인간의 육체란 너무도 연약해 보였다.

하지만 발악에 가까운 공격이 그를 향해 폭풍처럼 날아드는데도, 청명은 미동조차 하지 않았다. 아니, 오히려 그의 눈빛은 점점 더 깊이 가라앉고만 있었다.

우우우우웅!

그 순간, 청명의 검에서 기름에 불을 붙인 양 화르륵 검기가 뿜어지기 시작했다. 평소에 청명이 보여 주던, 섬세하게 절제된 형태가 아니었다.

삽시간에 터질 듯 밀어 넣은 내력에, 매화검이 금방이라도 부서져 나갈 듯 떨리며 비명 같은 검명을 질러 댔다.

그리고 이내 검신에 담긴 내력이 폭발했다.

콰아아아아아아아!

세상을 갈라 버릴 듯한 참격(斬擊).

청명을 향해 날아들던 창기와 도기가 타오르는 반월형의 검기와 맞부딪혔다. 그러고는 바다에 이른 강처럼 그 흔적조차 남기지 못한 채 흡수되었고, 이내 맥없이 으스러지기 시작했다.

기운의 폭풍을 말 그대로 맞받아쳐 분쇄해 버린 것이다.

그리고 나서도 그 기세를 잃지 않은 청명의 검기가 무방비 상태의 만인방 무사들을 그대로 덮쳐들었다.

"마, 막……!"

만인방의 무사들이 저마다 황급히 손에 든 병장기를 들어 올리며 막으려 했다. 그러나 참으로 부질없는 짓이었다.

콰드드드득! 검기를 막아선 병장기들이 마치 갈대처럼 잘려 나가기 시작했다.

모두가 경악을 금치 못했다. 그저 눈을 부릅뜬 채, 자신을 향해 다가오는 그 무시무시한 검기를 바라보는 수밖에 없었다. 그들에게 남은 것이라고는 그저 반 토막이 난 병장기와 곧 죽어 나자빠질 연약한 몸뚱이뿐이었으니.

"아, 안…….."

"히이익!"

콰아아아아아아아아아!

그건 '베다'라는 말이 어울리지 않는 광경이었다.

검기에 휩쓸린 무사들의 육체는 당연하다는 듯이 반으로 잘려 나갔다. 어디 그뿐이랴. 검기의 여력은 그 잘린 몸뚱이마저 거대한 무언가로 후려친 듯 주변으로 날려 버렸다.

십여 명의 육체가 일시에 반으로 갈려 사방으로 튕겨 나가는 광경은 차마 눈 뜨고는 볼 수 없을 만큼 참혹했다.

고깃덩어리가 된 몸뚱이들이 허공을 가르며 지나간 후, 뿜어져 나온 피가 뒤늦게 후드득 떨어졌다. 흡사 하늘에서 피의 비가 내리는 듯했다.

저벅. 저벅. 저벅.

고요해진 세상. 움직이는 것이라곤 오로지 청명뿐이었다.

그의 발이 피 웅덩이를 밟는 소리가 울리고서야 모두가 불에 덴 듯 놀라며 정신을 차렸다. 마치 한바탕 악몽을 꾼 것만 같았다.

모두의 시선이 청명에게로 쏠려 있었다. 하지만 막상 시선을 받는 청명은 다른 곳을 뚫어져라 바라보며 잠시도 눈을 떼지 않았다.

탈명단창.

그러자 청명을 응시하던 이들도 자연스럽게 그를 바라보았다. 청명과 마주한 탈명단창 손월의 얼굴이 더없이 창백하게 질려 있었다.

'뭐, 뭐 저런 괴물 같은 놈이……'

자신도 모르게 부르르 몸을 떤 그는 반 토막이 나 버린 단창을 부러져라 움켜잡았다.

반으로 잘려 나간 단창의 단면은 너무도 매끄럽고 깨끗해서 얼굴이라도 비칠 듯했다. 그것을 들여다보고 있자니 자꾸 등골이 서늘하고 소름이 돋아났다. 탈명단창이 마른침을 삼켰다.

뼈가 드러날 정도로 베인 상처에선 끔찍한 고통이 느껴졌다. 하지만 지금 그에게 자신의 상처를 돌볼 여력 같은 건 조금도 존재하지 않았다.

머리카락이 쭈뼛 곤두서고, 본능이 연신 위험 신호를 보내왔다.

당장 저 인간 같지도 않은 이에게서 최대한 멀리 달아나라고 온몸이 그에게 소리치고 있었다. 하지만…….

'달아날 수 있나?'

탈명단창은 뱀 앞의 개구리처럼 단 한 발짝도 움직일 수 없었다.

그가 몸을 돌리는 순간 저 손에 잡힌 검이 움직일 것이다. 그리고 그의 등을 향해 조금 전 보았던 그 검기가 날아들겠지.

그럼 이곳에는 탈명단창이라 불렸던 한 구의 시체만이 남게 될 것이다. 그 모든 광경이 손에 잡힐 듯 눈에 선했다.

그의 이마를 타고 굵은 식은땀이 비처럼 흘러내렸다.

'대체 뭐지, 저놈은……?'

화산에 저런 괴물이 있다는 소리는 들어 본 적이 없다. 기껏해야 후기지수 몇이 이름을 날리는 정도라 하지 않았던가. 저런 놈이 있는 줄 알았으면 이리 아무 생각 없이 화산으로 오지 않았을 것이다.

하지만 이제 와 후회해 봐야 달라질 것은 아무것도 없었다.

찰박. 그때 돌연 청명의 발이 조금 빨라졌다. 순간 움찔한 탈명단창이 저도 모르게 뒷걸음질했다.

"이익!"

새파랗게 어린 놈을 앞에 두고 만인방의 무사가 뒷걸음질이라니. 뒤늦게 자신의 추태를 알아챈 그는 이를 악물고 하나 남은 단창에 경기를 밀어 넣었다. 이대로 죽을 수는 없었다.

저벅. 저벅.

하지만 청명은 그가 아닌 다른 곳을 향해 걸었다. 탈명단창 따위는 안중에도 없다는 듯이 몸을 튼 청명은 운검이 쓰러진 곳으로 주저 없이 걸었다. 그와 가까워질수록 청명의 표정이 차게 식었다.

창백하게 질린 얼굴. 잘려 나간 팔. 그리고 어깨에서 아직도 쏟아지는 많은 양의 피.

그 모든 것이 청명의 눈에 가시처럼 콱 틀어박혔다.

"사숙조……."

한쪽 무릎을 굽히고 운검의 복부에 손바닥을 붙인 청명이 입을 열었다.

"소소!"

청명의 목소리가 크게 터져 나오자 주저앉아 있던 당소소가 반사적으로 벌떡 몸을 일으켰다.

"네!"

자신이 무엇을 해야 하는지 퍼뜩 깨달은 그녀는 전력을 다해 운검과 청명을 향해 달려갔다.

비로소 운검의 몸을 제대로 확인한 그녀의 얼굴이 새하얗게 질렸다.

"침착해."

동요를 숨기지 못하는 당소소와 달리, 청명은 고요하고 차분했다.

"안 죽어."

당소소가 입술을 질끈 깨물고 고개를 끄덕였다. 그리고 전광석화처럼 운검의 입을 벌린 뒤 혼원단을 으깨어 목 안으로 밀어 넣었다. 처치를 이어 가면서도 그녀의 얼굴은 걱정으로 가득했다.

"상태가 너무 위중……."

"안 죽어."

청명은 다시 한번 나직이 대꾸했다. 그 목소리가 더없이 침착했다.

"……사형."

"안 죽는다."

그건 확신이 아니었다. 굳이 말하자면 간절한 바람에 가까웠다. 무슨 일이 있어도 죽게 내버려두지 않겠다는 의지였다.

그 목소리에 담긴 무거움과 절실함이 외려 당소소의 떨림을 멎게 했다. 정신을 놓고 있을 때가 아니다. 지금 이 자리에서 운검을 살릴 수 있는 사람은 자신뿐이었다.

"살릴게요! 어떻게든!"

청명이 느리게 고개를 끄덕였다. 그리고 운검의 몸에 내력을 있는 대로 밀어 넣었다.

한편 청명이 하는 양을 지켜보던 탈명단창 손월은 황당함과 두려움, 분노를 동시에 느끼는 중이었다.

'뭐 하는 거지?'

너무 이해가 가질 않으니 머리가 굳은 느낌이었다. 지나치게 황당한 일이라 일순 받아들이지 못한 것이다.

지금, 탈명단창 손월이 있는 곳에서 환자를 치료한다? 그것도 등을 보인 채? 탈명단창이 저도 모르게 헛웃음을 흘렸다.

'머리가 완전히 돌아 버린 건가?'

그게 아니면 저 운검인가 뭔가 하는 작자가 저놈에게 그만큼 의미가 있는 것인가?

'아무래도 좋다.'

평소라면 상대도 할 수 없을 강자다. 어느 정도의 격차인지는 아까의 검기만 봐도 충분히 알 수 있었다.

하지만 저자는 지금 멍청하게도 등을 보인 채, 하물며 내력을 이용해 치료를 하고 있다.

타인에게 내력을 밀어 넣는다는 건 더없이 큰 위험을 감수하는 일. 더욱이 이런 전장에서는 감히 엄두도 낼 수 없는 일이다.

극도의 여유. 그게 아니면 극단적인 경험 부족. 어느 쪽인가?

탈명단창의 얼굴에 순간 갈등하는 기색이 어렸다.

본능은 여전히 경고를 보내고 있었다. 하지만 눈앞의 광경이 그를 계속해서 부추기고 있었다. 점차 숨이 가빠졌다.

'일격.'

단 일격이면 된다. 어쩌면 마지막일지도 모를 기회. 지금 이 하나 남은 단창을 저 등에 찔러 넣을 수만 있다면······.

그는 목숨 줄처럼 단창을 강하게 움켜잡았다. 그리고 머리가 채 생각을 마치기도 전에 단창에 내력을 불어넣었다.

콰아아아아아아! 미칠 듯이 불어넣은 내력이 창을 과격하게 회전시켰다. 손이 찢겨 나갈 만큼 맹렬히 회전한 단창은 이내 그 회전력을 온전히 싣고 청명의 등을 향해 날아들었다.

"죽······!"

서걱.

혼신의 힘을 담아 고함을 내질렀다. 머리는 분명 그리하라고 명령했다. 하지만 그의 입에서 고함이 채 흘러나오기도 전에 섬뜩한 소리가 먼저 울렸다.

탈명단창은 말을 채 잇지도 못하고 휘청거리다 고꾸라졌다.

'뭐?'

내가 균형을 잃는다고? 대체 왜?

상황을 이해하지 못한 그의 눈에 기이한 무언가가 보였다. 익숙하기도 하고 낯설기도 한 길쭉한 무언가가 바닥에서 경련하며 피를 뿜어내고 있었다. 어디서 많이 본 듯한……

그 순간 탈명단창이 두 눈을 찢어질 듯 부릅떴다.

'저, 저거?'

탈명단창이 저도 모르게 입을 벌렸다. 바닥에서 피를 뿜는 기이한 형체가 자신의 오른쪽 다리라는 것을 이해한 순간, 오른쪽 허벅지에서 형용할 수 없을 만큼 끔찍한 격통이 느껴지기 시작했다.

쩍 벌어진 그의 입에서 흡사 짐승과도 같은 비명이 쏟아졌다.

"으아아아아아아아아아악! 아아아아아아악!"

그는 반사적으로 다리를 더듬거렸다. 하지만 아무리 확인해도 마찬가지였다. 다리가 있어야 할 곳에선 더 이상 아무것도 만져지지 않는다. 잘려 나간 단면에서 뿜어진 피만이 그의 손을 뜨겁게 적셔 댈 뿐이었다.

"너는 조금 기다려."

고통과 절망으로 몸부림치는 그의 귀로 소름 끼칠 만큼 고저 없는 목소리가 내리꽂혔다.

"재촉하지 않아도 죽어 줄 테니까."

말을 하는 중에도 청명의 손은 빠르게 운검의 몸 위를 누볐다. 혈도에 내공을 불어넣으며 피가 흐르는 곳을 틀어막아 지혈했다. 얼마나 능숙한지 곁에 있던 당소소가 놀랄 정도였다.

당연하다면 당연한 일.

누군가 죽어 가는 모습 따위는 수도 없이 보았다. 꺼져 가는 목숨을 부여잡기 위해 발악하는 것 따위는 일상이었다.

그렇기에 다시는 그런 꼴을 보고 싶지 않았다.

이번 생에서만큼은, 다시는.
 한없이 흔들리는 어지러운 심경과 달리, 청명의 시선은 운검에게 고정되기라도 한 듯 한순간도 떨어지지 않았다.
 전신을 뒤덮은 깊은 상처와 팔이 완전히 잘려 나간 어깨. 그 처참한 모습에 청명은 온몸의 피가 차갑게 식는 듯했다.
 혼원단이 없었다면 손쓸 도리조차 없었을 만큼 심각한 부상이었다.
 "소소. 살려라."
 "예, 사형! 반드시!"
 자신이 할 수 있는 걸 모두 마친 청명은 드디어 몸을 일으켰다. 그러고도 잠시간 운검을 내려다보던 그는 천천히 시선을 돌렸다.
 조금 느리다 느껴질 만한 속도로 걸음을 옮긴 청명이 바닥에 무릎을 꿇고 무언가를 두 손으로 조심스레 받쳐 들었다.
 팔. 이제는 완전히 핏기가 빠져나가 새하얀 팔. 스스로 짓밟아 제멋대로 부러져 나간 손가락이 애처롭기만 했다.
 운검의 오른팔을 조심히 들어 올린 청명은 그것을 운검의 옆에 가만히 내려놓았다.
 이 모든 과정을 끝내고서야 청명의 시선이 비명을 내지르는 탈명단창에게로 가 닿았다. 그야말로 차갑고 싸늘한 눈빛이었다.
 다시 검을 잡은 손에 힘줄이 돋아났다.
 "일어나."
 바닥을 구르며 고통에 신음하던 탈명단창이 숨을 헐떡거리며 공포와 두려움이 뒤섞인 눈빛으로 청명을 올려다보았다.
 "……일어나."
 그그그극. 늘어뜨린 검이 땅을 긁는 소리가 귀를 천둥처럼 뒤흔들었다.

걸어오던 청명이 느릿느릿한 목소리로 서늘하게 말했다. 냉막함을 넘어, 감정의 고저조차 느껴지지 않는 음성이 선고처럼 떨어졌다.

"내가 말했지. 곱게 죽지 못할 거라고."

그의 몸에서 심장을 조일 만큼 무시무시한 살기가 뿜어져 나왔다. 서서히 분노로 일그러지는 얼굴은 악귀 같았다.

"일어나. 세상에서 가장 처참하게 죽여 줄 테니까."

핏발 선 눈이 탈명단창을 똑바로 응시했다.

머릿속이 새하얗게 질려 갔다. 내뻗은 손을 덜덜 떨며 땅을 할퀴고 내짚었다. 다리가 잘려 나갔다. 그토록 멀쩡하던 다리가 순식간에.

하지만 탈명단창을 진정 지옥으로 몰아넣은 건 다리가 잘려 나갔다는 결과가 아니라 그 과정을 도무지 이해할 수가 없다는 점이었다.

'대체 뭐냐고, 대체!'

이런 건 들어 본 적도 없다. 타인에게 내력을 밀어 넣는 일은 운기를 하는 것과 그리 다르지 않다. 그런데 대체 어떻게 해야 운기를 하는 중에 검기를 뽑을 수 있단 말인가.

탈명단창이 청명과 정정당당하게 정면에서 맞붙었다면, 이렇게 단 일격에 다리가 잘리는 결과는 절대 나오지 않았을 것이다.

설마 타인에게 내력을 밀어 넣어 치료하던 놈이 돌연 그런 검을 날릴 거라고 그 누가 상상이나 할 수 있겠는가.

방심이라고 할 수도 없는 그 짧은 생각이 이런 끔찍한 결과를 빚었다. 그리고 그 사실이 탈명단창은 못 견디게 괴로웠다.

"흐으으으……."

그는 짐승 같은 신음을 흘리며 고개를 들었다. 그리고 피로 젖은 검을 늘어뜨린 채, 무심한 표정으로 자신에게 다가오는 청명을 보았다.

탈명단창은 공포로 아득하게 질려 아무런 반응도 하지 못하고 얼어 있었다.
 수하들을 베어 날려 버리는 손속이나, 일말의 망설임도 없이 상대의 다리를 잘라 버리는 독심만 봐도 알 수 있지 않은가. 저놈은 그가 지금까지 봐 왔던 정파 놈들과는 달랐다. 저놈이라면 자신이 뱉은 말을 반드시 지키고도 남을 것이었다. 그게 탈명단창을 더욱 두렵게 만들었다.
 저벅. 마침내 그 소름 끼치는 발소리가 멎었다.
 "뭐, 뭐 하느냐! 막아! 막으라고! 당자아아아아아앙!"
 그제야 정신을 차린 탈명단창이 목이 터져라 고함을 질러 대자 전장의 분위기가 일변했다. 충격을 받은 나머지, 지금까지 자신과 상관없는 일을 지켜보듯 멍하게 자리만 지키던 만인방 무사들에게 현실감이 돌아오기 시작한 것이다.
 "마, 막아라!"
 "대주님을 지켜라!"
 탈명단창이 이끌고 온 대가 기겁을 하며 뒤늦게 청명과 탈명단창의 사이로 달려들었다.
 "어딜!"
 "못 보낸다! 이 새끼들아!"
 하지만 이번에는 화산의 제자들이 그들을 놓아주지 않았다. 뒤쪽에 있는 이들이야 어쩔 수 없지만, 검이 닿는 거리에 있는 이들에게는 매서운 검기가 쏟아지기 시작했다.
 그동안 자리를 사수하느라 방어에 급급하던 화산의 제자들이 처음으로 공세를 취하는 순간이었다.
 "이 애송이 놈들이!"

"비켜라! 개자식들아!"

만인방의 무사들이 비명과도 같은 고함을 내질렀지만, 화산의 검은 그들의 이탈을 허락하지 않았다.

하지만 그 아수라장에서도 가까스로 몸을 빼낸 십여 명의 만인방 무사들은 기어이 청명과 탈명단창의 사이로 날아들었다.

"대주님은 못……."

서걱. 목이 하늘로 치솟아 오른다. 무슨 일을 당했는지도 모르는 표정이었다.

가장 앞에 나섰던 이가 단 일검에 목을 잃고 통나무처럼 곤두박질쳤다. 그 모습에 모두 저도 모르게 움찔하며 발을 멈추고 말았다.

청명이 짧게 검을 떨치자 검 끝에 묻은 피가 바닥으로 흩뿌려졌다. 앞을 응시하는 청명의 입에서 스산한 목소리가 흘러나왔다.

"어차피…… 너희도 살려 둘 생각은 없었어. 일찍 죽겠다면 소원대로 해 주지."

쿵! 청명의 발이 땅을 짓이기듯 밟았다. 동시에, 내뻗은 그의 검에서 붉은 검기가 뻗어 나오기 시작했다. 피로 검붉게 젖은 땅보다도 더욱 붉고 선명한 검기가 치솟는다 싶더니, 이내 수십, 수백의 매화를 그려 내기 시작했다. 실로 장관이었다.

만인방의 무사들은 일제히 경악으로 두 눈을 부릅떴다.

물론 처음 본 광경은 아니었다. 조금 전 저 화산의 애송이들을 상대하면서도 저 검법은 몇 번이나 봐 왔고, 상대해 왔다.

하지만 다르다. 분명히 같은 검인데. 도저히 같은 검이라고 말할 수 없었다. 똑같은 검법임에도 누가 쓰느냐에 따라 어찌 이리도 다르단 말인가.

꽃잎 하나하나가 제각각의 움직임을 보이며 허공에 수놓였다. 마치 살아 있는 것처럼 말이다. 그건 생생함을 넘어 요사스럽게까지 느껴지는 광경이었다.

'마, 막아야…….'

선두에 있던 이가 내력을 있는 대로 밀어 넣고 도를 들어 올렸다. 머리가 미처 생각하기도 전에 몸이 먼저 움직였다. 살기 위해 본능적으로 짜낸 마지막 발악이었다. 그는 단전이 찢어지도록 내력을 끌어 올린 뒤 도를 폭풍처럼 휘둘렀다.

더없이 강맹하고 더없이 세찬 움직임이었다. 지금까지 쌓아 온 수련이 헛되지 않았음을 증명하듯, 도기를 머금은 도는 눈앞의 모든 것을 분쇄해 버릴 것처럼 맹렬하게 전방을 찢어발겼다.

하지만 그렇다 한들, 아무리 도를 거칠고 강하게 휘두른다 한들, 물샐 틈없이 기운을 뿜어낸다 한들, 바람에 흩날리는 무수한 꽃잎을 모두 쳐 낼 수 있겠는가.

도가 미처 닿지 못한 미세한 틈 사이로 매화 꽃잎이 밀려들어 왔다.

'아, 안 돼!'

눈으로 확인했을 때는 이미 늦었다.

서걱. 살랑거리며 날아든 꽃잎이 손목에 닿는 순간, 섬뜩한 통증과 함께 피가 흩뿌려졌다. 단지 꽃잎이 닿은 것만으로 손목의 뼈가 드러날 만큼 깊은 상처가 나자, 맹렬하게 움직이던 도가 잠시 그 기세를 잃었다.

그리고 덧없는 저항은 그걸로 끝이었다.

'아…….'

정신을 차려 보니 세상이 온통 매화로 뒤덮여 있었다. 꽃잎이 전신을 휩쓸고 들어왔다.

"으아아아아아아아아악!"

그의 처절한 비명을 시작으로, 곁을 지키던 이들 역시 붉은 매화에 완전히 뒤덮였다.

털썩. 털썩.

잠시 후, 육중한 소리와 함께 전방에 서 있던 만인방의 무사들이 비명도 제대로 지르지 못하고 바닥으로 처박히듯 쓰러졌다. 아주 잠깐이었는데도 서 있는 자는 아무도 없었다.

지켜보던 이들은 그 처참한 광경에 모두 할 말을 잃고 말았다.

화산의 검이 과도하게 요사스럽고 미혹적이라 정파의 검으로는 보이지 않는다는 평가마저 받는 데엔 이유가 있었다.

눈을 채 감지도 못하고 숨이 끊겨 버린 이들의 전신에서 피가 줄기줄기 뿜어져 나왔다.

피가 대지를 적시는 만큼, 지켜보던 만인방 무사들의 가슴이 차갑게 식어 갔다. 만인방에 몸을 담고 있는 동안, 숱한 싸움을 해 왔다. 상대의 검에 당해 쓰러진 동료를 보는 게 어디 이번이 처음이겠는가. 하지만 이건 지금껏 봐 왔던 것과는 확연히 달랐다.

쓰러진 시신은 한눈에 봐도 머리끝부터 발끝까지 상처가 없는 곳이 없었다. 일검에 얼마나 많은 변초(變招)가 담겨 있으면 한순간에 사람이 저리 많은 상처를 입는다는 말인가.

그 상처만 봐도 알 수 있었다. 일말의 승산조차 없으리란 것을.

모두가 경악을 금치 못하는 가운데, 오직 청명만이 동요 없이 태연했다. 그가 걸음을 뗄 때마다 땅에 고인 피가 청명의 발에 밟혀 사방으로 튀어 올랐다.

"그……."

만인방의 무사들은 달려들지도, 도망가지도 못하고 엉거주춤한 채로 사시나무처럼 몸을 떨어 댔다.

이가 절로 맞부딪치고, 전신이 얼음 굴에라도 들어온 양 차게 식었다.

막아? 막는다고? 주제에 누가 누굴 막는다는 말인가.

그제야 그들은 자신들이 얼마나 무모한 짓을 벌였는지를 깨달았다.

하지만 이미 돌이킬 수 없는 일. 움켜잡은 도의 끝이 덜덜 떨렸지만, 그건 이들을 탓할 일이 아니다. 당장 달아나지 않고 도를 들어 올린 것만도 높이 평가해야 할 일이었다.

"막아! 막으라고! 이 새끼들아!"

견디기 어려운 두려움에 머릿속이 텅 비어 간다. 그 와중에도 탈명단창이 내지르는 처절한 비명은 끊임없이 그들의 귀를 파고들었다.

하지만 그들은 복종하지도 못했고, 그 대책 없는 명령에 반기를 들지도 못했다. 고작 탈명단창의 목소리 따위에 반응하기에는 그들이 처한 상황이 너무도 끔찍했다.

'어떻……'

하지만 다행스럽게도 그들은 더 이상 고민할 필요가 없었다.

언제 검을 펼쳤는가. 정신을 차려 보니 눈앞은 이미 붉은 매화로 가득 뒤덮여 있었다. 그 매화가 어떤 의미를 가지는지는 이미 충분히 이해하고 있었다. 저 광경이 얼마나 위험한지 모르려야 모를 수 없었다.

그럼에도 순간적으로 아름답다는 감상을 떠올린 것은…… 이들의 잘못만은 아닐 것이다.

'이건 환상이다.'

그리고 그 환상은 미처 손을 쓸 틈도 없이 공포로 굳어 버린 육체를 잔혹하게 유린했다.

다시 한번 울려 퍼지는 처절한 비명.

환상처럼 피어난 매화의 비가 꿈결처럼 사라졌을 때, 탈명단창과 청명의 사이를 막아선 이는 단 한 명도 남지 않았다. 검이 만들어 낸 광경은 더없이 아름다웠지만, 그 아름다운 환상이 휩쓸고 지나간 자리는 처참하기 그지없었다.

혈인(血人)이 되어 쓰러진 시체들 사이에 선 청명은 아주 느릿하게 말했다. 고조 없는 말투가 더욱 서늘하게 느껴졌다.

"이제 네 차례군."

"후, 흐…… 윽!"

탈명단창의 눈에 금방이라도 터져 나갈 것처럼 핏발이 섰다.

하나 남은 단창을 바닥에 박아 넣은 그는 죽을힘을 다해 몸을 일으켰다. 다리를 잃은 터라 크게 휘청거렸지만, 그러면서도 용케 몸을 세우는 데는 성공했다.

"개 같은 새끼!"

실핏줄이 있는 대로 터져 거의 붉게 물들어 버린 그의 눈이 적의와 격노, 그리고 어찌할 수 없는 두려움을 담고 청명을 노려보았다.

콰득. 땅에서 단창을 뽑아낸 그는 후들거리는 한쪽 다리로 버티고 서서 양손으로 단창을 움켜잡고 청명을 겨눴다.

"나를……. 나를 우습게 보지……."

"주둥아리 닥쳐."

하지만 청명의 싸늘한 목소리가 그의 말을 끊어 버렸다.

헐떡거리던 탈명단창이 숨을 고르고 입술을 짓깨물었다. 얼마나 지독하게 물었는지 살점이 움푹 파이고 피가 흘렀지만, 그는 조금의 고통도 느끼지 못했다.

탈명단창은 남은 내력을 죄다 단창에 밀어 넣기 시작했다. 과하게 회전한 단창이 와류를 일으키며 손아귀 살을 찢었지만, 탈명단창은 기합을 내지르며 오히려 더욱 내력을 높여 단창에 밀어 넣었다.
　손? 목숨 앞에 그런 게 무슨 의미가 있는가.
　그는 죽을힘을 다해 벼락같이 단창을 내질렀다.
　"죽어라아아아아아앗!"
　그의 회심의 일격, 칠사탐와(七蛇探蛙) 초식이 이전에 없었던 기세로 내뿜어졌다. 일곱 줄기의 와류가 저들끼리 얽히고설키며 더없이 강렬하게 청명의 전신을 노리고 날아들었다.
　한 다리를 잃었다고는 하나, 그 기세만큼은 오히려 두 다리가 온전할 때에 비해 더하면 더했지, 결코 못하지 않았다.
　그가 만인방의 대주 자리까지 올라 있는 이유를 확연하게 증명하는 일초(一招)임에 분명했다.
　하지만 그의 상대는 다름 아닌 청명이었다.
　자신을 향해 날아드는 일곱 줄기의 와류를 보면서도 청명은 물러서기는커녕, 오히려 앞으로 한 발을 내디뎠다.
　카아아아아앙! 와류의 옆면을 후려친 매화검이 부러질 듯 낭창하게 휘어졌다. 그러나 정작 매화검을 쥔 청명에게 힘에 부친 기색 따위는 없었다.
　카아아앙! 재차 날아드는 와류의 옆면을 후려쳐 방향을 틀어 내며 청명은 멈추지 않고 그대로 나아갔다.
　남은 다섯 줄기의 와류가 연달아 청명의 전신을 노리고 코앞까지 날아든 그 순간.
　'뭐?'

탈명단창이 흠칫하여 두 눈을 부릅떴다. 청명의 몸이 퍽 꺼지듯 순식간에 그 자리에서 사라진 것이다.

탈명단창은 기겁하여 기감을 있는 대로 끌어 올렸다. 눈으로 좇으면 그땐 이미 늦…….

"이……!"

뒤늦게 깨달은 그가 고개를 부러질 듯 위로 꺾었다. 마침내 그의 시야에 비조처럼 떨어져 내리는 사람의 형체가 또렷하게 들어왔다.

"늦어."

서걱! 검이 피륙으로 이루어진 무언가를 잘라 내는 소리가 섬뜩하게 귀를 파고들었다.

그리고 그 직후, 또 다른 소리가 울려 퍼졌다. 쇠로 만든 무언가가 땅에 떨어지는 소리였다.

탈명단창은 멍하니 시선을 아래로 내렸다. 조금 전까지 쥐고 있던 단창이 바닥에 떨어져 있었다. 여전히 그의 손에 잡힌 채로 말이다.

조금씩 시선을 옮기니 손목이 잘려 나간 것이 확연히 보였다. 하지만 오히려 현실감은 사라졌다. 고통도 느껴지질 않았다.

그의 떨리는 시선이 앞을 향했다. 청명은 손을 뻗으면 닿고도 남을 거리에서 그를 정확하게 마주 응시하고 있었다. 섬뜩한 눈빛이었다.

"난 약속은 지키는 사람이야."

푸욱!

"아아아아아악!"

꿰뚫린 어깨에서 느껴지는 통증이 탈명단창을 다시금 현실로 끌어들였다. 어깨를 파고든 검이 상처를 헤집자 몸이 균형을 잃고 속절없이 흔들렸다. 중심을 잡을 수 없는데 싸움을 이어 갈 수 있을 리가 없었다.

탈명단창은 하나 남은 다리로도 필사적으로 몸을 뒤로 날렸다.

이대로 가다간 죽는다. 이렇게 죽을 수는…….

"어딜 가."

서걱. 가슴팍이 횡으로 깊게 베여 상처 사이로 갈비뼈가 고스란히 드러났다.

서걱. 복부가 갈라지며 붉은 피가 폭포처럼 쏟아졌다.

서걱. 얼굴이 베이며 한쪽 시야가 완전히 깜깜해졌다.

청명은 마치 농락하듯 조금씩 탈명단창의 전신을 베어 냈다. 마치 조금 전 그가 운검에게 그랬던 것처럼.

"으아아아아아아아!"

탈명단창은 발악하듯 소리를 내질렀다. 그러고는 하나 남은 주먹에 쥐어짜 낸 내력을 담고 발작적으로 휘둘렀다.

"이 개자식…….'

서걱! 하지만 휘둘러진 그의 팔은 채 뻗어지기도 전에 팔꿈치부터 잘려 나가 애꿎은 허공을 부질없이 가로질렀다.

"……아."

서걱. 하나 남은 다리의 허벅지가 반 이상 베어졌다. 더 이상 균형을 유지할 수 없게 된 탈명단창이 바닥에 그대로 처박혔다.

그의 드러난 상체를 향해 청명의 검이 굶주린 뱀처럼 날아들었다.

파아아앗! 눈 깜짝할 사이에 검이 수십 차례 휘둘러졌지만, 들을 수 있는 것은 단 한 번의 파공음뿐이었다. 탈명단창의 가슴에 수십 개의 자상이 새로이 그였다. 잔 핏방울이 사방으로 흩어지며 붉은 포말을 일으켰다.

"끄륵……."

그의 눈은 급격하게 빛을 잃어 가기 시작했다. 무언가 말을 하려는 듯 입을 뻐끔댔지만, 목구멍으로 역류하는 피는 그것마저 허락지 않았다.

"유언은 사람이 남기는 거지."

청명의 검이 탈명단창의 목에 닿았다.

"너는 벌레처럼 죽어라. 그것조차 네게는 과분하니까."

푸욱. 일말의 망설임도, 자비도 없었다. 느리게 내질러진 청명의 검이 탈명단창의 목을 그대로 꿰뚫었다.

부르르 경련을 일으키던 그는 눈조차 감지 못한 채 싸늘하게 식어 갔다.

검을 뽑아낸 청명은 검에 묻은 피조차 더럽다는 듯 강하게 검을 떨쳐 피를 흩뿌렸다.

사위가 고요했다.

무언가를 생각하는지 한참 동안 식어 가는 탈명단창을 바라보던 청명이 천천히 몸을 돌렸다. 만인방도들이 경련하며 몸을 움츠렸다.

이윽고 청명의 입에서 흘러나온 목소리가 그들의 피를 싸늘하게 식혀 버렸다.

"……다음."

청명이 무위를 보이는 것이 처음은 아니었다. 화산의 제자들은 이미 그의 무위가 자신들과는 비교조차 되지 않을 수준이라는 것을 잘 알고 있었다.

하지만 그 모든 것을 감안하더라도 지금 청명이 보여 준 모습은 충격적이었다. 게다가 무엇보다 화산 문도들을 놀라게 한 것은, 더없이 잔인한 청명의 손속이었다.

'청명아……. 이놈아.'

현종은 더없이 안타까운 눈빛으로 청명을 바라보았다.

도사라고 하기에는 너무도 잔인한 검이었다. 하나 그는 감히 청명을 탓할 수 없었다.

저 아이의 가슴 안에 들끓는 분노가 얼마나 큰지를 알기 때문이기도 했지만, 더 큰 이유는 청명이 휘두른 검에서 살심이 아닌 서글픔을 느꼈기 때문이다.

"이 녀석아…….."

청명이 휘두르는 검 끝마다 자책이 묻어나는 듯했다.

장내는 이미 청명이 완전히 지배하고 있다. 만인방의 문도들은 물론이거니와 만인방의 대주들조차 그에게서 눈을 떼지 못하고 있었다. 이대로 그가 압도적인 무위를 보여 준다면, 이 전투를 승리로 이끄는 건 그리 어렵지 않을 것이었다.

그러나 현종은 가슴속에서 울컥 치미는 노여움에 입술을 질끈 깨물었다.

"무엇 하느냐!"

현종의 목소리가 벼락처럼 쩌렁쩌렁 화산을 울렸다.

화산의 제자들이 화들짝 놀라 현종을 바라보았다. 현종은 자신의 앞에 선 야도에게 시선을 고정한 채, 뒤도 돌아보지 않고 일갈했다.

"청자 배 하나가 홀로 싸우게 두는 것이 화산의 검을 짊어진 이들이 할 짓이더냐?"

그 천둥 같은 불호령을 들은 화산의 제자들이 입술을 질끈 깨물었다. 검을 잡은 손들에 힘이 들어갔다. 그리고 자신도 모르게 늘어뜨리고 있었던 검을 제자리로 돌려놓았다. 적들을 향해.

"화산을 지키는 건 다름 아닌 너희다. 누구도 화산을 홀로 지킬 수는 없다!"

이 말은 청명에게 의지하고 있던 화산의 문도들에게 하는 말이었다. 하지만 동시에 청명에게 전하고 싶은 말이기도 했다.

'하찮구나.'

스스로가 너무도 티끌처럼 느껴졌다. 현종은 목이 메어 왔다.

만일 그가 강했다면, 화산이 더 강했다면 저 어린아이가 저토록 분노에 휩싸여 살검을 휘둘러 댈 일은 없었을 것이다.

문파에 적이 쳐들어왔고, 누군가가 다쳐 사경을 헤맨다.

그건 슬픈 일이다. 안타까운 일이다. 하지만 그게 어찌 청명의 잘못일 수 있단 말인가. 어째서 청명이 저토록 깊은 죄책감을 느껴야 하는가.

"검을 들어라!"

우렁우렁하게 소리치는 그의 목소리에는 숨길 수 없는 노기가 묻어났다.

"너희가 자랑스러운 화산의 검수임을 스스로 증명하라!"

더는 누가 돌봐 주지 않아도 승리할 수 있음을 보여라!

현종의 호령에 화산의 제자들이 지금까지와는 비교할 수 없을 만큼 커다란 함성을 내지르며 눈앞의 적들에게 달려들었다.

'……빌어먹을.'

야도의 얼굴이 심각하게 굳어졌다.

전장의 분위기는 일순간에 반전됐다. 이런 대규모 전투에서 사기가 끼치는 영향을 감안한다면, 이제 만인방이 승기를 잡는 건 사실상 요원해졌다고 해도 과언이 아니었다.

보라. 화산의 문도들은 용기백배해서 이전보다 더욱 맹렬한 검을 떨쳐 내고 있는 반면, 만인방의 무사들은 잔뜩 움츠러들어 제 실력을 발휘하지 못하고 있다.

당연한 일이었다. 등 뒤에서 범이 다가오는데, 눈앞의 여우에게 신경을 집중할 수 있는 이가 누가 있겠는가.

모두가 애써 앞을 바라보고는 있지만, 정신은 온통 등 뒤에 있는 청명의 움직임 하나하나에 쏠려 있었다.

누구 하나가 나서서 잠시라도 청명을 막아서지 않는 이상, 만인방이 아무리 수가 많다고 해도 대부분은 제 실력의 반도 발휘하지 못할 게 분명했다.

이래서 강호의 전투는 절대고수의 존재 유무로 갈린다는 말이 나오는 것이다.

'저 머저리 같은 놈이!'

야도는 처참한 시체가 되어 버린 탈명단창을 보며 이를 갈아붙였다.

탈명단창 손월은 절대 저렇게 쉽게 당할 이가 아니었다. 저 청명이라는 놈이 야도조차 손댈 수 없는 강자인 건 사실이나, 탈명단창 역시 그리 만만한 놈은 아니었다.

만일 기죽지 않고 제 실력을 발휘만 했었다면 적어도 백 합, 못해도 오십 합은 버텨 낼 수 있었을 것이다. 다른 이도 아니고 만인방의 대주니까.

마지막엔 끝내 당했다 해도 그렇게 검을 섞는 모습이라도 보여 주었다면 방도들의 사기가 이토록 처참하게 급락하지는 않았을 것이다.

하지만 어쩌겠는가. 저 멍청한 놈은 결국 제 이름값도 하지 못하고 죽어 버렸는데.

이미 죽어 버린 놈을 탓해 봤자 달라지는 것은 아무것도 없다. 야도가 핏발 선 눈으로 자신의 앞에 있는 현종을 노려보았다.

'늙은이가······.'

급격히 그 기세를 잃어 가던 현종조차 처음의 그 진중함을 되찾았다. 이렇게 된 이상 상대를 쉽게 제압하기는 글렀다.

슬쩍 시선을 돌려 독혈수를 확인하니, 그 역시 다시 기운을 차린 현상과 대치하는 중이었다. 속으로 혀를 찬 그가 입을 열었다.

"발목이라도 잡고 늘어져 볼 셈이오? 그러다 죽는 것보다는 나를 저놈에게 보내 주는 쪽이 나을 텐데? 약해 빠진 그대가 날 상대하는 것보다는 저 새파란 놈이 낫지 않겠소?"

슬쩍 도발해 보았지만, 침착하게 가라앉은 현종의 눈은 조금도 흔들리지 않았다. 그는 이런 상황에서 어떤 태도를 견지해야 하는지 잊지 않았다.

"정파와 사파의 차이가 무엇이라 생각하느냐?"

"······글쎄?"

"부끄러움의 유무다."

현종의 정광 어린 눈이 야도를 꿰뚫어 볼 듯 응시한다.

"물론 저 아이는 나보다 강하다. 이곳에 있는 누구보다 강하지."

현종의 침중한 목소리가 열기 띤 전장에서도 힘을 잃지 않고 조용히 울렸다.

"하지만 그렇다 해서 저 아이를 싸우게 두고 뒤에서 뒷짐이나 지고 있을 생각은 없다. 수치를 아는 자라면, 자신이 해야 할 일이 무엇인지 아는 자라면 감히 그럴 수는 없는 법이다."

말을 마친 현종이 가슴이 울렁거려 입술을 지그시 깨물었다.

보듬어 주지 못한다. 이끌어 주지 못한다.

그렇다면 적어도 그 어깨를 짓누르는 짐을 나눠 들어 줄 수는 있어야 한다. 그것마저 하지 못한다면 현종이 무슨 자격으로 화산의 장문인을 자처하겠는가. 그는 침통한 어조로 마저 말을 이었다.

"화산의 모든 문도는 저 아이와 함께 걷기 위해 수련하고, 노력하고 있다. 문파란 의지하는 것이 아니라 함께 걷는 것이다."

야도가 별소리를 다 듣겠다는 듯 입꼬리를 뒤틀었다.

"뭐라는 건지……."

그는 결국 어떻게 해도 현종이 하는 말을 이해할 수 없었다. 서로를 이해하기엔 그들이 걸어온 길이 너무 달랐다.

하지만 한 가지는 확실히 알고 있었다. 강호에서의 정의란, 힘으로 스스로를 증명한 자의 것이다. 이긴 자의 정의만이 의미가 있다.

이곳에서 야도가 만인방을 이끌고 화산을 무너뜨린다면 현종의 말은 틀린 게 될 것이다. 그리고 그 반대의 경우라면 누구도 현종의 말을 반박하지 못할 것이다.

야도는 지금까지 언제나 승리해 온 쪽이었다. 그는 청명의 존재로 불거진 미망을 떨쳐 내듯, 여유를 가장하며 현종을 비웃었다.

"확실히…… 기세가 오른 모양입니다만, 승기를 잡았다고 확신하지는 말아 주셨으면 좋겠습니다."

현종이 의문 어린 눈빛으로 그런 그를 바라보았다.

"정말, 이래서 군사의 말은 무시할 수 없다니까. 이 작은 문파 하나 처리하는 데 왜 그리 많은 이들을 보내나 했더니."

중얼거린 야도는 별안간 얼굴을 일그러뜨리더니 주변을 빠르게 훑으며 이를 악물고 버럭 소리를 질렀다.

"흑시(黑豺)! 이 빌어 처먹을 새끼! 당장 기어 나오지 못해? 몇이나 더 죽어 나가야 파악을 끝낼 셈이냐!"

영문을 알 수 없는 야도의 고함이 끝나는 순간, 화산의 한쪽 담벼락 위에서 쇠끼리 긁히는 듯한 거슬리는 음성이 들려왔다.

"호들갑 떨 것 없다."

깜짝 놀라 눈을 부릅뜬 현종이 황급히 시선을 위로 올렸다.

분명 아무것도 없었는데, 어느새 전신을 검은 붕대로 칭칭 감은 사내가 홀연히 나타나 담벼락에 서서 청명을 바라보고 있었다. 바라보기만 해도 섬뜩해질 만큼 차가운 눈빛으로.

"화산신룡 청명……."

까드득. 흑시가 손을 꽉 쥐었다 빠르게 펴니 기묘한 뼈 소리가 소름 끼치게 울렸다. 어차피 야도가 닦달하지 않았더라도 슬슬 나서려던 참이었다.

'정보를 조사한 놈의 목을 잘라 버려야겠군.'

저런 놈을 겨우 후기지수라고 평가하다니.

"화산신룡 청명에, 화정검 백천이라."

화산의 손에 만인방 대주가 둘이나 당했다. 심지어 한 놈은 손도 써 보지 못한 채로 처참하게 당했다. 이건 쟁쟁한 정파의 명문들도 해내지 못한 일이었다.

'여긴 반드시 지금 지워야 한다.'

흑시는 화산을 이대로 내버려둔다면 가까운 시일 내에 만인방에 강대한 위협이 될 것이라 판단했다. 그 사실을 깨닫고 화산을 미리 지울 수만 있다면, 대주 둘의 목숨 정도는 싸게 먹힌 것이나 다름없었다.

"그러기 위해서는……."

흑시의 시선이 전장의 중심에 선 청명에게로 향한다.

청명 역시 그가 등장한 순간부터, 아니 모습을 드러내기 전부터 이쪽에 신경을 쏟고 있었다. 마치 흑시가 이곳에 있다는 것을 미리 알고 있었다는 듯 말이다. 깊게 가라앉은 검은 눈동자가 생각을 읽고 있는 것 같아 불쾌한 기분이었다.

까드드득. 그의 손이 다시 기묘한 뼈 소리를 자아냈다.

"흑조단."

흑시의 작은 목소리가 울리기 무섭게 그의 좌우로 검은 그림자들이 늘어서기 시작했다. 흑시가 그랬듯, 방금까지는 기척도 없던 이들이었다.

"······저······."

"저거······."

담벼락 위에 올라선 검은 무복 차림의 무인들은 마치 검은 까마귀 떼처럼 불길하고 음산해 보였다. 복면 사이로 보이는 눈에는 일말의 감정도 담겨 있지 않았다.

한눈에 알 수 있었다. 이제껏 공격해 오던 만인방의 평범한 무력대와는 그 수준이 다르다는 것을 말이다.

기껏 잡았다고 생각한 승기가 순식간에 멀어져 갔다.

"처음부터 나섰다면 이럴 필요도 없지 않았느냐, 빌어먹을 놈!"

흑시의 시선이 천천히 야도에게로 향한다.

정말로 화가 난 듯 소리를 질러 대던 야도가, 시선이 마주친 순간 입을 다물고는 슬쩍 그의 시선을 피했다. 감정 없는 눈이 선뜩한 감정을 자아냈다.

'빌어 처먹을.'

흑조단. 방주 직속으로 오직 방주의 명만을 받는 특수 집단.

그 잔인함과 독랄함은 같은 만인방도들 사이에서도 경원시할 정도였다. 특히나 흑조단의 단장인 흑시는 만인방의 대주들조차 은근히 두려워하는 존재였다. 압도적인 무력과 그들의 지독하다 못해 끔찍한 손속을 보면 꺼림직할 수밖에 없었다.

불쾌한 기분에 흑시를 차마 마주하지 못한 야도는 시선을 돌려 현종을 바라봤다. 억눌린 감정이 사나운 목소리가 되어 현종에게로 고스란히 쏟아졌다.

"영감이 잘난 듯 떠들어 대도, 상황이 바뀐 적은 단 한 번도 없다. 저 청명인가 하는 놈이 전장에 제대로 합세하지 못한다면 변하는 것은 아무것도 없지. 저놈 혼자서는 무엇도 할 수 없다."

그 말을 들은 현종이 무슨 생각을 하는지 모를 심유한 눈으로 야도를 바라보다 고개를 주억거렸다.

"맞는 말이지. 부정할 수 없다."

"……뭐?"

"네 말대로 혼자서는 아무것도 할 수 없다."

전신이 상처로 뒤덮였고 지금도 쉴 새 없이 흘러나오는 피가 바닥을 적시고 있지만, 이 노검수는 여전히 그 빛을 잃지 않았다.

"하지만 말하지 않았느냐. 저 아이를 혼자로 만들지 않기 위해 내가, 모두가 이곳에 있다고."

"너희 따위가?"

"부족하더냐?"

야도의 눈이 못마땅한 듯 가느스름해졌다. 거슬린다.

흑조단이 나타난 순간 만인방은 전장의 우세를 잡았다. 그 화산신룡이 아무리 강하다고 해도 흑조단을 홀로 상대할 수는 없을 터.

아니, 설사 그게 가능하다고 해도 변함은 없다. 저놈이 흑조단을 상대하는 동안 다른 화산의 문도들은 단 한 사람도 살아남지 못할 테니까.

그런데…… 어째서 이 노인의 눈에서는 빛이 사라지지 않는가.

현종은 그저 당연한 것을 당연하다 말하는 사람처럼 초탈해 보였다. 혼란스러운 감정이 역력한 눈동자로 그를 바라보는 야도에게, 현종이 조용히 입을 열었다.

"말하지 않았느냐. 나는 부끄러움을 아는 사람이라고."

현종이 고개를 저었다. 부정이라기보다는 안타까움이 담겨 있었다.

"무엇보다 나를 부끄럽게 하는 것은, 저 아이를 홀로 두지 않기 위해 가장 노력하는 이가 내가 아니라는 점이다."

도무지 이해할 수 없는 말에 야도의 얼굴이 형편없이 일그러졌다.

"나는 믿는다. 설령 화산이 무너지는 날이 오더라도 그 아이들만은 반드시 저 아이의 옆을 지키겠지. 그렇기에……."

현종의 시선이 저 멀리 흑시와 대치하는 청명의 등에 고요히 가 닿았다.

"나는 내 자리를 지킬 수 있는 것이다."

그 순간, 그 말이 떨어지기만을 기다린 것처럼 청명의 등 뒤 절벽에서 하얀 무복을 입은 누군가가 하늘 위로 치솟듯 뛰어올랐다.

그에 뒤이어 몇몇 인영(人影)이 절벽 위로 모습을 드러냈다. 몸을 띄워 솟구쳐 오른 그들은 일사불란하게 청명의 좌우로 착지했다.

가장 앞에 내려선 이의 시선이 당소소에게 치료를 받고 있는 운검에게로 향했다. 퍼렇게 질린 안색과 허전해진 어깨. 운검은 당장 목숨이 위험한 상태로 보였다.

"……사숙."

하얗게 질릴 만큼 입술을 꽉 깨문 그는 상처투성이의 현종 역시 보았다. 그러더니 이내 얼굴을 와락 일그러뜨렸다.

"장문인!"

핏기가 가셔 창백해진 그의 얼굴에 용암처럼 들끓어 오른 분노가 번져 갔다. 윤종과 조걸 역시 분노를 참지 못하고 이를 부서져라 악물었다. 순간적으로 쏟아진 살기가 만인방 무사들을 향했다.

"이놈들이……."

특히나 유이설은 절벽을 올라와 문내에 들어선 순간부터 현종의 상처에서 눈을 떼지 못하고 있었다. 무슨 일이 있어도 항상 무심하던 그녀의 얼굴에 귀기(鬼氣)가 어렸다.

"……죽여 버리겠어."

"아미타불."

그리고 다른 화산의 제자들보다 조금 늦게 절벽을 오른 혜연이 반장을 하며 그들의 뒤로 다가왔다.

"저도 돕겠습니다."

백천이 말없이 고개를 끄덕였다. 청명의 좌우로 선 화산의 제자들과 혜연이 차가운 눈빛으로 만인방을 노려보았다.

백천이 현종에게서 떨어지지 않는 시선을 애써 전방에 고정한 채로 나직이 말했다.

"……조금 늦었다."

이름이 불린 것도 아니건만, 청명이 당연하다는 듯 낮은 목소리로 대답했다.

"말은 됐어. 알고 있지?"

"물론."

화산오검. 세상으로부터 그렇게 불리는 이들이 일제히 검을 뽑아 들었다.

이가 갈리는 분노를 내리누르고 냉정해지려 애쓰며 백천이 가만히 입을 열었다.

"냉정을 잃지 마라."

그러고는 으르렁대듯 일갈했다.

"단! 손속에 사정을 둘 필요는 없다!"

모두가 검을 더욱 세게 움켜잡는 것으로 대답을 대신했다. 긴장감이 그들 사이를 한차례 스쳐 가고, 이내 단단한 각오가 그들의 얼굴에 내려앉았다.

짧게 심호흡을 한 백천이 노호를 내질렀다.

"모조리 쳐 죽여 버려!"

"간다!"

다섯 줄기의 빛살처럼, 화산오검이 화산의 정상을 가르며 만인방도들을 향해 날아들었다.

'빌어먹을, 화정검인가?'

그 적사도를 쓰러뜨린 이다. 아마도 서안에서 출발해 이제야 화산에 도착한 모양이었다.

야도의 얼굴이 눈에 띄게 굳어졌다. 물론 저런 애송이 몇이 합류했다고 전세가 역전되었다고 볼 수는 없겠지만…….

'이게 끝이 아니겠지.'

화정검이 지금 도착했다는 건, 서안에 있던 화산의 문도들이 모두 돌아오고 있다는 의미다. 그 수가 그리 적진 않다고 들었다.

그들이 모두 도착한다면 지금보다 전세가 불리해질 것은 자명한 일.

"하아앗!"

마음이 조급해진 야도가 다짜고짜 현종을 향해 도를 휘두르기 시작했다. 초조한 만큼 거친 도격이 사방에서 현종을 노리고 날아들었다.

'수를 줄여야 해!'

전쟁에서 이긴다는 것은 단순히 마지막에 더 많은 수가 남아 서 있는 것을 의미하지 않는다.

적들을 쓰러뜨리며 회복할 수 없을 만큼 피해를 입는다면 그건 더 많이 살아남는 것에 불과할 뿐, 진정 '승리'라 칭할 수 없게 되어 버린다.

저들의 결속은 야도가 생각하는 문파의 결속을 가뿐하게 뛰어넘는다. 그건 더없는 힘이 되겠지만, 반대로 말하면?

'장문인쯤 되는 이가 죽어 나간다면 그 충격도 클 터!'

가공할 기를 품은 도가 눈부신 속도로 현종을 향해 내리 떨어졌다.

콰아아앙! 현종은 반사적으로 검을 들어 가까스로 그 기습을 막아 냈다. 하지만 그 도에 실린 힘을 채 다 감당하지 못하고 균형을 잃어 뒤로 나뒹굴고 말았다. 이미 부상이 심한 현종에게는 불가항력이었다.

"죽어라! 늙은이!"

한순간 무방비해진 현종의 목을 향해 도가 자비 없이 날아들었다.

카아아아앙!

하나 그 도는 어느새 끼어든 검에 의해 가로막혔다.

다른 곳에는 시선조차 주지 않고 달려와 현종의 앞을 막아선 백천이 싸늘한 얼굴로 야도를 향해 일갈했다.

"……주둥아리 조심하는 게 좋아. 그 주둥아리를 찢어 놓기 전에 말이야."

"이 애송이가!"

백천은 대답 없이 도와 맞닿은 검에 내력을 불어넣었다.

"큭!"

검에서 뿜어져 나온 가공할 내력에 차마 정면으로 맞서지 못하고 튕겨 난 야도는 곧바로 자세를 낮추며 신경을 곤두세웠다.

만만치 않다. 적어도 이놈의 내력은 후기지수의 수준이 아니다. 도를 타고 파고든 내력 때문에 손목이 저릿저릿할 정도였다.

'적사도 놈을 쓰러뜨렸다고 하더니.'

아무래도 단순히 요행은 아니었던 모양이다.

하지만 경계를 높이는 야도와는 다르게 백천은 우선 싸움을 뒤로하고 현종을 부축해 일으켰다.

"죄송합니다. 장문인. 제가 너무 늦었습니다."

"백천아······."

손에 닿은 도복이 피로 흠뻑 젖어 있었다. 현종의 전신에 난 상처를 본 백천은 다시금 입술을 질끈 깨물었다.

'조금만 늦었으면.'

피를 너무 많이 흘렸다. 출혈로 죽는다 해도 이상할 것이 없는 상처였다. 조금만 지체되었더라면 어떻게 됐을지 상상하니 모골이 송연했다. 뱃속에서부터 무언가 부글부글 끓어오르기 시작했다.

"이제부터는 제가 상대하겠습니다. 장문인께선 얼른 상처를 치료하셔야 합니다."

"너무 위험하다. 내가······."

"장문인. 보중하십시오. 혹여 장문인께서 잘못되시기라도 한다면 저희는 살아도 산 것이 아니게 됩니다."

한참 백천의 눈을 바라보던 현종이 결국 가만히 고개를 끄덕였다.
"……알겠다."
"장문인께서는 부디 상처를 수습하시고, 제자들을 이끌어 주십시오."
그 말을 끝으로 백천은 아래로 내리고 있던 검을 곧추세우며 곧장 현종의 앞으로 나섰다. 너른 등이 현종의 앞을 빈틈없이 막아섰다. 현종은 그런 그의 뒷모습을 말없이 바라보았다.
'이 아이가 언제 이렇게 성장했단 말인가?'
강해지고 있다는 것쯤은 알고 있었다. 하지만 지금 현종이 느끼고 있는 격정은 단순히 백천의 육체적 강함 때문만은 아니었다.
장문인인 그가 아직 이끌어 주어야 할 아이로만 여겼던 백천이 어느새 당당한 한 사람의 검수가 되어 화산과 그를 지탱해 주고 있단 걸 실감해서였다.
감상에 젖어 있을 상황이 아니라는 걸 알고 있음에도 이상하게도 가슴속에서 먹먹한 감정들이 벅찰 만큼 차올랐다.
하지만 그들의 모습을 지켜보는 야도로서는 기분이 썩 유쾌하지 않았다.
"감히 네가 나를 상대하겠다고? 어처구니가 없군."
명백한 비웃음에 백천은 뽑아 든 검을 겨누며 차게 말했다.
"못 할 이유라도 있나?"
"하룻강아지 주제에 범 무서운 줄을 모르는구나."
야도가 큰 소리로 비아냥거렸다. 그런데 뜻밖에 백천은 발끈하기는커녕 피식 웃었다.
"아니지. 나는 호랑이 새끼고, 너는 그냥 개에 불과해. 덩치가 조금 더 크고 강할지는 모르나, 그래 봤자 너는 개일 뿐이야."

야도가 어안이 벙벙해서 백천을 보았다. 시구(詩句)나 읊으면 딱 자연스러울 듯한 얼굴로 말도 안 되는 독설을 저렇게 물 흐르듯 줄줄 쏟아내다니. 여느 정파 놈들처럼 번드르르한 말이나 할 줄 알았더니, 머리를 한 대 맞은 기분이었다.

"이놈이고 저놈이고……. 화산에는 제정신 박힌 놈이 없는 건가?"

"평소에는 제정신이지. 나를 돌게 만든 건 네놈이고."

눈을 꼿꼿하게 치뜬 백천이 이를 갈아붙였다.

"감히 장문인의 몸에 칼을 댔으니 곱게 죽을 생각은 꿈에서도 안 하는 게 좋을 거다, 개자식아!"

야도가 무언가 대거리하려는 순간, 백천이 더 말을 섞을 가치도 없다는 듯 문답무용으로 짓쳐 달려들었다.

노한 얼굴과 폭급한 기세. 하지만 그와는 대조적으로 검이 그려 내는 검세는 더없이 날카롭고 정확했다.

'빌어먹을!'

일말의 망설임도 없이 목을 향해 빠르게 쇄도하는 백천의 검을 야도가 쳐 냈다. 야도는 온몸의 피가 싸늘하게 식는 듯했다.

'어쩌면 오늘은 길보다 흉이 많을지 모르겠군.'

야도는 이를 악문 채 쉴 새 없이 이어지는 백천의 검을 맞받아쳤다.

"아미타불."

혜연이 불호를 외며 현상의 앞을 막아섰다. 현상과 마주하고 있던 독혈수가 그를 노려보며 얼굴을 굳혔다.

"소림인가?"

"소승은 혜연이라고 합니다."

"어째서 소림이 화산을 돕는 거지?"

혜연이 가만히 고개를 저었다.

"이상한 말씀이십니다. 누군가를 돕는 것에 어째서 이유가 필요하다는 말씀이십니까. 마음이 행하는 대로 따르는 것. 더구나……."

그저 차분하고 순해 보이기만 하던 혜연의 눈빛이 점차 냉정히 가라앉았다.

"전신에서 피 냄새를 이리 짙게 풍기는 이를 막는 데는 더더욱 이유가 필요하지 않은 법이지요."

"고리타분하군."

빈정거리던 독혈수가 혀를 내어 입술을 핥았다.

'혜연이라.'

혜연이라면 들어 본 적이 있다. 그 소림이 심혈을 기울여 키워 냈다는 이의 이름이었다. 천하비무대회의 우승자이자, 언젠가 소림의 장문인이 될 거라던 이.

"네가 지금 이 자리에서 죽는다면 소림에서 피눈물을 흘리겠군."

"아미타불. 그런 일은 없을 것입니다."

혜연의 목소리는 차분하기 그지없었다. 하지만 그럼에도 갑작스레 차디찬 현실과 마주한 그의 손끝은 미미하게 떨리고 있었다.

'침착해라.'

아무리 혜연이라 해도 제대로 된 실전을 겪어 보는 것은 이번이 처음이었다. 조금 전부터 살을 엘 듯 밀려오는 살기와 피 냄새가 그의 평정을 흐트러뜨리고 있었다.

혼란하던 그의 시선이 본능적으로 누군가를 찾았다.

"……아미타불."

누군가의 등을 잠깐 두 눈에 담은 그는 이내 조금 전보다 확연하게 부드러워진 표정으로 독혈수를 바라보았다.

"너무 멀구려."

혜연이 작게 한숨을 내쉬었다.

'평생 동안 부동심을 얻기 위해 수련해 왔거늘. 나는 이 작은 일에도 마음의 평정을 유지하지 못하는구나.'

반면 그가 좇는 이는 이 상황에서도 얼음 같은 부동심을 유지하고 있다. 절대 흔들리지 않을 듯한 모습으로.

뇌리에 확연히 새긴 청명의 등을 다시금 머릿속으로 떠올려 본 혜연은 가만히 자세를 잡았다.

'화산에 오길 잘했다.'

그가 번뇌 끝에 찾으려던 것은 확실히 이곳에 있다. 이제는 그저…….

"얼마나 따라갈 수 있는지 스스로를 확인해 볼 뿐!"

"뭐라 지껄이는 거냐!"

"오시오."

쿵! 강렬하게 진각을 내리밟은 혜연의 두 주먹에서 황금빛의 경기가 솟구쳤다. 결심을 굳힌 혜연의 눈동자는 더 이상 흔들리지 않았다.

"가만히."

"내, 내려놓거라, 이 녀석아! 나는 아직……!"

"가만히. 제발."

현상은 비통하여 얼굴을 일그러뜨렸다. 하지만 그에겐 저항할 힘이 없었다. 몸속으로 파고든 독은 이미 그의 육체를 심장 부근까지 검게 물들였다.

"흥분하지 마세요. 독 퍼져요."

바둥대는 현상을 제압하듯 둘러업은 유이설이 눈부신 속도로 전장을 가로질러 달렸다. 눈에 보이는 상처는 현종이 훨씬 더 심하지만, 정말 위험한 건 오히려 현상이었다.

다른 이들은 미처 알아채지 못했으나 유이설만은 복잡한 전장에서도 가장 빨리 조치를 취해야 할 이가 누군지 정확하게 파악한 것이다.

검날이 눈앞을 지나가고, 사방에서 검기가 날아들었지만 유이설의 움직임에는 망설임이 없었다. 다급히 한 번 더 바닥을 박차고 뛰어오른 유이설이 마침내 당소소의 앞에 내려섰다.

"사고!"

당소소가 눈물에 흠뻑 젖은 눈으로 유이설을 보며 소리쳤다. 하지만 유이설은 여전히 무표정한 얼굴로 짧게 끊어 말했다.

"소소. 해독. 할 수 있어?"

"제가 누구라고 생각하시는 거예요! 맡겨 주세요!"

당소소가 크게 고개를 끄덕이며 힘을 주어 주먹을 꽉 움켜쥐었다.

그녀는 당가의 여식. 독을 다루는 것에 있어서는 천하에 비할 곳이 없는 가문의 자손이다.

독에 정통한 가문이라면 해독 역시 정통하기 마련. 여자란 이유로 가문의 비전은 전수받지 못했지만, 해독만큼은 어느 누구에게도 뒤지지 않을 자신이 있었다.

"이쪽으로 눕혀 주세요!"

당소소의 말을 들은 유이설이 현상을 바닥에 눕혔다. 작은 미동도 없게끔 아주 조심스러운 움직임이었다.

뭔가 말을 하려 입을 뗀 현상의 어깨를 유이설이 가만히 잡았다.

"……이설아."

"믿으세요."

결국 현상이 뭐라 더 말도 못 하고 가만히 고개를 끄덕였다. 그제야 유이설이 그의 어깨를 놓고 몸을 일으켰다.

현상은 고개를 옆으로 돌렸다. 당소소의 앞에, 의식을 잃고 쓰러져 있는 운검의 모습이 또렷하게 보였다.

"……검아."

입술을 꽉 깨문 현상의 눈가에 잔 떨림이 일었다. 자꾸만 안 좋은 생각이 들었다.

"소소야. 운검이는……."

"안 죽어요. 돌아가실 리 없어요."

"……."

"사형이 그랬거든요. 절대 안 죽는다고!"

그 말에 현상의 눈가가 확 붉어졌다. 죽을 리가 없다는 말은, 결국 달리 말해 죽을 확률이 높다는 의미다.

당장 손을 뻗어 저 녀석의 몸뚱이라도 쥐어 보고, 또 도닥이고 싶지만 그럴 수도 없었다. 중독이 된 몸으로 환자에게 손을 댈 수는 없는 노릇 아닌가.

'운검아……. 이 미련한 녀석아.'

알 수가 없었다. 미련스레 제자들의 앞에 버티고 서서 목숨이 위태로울 만큼의 부상을 입었다. 오로지 제자들과 화산을 지키기 위해서였다. 스승으로서 그런 제자의 행동을 칭찬해야 하는가, 아니면 어찌 몸을 소중히 여기지 않았냐 화를 내야 하는가.

끝내 현상의 눈가에 참았던 눈물이 가득 고였다.

"잘했다. 잘했어……. 참 잘했다, 이 멍청한 놈아."

조금은 이기적으로 굴어도 되었을 것을…….

누워 있는 운검의 핏기 없는 얼굴을 하염없이 바라보던 현상이 다시 고개를 돌려 전장을 바라보았다. 그러고는 물기가 잔뜩 어린 목소리로 중얼거렸다.

"보거라, 운검아."

네가 키우고, 네가 지킨 제자들이 화산을 지켜 내고 있다. 지금 이곳에서.

콰아아앙! 강맹하게 도를 쳐 날려 버린 검이 일순 흐느적대며 부드럽게 움직이더니 이내 화려한 매화검기를 마구 뿌려 대기 시작했다.

"비, 빌어먹을!"

"대체 어떻게 돼먹은 놈들이냐!"

날아드는 매화 잎을 미처 모두 피해 내지 못하고 전신이 피범벅이 되자 만인방의 무사들이 기겁을 하며 뒤로 물러났다.

하지만 그 날카로운 검기를 뿌린 이는 그들이 달아나게 내버려둘 생각이 추호도 없는 듯 눈을 매섭게 빛냈다.

"어딜 달아나, 이 새끼들이!"

조걸이 버럭 소리를 지르며 그들을 쫓아 앞으로 튀어 나갔다.

"자리를 지켜!"

하지만 그 순간, 뒤쪽에서 터져 나온 노호에 조걸이 찔끔하며 내디뎠던 발을 회수했다. 눈만 힐끔 돌려 돌아보니 윤종이 평소와 달리 차갑기 짝이 없는 얼굴로 그를 노려보고 있었다.

"지금 적을 쓰러뜨리는 게 중요하더냐?"

"아, 아닙니다, 사형!"
"네가 자리를 비운 동안 사형제들이 죽어 나가도 괜찮더냐?"
"아닙니다!"
"그럼 무조건 그 자리를 지켜라! 네가 앞에서 버텨야 한다!"

윤종의 단단한 목소리가 분노로 혼란스러웠던 정신을 다잡게 해 주었다. 입술을 꽉 짓씹은 조걸이 다시 하체에 힘을 주었다.

"아아아악!"

그 와중에도 윤종의 검이 빛살처럼 허공을 가르며, 다른 화산의 제자를 몰아붙이던 만인방도의 어깨를 그대로 꿰뚫었다.

조걸이 전방을 확실하게 막고, 뒤쪽에서 윤종이 지원하는 방식. 딱히 그리하자 말하지 않았음에도 자연스레 제 위치를 찾아 들어간 둘이었다. 전황을 유지하며 더 이상 다치는 이들이 나오지 않도록 버티고, 유지한다.

"흥분하지 마라. 방심도 하지 마라. 머리를 식혀! 차갑게!"

연거푸 쏟아지는 윤종의 일갈에 조걸이 고개를 끄덕이곤 검을 움켜잡은 채 전방을 바라보았다.

평소에는 백천 일행 가운데 가장 부드러운 윤종이지만, 사형제들이 피를 흘리는 모습을 목격한 그는 이제껏 한 번도 본 적 없는 기세를 내뿜고 있었다. 조걸이 찍소리도 못 하고 그 명에 따를 만큼 말이다.

실력으로만 따지자면 조걸은 확실히 윤종보다 뛰어났다. 처음부터 그는 윤종보다 강했지만, 본격적으로 청명의 수련을 받으며 이제는 그 차이가 확연히 눈에 보일 만큼 벌어졌다고 해도 과언이 아니었다.

"사숙! 뒤쪽으로 물러나십시오!"
"아, 알았다!"

하나 그런 윤종의 고함에 백자 배들마저 군말 없이 움직이고 있다. 조걸은 죽었다 깨어나도 이런 상황을 만들 수 없을 것이다.

'역시 사형은 사형이야.'

그렇기에 윤종은 훗날에 화산의 장문인이 될 수 있는 사람이고, 조걸은 그저 그를 보좌하게 될 사람에 불과하다. 조걸은 이미 그 사실을 잘 알고 있었다.

하지만 그래서 그게 뭐 어떻단 말인가.

"걸아!"

"예, 사형!"

조걸의 형형한 두 눈이 달려드는 만인방도들을 응시했다. 곧 그의 검이 빛살처럼 가공할 속도로 허공을 빼곡하게 수놓았다.

'나는 이게 더 적성에 맞거든!'

윤종과 백천이 화산을 이끈다면 조걸은 그 검이 될 것이다. 화산에서 가장 날카로운 검. 그게 조걸이 걷고자 하는 길이었다. 그래. 마치…….

조걸의 시선이 담벼락을 향해 걸어가는 청명의 등을 향했다.

"혼자 싸울 셈인가?"

"충분하지."

흑시의 짧은 물음에 청명 역시 짧게 대답했다.

"……뒤쪽의 상황이 그리 녹록하지는 않아 보이는데?"

청명의 시선이 흘끗 뒤로 향했다.

모두가 자신보다 강한 적을 상대하고 있다. 조금 더 시간이 지나, 현영이 이끄는 인원들이 도착하기 전까지는 아마 힘겨운 싸움을 이어 가야 할 것이다.

하지만…….

"충분해. 약하게 키운 적 없거든. 그리고…….."

단호한 목소리로 말하던 청명의 시선이 백천 일행에게 가 닿았다.

"……요즘은 내가 다 감당이 안 될 지경이라."

호랑이 새끼들이 이제는 다 컸다고 슬슬 이를 드러내는 판이었다. 이 기회에 적당히 풀어놓는 것도 나쁘지 않으리라.

"그리고…… 나는 이런 곳에 승냥이 떼를 풀어놓을 만큼 멍청하지 않거든."

본능적으로 알 수 있었다. 눈앞의 놈들은 위험하다. 이 혼란한 전장에 이런 놈들을 풀어놓는다면 막대한 희생자가 생길 것이다. 단순히 거칠기만 한 놈들과는 다르다. 이들에게서 풍겨 오는 지독한 피 냄새는 과거의 한때를 떠올리게 할 정도였다.

"그건 동감해. 저놈들과는 취향이 도통 맞질 않아. 나는 저렇게 쉽게 누군가를 죽이는 걸 이해할 수 없거든."

낮은 웃음소리와 함께, 검은 붕대에 싸인 흑시의 입가가 기괴하게 뒤틀렸다.

"죽음이라는 건 조금 더 천천히 즐겨야 되는데."

그 말에 청명이 이를 드러내며 웃었다. 듣던 중 반가운 소리였다.

"그것참 다행스러운 일이네."

"……뭐가 다행이라는 거지?"

미소를 머금었던 흑시의 얼굴이 미묘하게 굳었다. 반면에 청명의 미소는 더욱 짙어졌다. 분명 웃고 있는데도 무슨 생각인지 알 수 없는 표정이었다.

"나도 너희 같은 놈들이 취향이거든."

아무 거리낌 없이 쳐 죽일 수 있으니까.

그 마교에게 악귀라고 불렸던 사내. 매화검존 청명이 스산한 살기를 내뿜으며 흑조단을 응시했다. 흑시로선 가장 지독했던 전장에서도 느껴 본 적 없는 위압감이었다. 그 농밀하고도 섬뜩한 살기에 흑시는 자신도 모르게 입을 열었다.

"……너 정말 도사냐?"

청명이 이를 드러내며 웃었다. 그에게서 뿜어져 나온 살기는 마치 지옥의 입구를 연상케 했다.

"그럼. 너희 같은 놈들을 쳐 죽이는 게 도사가 해야 할 일이지. 마침 착한 척하는 것도 지겹던 참이었어. 그러니까 시작하자고. 너희가 죽든, 내가 죽든."

꾹꾹 눌러 왔던 것들을 모조리 풀어 낸 청명이 섬뜩한 웃음을 날리며 흑조단을 향해 쏘아졌다.

"큭!"

백천의 머리가 산발이 되어 휘날렸다. 늘 단정히 매고 있던 영웅건은 온데간데없었다. 그는 핏발이 선 눈으로 야도를 노려보았다.

오랜 싸움으로 야도의 몸 역시 자잘한 상처로 뒤덮여 있긴 했지만, 백천의 검은 그의 몸을 제대로 파고들지 못하고 있었다.

"더 지껄여 봐라. 애송아."

야도가 확연한 우세를 잡은 상황. 하지만 그것만으로는 전황을 뒤집을 수 없었다. 결국 아직도 베어 내지 못했으니까. 그 역시 초조하긴 백천과 마찬가지였다.

'어쩌다 상황이 여기까지…….'

간단한 임무였다. 과거에는 명문이었다고 하나, 아직 화산은 이제 겨우 강호에 이름을 알리고, 기지개를 켜기 시작한 문파에 불과했다.

반면에 만인방은 작금의 강호를 호령하고 있는 문파. 그런 곳에서 고작 화산 따위를 상대하기 위해 한 개의 단과 세 개의 대를 투입한다는 건 과하다 못해 말도 안 되는 처사라 생각했다. 방금 전까지만 해도 말이다.

그런데……. 그런데 대체 왜 상황이 이렇게까지 되어 버렸단 말인가.

핏발 선 야도의 눈이 주변을 훑는다. 전황은 여전히 혼란했다.

'혹시! 이 빌어먹을 놈이!'

믿었던 흑조단은 그 청명인가 뭔가 하는 놈과 함께 전장에서 이탈해 버렸다. 그리고 진즉에 화산의 잡것들을 쓸어 버렸어야 할 수하 놈들은 갑자기 등장한 두 어린놈에게 막혀 그 방어를 전혀 뚫지 못하고 있었다.

'빌어먹을.'

그렇다면 독혈수나 그가 직접 저 방어를 뒤흔들어야 하는데…….

파아아앗!

"큭!"

생각을 이어 가던 야도가 가까스로 몸을 뒤틀었다. 기습적으로 날아든 매서운 검날이 그의 볼을 아슬아슬하게 스치고 지나갔다.

주르륵. 갈라진 상처에서 한 줄기 피가 주륵 흘러내렸다. 화끈한 통증이 번지자 야도의 얼굴이 한층 더 사납게 일그러졌다.

"이 찰거머리 같은 놈이!"

야도의 눈에 살심이 차올랐다. 하지만 그럼에도 그는 함부로 공격해 들어가지 못했다. 눈앞의 애송이가 생각 이상으로 만만치 않았기 때문이다. 섣불리 공세를 펼쳤다가는 허를 찔릴지도 모른다.

'고작 후기지수 따위에게……!'

한 점 흐트러짐 없는 중단세는 육중한 거암을 연상케 했다. 야도는 치밀어 오르는 짜증을 숨기지 못하고 땅에 침을 뱉었다.

나이에 비해 높은 실력은 이해할 수 있었다. 야도도 이미 잘 알고 있는 사실이었다. 세상은 그리 공평하지 않다는 걸. 누군가는 수십 년간 죽을힘을 다해 수련해야만 얻을 수 있는 경지를 불과 몇 달 만에 이룩해 버리는 괴물 놈들이 심심하면 튀어나오는 곳이 강호니까. 화산 같은 작은 문파에 이런 놈이 있다 해도 놀랄 만한 일은 아니다.

하지만 실력이야 그렇다 쳐도 나이에 어울리지 않는 저 평정심은 대체 어디에서 나오는 것인가. 이건 재능만으로는 설명할 수 없다.

사방에서 피와 살이 튀는 전장에서는, 웬만큼 경험을 쌓은 이들도 흥분해 평정을 잃기 마련이다. 하지만 저놈은 마치 백전노장이라도 되는 양 굳건한 부동심을 유지하고 있었다. 대체 어떻게? 저놈은 고작해야 이대제자가 아닌가.

'화산 놈들은 모두 이런 건가?'

이에 짓눌린 야도의 입술이 새하얗게 질렸다. 불안감이 엄습했다.

찰거머리 같다. 조금 전 현종이 그랬던 것처럼 백천은 철저하게 야도를 물고 늘어졌다. 이기지는 못하더라도 절대 다른 이들을 향해 도를 휘두르게 내버려두지 않겠다는 듯 악착같이 달려들고, 그를 붙잡은 채 버텨 냈다. 상대하는 야도가 먼저 질릴 정도였다.

한 문파의 장문인보다 새파랗게 어린 제자 놈이 더 강하다는 건 상식적으로 이해하기 힘든 일이었지만, 어떻게 된 영문인지 이 빌어 처먹을 화산이란 문파는 도무지 상식이라는 게 통하지 않는다.

"아무래도……."

야도가 입을 열려는 그 순간 틈을 놓치지 않고 백천이 진각을 밟으며 가공할 속도로 짓쳐 들어왔다. 순간적으로 검이 살아 움직이는 듯 보일 정도였다. 군더더기 하나 없는 완벽한 찌르기.

"큭!"

야도가 고개를 뒤틀며 찔러 들어온 검을 피하고 도를 횡으로 그었다.

캉! 카앙! 캉!

그의 도가 충분히 휘둘러져 힘을 받기도 전에 검이 날아와 휘둘러질 공간을 선점했다. 그 덕에 도신을 통해 발출되지 못한 내력이 역류하며 야도의 손목에 부러진 것 같은 고통을 선사했다.

카앙! 아주 짧은 시간 동안 일순 흔들린 도를 한 번 더 강하게 밀쳐 낸 백천의 검이 그와 야도 사이의 공간을 접어 내며 삽시간에 십여 송이의 매화를 그려 냈다.

야도는 생각할 것도 없다는 듯 몸을 뒤로 날리며 바닥을 굴렀다. 그런데도 정강이가 베이며 핏물이 허공으로 흩뿌려졌다. 몸을 한 바퀴 굴려 곧바로 자세를 바로잡은 야도가 살기 어린 눈으로 백천을 노려보았다.

"네놈……."

만인방 대주의 살기를 정면으로 받으면서도, 백천은 말없이 다시 하단세를 잡았다.

눈빛. 끈질기고 집요한 백천의 눈빛이 찬물을 끼얹듯 서늘하게 야도의 가슴을 식혔다. 마치 짐승이 사냥감을 보는 듯했다. 저 눈빛 아래에 가라앉은 건 분명 차가운 분노일 것이다.

'다른 것을 신경 쓸 때가 아니다.'

야도는 나지막이 숨을 토해 냈다. 제대로 상대하지 않으면 당한다.

"왜 그리 화가 났느냐, 애송아? 아주 살이 떨리는데?"

조금이나마 분위기를 전환하기 위한 도발이었다. 통하지 않아도 상관없다. 흔들린다면 더할 나위 없는 일이고. 그리고 의외로 백천은 그 도발에 응해 주었다.

"……너희 같은 놈들은 백번 설명해 줘도 이해하지 못하겠지."

굳게 다물려 있던 백천의 입에서 싸늘한 목소리가 연이어 흘러나왔다.

"네가 감히 어떤 분에게 상처를 입힌 건지, 그분이 우리에게 어떤 의미인지 말이다."

만년빙처럼 차디찬 분노가 말에서 뚝뚝 떨어졌다.

현종. 어느 문파에나 장문인이란 상징적인 존재다. 장문인이 타 문파의 손에 상처를 입었다는 건 더없는 굴욕일 수밖에 없다.

하지만 그간 현종을 겪어 온 화산의 제자들이 느끼는 분노는 그런 일반적인 감정과는 궤를 달리했다.

어찌 현종을 평범한 장문인처럼 대할 수 있단 말인가.

그는 화산의 제자들을 지탱하고자 기꺼이 스스로를 버렸다. 화산의 제자들에게 있어 현종은 어버이이자, 스승이고, 또한 따르고 지켜야 할 소중한 이였다.

그런 현종을 그토록 처참히 공격한 놈을 어찌 용서할 수 있겠는가.

심장을 얼려 버릴 듯 한기 어린 분노가 백천의 전신을 휘감았다. 그러자 야도가 입꼬리를 뒤틀며 말했다.

"과연. 그렇단 말이지."

그리고 그 순간 그의 도가 시퍼런 도기를 내뿜으며 내리그였다.

콰아앙! 도를 막아 낸 검이 순간적으로 부러질 듯 휘어졌다. 조금만 방심했다면 검과 함께 몸이 도륙 났을 것이다. 가공할 내력과 힘이 담긴 일도에 백천의 몸이 뒤로 주르륵 밀려났다.

"너무 기분 내는군. 애송이 주제에."

눈을 가늘게 뜬 백천이 이를 악물었다.

검을 잡은 손이 덜덜 떨리고 다리가 후들거렸다. 같은 대주라고 하지만, 그가 느끼기에 저 야도라는 작자는 전에 상대했던 적사도보다 적어도 한 수 위에 있는 고수였다. 아직 그가 상대하기에는 버거운 자임에 틀림없었다.

"버티면 뭐가 달라질 거라 생각하나?"

야도가 네가 무슨 생각일지 뻔히 안다는 듯 이죽거리며 백천을 바라보았다.

"그저 버티는 것일 뿐이지. 너희는 결국 내 손에 죽는다. 그 청명이라는 놈이 돌아오길 바라는 모양인데, 꿈 깨라. 지금껏 흑조단의 손에서 살아남은 이는 아무도 없었다. 시체라도 온전히 남긴다면 다행이지."

흑시를 떠올린 야도가 진저리가 나는 듯 몸을 가볍게 떨었다.

소름 끼치고 기분 나쁜 놈이지만, 아군이라면 그만큼 믿음직한 이도 흔치 않다. 그놈이라면 어떤 수를 써서라도 반드시 상대의 숨통을 끊어 놓을 것이다. 비웃음을 한껏 섞은 채 야도가 계속해서 말을 이었다.

"그 청명이라는 놈도 퍽 불쌍하게 되었지. 흑시는 사람을 그냥 죽이는 법이 없거든. 아마 그놈은 세상의 모든 고통을 맛보며 죽게 될 거다."

실로 섬뜩하기 그지없는 말이었다.

"뭘 모르는 모양인데, 그놈은 단 한 번도 불쌍해진 적이 없는 놈이야. 그놈을 상대하는 놈이 불쌍하지."

하지만 백천은 야도의 말에 겁을 먹기는커녕 되레 비웃었다.

무리는 할지언정 절대 실패할 일은 하지 않는다. 그게 백천이 아는 청명이었다.

"그리고 착각하지 마. 나는 청명을 기다린 적이 없어."

백천이 검을 세게 부여잡으며 다짐하듯 말했다. 그의 눈에 단호한 의지가 어렸다.

"이딴 일 하나 제대로 처리 못 해서 그놈을 기다렸다가는, 대가리가 깨져도 할 말이 없지. 네깟 놈 하나 이기지 못하고서 내가 무슨 수로 그놈의 사숙을 자처하겠나."

"……하여간 여긴 미친놈들밖에 없군. 윗놈이고 아랫놈이고 다 제정신이 아니야."

야도가 더는 할 말도 없다는 듯 고개를 내젓고는 도를 고쳐 잡았다.

"십 초 내로 그 건방진 주둥아리를 짓뭉개 주겠다."

"할 수 있으면 해 보시지!"

일순간 백천의 눈이 아주 빠르게 주변을 훑으며 전황을 파악했다.

쿠우우우우웅! 옆에선 커다란 폭음이 연신 터져 나왔다.

혜연은 확연히 독혈수를 밀어붙이고 있었다. 혜연의 무위가 만인방의 대주급에도 밀리지 않을 만큼 고강하기 때문이기도 하지만, 독과 사기를 다루는 독혈수의 무공과 모든 사기를 정화하는 소림의 무학이 완벽한 대척을 이루기 때문이기도 했다.

역시나 독혈수의 얼굴엔 낭패한 기색이 가득했다. 무공의 상성부터가 맞지 않으니 돌파구가 없을 터. 아무래도 저쪽은 걱정할 필요가 없을 듯했다.

"가라! 조걸!"

"으아아아아아앗!"

그리고 그의 뒤쪽에서 만인방의 무력대를 상대하는 화산의 제자들은 윤종을 필두로 맹렬한 기세로 적들을 몰아붙이고 있었다.

사실 실력으로 따지자면 이제 화산에서도 손꼽히는 검수인 조걸이다. 쉽게 흥분하는 버릇이 있어 그 실력에 비해 실수가 잦았지만, 윤종이 그런 조걸을 완벽하게 통제하고 있었다.

조걸이 반쯤 미쳐 날뛰고, 윤종이 중간중간 고삐를 잡으며 돕는다. 주목을 끌어 전장의 분위기를 가져오고, 냉정하게 상황을 지켜보며 조절하니 밀릴 수가 없었다.

한번 탄 기세를 놓치지 않은 덕분인지, 저 만인방을 상대로도 선전하고 있었다.

'그럼 결국······.'

남은 것은 백천뿐이다. 그가 야도를 이겨 낼 수만 있다면 전장의 승기는 단번에 화산이 가져오게 될 것이다. 백천이 이를 악물었다.

"죽어라!"

그때, 상념을 깨듯 살벌한 도기가 백천을 향해 날아들었다. 백천은 있는 힘껏 내력을 끌어 올려 도를 막아 냈다.

쿠우우우웅! 도와 검이 맞부딪히는 순간 어마어마한 폭음이 터져 나왔다. 말도 안 되는 힘에 백천은 균형을 잃고 뒤로 튕겨 나갔다.

"컥!"

땅에 내동댕이쳐진 그의 입에서 억눌린 신음이 새어 나왔.

하지만 고통을 느낄 겨를도 없었다. 비호처럼 뛰어오른 야도가 쓰러진 그를 향해 날아들고 있었다. 그의 도에 실린 힘은 점차 강해졌고, 공격이 쏟아지는 기세는 마치 거대한 폭포와도 같았다.

아슬아슬하던 추가 순간적으로 기울고, 기세가 넘어간다. 감히 검을 들어 막을 엄두도 나지 않을 공격에, 백천은 이를 악물고 주먹으로 땅을 힘껏 내리쳤다. 그리고 그 반동을 이용해 바닥을 쓸듯 몸을 날렸다.

콰아아아아앙!

청석으로 만들어진 바닥이 두부처럼 으깨지며 사방으로 파편이 비산했다. 바닥을 몇 번이나 굴러 몸을 일으킨 백천이 고개를 들자마자 내뻗어진 발이 시야 가득 들어왔다.

곧 야도의 발이 백천의 가슴에 틀어박혔다. 이것까지는 도저히 피하거나 막을 도리가 없었다. 백천은 마치 실 끊어진 연처럼 허공으로 튕겨 나갔다.

"사숙!"

"사혀어어엉!"

충격을 이기지 못한 백천이 허공을 가르며 조걸의 앞쪽으로 추락하고 있었다.

조걸은 검을 강하게 휘둘러 달라붙은 이들을 떨쳐 내고는 재빠르게 몸을 날려 백천을 받아 들었다.

"사숙! 괜찮으십니까?"

조걸의 외침에, 의식을 반쯤 잃은 듯 살짝 늘어졌던 백천이 번쩍 눈을 떴다. 정신을 차린 그는 얼른 조걸을 밀어 내며 발을 땅에 디뎠다.

"퉤!"

피가래를 뱉어 낸 그는 후들거리는 다리를 진정시키며 자세를 취했다.

"……제법 하는군."

기세등등해진 야도가 수하들이 연 길로 걸어오며 이죽거렸다.

"그렇게 처맞고도 주둥아리를 놀릴 힘이 있는 모양이로구나. 언제까지 그렇게 기고만장할 수 있을지 두고 보지. 버러지 같은 것들. 모조리 쳐 죽여 주겠다!"

백천 역시 지지 않고 앞으로 한 발 나서서 야도를 맞았다.

"사숙!"

조걸이 만류하려 했지만, 백천의 눈빛을 보고 물러설 수밖에 없었다.

"내가 상대한다."

"……알겠습니다."

백천은 알고 있다. 여기서 그가 밀린다면 단번에 균형이 무너진다는 것을. 까딱하면 목숨을 잃을 만큼 아슬아슬한 싸움이라 해도 계속 이어가야만 한다. 바짓가랑이를 잡고 늘어지든 어쩌든, 야도만큼은 반드시 그가 맡아야 했다.

"하, 아주 눈물 나는군."

비아냥대던 야도가 더는 짜증을 참지 못하고 버럭 소리를 질렀다.

"어린놈이고 늙은 놈이고 하나같이 사람을 열받게 만들어!"

"대주님! 흥분을 가라앉히……."

그는 옆에서 입을 연 자를 보지도 않고 주먹으로 대번에 후려쳤다.

퍼어억! 북편이 터지는 소리와 함께 얻어맞은 이가 피를 뿜으며 나가떨어졌다. 거기서 그치지 않고, 야도가 사납게 으르렁댔다.

"이 병신 같은 새끼들아! 저 어린놈들 하나 처리하지 못해서 시간을 끌어? 그러고도 너희들이 만인방의 대원이냐? 한심한 놈들 같으니라고!"

"죄, 죄송합니다!"

"모조리 죽여! 반 각 내로 저놈들을 모두 죽이지 못하면 내가 너희를 직접 죽여 버리겠다!"

그 말에 주춤하던 만인방도들이 두 눈에 살기를 담고 화산의 제자들을 조여 오기 시작했다.

절대고수의 존재. 조금 전 청명이 그 존재만으로 만인방도들의 발을 묶었다면, 지금은 화산의 제자들이 야도의 존재에 짓눌리고 있었다.

'빌어먹을.'

지금 세가 기울어서는 안 된다. 백천이 이를 갈아붙이며 초조해지는 마음을 애써 억눌렀다. 이런 상황을 우려해 어떻게든 야도를 묶어 두려 했던 것인데…….

"조걸! 윤종! 저놈은 내가 묶는다. 어떻게든 사형제들을 지켜라!"

"예, 사숙!"

두 사람이 결연한 의지를 담고 고개를 끄덕였다.

"지긋지긋한 놈들. 저 애새끼들을 모두 쳐 죽여 버려!"

"복명!"

대주들과 떨어진 탓에 산발적으로 전투를 이어 갈 뿐 지금껏 제대로 된 명령을 받지 못하던 만인방도들이 아까와는 사뭇 다른 흉흉한 살기를 뿜었다.

그 드높아진 사기만으로도 억지로 이끌어 온 형세가 무너지기 시작했다. 절대적인 실력 차는 어찌할 수 없다. 화산의 제자들이 순식간에 뒤로 밀려났다.

'그래. 이래야지.'

야도는 입꼬리를 뒤틀며 웃었다.

어린놈들은 분위기를 타면 때때로 실력 이상의 것을 해내곤 한다. 하지만 그건 반대로 말해, 분위기만 죽일 수 있으면 실력을 발휘할 수 없다는 것이다.

저 화정검 백천이라는 놈과 다른 몇몇은 그 수준을 뛰어넘은 모양이지만, 화산 제자들의 대부분은 아직 사기에 크게 영향을 받는다.

"단숨에 몰아친다. 모조리 죽여…….."

"이놈드ㅇㅇㅇㅇㅇㅇㅇㅇㅇㅇ을!"

야도의 고개가 저도 모르게 획 돌아갔다. 화산 전체를 울릴 만큼 쩌렁쩌렁한 사자후가 터진 곳으로.

부서진 화산의 산문으로 누군가가 들어오고 있었다.

'노인?'

얼굴에 노기를 가득 품은 한 노인이 이를 빠득빠득 갈아 대었다.

"이…… 이런 개 같……. 후욱! 아이고, 빌어먹을, 후욱! 뒈지겠네."

전장을 울릴 정도로 크게 터진 사자후는 웅혼했지만, 정작 내지른 이의 몰골은 그리 훌륭하지 못했다.

전신이 땀으로 흠뻑 젖었고, 흘러내린 머리카락은 얼굴에 찰싹 달라붙어 있었다. 노인은 힘에 부치는지 무릎을 잡고 몇 번이고 연거푸 심호흡을 했다.

"……현영 장로님?"

윤종의 입에서 멍한 음성이 새어 나왔다. 그 말을 듣기라도 한 양 현영이 고개를 번쩍 들어 올렸다. 그러더니 다시금 노호를 토했다.

"감히 사파 놈들이 여기가 어디라고! 이 빌어 처먹을 새끼들이!"

혼을 태우는 듯한 외침에 만인방도들은 질린 표정으로 그를 응시했다.

"얘들아!"

그뿐만이 아니었다. 산문 앞에 우뚝 선 현영의 뒤로, 서안에서 이제 막 도착한 화산의 제자들이 터진 둑에서 뿜어져 나오는 물줄기처럼 산문 안으로 박차고 들어왔다. 현영의 명령이 떨어졌다.

"가서 물어라!"

현영이 검을 뽑아 듦과 동시에, 전신이 땀으로 흠뻑 젖은 화산의 제자들이 눈에 핏발을 세우며 달려들었다. 마치 급류처럼 거칠게 달려든 그들은 만인방도들을 일거에 휩쓸어 버리기 시작했다.

"사숙!"

"그래!"

백천이 주먹을 불끈 쥐었다. 그리고 잠깐 옆쪽으로 시선을 돌렸다.

'청명아.'

흑조단과 함께 어디론가 사라진 청명이 자꾸 마음에 걸렸다. 조금 전 야도가 했던 말이 계속 마음 한구석에 불안감을 키웠다.

하나 그는 의지를 다잡고 이를 악물었다가 우렁우렁하게 소리쳤다.

"몰아붙여라! 우리 손으로 끝을 낸다!"

백천이 야도를 향해 뛰어올랐다. 검기가 처음 싸울 때처럼 힘차게 솟구쳤다.

'믿는다. 청명아!'

청명은 반드시 돌아올 것이다. 지금은 그가 해야 할 일을 할 때였다.

* ❀ *

청명이 나뭇가지를 박차고 뛰어오르자, 나뭇잎 뒤흔들리는 소리가 파스스 고요한 산속을 울렸다.

어둠으로 물든 화산에 섬뜩하다 못해 저릿한 살기가 퍼지고 있었다. 청명은 피부를 아릿하게 만드는 그 기운에 되레 이를 드러내며 웃었다.

파아아앗! 그 순간 아무것도 없는 허공처럼 보이던 아래에서 두 개의 검이 불쑥 튀어나와 청명의 배와 목을 향해 쏘아졌다.

가늘디가는 세검(細劍). 베기란 기능을 철저히 배제하고 오로지 상대를 찔러 죽이기 위해 만들어진 기형검(奇形劍)이다.

달빛을 받은 세검 끝은 불길할 만큼 검게 빛났다. 극독이었다.

어둠 속에서 사각을 노리고 날아드는 두 개의 독검(毒劍). 하지만 치명적인 공격이 날아와도, 청명의 검 끝에는 조금의 흔들림도 없었다.

카아앙! 날아드는 검을 후려쳐 날려 버린 청명의 검이 일순 십여 개로 갈라지며 아래를 내리 찔렀다. 손끝에 걸리는 확연한 감각. 검이 살을 뚫고 뼈를 끊어 냈음이 분명했다.

하지만 그만한 상처를 입었음에도 아래쪽에서는 작은 신음도 흘러나오지 않았다. 이것만으로도 이들이 얼마나 철저히 훈련받은 이들인지를 짐작할 수 있었다.

나뭇가지를 밟고 다시금 몸을 띄워 올린 청명은 이내 비조처럼 빠른 속도로 낙하했다. 그가 땅에 내려서기 무섭게, 나무 위에 은신하고 있던 두 명의 흑조단원이 사냥감을 향해 뛰어오르는 늑대처럼 청명을 향해 돌진해 왔다.

길게 뻗은 검. 방어는 도외시하고 오로지 공격만을 위하는 검세였다. 죽는 한이 있더라도 상처 하나는 내고 죽겠다는 악랄한 독심이 담긴 검. 단 하나의 상처면 상대를 중독시킬 수 있다. 이들은 자신보다 강한 자를 어떻게 상대해야 하는지 너무도 잘 알고 있었다.

이런 이들을 상대해 본 경험이 없는 이라면 악랄한 수에 당황하여 제 실력의 반도 발휘하지 못하고 죽어 갈 것이다. 하나.

파아아아앗!

청명의 검이 주저없이 허공을 빛살처럼 갈랐다. 상대의 검이 도달하기도 전에, 청명의 검기가 상대를 먼저 꿰뚫었다.

검기에 닿은 세검이 반듯하게 갈라졌다. 그러고도 기세를 잃지 않은 청명의 검기는 이내 상대의 육체마저 두 동강을 냈다. 반으로 갈라진 몸뚱이가 좌우로 튕겨 나가며 피가 비처럼 쏟아졌다.

동료의 몸이 반으로 쪼개지는 끔찍한 광경을 보았음에도 그 옆에서 공격해 오는 이의 속도는 조금도 줄지 않았다. 청명은 자신의 목을 향해 일직선으로 쏘아져 오는 검을 차갑게 응시하다가 옆으로 한 발을 뻗으며 몸을 빙글 돌렸다. 옷자락이 살짝 갈라졌지만, 청명의 육체까지 스치진 못했다.

서걱. 청명이 무심하게 휘두른 검이 흑조단원의 목을 베어 냈다. 단숨에 목의 절반가량이 잘린 흑조단원은 그 어떤 소리도 내지 못하고 바닥에 그대로 처박혀 한차례 부르르 경련을 일으켰다. 그리고 잠시 후 차갑게 식어 가기 시작했다.

흑조단원이 쥐고 있던 독검이 땅에 떨어지자 주변의 풀들이 순식간에 지푸라기처럼 버석하게 말라붙기 시작했다. 얼마나 지독한 독이 발려 있으면 저런 일이 벌어질 수 있는 걸까.

검을 휘둘러 피를 털어 낸 청명은 코끝으로 스며드는 피비린내를 맡으며 가만히 하늘을 올려다보았다. 날이 흐려 구름으로 가득해 별 하나 보이지 않았다.

기분이 더럽다.

콧속으로 파고드는 피비린내와 살을 엘 듯 쏘아져 오는 살기. 빠르게 식어 가는 시체에서 느껴지는 한기. 마치 지난 삶의 어느 한 부분으로 돌아오기라도 한 듯 기시감이 청명의 온 신경을 뾰족하게 계속 건드리고 있었다.

쿠르르릉. 꾸역꾸역 먹구름이 몰려든다 싶었는데 끝내 하늘에서 천둥과 벼락이 치기 시작했다. 얼마 지나지 않아 하늘에 구멍이라도 뚫린 듯이 비가 쏟아졌다. 그 세찬 빗속에서 선명한 것은 오직 진동하는 피 냄새뿐이었다.

그 비를 오롯이 맞으며 청명은 가만히 시선을 내렸다. 상황은 저들에게 유리하다. 어둠 속에서 몸을 숨기고 빈틈을 노리는 이들이니, 이 시끄러운 천둥소리와 빗속에서 그 기척을 한층 더 완벽히 감출 수 있을 것이다.

이곳은 저들이 가장 원하는 전장. 그 전장에 뛰어드는 건 사실 냉정하게 말해서 미련하기 짝이 없는 짓이었다.

하지만 청명은 단 한 치의 망설임도 없이 복잡한 전장에서 몸을 빼 도망치는 그들을 뒤쫓았다. 가장 탐이 나는 사냥감인 그가 사냥터에 직접 몸을 던진다면, 그 누구도 청명을 두고 화산의 제자들을 노리지 않을 테니까.

젖은 머리카락을 타고 빗물이 흘러내렸다. 삽시간에 몸을 식힐 만큼 차가운 비를 맞으며 그는 조용히 입을 열었다.

"안 온다면 내가 가지."

그의 발이 바닥을 힘차게 박찼다. 빛살처럼 쏘아져 간 청명은 칠흑 같은 어둠 속에서도 붉디붉은 매화를 피워 냈다. 더없이 선명하고, 더없이 아름다운. 그렇기에 이 피비린내 나는 전장에선 너무도 이질적인 그런 매화를.

어둠 속에 은신하고 있던 이들의 몸에 매화가 소리도 없이 내려앉는다.

서걱. 여리게 피어난 매화는 그 소담스러운 자태에 걸맞지 않게, 닿은 모든 것을 흉폭하고 날카롭게 저며 냈다.

"……끅."

미처 참아 내지 못한 희미한 비명과 함께 또 하나의 육체가 땅으로 곤두박질쳤다. 나무토막이 떨어진 것처럼 둔탁한 소리가 났다.

촤아아아아아!

그 순간, 쏟아지던 빗줄기를 가르며 십여 개의 검은 그림자가 청명을 향해 날아들었다. 온몸을 적시는 비보다 더 차가운 안광이 살의를 담고 어둠 속에서 섬뜩한 빛을 발했다.

쿵! 이윽고 청명이 진각을 내리밟으며 휘두른 검이 독을 품은 독사처럼 영활하게 허공을 누볐다. 그 요사스러운 검 끝에서 태어난 아름답고 화려한 매화가 날아드는 이들을 또다시 뒤덮었다.

그 검 끝에는 일말의 망설임조차 없었다. 혼신의 힘을 다해 내질러진 독검은 구름처럼 피어나는 매화의 숲을 뚫지 못했다. 매화에 부딪힌 검들이 요란한 소리를 내며 사방으로 튕겼다.

파아아앗.

그때, 막힐 줄 알았다는 것처럼 청명의 발아래에서 또 하나의 시커먼 독검이 솟아올랐다. 청명은 반사적으로 몸을 띄워 올렸다.

독검에 꿰뚫리는 것은 피했지만, 검세를 유지할 수는 없었다. 순간적으로 매화의 형상이 흩어지자 그 짧은 틈을 노리고 흑조단원들이 조금 전보다 배는 빠른 속도로 그를 향해 돌진했다.

청명이 이를 악물고 검을 움켜잡았다. 그리고 허공에서 몸을 빙글 회전시키며 검격을 사방으로 빼곡하게 뿌려 내기 시작했다.

순식간에 펼쳐진 이십사수매화검법의 낙매분분(洛梅紛紛) 초식이 허공에 수많은 매화의 형상을 그려 내었다. 폭우를 맞은 매화나무에서 꽃잎이 우수수 떨어지듯, 비와 함께 숱한 매화가 쏟아져 내려 흑조단원들에게 내리꽂혔다.

"흡!"

순간적으로 피어난 매화에 달려들던 이들이 두 눈을 부릅떴다. 하지만 이미 기호지세. 이제 와 물러나기에는 늦은 상황이었다.

독심을 품은 흑조단원들은 제 안위를 돌보지 않고 그 매화우(梅花雨) 속으로 몸을 던져 넣었다.

몸 곳곳에 수없이 많은 검기가 파고들었다. 하지만 살이 갈라지고, 뼈가 끊어지는 상황에서도 그들은 독기를 잃지 않고 오로지 청명을 향해 검을 찌르는 데에 집중했다.

더없이 단순한 일수. 화려한 변초도, 상대를 속이려는 의도도 없는 직선 일변도의 그저 빠를 뿐인 공격. 하지만 그런 검이 십여 개가 모이는 순간 세상 무엇보다 무서운 살검이 되어 버린다.

죽음을 불사한 공격이 청명의 육체로 쏟아졌다. 몇 개의 검은 매화 속에서 기세를 잃고 그저 허공을 찔렀을 뿐이지만, 그중 몇은 매섭고 날카롭게 청명을 노리고 들었다.

땅에 내려선 청명은 그 광경을 보며 이를 드러냈다. 그리고 되레 바닥을 박차며 쏟아지는 검들 사이로 몸을 빠르게 날렸다.

콰앙!

흑조단원들의 얇고 날카로운 검이 청명의 매화검과 부딪히며 산산조각으로 부서졌다. 검의 파편들이 가공할 속도로 비산하여, 청명을 향해 날아들던 다른 흑조단원의 육체를 잔혹하게 파고들었다.

쉴 틈 없이 쏟아지는 공격에 상대가 살짝 주춤한 틈을 타, 청명의 검이 선두에서 날아오던 흑조단원의 목을 쳐 날렸다. 몸에서 떨어져 나간 머리가 허공으로 치솟는 순간, 청명이 다시 한번 진각을 내리밟으며 사방으로 검을 떨쳤다.

피어나는 매화. 뿜어지는 핏줄기.

순간적으로 폭우가 쏟아지는 숲이 붉은 피와 붉은 매화로 물들었다. 잘린 팔다리가 온 사방으로 튕겨져 나가고, 갈라진 육체가 비명조차 없이 땅에 퍽 소리를 내며 떨어졌다. 순식간에 흑조단원 수 명이 전투 불능 상태가 되거나, 목숨을 잃었다.

하지만 청명 역시 무사하지는 못했다.

서걱. 때마침 날아든 독검이 청명의 어깨를 얇게 베어 낸 것이다.

"돼, 됐……."

하지만 득의에 찬 한마디를 끝내기도 전에, 청명의 어깨에 검을 찌른 이의 머리는 이내 걷어찬 공처럼 허공을 가로질렀다.

과격하게 적의 목을 쳐 날린 청명은 역수로 검을 돌려 잡았다. 그리고는 독검이 스친 자신의 어깨에 검을 스스로 쑤셔 박았다.

살이 베이는 섬뜩한 소음과 함께 검이 어깨를 파고들었다.

서걱. 서걱.

날카로운 날이 살을 잘라 내는 소리가 빗소리를 뚫고 기괴하게 퍼졌다. 자신의 어깨를 베어 내는 손에는 일말의 망설임도 없었다.

눈 한번 깜박하지 않고 한 움큼 살덩어리를 잘라 낸 그는 혈도를 짚어 어깨를 지혈한 뒤 검을 다시 돌려 잡았다.

그때, 기다렸다는 듯 폭음이 터지며 땅거죽이 뒤집히더니, 또 다른 다섯의 흑조단원이 땅에서 솟구쳐 청명을 향해 검을 찔러 왔다.

날아드는 이들의 목을 일시에 쳐 날려 버린 청명은 검에 묻은 피를 털어 내기 무섭게 또다시 자신의 옆구리에 검을 가져다 댔다.

서걱. 절제된 동작과 함께, 옆구리에서 한 움큼의 살덩어리가 잘려 나와 땅에 떨어졌다. 적을 벨 때와 다름없이 무심한 손속이었다.

이번에도 무심한 얼굴로 지혈을 마친 그는 고개를 돌려 한곳을 응시했다. 그의 시선은 어둠이 내린 숲을 꿰뚫고, 멀리서 이쪽을 지켜보던 흑시를 정확하게 포착했다. 마치 그가 덤벼들기를 기다리는 듯.

"흐……."

흡사 짐승이 울부짖는 듯한 웃음소리가 청명의 입에서 새어 나왔다.

조금 떨어진 곳에서 전황을 관찰하던 흑시는 뱀 같은 눈으로 청명을 가만히 응시했다.

'기묘하군. 저런 놈은 본 적이 없어.'

온몸의 피가 싸늘히 식는 느낌이었다. 흑시가 유례없이 당황한 까닭은, 저 새파랗게 어린 도사 놈이 이런 전투에 너무도 익숙해 보이기 때문이었다.

살인이라고는 단 한 번도 저질러 보지 못했을 것 같은 어린놈이 사람의 목을 베어 목숨을 끊어 내는 것에 주저함이 없고, 단번에 십여 명을 죽이고도 조금의 동요조차 보이지 않았다.

게다가 독이 파고든 부분이라고는 하지만 제 살점을 미련 없이 잘라 내는 저 과감함.

지금껏 수많은 적을 상대해 온 흑시지만, 저런 이는 단 한 번도 마주해 본 적이 없었다. 정말로, 지독하기 그지없는 놈이다.

순식간에 스물이 목숨을 잃었다. 흑조단 총원의 절반에 가까운 인원이 목숨을 잃어 가며 해낸 것이라고는 놈의 몸에 고작 생채기 두 개를 만든 것뿐이었다.

물론 평소라면 그걸로 충분했을 것이다. 작은 생채기일 뿐이니 상대는 방심했을 테고, 그 상처로부터 퍼져 나간 독은 얼마 지나지 않아 상대를 고통과 죽음으로 몰아갔을 테니까.

하지만 저놈에게는 통하지 않았다. 그 어떤 방심도, 망설임도 없어 보였다.

까드드득. 흑시의 손이 기묘한 소리를 내며 움직이기 시작했다.

적은 분명 강하다. 하지만······.

'강한 자의 비명만큼 사람을 흥분시키는 것도 없지.'

나약한 것들을 잡아 죽이는 것은 벌레를 짓눌러 죽이는 것만큼이나 간단하고 시시한 일이다. 그러니 딱히 이렇다 할 감흥도 느껴지지 않는다.

하지만 강자의 피는 보기 힘든 만큼 특별하다.

우득. 자신의 혀를 지그시 깨문 흑시는 입안을 채우는 피 맛을 느끼며 정말로 즐거운 듯 나직이 웃었다. 칭칭 감긴 검은 붕대 사이로 드러난 흑시의 두 눈이 소름 끼치는 빛을 발했다.

어느샌가 청명이 그를 향해 걸어오고 있었다.

비가 이렇게 억수처럼 쏟아지고 있음에도 놈이 입은 무복의 어깨와 옆구리 쪽을 붉게 물들인 핏자국은 섬뜩하리만치 선명했다.

하나 피에 물든 몸으로 검을 늘어뜨린 채 다가오는 그 모습은, 흑시가 이제껏 단 한 번도 느껴 본 적 없는 감정을 불러일으켰다.

공포.

그래, 이건 공포였다.

'내가 공포를 느낀다라······.'

카가가각. 흑시의 소매 안에서 불쑥 튀어나온 긴 발톱 형상의 조(爪)가 서로 맞부딪치며 귀에 거슬리는 금속음이 일었다.

'반드시 죽여야지.'

저놈을 여기서 죽이지 못한다면 언젠가 만인방은 저놈의 손에 무너질지도 모른다는 강한 예감이 들었다. 아니, 확신에 가까웠다. 놈의 나이와 성장세를 감안한다면, 훗날에는 만인방주조차 저놈을 감당하지 못할지도 모른다.

그러니 반드시 여기서 죽여 없애야 한다.

"……칠형(七形)."

그의 목에서 흘러나온 목소리에 숲 곳곳이 미묘하게 들썩였다.

칠형. 목숨을 도외시하고 어떤 수를 쓰더라도 반드시 상대를 죽이라는 명.

흑조단이 생긴 이래 단 한 번도 지시된 적 없는 명이 지금 이 자리에서 떨어진 것이다. 흑조단 전원이 목숨을 걸어야 할 만큼 청명이 위협적인 상대라는 뜻이었다.

하지만 자신을 향한 그 적의를 아는지 모르는지, 여전히 무심한 눈빛의 청명은 검으로 바닥을 긁으며 흑시를 향해 다가왔다. 태연해 보이는 그의 입에서 쏟아져 내리는 비보다도 차가운 목소리가 흘러나왔다.

"자, 말해 봐. 어떻게 죽여 줄까?"

번뜩이는 눈으로 그런 그를 보던 흑시가 흑조단을 향해 입을 열었다.

"죽여."

끽끽거리는 듯한 목소리를 신호로, 숲이 뒤흔들리며 수십 개의 검은 그림자가 청명을 향해 쇄도했다. 그렇게 죽였는데도 아직 많은 흑조단원들이 살아 있었다.

하지만 되레 청명이 피에 젖은 이를 드러내며 웃었다.

"그것도 좋지."

비가 내려 다행이다. 이 더러운 피가 비에 씻겨 내려갈 테니까.

조금은 처연하고 서글픈 매화가 청명의 검 끝에서 피어올랐다.

촤아아아악!

빗물을 가르며 날아드는 검의 기세가 더없이 흉흉했다. 솟구친 흑조단원들이 검은 비조처럼 청명을 향해 강하했다. 청명은 스산하게 내려앉은 눈빛으로 그 모습을 바라보았다.

우중화(雨中花). 쏟아지는 빗속에서 붉게 피어나는 매화.

상대를 제압해야 할 때의 매화검법과 상대를 죽여야 할 때의 매화검법은 전혀 다른 검법이라 해도 무방하다.

천하비무대회에서 청명이 보여 준 매화 역시 아찔할 만큼 화려했지만, 지금은 그때와는 확연히 느낌이 달랐다.

오로지 상대를 죽이기 위한 검. 피어나는 수백 송이의 매화 하나하나가 모조리 살기로 가득했다. 휘둘러지는 검은 무정하기 이를 데 없었고, 빗속에서 그 검을 쥔 검수는 그보다도 더욱 무감했다.

"흐읍."

묵묵히 청명에게 달려들던 한 흑조단원의 입에서 끝내 신음이 흘러나왔다.

극한의 훈련으로 죽음에 대한 공포를 극복하고 감정을 없애는 데 성공했다고 자타가 인정했던 흑조단원들이지만, 이 순간만큼은 등골을 타고 오르는 전율을 어찌할 수 없었다.

저 화려한 매화 사이로 몸을 던진다면, 그들의 육체 따위는 갈기갈기 찢겨 육편이 되고 말 것이었다. 그러나 그들은 알면서도 죽음으로 뛰어들어야 하는 상황.

"흐아아아아아아압!"

입에서 찢어질 듯 처절한 기합이 터져 나왔다.

그들은 이제껏 상대의 숨을 완전히 끊는 그 순간까지 호흡 하나 낭비하지 않도록 혹독하게 훈련받았다. 흑조단원에겐 기합 같은 걸 내지를 이유가 없었다. 하지만 지금의 이 공포를 극복하기 위해서는 이제껏 해 본 적 없던 것이라도 해야 했다.

"죽어라!"

날카로운 기합이 울렸다. 검이 터지기 직전까지 불어넣은 내력이 세검을 진동시켰다. 날카롭게 내뻗어진 세검은 흡사 화살처럼 매화를 꿰뚫었다.

파아아아아앗! 일점에 집중된 내력이 매화를 으스러뜨리기 시작했다. 검과 맞닿은 매화는 파르르 떨리다 이내 흩어졌다.

하나. 둘. 그리고 셋!

흑조단원과 청명의 사이를 가로막고 있던 붉디붉은 매화가 차례차례 허물어졌다. 세검의 기세는 조금도 죽지 않았는데 말이다.

'됐다!'

놈에게도 한계가 온 것이 분명하다. 아무리 강대한 내력을 가진 이라고 해도 이만한 수의 검기를 동시에 유지한다는 것은 힘든 일일 수밖에 없다. 그러니 공격에 필요한 한 점을 뚫어 내는 건 그리 어렵지…….

그때였다. 굳건하게 자리를 지키고 있던 매화가 꽃가지가 기울어지는 것처럼 일순 부드럽게 일렁였다. 그리고 그와 동시에.

화아아아아악!

마치 불어온 바람에 휘날리듯 흑조단원에게로 일제히 날아들기 시작했다. 그 모습은 꽃잎으로 이루어진 파도와 같았다.

'큭!'

하지만 이쯤이야 예상했다. 몸에 검기가 틀어박히는 한이 있더라도 세검을 찔러 넣을 수만 있으면 된다! 살을 주고 뼈를 취…….

서걱. 검을 잡은 손이 베였다. 이내 깨끗하게 잘려 나간 손가락이 바닥으로 힘없이 떨어지는 모습이 흑조단원의 눈에 똑똑히 들어왔다.

통증이 손을 휘감았지만 흑조단원은 이를 악물며 오히려 검을 쑤셔 넣었다. 아니, 쑤셔 넣으려 했다. 하지만 과한 욕심에 지나지 않았다.

생각을 이어 가려던 찰나, 꽃잎이 팔목을 가볍게 스치고 지나갔다. 살짝 따끔한 통증이 느껴진다 싶더니, 팔에 기다란 붉은 선이 그어졌다. 그래도 이 정도야 얼마든지 참아 낼 수 있다고 여겼다.

하나 그 순간, 붉은 선이 점점 진해지는 듯하더니 순식간에 상처가 벌어졌다. 얼마나 깊게 베였는지 길게 갈라진 팔뚝에 뼈가 드러나는 모습을 본 흑조단원이 눈을 부릅떴다.

거기서 끝이 아니었다. 흩날리는 꽃잎이 허벅지를 갈랐다. 옆구리가 갈라졌다. 복부에 꽃잎이 틀어박혔다. 어깨에서 피가 튀고 귀가 잘려 나갔다.

"어……."

어떻게 해 볼 틈도 없이 검을 잡은 손이 잘려 솟아오르고, 목이 반쯤 갈라지고, 이내 복부를 십여 개의 꽃잎에 꿰뚫릴 때쯤에 이르러서야 흑조단원은 자신이 어떤 꼴이 되었는지를 깨달았다.

'마, 말도 안…….'

화아아아악! 까마득하게 밀려온 매화의 파도가 전신을 휩쓸었다. 수십, 수백의 꽃잎이 살을 가르고 뼈를 끊고, 육체를 꿰뚫었다. 피가 비를 뚫고 사방으로 흩뿌려졌다.

이윽고 꽃이 진 곳에 남은 것은 조금 전까지 사람이라 불리던 형체뿐이었다.

"으아아아아아! 이 악귀 같은 놈!"

동료의 처참한 죽음을 본 이가 참지 못하고 동요하며 비명을 내질렀지만, 돌아온 것은 대답이 아닌 시퍼런 검날이었다.

파도는 한 번 밀려온 것으로 끝나지 않았다. 화려하게 피어난 매화 사이로 불쑥 튀어나온 검이 달려들던 흑조단원의 목을 단번에 뚫었다.

푸욱! 검이 살과 뼈를 가르고 들어가는 소리가 빗속에서도 선명하게 울렸다.

"끄륵……."

피거품이 목구멍으로 솟구치며 괴이한 신음이 흘러나왔다. 목이 꿰뚫린 채 생명을 부여잡으려 발버둥 치는 이를 바라보는 청명의 눈빛은 무생물을 대하듯 차갑기 그지없었다.

늘어진 육체를 지탱하던 검을 회수하려는 순간, 목이 꿰뚫린 이가 번쩍 손을 들어 올리더니 청명의 검을 양손으로 움켜잡았다.

"끄으윽……."

핏발이 선 눈이 악의로 가득했다. 이 기회를 놓치지 않겠다는 듯, 내력을 있는 대로 밀어 넣은 손에 검날이 파고들었다.

검날이 뼈와 긁히며 거걱, 하는 끔찍한 소리가 울렸다. 자신이 죽어 시체가 되더라도 끝까지 매달려 청명의 검을 놓아주지 않겠다는 의지.

"죽어랏!"

"하압!"

그리고 그 의지에 호응하듯, 발이 묶인 청명의 등 뒤로 두 개의 검은 빛줄기가 날아들었다.

하나 그 순간, 청명의 입꼬리가 삐딱하게 뒤틀렸다.

이윽고 그는 검을 뽑아내기는커녕 되레 앞으로 찔러 들어갔다. 필사적으로 검을 잡아당기던 이의 두 눈이 경악으로 가득 찼다.

'아, 안……!'

푸욱! 이를 드러낸 청명은 이미 한번 꿰뚫렸던 흑조단원의 목에 검을 뿌리까지 찔러 넣었다. 단숨에 목숨을 끊어 낸 검은 거기서 멈추지 않고 맹렬한 기세로 아래로 내리그어졌다.

반으로 갈라진 몸뚱어리 사이로 청명이 빠르게 파고들었다. 뿜어져 나온 후끈한 피가 전신을 덮쳤지만 눈 하나 깜짝하지 않았다.

흑조단원의 시신을 뚫고 나간 그는 몸을 빙글 돌리며 자신의 등을 노리던 이들에게 아직 채 쓰러지지 못한 시체를 걷어차 날렸다. 시체가 팽그르르 회전하며 사방으로 피를 흩뿌렸다.

"읏!"

당혹 어린 외마디 소리와 함께 달려들던 이들이 순간적으로 방향을 틀었다. 핏물 속에서 뻗어 올 공격을 경계한 것이다. 하지만 그것이 그들의 치명적인 실수였다.

청명은 그 순간을 놓치지 않았다. 발로 순식간에 바닥을 박차고 올라 흩뿌려진 핏물을 뛰어넘어 섬전(閃電)처럼 거리를 좁힌 그의 검 끝이 파르르 떨렸다.

시간을 빨리 돌린 것처럼, 순식간에 개화(開花)한 매화가 핏물을 피해 양옆으로 움직이던 이들을 휩쓸어 버렸다.

"아아아아아아아악!"

단 일수에 전신에 수십 개의 구멍이 뚫린 이가 처절한 비명을 내질렀다. 그는 청명의 마지막 검이 몸에서 채 빠져나오기도 전에 숨이 끊어지고 말았다.

순식간에 셋이 목숨을 잃었다. 청명의 움직임은 거침없었다. 공기를 찢어발기는 파공음과 함께 빛살과도 같은 쾌검이 또 다른 이의 목을 노리고 들어갔다.

"헉!"

갑자기 눈앞에 나타난 검에 기겁을 한 흑조단원은 검을 휘두를 생각도 하지 못하고 양팔을 들어 올렸다.

그러나 교차된 두 팔을 그대로 꿰뚫어 버린 청명의 검은 그 기세를 잃지 않고 상대의 목을 찔러 들어갔다. 양팔이 꿰인 채로 흑조단원은 하얗게 질려선 정신없이 뒤로 물러났다.

청명은 그를 쉬 놓아주지 않았다. 흑조단원이 물러나는 속도보다 더 빠른 속도로 달려들었다. 속도가 더해진 검으로 한 번 더 몰아붙였다.

푹 젖어서 더욱 검어 보이는 청명의 머리칼이 휘날렸다. 사방으로 피가 흩뿌려졌다. 저승사자나 다름없는, 끔찍한 모습이었다.

"헛!"

그때, 두려움에 차 뒷걸음질 치던 흑조단원의 발이 무언가에 걸렸다. 결국 바닥에 그대로 넘어진 흑조단원의 눈에, 저를 내려다보는 청명의 압도적인 모습이 들어왔다.

피에 젖은, 악귀 같은 얼굴. 하지만 그와는 대조적으로 너무도 차게 가라앉아 있는 눈이 영혼을 갈라 버릴 것만 같았다.

"흐······. 흐으······."

청명의 검은 일말의 주저도 없이 그의 목을 찔렀다.

이미 너덜너덜해진 팔로 어떻게든 있는 힘을 다해 막아 보려 했지만, 검은 천천히, 아주 천천히 그의 팔을 가르고 목으로 파고들었다.

"그르륵······."

기도가 갈라지며 목에서 기이한 소리가 새어 나왔다. 피가 역류하며 입안을 가득 메웠다. 흑조단원은 빠른 속도로 저항할 힘을 잃어 갔다.

"동료의 피를 맞을 각오가 없으면 전장에 오지 말았어야지. 애송아."

청명의 입가에 섬뜩한 미소가 피어났다.

흑조단원의 숨이 끊기고 전신이 축 늘어졌다. 그대로 목뼈를 갈라 버린 청명은 미련 없이 검을 뽑아내고 몸을 일으켰다.

"……퉤."

청명이 입안으로 들어온 피를 뱉었다. 그의 얼굴 위로 빗물에 뒤섞인 피가 흘러내렸다. 하지만 이미 전신이 피범벅이라 큰 의미가 없었다. 쏟아지는 비도 이 진득한 피 냄새를 어찌하지 못한다. 불쾌함과 익숙함이 동시에 느껴졌다.

청명은 손을 들어 얼굴을 훔쳤다. 검이 목뼈를 끊는 감각이 손끝에 선명하게 남아 있었다. 한때는 아무렇지도 않았던 이 감각이…….

그는 더 생각을 이어 가지 않고 시선을 돌려 남은 흑조단원들을 바라보았다. 섣불리 거리를 좁히지 못한 이들이 경계하듯 청명을 빙 둘러싸고 있었다. 흡사 사냥에 나선 늑대 무리처럼.

하지만 모습은 늑대와 같을지언정, 그들의 눈빛은 그렇지 못했다. 처음의 그 악랄하고 독기 찬 눈빛은 온데간데없고, 질린 듯 어찌할 바를 모르고 흔들리는 눈빛만이 남았다. 잊었다 여긴 공포가 그들을 완전히 잠식했다.

청명은 검을 늘어뜨린 채 그들을 향해 다가갔다.

"으으…….''

그가 향하는 방향에 있던 흑조단원이 움찔하며 저도 모르게 뒷걸음질 했다. 몸을 짓누르는 공포에 오금이 떨렸다.

저런 괴물을 상대하라고?

목숨을 돌보지 않고 상대를 노릴 수 있는 건, 그 각오가 결과를 만들어 낼 수 있을 때뿐이다. 하지만…… 이건 그냥 개죽음이 아닌가.

"다, 달아나……."

우두둑!

그때, 소름 끼치는 소리가 그의 귀를 파고들었다.

아주 가까운 곳에서 들려온 소리였다. 뒷걸음질 치던 이가 천천히 시선을 아래로 내렸다. 온통 검은 붕대로 칭칭 감긴 손이 그의 가슴을 뚫고 삐죽이 나와 있었다.

이내 입에서 걷잡을 수 없이 피가 꾸역꾸역 솟구쳐 흘러나오기 시작했다. 그가 덜덜 떨리는 눈으로 뒤를 돌아보았다.

"안 되지."

흑시의 무표정한 얼굴이 보이고, 쇠를 긁는 듯한 섬뜩한 목소리가 울려 퍼졌다.

까드드득. 가슴을 뚫고 나온 손에서 기이한 소리가 났다. 흑조단원은 숨이 끊길 듯한 고통에 경련을 일으켰지만 흑시의 눈에는 조금의 동요도 없었다.

"끄……. 끄으으으……."

그의 가슴에서 손을 뽑아낸 흑시는 바닥에 실 끊어진 인형처럼 쓰러진 부하에게는 시선조차 주지 않고 오로지 청명에게만 눈을 고정했다.

붕대로 감긴 그의 입이 느리게 열리며 소름 끼치는 목소리가 흘러나왔다.

"합공한다. 달려들어. 붙잡고 늘어져라."

흑조단원들의 눈에 섬뜩한 살기가 어렸다. 어차피 달아날 수 없다면, 이곳에서 살아남을 수 있는 유일한 방법은 저놈을 죽이는 것뿐이다.

"흐아아아아앗!"

처절한 고성은 기합이라기보다는 차라리 비명에 가까웠다. 두 눈이 시뻘겋게 물든 흑조단원들이 일시에 청명에게로 들이닥쳤다.

그 발악에 가까운 공격을 보며 청명은 흔들림 없이 중단세를 취했다.

앞으로 셋. 뒤로 둘. 그리고 머리 위로 하나.

눈에 보이는 놈들이 전부라고 확신할 수 없다. 아니, 설사 저들이 전부일지라도 저들을 동시에 상대하는 것은 미련한 짓이다.

청명의 발이 보법을 밟았다. 얼음 위를 미끄러지듯 이동한 그는 가장 앞서 다가오는 이를 향해 유령처럼 소리 없이 날아들었다.

앞에 있기 때문에?

천만에. 그의 발이 가장 느렸기 때문이다. 마음에 가장 깊은 공포가 있기 때문이다. 공포에 발을 붙잡힌 이는 쉽게 손을 뻗지 못한다.

전투는 비무가 아니다. 상대가 약점을 보인다면 철저하게 물고 늘어져야 한다. 상대의 사정을 봐주다가 제 목이 먼저 날아가는 곳이 바로 전장이다.

그리고 청명은 그 전장의 법칙을 철저하게 지켰다.

"아……."

포위망을 채 다 좁히기도 전에 청명이 먼저 날아드는 것을 본 흑조단원의 눈이 크게 뒤흔들렸다. 그러나 물러설 수도 없었다.

"아아아아악!"

그는 비명과도 같은 고함을 내지르며 세검을 찔렀다. 어차피 할 수 있는 거라고는 고작 그것뿐이었다.

공세를 가할 때는 더없이 날카롭고 치명적인 것이 세검이지만, 방어할 때는 반쪽짜리 무기에 불과하다.

청명은 그 점을 놓치지 않았다.

콰앙! 청명의 검이 강대한 내력을 품고 내리쳐졌다. 그에 맞부딪힌 세검이 날카로운 소리를 내며 반으로 부러져 나갔다.

청명의 검은 그 기세 그대로 눈앞의 흑조단원을 내리그었다. 어깨를 파고든 뒤 쇄골을 단번에 잘라 버렸다. 그리고 상체를 가르며 파고들었다.

그런데 그때.

콰득! 검이 복부를 막 지날 무렵, 흑조단원의 가슴에서 무언가 불쑥 튀어나와 청명의 얼굴을 매섭게 노리고 들었다.

천하의 청명조차도 이 순간만큼은 가슴이 철렁할 수밖에 없었다.

"큭!"

형체가 무언지 확인하기도 전에 반사적으로 몸을 뒤틀었다. 날아든 그것은 얼굴을 아슬아슬하게 스치고 지나가며 뺨에 세 줄기 상흔을 남겼다.

콰아아아아아아아아앙!

동시에 그의 앞에 있던 흑조단원의 몸이 그대로 터져 나가며 사방에 육편을 흩뿌렸다. 내력이 담긴 뼈와 육편 하나하나가 암기처럼 청명의 육체로 파고들었다.

"으아아아아아앗!"

그리고 그때를 놓치지 않고, 흑조단원들이 청명을 향해 쇄도했다.

이를 악문 청명은 사방으로 빠르게 검을 떨쳤다. 이십사수매화검법, 매화점점(梅花漸斬)이 펼쳐지며 그를 향해 날아드는 이들을 광폭한 꽃잎의 폭풍으로 휩쓸어 버렸다.

"아아아아아악!"

"아아아악!"

흑조단원들의 처절한 비명이 화산을 쩌렁쩌렁 울렸다.

살기를 담고 인정사정없이 펼쳐진 매화검법은 덮쳐드는 이들을 육편으로 만들어 버리기에 충분했다. 하지만 다급하게 펼쳐진 초식이 평소처럼 정교할 수는 없는 법. 그렇기에 청명 역시 대가를 치러야 했다.

서걱. 빠르게 허벅지의 살을 스스로 한 움큼 베어 냈다.

일말의 주저도 없는 동작으로 몸의 몇 군데를 더 베어 낸 청명은 반개한 눈으로 앞을 바라보았다.

흑시가 천천히 다가오고 있었다. 붕대 사이로 보이는 눈은 어둠 속에서도 더 어둡게 빛났다. 그의 눈에는 묘한 의문이 어려 있었다.

"알 수가 없군……. 알 수가 없어. 분명히 움직임은 백전을 겪은 노장인데."

까드드득. 흑시의 조(爪)가 움직일 때마다 기이하고 불쾌한 소리를 자아냈다. 그 소리가 귀에 몹시도 거슬렸다.

청명의 악다문 턱에 힘줄이 섰다. 그리고 눈에는 핏발이 섰다.

조금 전 그의 얼굴을 스치고 간 것은 바로 흑시의 조였다. 은신술을 펼쳐 기척을 감춘 놈이 제 수하의 등을 꿰뚫으며 청명을 공격한 것이다.

"너……. 화가 난 것 같군? 어째서?"

흑시는 영문을 모르겠다는 듯 조를 들어 올리며 고개를 갸웃했다.

"어차피 썩을 몸뚱이. 네놈에게 상처라도 입혔다면 그놈도 저승에서 좋아하지 않을까?"

흑시의 말에 청명이 틀어잡은 매화검이 짧게 진동했다.

물론 그 역시 저 말이 그리 틀리지 않다는 건 알고 있었다. 서로 죽고 죽이는 전장에서 사용할 수 없는 수단 같은 건 존재하지 않는다.

그런데……. 그런데 왜 이렇게 피가 거꾸로 치솟는 느낌이 드는가.

흑시가 양손에 든 긴 조를 들어 올리며 청명에게 소리 없이 다가왔다. 아주 느린 발걸음이었다.

"걱정하지 마. 나는 쉽게 사람을 죽이지 않아. 네가 한 번도 질러 본 적 없는 비명을 지르게 해 주지."

청명은 불쾌한 기색이 걷히지 않은 얼굴로 차게 웃었다.

"잘도 지껄이는군, 조무래기가."

이윽고 매화검이 눈이 시릴 만큼 새파란 검기를 뿜어냈다.

베어 낸 상처에 빗물이 파고들었다. 쓰라리다 못해 욱신거리는 고통이 밀려왔다. 하지만 청명의 신경은 오로지 흑시에게 쏠려 있었다.

까드드득. 흑시의 조가 연신 거슬리는 소리를 냈다.

"……이해할 수가 없군."

흑시는 살짝 고개를 옆으로 꺾었다.

"황소도 한 방울이면 절명하는 극독이다. 잘라 냈다고 한들, 그 정도면 이미 죽고도 남았을 텐데……. 만독불침도 아닐 테고."

청명의 얼굴에는 확연히 세 줄기의 붉은 선이 그어져 있었다. 그의 조에 발린 독이 퍼질 시간은 이미 지났다. 하지만 청명에게서 중독의 증상은 크게 보이지 않았다. 베인 뺨 주변이 거뭇하게 변한 정도. 평범한 이라면 이미 전신이 검게 물든 채 죽었어야 했다.

물론 강대한 내력과 완벽한 기의 운용을 갖춘 절대고수에게는 독이 잘 먹히지 않는다. 독으로 그런 이들마저 완벽히 쓰러뜨릴 수 있었다면, 흑조단이 만인방의 일개 대로 머물지는 않았을 것이다.

하지만 상대는 아직 어린 도사. 나이에 걸맞지 않은 강대한 내력을 갖춘 것은 사실이지만, 그가 무학을 배워 왔을 시간을 감안한다면 종사급의 운용 능력마저 갖출 수는 없는 노릇 아니던가.

"겪으면 겪을수록 알 수 없는 놈이군."

흑시가 손을 뻗어 조의 날에 손끝을 가져다 댔다. 그저 닿기만 했는데도 검은 붕대로 감싼 손가락 끝에서 핏물이 주르륵 흘러나왔다.

찔린 부분이 살짝 아리는 것으로 보아 독에는 문제가 없다. 그런데도 통하지 않는다라…….

"어찌 됐든 좋아. 독이 잘 먹히지 않는다면 배에 구멍을 뚫고 직접 쑤셔 박아 주면 되니까."

흑시가 이죽거리며 청명을 노려보았다. 확실히 쉽지 않은 상대다. 그보다 뛰어난 상대는 얼마든지 상대해 보았고, 그의 수법이 통하지 않는 상대도 몇 번이고 죽여 봤다. 하지만 그 둘 모두에 해당하는 이는 결코 흔치 않았다.

하지만 흑시는 청명의 죽음을 조금도 의심하지 않았다. 저 배를 후벼 팔 발톱은 그의 손에만 있는 게 아니니까.

"……후욱."

비릿한 내음이 콧속으로 파고든다. 비에 젖은 산이 흘려 내는 냄새가 주변에 가득했다. 하지만 지금 그를 파고드는 것은 긴장이라는 이름의 비린내였다.

흑조단 특임조(特任組)의 조장 흑괴(黑怪)가 손에 든 쇄겸을 까딱거렸다. 날카로운 낫이 선연한 빛을 뿌릴 때마다, 산의 가장 깊은 어둠 속에 모습을 숨긴 특임조원들의 모습이 살짝살짝 드러났다.

'아직이군.'

그들의 단장, 흑시는 사냥을 즐긴다. 정확하게 말하자면 함정에 빠진 사냥감의 눈에 스며드는 절망을 즐기는 이였다. 그리고 가장 완벽한 절망이란 손에 넣은 희망이 무너지는 순간 닥쳐온다는 확고한 지론을 가졌다.

그렇기에 지금 그들이 이곳에 있는 것이다. 그들의 뒤를 쫓아올 적이 품은, 승리라는 희망을 처절히 무너뜨리기 위해.

그 상대가 단 하나고, 그 하나에 그들이 모두 나서야 할 만큼 몰리게 된 것은 흑괴에게도 뜻밖이었지만 말이다.

'하지만 그렇기에 더욱 극적이겠지.'

흑괴가 제 입술을 살짝 핥았다. 백번 말해도 고상한 취미라고 할 수는 없다. 하지만 흑괴 역시 딱히 흑시의 결정에 불만을 품지는 않았다. 흑조단에게 있어 항명이란 존재하지 않는 데다가, 그 역시 절망에 빠진 사냥감의 얼굴을 즐기기 때문이다.

적이 강하면 강할수록, 분전하면 분전할수록 더욱 짙은 절망을 뿜어낸다. 과연 저자가 뿜어내는 절망은 어떤 색일까? 핏기 가신 얼굴과 선명한 피가 이루어 내는 대비는 얼마나 또 고혹적일까?

'아직.'

흑괴가 흥분하는 심장을 가라앉혔다. 딱히 신호 같은 건 필요 없다. 이미 수도 없이 해 본 일이니까. 저 멀리서 들려오는 비명, 병장기가 부딪히는 소리, 공기를 타고 전해지는 열기, 감각으로 잡아채는 살기. 그것만으로 난입할 타이밍을 잡아낼 수 있다. 그렇기에 그가 이곳에 있는 것이다.

'조금만 더.'

흑괴는 직감했다. 적이 전투에 완벽히 몰입하는 순간. 눈앞의 적 이외에는 그 어떤 것도 보이지 않게 되는 바로 그 순간이 그들이 움직일 때다. 그래, 바로…….

'지금!'

흑괴가 발끝에 힘을 주어 바닥을 내리눌렀다. 응축한 용수철처럼 단숨에 뛰쳐나가기 위해. 하나 그 순간.

푸욱.

생경하면서도 익숙하다. 공존할 수 없는 두 가지 감정을 함께 불러일으키는 소리가 그의 귓가를 파고들었다.

바로 뒤, 소름이 돋을 만큼 가까운 곳에서.

"끄륵……."

사람의 숨이 끊어지는 신음. 채 단말마의 비명이 되지 못한 편린이 들려오는 순간, 흑괴는 반사적으로 몸을 뒤틀어 냈다.

파락. 미약한 옷자락 소리와 함께 무언가 그의 머리 위를 스쳐 지나간다.

하지만 흑괴는 그 낯선 것을 향해 고개를 돌릴 수가 없었다. 정수리와 턱에서 붉은 피를 뿜어내고 있는 수하의 얼굴이 그의 시선을 잡고 놓아 주지 않았기 때문이다.

고통에 일그러진 얼굴. 갈 곳을 모르고 흔들리는 눈동자. 하지만 그 격렬한 눈동자의 움직임은 점점 잦아들더니, 이내 초점을 잃었다.

죽음. 그들에게 죽음은 익숙하다. 그들이 의도한 죽음은 익숙함을 넘어 즐거움의 대상이기도 했다. 하지만 이 죽음은 너무도 낯설다. 지독스레 낯설어 역하기까지 하다. 영혼 빠진 몸뚱이가 썩은 통나무처럼 허물어진다.

털썩. 시신과 젖은 바닥이 맞물리는 소리가 얼어붙은 시간을 깨뜨렸다. 내리는 비를 맞아 더 빠르게 식어 가는 시신을 짧게 일별한 흑괴가 고개를 돌렸다.

"……."

그의 시선이 닿은 곳에 한 사람이 서 있다. 백색 무복에 새겨진 매화의 문양을 굳이 눈으로 확인하지 않더라도 적의 소속은 뻔하다. 하지만 다른 것은 그리 뻔하지 않았다.

우선 그들의 앞에 나타난 이가 혼자라는 것이 눈에 띄었다. 그리고 또 하나.

'여자……?'

비에 젖은 긴 머리가 흑괴의 얼굴을 굳게 만들었다. 아니, 어쩌면 그 긴 머리 사이로 보이는 저 눈이 그를 굳게 만들었을지도 모른다.

차갑다기보다는 무심한 눈빛. 분명 저자가 찰나지간에 제 수하의 숨통을 끊어 놓았음이 분명했지만, 저 눈에는 어떠한 감정도 담겨 있지 않았다. 살인에 대한 흥분도, 동요도 없이 그저 고요하기만 했다.

"……하나가 아니었나?"

흑괴가 습관적으로 제 입술을 핥았다. 긴장감이 차오른다. 누군가는 고작 한 사람이라 말할지 모르지만, 저자는 그가 눈치채지 못한 사이에 날아들어 수하의 명줄을 끊어 냈다.

그 말은즉, 저 검이 그의 목을 노렸다면 그도 대응할 수 없었다는 뜻이다. 당연히 긴장할 수밖에 없었다.

하지만 그렇다고 겁을 집어먹은 건 당연히 아니었다. 그에게 있어 긴장감이란 흥분과 그리 다르지 않은 말이니까.

"어떻게 알았지? 우리가 여기 있다는 걸?"

"……."

딱히 대답을 바라고 한 말은 아니었다. 그저 아직 벌렁거리는 심장을 진정시키지 못했을 수하들을 위해 잠깐 시간을 벌어 볼 요량이었다. 의외로 순순히 대답이 돌아왔다.

"냄새."

"……냄새?"

그들의 앞을 가로막은 이, 유이설이 미동 없이 입만 열었다.

"산의 냄새가 아니었어."

흑괴의 얼굴이 미묘하게 일그러졌다. 그들의 체취를 맡았다?

가능성은 있다. 비는 체취를 더 멀리 퍼지게 만드니까. 하지만 그건 산이 흘려 내는 비린내도 마찬가지일 터. 그런데 그 속에 섞여 든 그들의 체취를 맡았다는 건가?

'아니, 그건 불가능해.'

하지만 실제로 벌어진 일이다. 그렇다면 하나밖에 없다. 코가 아닌 감각으로, 이 산에 스며든 '낯섦음'을 잡아냈다는 뜻이다.

'어처구니가 없군.'

그건 다름 아닌 흑괴의 장기였다. 그런데 역으로 당했다. 전문적인 훈련조차 받지 않았을, 새파란 정파의 애송이에게.

치밀어 오른 굴욕감이 흑괴의 살심에 불을 붙였다. 저 육신을 갈기갈기 난도질하고 싶었다. 저 무심한 눈빛이 절망으로. 아니, 절망을 넘어 굴종으로 뒤덮일 때까지.

하지만 그런 것보다 명령을 우선해야 한다. 흑괴는 금세 그 둘을 모두 충족시킬 방법을 찾아냈다.

"가라. 내가 맡지."

흑괴가 턱짓으로 수하들에게 지시를 내렸다. 그의 명을 받은 수하들이 소리도 없이 앞으로 뛰쳐나갔다. 그들에게 유이설은 이미 안중에도 없었다. 그녀가 자신들을 막아설 것이라는 생각은 추호도 하지 않았다.

한데 다음 순간, 뛰쳐 오른 그들의 앞에 새하얀 그림자가 나타났다. 그들은 놀라 눈을 부릅떴다.

어느새 검집에서 뽑혀 나온 검이 유려한 원을 그린다. 내리는 빗방울마저 반으로 갈라 내는 선연한 검격. 그 검이 가장 앞선 특임조의 몸을 훑었다.

내리는 비에 붉은 물이 섞여 들어간다.

털썩. 절명한 이가 아래로 처박힌다. 떨어진 피가 젖은 바닥을 타고 천천히 땅에 흘러들었다.

"……."

차마 나아갈 엄두를 내지 못한 흑조단들이 이를 악물고 멈춰 서서 유이설을 노려보았다. 벌써 둘. 둘을 무의미하게 잃었다. 그들의 핏발 선 눈에 진득한 살기가 차올랐다.

"갈 수 없어. 너희는."

칼날 같은 눈빛을 받으며 유이설이 고저 없는 목소리를 내뱉었다. 그 목소리에 미약하게나마 맺혀 있는 감정을 꼽으라면, 결의일 것이다.

흑괴의 결단은 빨랐다. 이런 자는 웬만해서는 제 뜻을 꺾지 않는다. 시간이 충분하다면 느긋하게 농락하는 맛을 즐기겠지만, 안타깝게도 지금 그에게 가장 부족한 것이 시간이었다. 그렇다면 남은 방법은 하나뿐이었다.

철그렁. 검은 낫에 달린 사슬이 기묘하게 꿈틀거렸다.

"뭐 하고 있지?"

그의 목소리에, 압도되어 움직이지 못하던 수하들이 움찔, 몸을 떨며 정신을 차렸다.

"죽여라. 신속하게."

파핫! 특임조원들이 섬전처럼 내달렸다. 목표는 오직 하나, 그들의 앞을 막아선 이.

특임조란 말 그대로 일반적인 흑조단과는 다른 임무를 위해 편성된 이들이다. 이들은 평범한 흑조단과는 결이 달랐다.

더 뛰어난 것이 아니다. 다르다. 오직 그것만을 위해 노력한 이들이었다. 그 사실이 이들이 움켜쥔 병기에서부터 명백하게 드러났다.

쇄애애애액! 이리의 이빨처럼 날카로운 가시들이 빼곡하게 박힌 봉 끝이 유이설의 머리를 향해 떨어진다.

그들이 쓰는 낭아봉(狼牙棒)은 다른 흑조단이 쓰는 세검에 익숙해진 이들에게도 마귀와 같을 수밖에 없었다. 무게는 백 근 정도는 우스울 만큼 무겁고, 봉 끝에 박힌 가시는 날을 잘 벼린 칼보다 날카로웠다. 사람의 살을 뜯어내겠다는 독심이 가득 담겨 있다.

반사적으로 병기를 들어 막는 순간, 병기째로 박살이 나 버린다. 이리의 이빨에 물어뜯기면 시신조차 온전히 남기지 못한다.

봉을 내려치는 특임조원은 자신의 애병이 언제나와 같은 결과를 가져올 것을 믿어 의심치 않았다. 그 가시 박힌 봉 끝이 유이설의 머리에 닿기 직전까지도.

하지만 그 순간, 유이설이 발을 뻗었다. 비에 젖은 풀 끝을 스친 발이 특임조원의 발 바로 앞까지 뻗어졌다. 동시에 한껏 몸을 낮춘 유이설의 검이 봉 끝이 아닌, 봉 중앙과 맞닿았다.

타앙! 유이설의 매화검이 부러질 듯 출렁인다. 하지만 긴 병기는 끝으로 갈수록 강해지고, 안으로 파고들수록 약해지는 법. 특임조원의 낭아봉은 유이설의 검을 짓누르기는 했지만, 부러뜨리지는 못했다.

사아악! 유이설의 검이 주춤한 봉을 타고 흘렀다. 젖은 옷자락이 휘날린다. 달 아래서 추는 검무처럼, 검로라기보다는 무로(舞路)라 불러야 마땅할 선을 그리며.

서걱! 봉을 잡은 손가락들이 잘려 튀어 오른다.

서걱! 손가락을 잃은 손목이 팔뚝에서 떨어져 나간다.

푸욱. 이윽고 몸을 일으킨 검이 특임조원의 목을 꿰뚫었다. 그 모든 것이 벌어진 시간은 찰나에 불과했다.

하지만 유이설은 멈추지 않았다. 목을 꿰뚫은 검을 채 빼내기도 전, 앞발을 축으로 크게 회전했다. 몸을 낮춘 그녀가 바닥을 훑듯 회전하는 동시에 특임조원의 목에 박힌 검을 휘둘렀다.

휘익. 검이 완벽에 가까운 원을 그리며 사람 머리통만 한 철추(鐵椎)를 휘두르려던 특임조원의 허리에 닿는다.

사아아아악! 긴 손톱으로 비단을 긁어 내는 듯한 소리와 함께 시간이 불협화음을 일으켰다. 모든 것이 흐르건만, 철추를 든 이는 시간이 멈추기라도 한 듯 굳어 버렸다.

멈춘 시간이 다시 흐른 것은, 붉은 피가 옷자락을 물들이기 시작한 순간이었다. 반으로 갈린 몸뚱이의 상반신이 비스듬히 기울어지더니 바닥으로 떨어졌다.

쇄애애액! 본디 있어야 할 상반신이 사라진 공간으로 한 자루의 세검이 날아든다.

유이설의 검이 다시 한번 원을 그리며 날아드는 검을 쳐 냈다. 하지만 검과 검이 닿는 순간, 튕겨 나가야 할 검이 낭창하게 휘어지더니 순간적으로 길쭉하게 늘어났다.

콰득. 뻗어진 검, 아니 수십 조각으로 갈라진 검편(劍片)의 끝이 유이설의 어깨에 박혀 들었다. 이어 수십의 조각들이 부드럽게 굽은 선을 그리며 유이설을 휘감아 온다.

그 순간, 유이설은 검편과 검편을 잇는 하나의 선을 똑똑히 보았다.

'사복검(蛇腹劍).'

혹은 편검(鞭劍). 얇은 채찍에 조각난 검날을 달아 때로는 검으로, 때로는 날 달린 채찍으로 화하는 무기. 마디마디 날카로운 날을 드러낸 채찍이 덮쳐 오는 모습은 사실 뱀이라기보다는 차라리 지네에 가까웠다.

파앗! 어깨에 박힌 검편이 요동치며 살을 물어뜯었지만, 유이설의 검은 한 치의 흔들림 없이 쏘아졌다. 세 갈래로 갈라진 검영이 세 개의 검편을 연이어 후려친다.

덮쳐들던 사복검이 소금 맞은 지렁이처럼 꿈틀댔다. 그 짧은 틈을 놓치지 않은 유이설의 검이 검편과 검편의 사이로 파고들었다.

콰득! 유이설이 검을 뒤틀었다. 귀를 찢어 내는 듯한 마찰음과 함께 회전하는 검에 검편이 말려들었다. 하지만 유이설의 노림수는 움직임을 제한하는 데 그치지 않았다.

결국 사복검이 묵직하고도 맑은 비명을 내질렀다. 검편과 검편을 잇는 강사(鋼絲)가 한계까지 뒤틀린 끝에 끊어지며, 사방으로 검편을 흩뿌려 댔다.

푸욱. 푸욱. 푸욱. 그 여파에 당한 것은 물론, 사복검을 휘두르던 특임조원이었다. 미처 대비하지 못한 그의 육체에 십여 개의 검편이 박혀 들었다.

"끄륵……."

고통에 입을 쩍 벌린 특임조원이 천천히 뒤로 넘어간다. 유이설은 그 틈을 놓치지 않고 쓰러지는 그의 가슴을 내리밟으며 몸을 허공에 띄워 올렸다.

"헛!"

예측하지 못한 움직임에 당황한 것일까. 유이설의 귓가에 경악 어린 음성이 들려온다. 하지만 유이설이 바라보고 있는 것은 제게 시선을 빼앗긴 특임조원들이 아니었다.

그녀의 눈을 가득 채운 것은 달이었다. 먹구름과 비에 가려 애처롭지만, 여전히 제가 있을 자리를 지키는.

시선이 이어진다. 달에서 구름, 구름 아래 펼쳐진 검은 하늘, 그 하늘과 잇닿은 지평선. 익숙한 산자락과 하늘을 향해 뻗어 오른 나무들.

마침내 그 시선이 한곳에 닿았다. 그녀를 향해 날아드는 네 개의 병기. 이름조차 짐작할 수 없는 생소한 병기들을 향해 유이설의 검이 뻗어졌다.

파르르르. 검 끝이 떨리며 비를 튕겨 낸다. 이윽고 그 떨림이 먹물처럼 번져 나가 도도한 꽃을 그렸다.

한 그루의 매화가 피어난다. 또 한 그루의 매화가 피어오른다. 그녀가 그려 낸 매화가 전신을 뒤덮고, 세상을 채운 먹구름마저 가렸다.

'이런 검이……?'

유이설을 향해 병기를 뻗던 이들이 그 광경에 순간 시선을 뺏겼다. 그리고 바로 그 순간, 피어난 꽃잎들을 꿰뚫으며 유이설이 강하했다.

파아아아아앗! 서걱! 긴 극(戟)이 그녀의 팔뚝을 길게 베어 낸다. 마귀의 형상을 새긴 괴장(怪杖)이 허벅지를 강타한다. 긴 월부(鉞斧)가 쇄골을 훑고 지나고, 유성추(流星錘)의 끝이 그녀의 머리끝을 아슬아슬하게 스쳐 간다.

그러나 유이설은 그 속에서 검을 휘둘렀다. 더없이 낮은 곳에 달이 뜬다. 검이 그려 낸 달이.

털썩. 털썩. 네 구의 시신이 허물어져 내렸다.

"하……."

유이설이 그제야 가쁜 숨을 토했다. 떨리는 손끝이 지금 그녀가 얼마나 힘겹게 버텨 내고 있는지를 여실히 보여 주었다.

하지만 유이설은 무심히 상처를 눌러 지혈했다. 그녀의 시선이 이제 하나 남은 이에게로 옮겨 갔다.

"이런……. 빌어 처먹을."

흑괴의 얼굴이 참혹하게 일그러졌다.

실패다. 이제 와 이년의 목을 딴다 한들, 그의 임무는 완벽히 실패했다. 그건 그 역시 흑시의 분노를 피할 수 없다는 말과 다르지 않았다.

그 사실이 흑괴의 이성을 앗아 갔다. 죽음을 피할 수 없다면, 그 죽음의 원인 앞에서 분노하지 않는 게 더 이상하지 않겠는가.

"네년을 갈가리……!"

푸욱. 하지만 흑괴의 분노는 더 이어지지 못했다.

그의 손에 들린 사슬낫이 부르르 떨렸다. 당장이라도 휘둘러질 듯 까딱거리며 손안을 맴돌던 낫이 툭 하고 떨어졌다.

스르르릉. 손목에 감겨 있던 사슬들이 줄줄이 풀리며 바닥으로 늘어졌다.

흑괴가 천천히 아래를 내려다보았다. 보이는 것은 은색의 검날. 그리고 그 검날에 묻어 있는 붉은 피.

빗방울이 검날 위로 떨어지며 피를 씻어 낸다. 하지만 씻어 내도 씻어 내도 붉은 피는 다시금 검 위로 흘러내렸다.

"흐……."

제 심장에서 울컥울컥 흘러나오는 피를 빤히 바라보던 흑괴가 피식 웃어 버렸다.

'감각.'

처음부터 생각했던 것. 처음부터 경계했던 것. 생과 사가 오가는 전장에서 잊지 말아야 할 것을 잊었으니, 죽음에 억울할 이유도 없다. 이것이 절정으로 가는 이와 가지 못하는 이의 차이일 터.

흑괴가 스르르 허물어졌다.

"정말…… 개 같……."

그의 몸이 채 바닥에 닿기도 전에, 휘둘러진 유이설의 검이 그의 목을 쳐 날렸다.

"……."

숨이 턱 끝까지 차오른 유이설이 그 자리에 무릎을 꿇었다. 잔뜩 굽은 그녀의 등으로 차가운 비가 흘러내렸다.

하나 그도 잠시. 검으로 땅을 짚고 몸을 일으킨 유이설이 눈을 감았다. 그리고 더는 그녀의 삶과 다름없는 이 땅에 '낯선 것'이 존재하지 않음을 확인하고는 예의 무심한 눈을 들어 어딘가를 향했다.

다시 움직여야 한다.

상처를 통해 들어온 독기는 점차 퍼져 나가고 있었다. 삼매진화를 일으켜 독기를 모아 태워 버리는 것 자체는 그리 어려운 일이 아니지만, 제아무리 청명이라고 해도 격한 싸움을 이어 가는 동시에 따로 삼매진화를 일으키는 건 불가능했다.

만약 무리하여 삼매진화를 일으킨다면, 전투의 시작부터 호시탐탐 청명의 빈틈을 노렸던 흑시가 그 틈을 놓치지 않을 터였다.

과거 그가 매화검존일 때의 무위라면 애초에 저만한 독쯤이야 신체를 침범하지도 못했을 것이고, 설령 침범한다고 해도 간단히 기를 운용하여 체외로 배출해 버렸겠지만, 지금의 청명은 과거의 그와는 비할 수준이 아니었다.

물론 다시 태어난 이후 스스로도 놀랄 만한 속도로 강해졌다. 이전의 삶에서는 감히 상상도 할 수 없었던 빠른 성장세다.

하지만 매화검존이 누구던가.

화산의 검학을 완성하고 스스로의 검을 정립하던, 종사의 반열에 이른 검수였다. 세상을 뒤흔들고 무참히 짓밟던 천마가 유일하게 인정했던 단 한 사람의 검수가 바로 매화검존이었다.

그 고고하고도 드높은 경지를 되찾는 건 청명으로서도 아직 요원한 일이었다.

잘라 낸 상처에 남은 독과 얼굴을 통해 들어온 독이 슬슬 번져 나가는 것이 느껴졌다. 흑시를 눈앞에 둔 지금으로서는 독기가 더 이상 번지지 않게 억제하는 것이 최선이었다. 하나.

'아무래도 좋아.'

저놈만 쓰러뜨리면 이 독기를 태워 내는 일 정도는 별것도 아니니까.

청명은 천천히 흑시를 향해 발을 옮기기 시작했다. 그그극. 늘어뜨린 검이 바닥을 긁어 댔다.

느릿하게 움직이던 몸이 조금씩 빨라진다 싶더니, 이내 섬전과도 같은 속도로 흑시를 향해 쏘아졌다.

눈 깜짝할 사이에 흑시의 지척까지 달려든 그는 단번에 머리를 향해 강렬한 일검을 날렸다.

콰아아아앙!

그 순간, 포탄이 터지는 듯한 소리가 고요한 산속을 울렸다. 교차된 두 개의 조가 청명의 매화검을 막아 냈다. 검(劍)과 조(爪)가 서로 충돌하며, 쏟아지던 빗줄기가 그 가공할 충격을 감당하지 못하여 사방으로 튕겨 나갔다.

금속과 금속이 마찰하는 소리가 울려 퍼지고, 노기가 타오르는 청명의 눈빛과 살기로 번들대는 흑시의 눈빛이 허공에서 치열하게 맞부딪쳤다.

"흐핫!"

흑시가 괴이한 고함을 짧게 내지르더니, 당장이라도 청명의 매화검을 부러뜨릴 듯 억세게 두 조를 조여 왔다. 검을 잡고 늘어지는 그 모습은 흡사 괴조가 발톱으로 먹이를 낚아채는 듯 보였다.

기이이이잉. 조와 조 사이에 끼인 매화검이 비명을 질렀다. 흑시의 입가에 의기양양한 미소가 떠올랐다.

"놓치지 않……."

하지만 그때 청명의 발이 흑시의 복부에 틀어박혔다. 예상치 못한 강력한 일격에 일순간 흑시의 등이 굽어지며 몸이 둥글게 말렸다. 그런데도 청명의 검을 조여 오는 힘은 조금도 줄어들지 않았다.

가가가가각! 조가 매화검의 검신을 타고 아래로 내리그어졌다. 검병을 슬쩍 흘려 낸 조의 날이 청명의 팔뚝을 노리고 들었다.

탓!

청명의 발끝이 바닥을 박찼다. 일단은 다시 거리를 벌리겠다는 의미. 하지만 흑시 역시 청명이 물러난 방향으로 뛰어들며 집요하게 따라붙었다. 상대적으로 단병(短兵)을 사용하는 이상, 거리는 가까우면 가까울수록 유리하다.

그런데 그때, 조 끝에서 기이한 소리가 났다. 그러더니 이내 독수리 발톱처럼 굽은 날이 쭈욱 늘어나듯 튀어나왔다.

콰득! 날 아래 이중으로 장치된 작은 날이 청명의 팔뚝을 파고 들어가며 다섯 개의 구멍을 뚫어 냈다.

산전수전을 다 겪은 청명도 이 상황만은 예측하지 못했는지 얼굴을 일그러뜨렸다.

하나 그대로 당하고 있을 청명이 아니었다.

검을 휘두르기에는 너무도 가까운 거리. 하지만 청명의 무학은 단순히 검에만 머물러 있지 않다. 흑시의 얼굴에 청명의 주먹이 틀어박혔다.

우드드득. 강한 힘이 실린 일격에 뼈가 으스러지는 소리와 함께 붕대로 감싼 흑시의 얼굴이 움푹 파였다. 고개가 부러질 듯 뒤로 젖혀졌다.

빗물에 젖은 검은 붕대에 붉은 피가 점점 번지기 시작했다. 하지만 흑시는 고통을 느끼지 못하는 것처럼 고개를 젖힌 채로 청명의 팔에 박은 조를 더욱 강하게 밀어 넣었다.

조의 날이 끝내 청명의 팔을 뚫고 반대로 튀어나왔다.

"크흐."

벌어진 흑시의 입에서 웃음소리인지 신음인지 모를 기이한 음성이 새어 나왔다.

내력이 가득 실린 청명의 주먹이 흑시의 턱을 다시 한번 후려쳤다. 콰아아앙! 폭음이 터지며 흑시의 몸이 포탄처럼 튕겨 나갔다. 그와 동시에 조 날이 단번에 뽑혀 나갔다.

청명이 굳은 얼굴로 구멍이 뚫린 팔을 바라보았다. 다섯 개의 구멍에서 시커먼 독혈이 울컥울컥 쏟아져 나왔다. 엄청난 속도로 독기가 퍼져 나가며 팔 전체에 저릿한 통증이 번졌다.

내력을 밀어 넣어 독기가 퍼지는 걸 막은 그는 손끝에 힘을 줘 보았다. 다행히도 검을 잡은 손의 감각에는 큰 이상이 없었다.

그는 살짝 입술을 깨물며 정신을 다잡고 스스로를 채찍질했다. 예전이었다면 상대가 어떤 기형 병기를 들고 온다고 해도 이렇게 당하지 않았을 것이다.

이런 공격에 당한 이유가 그가 과거에 비해 실력이 떨어졌기 때문인지, 아니면 이런 치열한 전투를 이어 갈 일이 없는 무림의 평화에 젖어 안일해졌기 때문인지 바로 판단을 내릴 수 없었다.

부상을 입을 때마다 최대한 빨리 지혈은 하려고 했지만 그럼에도 피를 제법 흘린 모양이었다. 시야가 조금씩 흐려지고 있었다.

그때, 바닥에 쓰러졌던 흑시가 상체를 벌떡 일으켰다.

"흐으."

그리고 손을 뻗어 자신의 얼굴 부위를 더듬었다. 기괴하게 목을 꺾으며 유령처럼 몸을 일으킨 그의 입가는 피로 흠뻑 젖어 있었다.

"크륵!"

그는 손을 뻗어 입가에 두르고 있던 붕대를 잡아 뜯었다. 잘려 나간 혀 조각과 이가 턱을 타고 아래로 툭 떨어졌다.

"……미리 힘을 빼 놓지 않았더라면 내 목이 잘렸겠군."

혀끝이 잘려 나가 발음이 뭉개졌지만, 그 기분 나쁜 눈만은 처음과 다름없이 섬뜩하게 빛나고 있었다.

하지만 청명은 한가하게 대화를 나누고 싶은 생각이 추호도 없었다.

파앗! 발로 땅을 박차며 쏜살같이 돌진했다. 검이 허공에서 가볍게 떨렸고, 이내 붉은 매화를 줄기줄기 뿜어내기 시작했다.

매영조하(梅影造河). 이름 그대로 매화가 점점 그 수를 더하더니, 이내 호우에 불어난 강처럼 화했다. 터진 둑을 타 넘은 매화의 급류가 모든 곳을 뒤덮으며 거칠게 밀려들어 갔다.

믿기지 않을 정도로 생생한 매화의 모습에 흑시의 눈이 경악과 놀라움으로 커졌다.

'이게 검으로 만들 수 있는 광경인가?'

수많은 고수를 상대했고, 수많은 검수를 보았다. 하지만 지금 눈앞에 펼쳐진 광경은 흑시가 이제껏 상상도 해 본 적 없는 경이로움 그 자체였다. 사람을 죽이기 위해 만든 기술일진대, 어찌 이렇게 아름다울 수 있을까.

눈을 뜨기 힘들 정도로 굵은 빗줄기 아래, 매화의 강이 그를 향해 넘쳐흐른다. 아름답다 못해 장엄하기까지 한 광경이었다.

하지만 그 장엄함 속에는 지독하리만큼 적나라한 살기가 넘실거렸다. 저 매화의 강은 빠져드는 모든 것을 조각내고 분쇄할 것이 분명했다.

무릎이 접혔다. 조를 땅에 꽉 박아 넣은 흑시는 거의 무릎이 바닥에 닿을 지경까지 자세를 낮췄다. 그리고 핏발이 선 눈으로 밀려오는 매화의 강을 주시했다.

"흡!"

짧게 숨을 들이켠 흑시의 몸이 앞으로 튕겨 나갔다.

매화의 강은 점점 더 불어날 것이었다. 어설프게 피하려 들었다가는 사방을 휩쓰는 저 매화의 강에 저항도 하지 못하고 휘말릴 것이다. 그렇게 되면 다시는 빠져나올 수 없다. 급류에 휩쓸린 것처럼 말이다.

활로는 오로지 전방!

몸을 최대한 낮추고 조를 들어 올린 그는 조에 미친 듯이 내력을 불어넣었다. 깡마른 그의 몸이 회전하자 조가 과격한 조영(爪影)을 그려 냈다. 그리고 거세게 밀려오는 매화의 급류에 정면으로 맞섰다.

상처 입은 짐승이 발톱을 휘두르듯, 불규칙하고도 과격한 경기가 밀려오는 매화를 후려쳐 날려 대기 시작했다.

뒤이어 검은 그림자가 매화의 강으로 파고들었다. 조에서 뿜어져 나온 날카로운 경기로 자신의 전면을 메워 버린 흑시는 기괴한 괴성을 내지르며 계속해서 전진했다.

하지만 매화의 강은 급격하고도 도도했다.

밀려온다. 파헤치고, 밀어 내고, 또 후려갈겨도 매화는 끝없이 빈자리를 채우며 밀려오고 또다시 밀려왔다.

인간이 아무리 악을 써도 강을 밀어 낼 수는 없는 것처럼, 흑시의 조는 매화의 강을 뒤틀 수 없었다.

"카아아악!"

흡사 독기 오른 작은 짐승이 울부짖는 듯한 소리가 흑시의 목에서 울려 퍼졌다.

이윽고 그는 조로 땅을 힘껏 내리치며 몸을 사선으로 띄워 올렸다. 매화의 강을 뛰어넘은 검은 형체가 청명을 향해 날아들었다. 기어이 희생을 각오하고 청명에게 닿기를 택한 것이다.

물론 그 선택에는 큰 대가가 따랐다.

서걱! 서걱! 서걱! 서걱! 매화의 강에 휩쓸린 흑시의 다리가 순식간에 수십 개의 상흔을 입고 피를 뿜어냈다. 거기에 그치지 않고 조각조각 찢겨 나갔다.

일시에 다리가 수백 번 베이는 고통. 감각이 있는 인간이라면 절대 참아 낼 수 없는 끔찍한 고통에 흑시의 입이 벌어졌다. 얼굴을 반쯤 덮은 검은 붕대 사이로 쩍 벌어진 시커먼 공동에서 소리 없는 비명이 처절하게 토해졌다.

하지만 고통에 울부짖으면서도 흑시는 멈추지 않았다. 오히려 처음 뛰어오른 속도 그대로 청명을 향해 달려들었다.

살기로 번들거리던 흑시의 눈이 광기에 젖어 새파란 광망을 토했다.

이미 돌이키기엔 글렀다. 그는 이 한 수에 모든 것을 걸겠다는 듯 가공할 내력을 끌어 올렸다. 과한 압력을 이기지 못한 코에서 둑이 터진 듯 피가 쏟아졌고, 실핏줄이 모조리 터진 눈에선 피눈물이 줄줄이 새어 나왔다.

"흐아아아아아압!"

양손에 든 조에서 세 척이 넘는 기운이 뿜어져 나왔다. 다리를 잃은 채 거대한 경기의 손톱을 드러낸 흑시의 모습은 흡사 사냥감을 노리고 활강하는 괴조처럼 보였다.

허공에서 들이닥친 흑시가 그대로 청명을 덮쳐 들어갔다.

흐드러지게 매화를 피우던 청명이 일순 차게 가라앉은 눈으로 그를 바라보았다.

"죽어라아아아앗!"

좌우로 활짝 펴진 열 개의 발톱이 청명을 조이기 시작했다.

침착하게 하단세를 취한 청명이 가볍게 뛰어 뒤쪽으로 물러났다.

퍼어엉! 그런데 그때, 청명의 움직임을 읽기라도 한 것처럼 작은 폭음과 함께 흑시의 등 쪽 붕대가 터져 나가더니 뒤에서 네 개의 조가 발출되었다.

네 개의 조는 발출되자마자 크게 호선을 그리며 물러서는 청명의 퇴로를 차단했고, 곧장 등을 향해 파고들었다.

하지만 청명의 눈에는 여전히 한 점 동요도 없었다.

퇴로를 차단당한 그는 앞으로 한 발을 내디뎠다. 그것으로 적이 노리는 지점을 조금 비틀어 낸 뒤, 날아드는 흑시의 육체에 순식간에 십여 차례 검을 찔러 넣었다. 마치 빛살과도 같은 빠르기였다.

그럼에도 흑시는 물러서지 않았다.

어차피 막을 수도, 피할 수도 없다. 순식간에 상체에 십여 개의 구멍이 뚫렸지만, 흑시는 오히려 더 속도를 내어 앞으로 나아갔다. 그리고 사람의 몸통보다 더 긴 기운을 뿜어내는 조를 좌우로 끌어당겨 청명의 움직임을 봉쇄했다.

"큭!"

그대로라면 몸이 조각날 상황. 청명은 흑시의 품 안으로 돌진하여 파고들었다.

푸욱! 매화검이 흑시의 복부를 찌르고 들어갔다. 조가 길어진 만큼 단병의 이점은 사라졌다. 안으로 파고들 수만 있다면 휘두르는 기운을 피해 낼 수 있다.

하나 그 순간, 흑시가 앙상한 팔로 청명을 끌어안았다.

콰득! 콰득! 콰득! 콰득! 이윽고 청명의 등 뒤에서 날아든 네 개의 조가 섬뜩한 소리를 내며 청명이 아닌 흑시의 팔을 꿰뚫었다. 마치 자물쇠를 채우는 듯이.

청명이 눈을 부릅뜨고 고개를 들었다. 흑시는 입에서 피를 줄줄 흘리며 득의에 찬 미소를 짓고 있었다.

'고루공(骷髏功)?'

이는 동귀어진하기 위해 만들어진 무공이었다. 청명을 끌어안은 흑시의 팔이 더없이 단단하게 굳어지기 시작했다. 청명은 내력을 끌어 올리며 밀어 내려 했지만 마치 만년한철로 만든 사슬에 묶인 것처럼 옴짝달싹할 수가 없었다.

"큭!"

청명이 매화검을 더욱 거세게 찔러 넣었다. 흑시의 배가 길게 갈라지며 내장이 흐르기 시작했다. 하지만 그럼에도 굳어진 팔은 조금의 미동조차 없었다.

"안 되지, 크큭."

피를 울컥울컥 토해 내면서도 흑시는 희열에 찬 사람처럼 웃어 젖혔다. 그리고 외쳤다.

"지금이다! 죽여!"

파아아아아아앗! 바닥이 폭발하듯 한차례 솟구치더니, 검은 인영 하나가 청명의 등 뒤로 날아들었다.

처음부터 지금까지 땅속에 몸을 숨기고 있던 마지막 한 사람의 흑조단원이 흑시의 명을 받고 청명의 등을 향해 포탄처럼 쏟아진 것이다.

쇄애애애애액! 시커먼 검신에 새파란 검기가 어렸다. 청명과 흑시를 단번에 꿰뚫을 무시무시한 기세였다.

반사적으로 고개를 돌린 청명의 눈에 정확하게 심장을 노리고 들어오는 얇은 세검이 똑똑히 보였다.

"죽어라!"

청명의 눈이 순간적으로 새파란 광망을 토했다.

생각은 짧았고, 결정은 순간적이었다.

콰드득! 그는 고개를 내려 자신을 끌어안은 흑시의 목을 주저 없이 물어뜯었다. 목 부분의 살점이 한 움큼 뜯겨 나가며 잘려 나간 경동맥에서 피가 폭포처럼 쏟아지기 시작했다.

"끄륵."

몸을 으스러뜨릴 듯 조여 오던 힘이 마침내 살짝 약해진 틈을 타, 청명은 앞으로 한발 내디디며 흑시의 가슴에 어깨를 박아 넣었다.

쿠웅! 그의 가슴뼈가 움푹 함몰되며 검을 휘두를 공간이 만들어졌다.

촤아아아아악! 빛살처럼 검을 뽑아낸 청명이 흑시의 팔을 끊어 냈다. 뒤이어 흑시의 몸을 쳐 날린 그는 몸을 빙글 돌려 자신에게 날아드는 흑조단원을 정확하게 포착했다.

급변한 상황에 흑조단원이 눈을 부릅떴다.

'아, 안……'

더없이 간결하게 휘둘러진 검이 날아드는 이를 절반으로 갈라 버렸다.

털썩. 반으로 쪼개진 시체가 힘을 잃고 바닥으로 추락했다.

거친 숨을 토해 낸 청명은 아주 느린 걸음으로 바닥에 쓰러진 흑시를 향해 다가갔다.

그리고 사실상 팔다리가 모두 잘려 나간 흑시의 코앞에 섰다. 청명이 검을 들어 정확히 목을 겨누었다.

"너는 화산에 오르지 말았어야 했다."

이 지경이 되도록 흑시의 목숨은 질기게도 아직 붙어 있었으나, 두 눈에서는 빠르게 빛이 꺼져 갔다.

하지만 그 와중에 드러난 감정은 공포도, 경악도 아닌 의문이었다.

"어째서? 어째서 매복이 오지 않……."

말을 하는 중에도 입에서 피가 꾸역꾸역 흘러나왔다.

바로 그때였다. 어디선가 날아든 낯익은 머리가 바닥을 굴렀다. 흑시가 덜덜 떨리는 고개를 돌려 흑괴들의 수급을 바라보았다.

"……찾는 사람."

여인의 목소리였다.

어둠이 내린 숲에서 무복을 피로 흠뻑 물들인 유이설이 절뚝이며 걸어 나왔다.

"사고? 사고가 왜……."

유이설이 무표정한 얼굴로 청명을 바라보았다. 그러고는 대답 대신 턱짓으로 흑시를 가리켰다. 그 행동이 의미하는 바는 명확했다.

청명은 고개를 끄덕이며 다시 흑시를 돌아보았다. 마지막 한 수마저 무위로 돌아갔음을 깨닫고 충격에 빠진 흑시의 눈이 청명의 차가운 시선과 마주쳤다.

푸욱. 청명의 검이 흑시의 목을 꿰뚫었다.

앙상한 몸이 경련을 일으키다가 이내 그대로 축 늘어졌다. 부릅뜬 그의 두 눈에는 마지막 순간까지 의문과 절망이 가득했다.

무심히 흑시를 내려다보던 청명은 검을 뽑아 회수한 뒤 유이설을 돌아보았다.

"……왜 또 굳이 왔어."

"사고니까."

쏟아지는 빗속, 유이설은 가만히 청명을 보며 나직하게 말했다.

"사고는 사질을 지키는 거야."

그런 그녀를 빤히 바라보던 청명이 한숨을 내쉬었다.

"상처는? 독이 있었을 텐데?"

"이들과는 달랐어."

"……그래."

흑조단뿐 아니라 다른 매복 인원까지 준비한 모양이었다.

청명이 흑조단원을 모조리 시야에 넣었을 가능성까지 생각해 다른 이들을 미리 준비한 거라면, 이놈은 정말 끔찍한 놈이 아닐 수 없었다.

흑시를 상대하는 중에 그 매복까지 왔다면 상황은 훨씬 어려워졌을 것이다. 유이설이 먼저 손을 써 준 것이 다행이었다.

청명이 차게 식어 가는 흑시를 바라보다 고개를 들었다.

"돌아가자. 화산을 정리해야지."

"그래."

청명과 유이설이 누가 먼저랄 것도 없이 화산을 향해 몸을 날렸다.

"다 쓸어 버려!"

"이 새끼들이 감히 화산에 쳐들어와?"

"배때기를 쑤셔 버릴라!"

분노한 화산의 제자들이 흉흉한 기세를 뿜으며 만인방을 몰아쳤다. 검 끝에 머물던 망설임은 이미 사라진 지 오래였다.

앞뒤로 포위된 형세에 만인방은 필사적으로 저항했지만, 이미 기세를 타 버린 이들을 막기에는 역부족이었다.

"좌측이 빈다! 조걸!"

"예, 사형!"

특히나 마치 한 몸이라도 된 듯 합을 맞춰 날뛰는 윤종과 조걸은 수많은 이들이 몰려 있는 화산에서도 단연코 돋보였다.

쇄애애액! 조걸과 윤종의 검이 정확히 상대를 노리고 움직였다.

윤종의 검은 정석이라는 말이 더없이 잘 어울렸다. 과하게 격하지도 않고 그렇다고 과하게 부드럽지도 않은 검.

중도(中道)를 놓치지 않은 검에는 치우침이 없다.

화산에 윤종보다 더 뛰어난 검수는 있을지언정, 화산의 검을 후대에 전하는 이라면 윤종의 검을 교본으로 삼을 수밖에 없을 것이었다.

반면, 조걸의 검은 정석을 따르기보단 변칙적으로 움직였다.

쾌속하게 내지른 검이 미묘하게 어긋나 있었다. 검의 완성도라는 측면에서는 높은 평가를 받기 어렵겠지만, 상대하는 이는 이 어긋난 투로와 기괴한 속도에 기겁할 수밖에 것이었다.

정석과 변칙. 어우러지기 힘든 두 개의 검이 톱니바퀴가 맞물리는 것처럼 완벽하게 서로를 보좌하여 적들을 휩쓸어 나갔다.

"사숙들, 흥분하지 마십시오! 마지막 순간까지 긴장을 풀어서는 안 됩니다!"

"오냐! 알았다!"

조걸이나 청자 배들뿐 아니라 백자 배들 역시 윤종의 지시를 받는 데 그 어떤 거부감도 보이지 않았다.

애초에 화산은 배분이라는 게 크게 의미 없는 문파가 되어 버린 지 오래 아니던가.

청명이 미쳐 날뛰는 것을 몇 해나 봐 온 이들에게 이제 배분 따위는 그저 입문 시기 차이 이상의 의미를 갖지 못했다.

설사 윤종이 화산오검(華山五劍)의 일인으로서 명성을 날리지 못했어도, 백자 배는 그의 지시를 따르는 데 주저함이 없었을 것이다.

"몰아붙입니다!"

"오오오오오!"

한편 조걸과 윤종 반대쪽에서 만인방을 밀어붙이는 이들도 격렬하게 싸우고 있는 건 마찬가지였다.

아니, 격렬함은 오히려 이쪽이 더하다. 서안의 화영문을 지원하기 위해서 차출된 이들은 화산에서도 정예들이었다. 잠시 집을 비운 사이에 쳐들어온 악적들을 바라보는 그들의 눈은 노기로 넘실거렸다.

"뭣 하느냐! 당장 저 망할 놈들을 접어 버리지 못할까!"

현영의 벼락같은 호통을 들은 백상이 기다렸다는 듯 검을 하늘로 치켜들고 고함을 내질렀다.

"사파의 악적들을 섬멸해라!"

이제는 재경각 소속이라 무학과는 다소 멀어진 백상이지만, 백천의 오른팔로서 백자 배를 이끌던 그의 위상은 아직 변함이 없었다.

좌절을 겪고, 스스로의 부족함을 알고, 오만을 버린 그의 시야는 오히려 과거보다 더 넓어졌다. 전장의 많은 부분을 두루 살피기에 어려움이 없을 정도로 말이다.

그렇기에 백상은 백천의 자리를 훌륭하게 채우고 있었다.

"이, 이놈들이!"

"빌어먹을!"

허물어진다. 판도가 뒤바뀌고 전선이 흔들리고 있었다. 만인방의 무사들이 뒤로 조금씩 밀려나며 억눌린 신음을 토했다.

"뭔 어린놈들의 검이 이리 날카로워……!"

"대, 대주! 대주님들은?"

"피, 피해!"

정파를 자처하는 이들이 수양을 강조하는 이유는 어떤 상황에서도 흔들리지 않는 굳건한 부동심을 얻기 위해서다. 그리고 이런 정신적인 영역은 단순히 수련을 반복한다고 해서 생겨나는 것이 아니다.

확연한 소속감. 집단과 다른 구성원들에 대한 신뢰. 끈질긴 의지. 그리고 스스로의 길에 대한 확고한 믿음.

그에 비해 이익을 위해서 언제든 도의를 저버릴 수 있는 이들은 이익이 없는 곳에서는 힘을 발휘하지 못하는 법.

기세가 무너지고 상황이 뒤틀렸다는 것을 인식한 순간, 만인방의 무사들은 제 실력의 반도 채 발휘하지 못했다.

"대, 대주께서는……."

당황하여 두리번거리던 이들의 눈에 황금빛의 거대한 수영(手影)이 들어왔다.

"아미타불!"

혜연의 손에서 발출된 웅대한 대력금강장(大力金剛掌)이 모든 것을 짓누를 듯 독혈수를 향해 날아들었다.

독혈수는 이를 악물며 양손에서 검은 투기를 뿜어냈다.

"비, 빌어먹을 중놈이!"

우우우우우우우웅! 마치 거대한 거인이 손바닥을 내리치는 것만 같았다. 투기를 내뿜어 대력금강장을 가까스로 막았지만, 독혈수의 발은 이내 그 압력을 이기지 못하고 바닥을 파고들었다.

"으읍!"

전신이 뒤틀리는 듯한 압력. 허리는 끊어질 듯하고, 머리 위에 태산이 내려앉은 듯했다. 강렬하게 후려치는 것이 아니라 말도 안 되는 힘으로 짓누른다. 마치 벌레를 눌러 죽이려는 듯이.

'이, 이게 소림……'

소림의 무학은 무거움의 무학.

답답해 보일 만큼 꾸준하고 반복적인 수련. 아니, 수련이라기보다는 고행에 가까운 수행을 통해, 평범한 사람이라면 감히 발 뻗을 엄두도 내지 못하는 험하고 먼 길을 그저 걷고 또 걸으며 쌓아 올리는 무학이다.

그 무학의 극의(極意)가 지금 혜연의 손을 통해 세상에 모습을 드러내고 있었다.

"으아아아아아앗!"

독혈수가 비명을 내지르며 힘껏 양손을 내저었다.

하지만 소용없는 일. 그의 독수(毒手)에서 뿜어져 나오는 사기(邪氣)는 불법(佛法)의 힘이 실린 혜연의 장법 앞에서 그저 무력할 뿐이었다.

장대하기 짝이 없는 내력이 끊임없이 흘러나왔고, 넓게 벌린 다리가 대지에 단단히 뿌리내렸다.

거목(巨木). 크고 튼튼한 거목은 태풍에도 흔들리지 않고, 수천 년을 살아간다. 혜연의 몸에 새겨진 소림의 무학은 그를 하나의 거목으로 만들어 내기에 충분했다.

"으아아아아아아! 이노오오오옴!"
압력을 이기지 못한 독혈수의 칠 공에서 피가 뿜어져 나왔다.

'빌어먹을. 안 좋아.'
야도가 떨리는 눈으로 주변을 빠르게 둘러보았다.
전장에서 살아남기 위해서는 전세를 파악하는 능력이 필수였다. 그는 야도(野刀)라 불릴 만큼 수많은 전장에서 살아남은 무인. 이미 전세가 한쪽으로 기울어진 것쯤은 알고도 남았다.
'몸을 빼야 한다. 승산이 없다.'
수하들과 함께 죽는 취미 따위는 없었다. 누군가에게는 그게 낭만일지 모르겠지만, 야도에게는 한낱 개죽음에 불과하게 느껴졌다.
자신의 목숨보다 중요한 게 세상 어디에 있다는 말인가?
상황이 더 불리해져 퇴로가 완전히 막혀 버리기 전에 그라도 몸을 빼야 했다.
물론 방주는 진노하겠지만, 만인방으로 돌아가지 않으면 그만이다. 적당히 새외로 몸을 뺐다가…….
쇄애애애액!
"큭!"
야도는 거친 숨을 토하며, 측면에서 가공할 만큼 빠른 속도로 날아드는 검을 막아 냈다.
카앙! 빠르게 도신을 두드린 검이 빙글 회전하며 야도의 목을 노리고 들어왔다. 반사적으로 몸을 뒤로 빼내는 순간, 찔러 들어오던 검의 끝이 파르르 떨리더니 수십 송이의 매화 검기를 뿜어냈다.
"망할!"

야도의 두 눈이 부릅떠졌다. 초조한 마음으로 내력을 밀어넣자, 그의 도기가 두 치는 더 치솟았다. 폭발적으로 도기를 뿜어낸 도가 날아드는 매화 검기를 일도에 휩쓸어 날려 버렸다.

하지만 상대의 공격을 막아 냈음에도 야도의 표정은 조금도 편치 못했다.

"꽤 다급해 보이는데?"

기생오라비같이 생긴 백의의 검수가 그를 보며 작게 이죽거렸다.

야도는 뭐라 대답하지 못하고 저도 모르게 입술을 꽉 깨물었다.

'강해지고 있다.'

어이없는 일이지만, 이놈은 그와 싸우는 와중에도 성장하고 있었다.

아니, 이놈뿐만이 아니다. 이곳에 있는 놈들 모두가 처음 싸울 때와는 눈빛부터가 달라졌다.

'성장? 아니, 말도 안 된다.'

성장은 수련의 대가다. 물론 실전에서 휘두르는 칼질 한 번이 홀로 휘두르는 수백 번의 칼질 이상의 효과가 있다고는 하지만, 이 정도는 아니었다. 단지 그것만으로는 설명이 되지 않는다. 칼을 처음 잡은 이들도 아니고.

'……처음?'

그는 그제야 떠올렸다. 이들이 제대로 된 전투에 투입된 것이 처음일 것이라는 사실을.

'성장이라기보다는 체화에 가까운가?'

실전에 들어간 이는 몸이 굳어지기 마련. 수도 없이 검을 휘두르고 휘둘러 완벽에 가까운 검을 손에 넣은 이도, 허공이 아닌 사람을 향해 검을 휘두를 때는 주저하기 십상이다.

그리고 그 작은 망설임이 검로를 뒤틀고 실력을 깎아 먹는다.

하지만 이 전투로 저들은 실전에 익숙해져 갔다. 허공을 향해 휘둘렀던 수많은 검이 실전에서 어떻게 쓰이는지를 그 머리로, 몸으로 직접 이해하는 중인 것이다.

그러니 어찌 실력이 늘지 않겠는가.

'만인방이 쳐들어와 준 덕분에 좋은 경험을 쌓았다 이건가?'

속이 부글부글 끓어올랐다. 수련보다는 재능과 감각만을 믿고 살아가다 어느 순간 더는 뛰어넘을 수 없는 벽을 만나 버린 야도였다. 그 때문에 아직 완전히 개화하지 않은 재능들이 빛을 뿜는 모습을 보면 속이 뒤집혔다.

하지만 어쨌든 지금은 감정에 몸을 맡기기보단 이곳에서 살아서 몸을 숨기는 것이 우선이었다.

그런데 그때 백천이 날카로운 눈빛으로 그를 응시했다.

"무게 중심이 뒤로 빠지는군."

야도가 살짝 움찔하며 그를 바라보았다. 도에 입은 상처가 저토록 많은데, 어린 무사의 두 눈은 더없는 정광을 머금은 채 똑바로 야도를 응시하고 있었다.

자신이 걷는 길을 추호도 의심하지 않는 무인의 눈.

너무 눈이 부셔서 차마 마주 볼 수 없을 정도였다.

"네가 무게를 앞으로 싣는 건 이길 수 있는 상대를 마주할 때뿐인가?"

"……."

"그 망할 놈이 하던 말이 있지. 눈은 의지를 말하지만 발은 현실에 닿아 있다고. 가장 한심한 부류는 눈으로는 분노를 토하면서 발은 뒤로 빠져 있는 놈들이라고 말이다."

백천의 말이 그 어떤 공격보다도 야도의 가슴에 아프게 틀어박혔다.

"달아나고 싶나? 그럼 내가 가장 빠른 길을 알려 주지. 나를 베고 가면 너를 막을 이는 없을 거다. 그렇지 않나?"

야도의 얼굴이 수치심으로 붉게 달아올랐다.

그가 전장에서 피를 마시기 시작할 무렵 갓난아기에 불과했을 놈이 내려다보듯 지껄이고 있다. 이만한 굴욕이 또 있겠는가.

'나도 한때는……'

이를 악문 야도가 도를 양손으로 꽉 움켜잡았다. 싸움에서 생각이 많아져 좋을 건 없다. 머리는 단순한 쪽이 좋다.

"좋다, 애송이! 그 말을 후회하게 해 주지!"

야도가 벼락같은 고함을 내지르며 다시 달려들었다.

여전히 투박하기 짝이 없는 투로였다. 하지만 분노가 실린 도는 백천의 전신을 분쇄해 버릴 것처럼 더없이 거칠고 강맹했다. 마치 태풍이 몰아치는 바다의 파도처럼 말이다.

오금이 저릴 만큼 과격한 도기가 전방을 휩쓰는 걸 보며 백천은 얼굴을 굳혔다.

하지만 물러날 생각은 추호도 없었다. 달아나지 않는다.

'나는 쌓아 올렸다.'

청명의 그 과격한 수련을 버티면서도 개인 훈련까지 소화해 냈다. 느려도 한 발 한 발 나아가면 언젠가는 그가 생각하는 경지에 이를 수 있을 거라 단호히 믿고 버텨 왔다. 고통에 가까웠던 그 시간들이 지금 그의 발밑에 고스란히 쌓여 있을 것이다.

'힘으로 받아칠 게 아니야.'

그의 검은 화산의 검. 상대를 힘으로 찍어 누르는 검이 아니다.

백천의 검 끝이 가볍게 떨린다. 이내 줄기줄기 뿜어진 매화가 날아드는 도의 폭풍을 마주했다.

'우선은 하나.'

귀에 못이 박이도록 들었다. 아무리 화려하고 다채로운 공격이라고 해도 결국 선후는 있는 법. 한순간에 펼쳐지는 공격도 시간을 쪼개고 쪼개면 결국 차례대로 전개되는 하나의 큰 흐름에 지나지 않는다.

백천의 세상이 느리게 흐른다. 피할 틈 없이 사방에서 중구난방으로 날아오는 것처럼 보이던 야도의 도가 그려 내는 궤적이 선명하게 눈에 들어왔다.

'여기!'

흘러나온 매화가 한곳으로 밀려들었다.

검과 도. 힘과 힘으로는 막아 낼 수 없다. 하지만 한 번으로 막을 수 없다면 두 번, 두 번으로 막을 수 없다면 세 번.

막아 내고 막아 내다 그리하여 끝끝내 밀어 낼 때까지 계속해서 휘두를 뿐이다.

카가가강! 매화의 검기가 과격한 도세와 부딪히며 이지러졌다.

하지만 힘을 잃고 낙화하는 매화 뒤에는 또다시 새로운 매화가 피어났다. 겨울이 지나면 같은 가지에서 또 아름다운 꽃이 피듯이, 피어나고 또 피어난다.

완벽할 필요는 없다. 그저 필요할 때 필요한 곳에 자연스럽게 검이 가 있다면 그걸로 충분하다.

그것이 정(正). 화산의 제자로서 그가 추구해야 할 검이었다.

"이……."

야도의 눈에 당혹감이 어렸다.

백천의 검이 또 한 단계 더 높은 곳으로 오르고 있었다. 조금 전에는 들쭉날쭉했던 검이 중심을 되찾고 착 가라앉은 듯 안정감을 띠고 움직이기 시작한 것이다.

'이게 대체 뭐란 말이냐?'

화려하다. 그리고 다채롭다.

하지만 이 화려하고 부드러운 매화의 흐름이 그에게 주는 인상은 차라리 강철로 만들어진 벽에 가까웠다. 끝도 없는 벽이 사방을 둘러싼다.

뛰어넘을 수 없는 벽.

'어떻게……'

야도의 얼굴이 순간 하얗게 질렸다.

"아아아아아아아악!"

바로 그때, 처절한 비명이 울려 퍼졌다. 야도의 시선이 순간적으로 소리가 난 쪽으로 휙 돌아갔다.

'독혈수!'

혜연의 황금빛 경기에 휩쓸린 독혈수가 피를 뿜으며 나가떨어지고 있었다. 그 광경이 야도의 두 눈에 화인처럼 틀어박혔다. 애써 정신을 다잡은 야도가 재빨리 시선을 다시 돌렸다.

그는 전신에 최대한 힘을 주고 도를 치켜세웠다.

작은 틈. 아주 작은 틈.

그가 시선을 돌릴 수밖에 없었던 것처럼 저 애송이 놈 역시 독혈수와 혜연의 상황에 마음을 빼앗긴 것이 분명했다. 그 증거로 파도처럼 밀려오던 검에 작은 빈틈이 생겼다.

'지금 공격을……!'

파앗! 그의 발이 기습적으로 바닥을 박찼다.

하지만 그의 몸이 향한 쪽은 앞이 아니라 뒤였다. 상대에게 틈이 생겼다고 생각한 순간, 머리가 판단을 내리기도 전에 몸이 도주를 택한 것이다.

'아……'

머리와 몸의 괴리가 자세를 흐트러뜨렸다. 뻗어 나가던 도기가 제힘을 내지 못하고, 몸을 띄워 낸 다리에도 제대로 된 힘이 실리지 못했다.

파도처럼 끊이지 않고 밀려드는 매화의 틈으로 빛나는 백천의 시선과 그의 시선이 허공에서 맞부딪쳤다.

매화 검기가 마치 기다렸다는 듯 대번에 사방으로 비산하며 그 사이로 세상을 가를 기세의 일검이 내리쳐졌다. 선명하고 도도하며 더없이 확고한 검이.

좌아아아악! 쇄도한 백천의 검기가 야도의 가슴을 파고들었다.

섬뜩한 소음과 함께 그의 가슴팍이 길게 갈라졌다.

바닥에 내려선 야도는 자신의 가슴을 가만히 내려다보다 고개를 들어 백천을 마주 보았다.

납검을 한 백천은 정광 어린 눈빛으로 야도를 응시하다 입을 열었다.

"당신이 살아온 길이 만든 결과요."

"……"

무언가 항변하려는 듯 입을 뻐끔거리던 야도가 말을 잇지 못하고 그 자리에 허물어지듯 쓰러졌다.

죽는 순간까지 눈을 감지 못한 그를 보며 백천은 잠깐 하늘을 올려다보았다.

'나는 아직 너무 부족하다.'

그는 겸허히 인정했다. 실력만으로 따지면 그의 패배였다.

홀로 싸웠다면 당연히 졌을 것이고, 마지막 순간에 야도가 도주를 택하지 않고 맞섰다면 그가 홀로 제압하는 건 어려웠을 것이다. 그저 운이 좋아 챙긴 승리에 불과하다. 하지만.

"나는 당신과는 달라."

나아간다. 패배도, 그로 인한 쓰라림도 모두 받아들이며, 끝까지.

감당할 수 없는 무언가에 직면한다고 해도 백천은 야도처럼 달아나지 않을 것이었다. 가야 할 길을 외면하고 달아나는 이가 손에 넣을 수 있는 것은 없으니까.

쓰러진 야도를 한동안 물끄러미 바라보던 백천이 미련 없이 몸을 돌리며 소리쳤다.

"만인방의 대주를 쓰러뜨렸다! 악적들을 포위해라!"

그의 목소리가 화산에 우렁우렁 울려 퍼졌다.

어떤 군세(軍勢)든 우두머리를 잃으면 사기가 급락하는 법. 탈명단창에 이어 독혈수와 야도마저 연이어 쓰러지자, 만인방도들은 완전히 의지를 상실하여 더 이상 저항할 힘을 잃어버렸다.

"아아아악!"

"아악!"

앞만 보고 싸울 때와 달아날 곳을 의식하며 싸울 때가 온전히 같을 수는 없다.

전세는 완전히 넘어갔다. 야도가 그랬던 것처럼, 전투에 대한 집중력을 잃은 이들은 도망칠 틈을 보다 화산 문도들의 검에 추풍낙엽처럼 쓰러져 갔다.

"모조리 죽여 버려!"

"한 놈도 살아 돌아가지 못하게 해라!"

화산의 제자들이 더욱더 기세를 타며 적들을 몰아붙였다. 그리고 원형으로 서서 등을 맞댄 만인방도들을 둘러쌌다. 검이 위협적으로 날아들 때마다 만인방도들의 얼굴이 새파랗게 질렸다.

"그만!"

그 순간 커다란 고함이 터져 나왔다.

화산 제자들의 얼굴이 일제히 한곳으로 돌아갔다. 화산의 장문인 현종이 꼬장꼬장한 자세로 서서 그들을 바라보고 있었다.

"더는 피를 흘릴 필요가 없다. 적들은 이제 무기를 버리고 항복하라."

그 말에 현영이 얼굴을 일그러뜨리며 버럭 소리를 질렀다.

"장문인! 저들은 화산을 공격해 왔고 제자들을 다치게 했습니다! 한데 어찌 그런 자비를······!"

"그럼 모조리 죽여야 직성이 풀리겠느냐?"

"그건······."

현영이 잠깐 무어라 말을 하려다 입을 다물었다.

"나 역시 적을 상대함에 있어서 자비를 논할 생각은 없다. 나의 도가 아직은 부족함인지, 검 끝에 자비를 실으라는 말은 도저히 할 수가 없구나. 하나."

현종은 가만히 고개를 내저었다. 그의 두 눈엔 심유한 빛이 가득했다.

"의지를 잃은 이를 베는 것 역시 도를 논하는 이가 할 짓은 아니다. 화가 난다고 상대를 모조리 베어 죽인다면 우리가 저들과 다를 바가 무엇이 있겠느냐?"

제자들을 바라보는 그의 얼굴에 얼핏 안쓰럽고 애틋한 기색이 스쳤다.

사실 저들을 찢어 죽이고 싶은 마음이야 현종이 더할 것이었다. 하지만 그는 이 일이 제자들의 마음속에 어둠을 남기기를 원하지 않았다.

무엇이든 처음이 어렵다. 이런저런 이유로 살인을 아무렇지 않게 여기게 된다면 언젠가는 굳이 살인하지 않아도 되는 상황에서도 주저 없이 검을 휘두르고 말 것이다.

화산을 위해서도, 저 아이들을 위해서도 그런 일은 결코 일어나선 안 되었다.

하지만 이번엔 제자들 역시 순순히 그의 말에 따르지 않았다. 저들의 손에 상처를 입고 쓰러진 동료들이 어디 한둘이던가.

바로 눈앞에서 그 모습을 똑똑히 보며 싸운 이들은 현종의 말에도 만인방도들에 대한 적대감을 감추지 못했다. 아니, 감추지 않았다. 금방이라도 다시 싸움을 벌일 듯 검에서 흉흉한 검기를 뿜어냈다.

그 모습에 현종은 나직하게 한숨을 내쉬었다. 그의 목소리가 천천히 퍼져 나갔다.

"나는…… 너희가 더 다칠까 봐 겁이 난다."

온 진심이 담긴 말이었다. 나직하게 울리는 그의 진심에, 그제야 제자들이 하나둘 손에서 힘을 풀기 시작했다.

권위를 내세우지 않는다. 본인의 말을 따르라 소리치지도 않는다. 그저 담담히 본심을 이야기하는 현종의 목소리는 그를 누구보다 잘 아는 화산의 제자들에게 깊이 와닿을 수밖에 없었다.

"이번에는 내 말을 따라 주거라."

그들을 지키느라 온몸이 상처투성이가 된 장문인이 저리 말하는데 누가 감히 그 말을 거역할 수 있겠는가.

화산 제자들의 복잡한 시선이 현종에게로 향했다. 은은한 불만과 미묘한 걱정을 담은 눈빛이. 하지만 그 복잡했던 눈빛들은 이내 한 가지 감정으로 정리되었다.

신뢰. 화산 장문인인 현종에 대한 신뢰. 그리고 그의 결정에 대한 신뢰였다.

백천이 만인방도들을 향해 단호한 목소리로 소리쳤다.

"무기를 버려라. 투항하는 자는 베지 않겠다. 너희는 도를 잊었지만, 화산은 도를 잊지 않는다."

"항복하는 이는 살려 줄 것이오."

그리고 윤종이 그런 그를 도왔다. 하지만 두 사람과는 달리 조걸은 여전히 흉흉한 눈으로 만인방도들을 노려보았다. 제발 반항해 주기를 바란다는 듯이 말이다.

그 세 사람의 반응을 확인한 만인방도들의 눈에서 희미하게 남아 있던 의지마저 사라졌다.

챙! 채앵! 병장기들이 하나둘 땅에 떨어졌다. 마침내 무기를 버린 만인방도들은 그 자리에 무릎을 꿇었다.

모두 투항한 것을 확인한 현종은 크게 외쳤다.

"저들의 단전을 폐하라. 그리고 모조리 포박해 뇌옥에 가두어라!"

단호하게 명령을 내린 그는 백천을 바라보았다.

"백천! 저들을 가둔 뒤, 덜 지친 아이들을 선별하여 뇌옥을 지키게 하거라!"

"예, 장문인!"

백천이 깊게 고개를 숙인 뒤 다른 제자들에게 눈짓했다. 화산의 제자들이 무릎 꿇은 만인방도들에게 다가가 목에 검을 겨눴다.

단전을 폐한다는 말에 저항하려는 이들도 있었지만, 이미 상황은 끝났다. 여기서 더 반항해 봐야 목숨을 버리는 일밖에 되지 않는다는 걸 이해한 그들은 결국 체념하고 눈을 감아 버렸다.

모든 싸움이 끝났다는 것을 알리듯 먹구름이 걷히며 천천히 비가 그치기 시작했다. 그제야 현종의 입에서 한숨이 새어 나왔다.

그때였다.

"뭐야. 벌써 다 잡았어?"

어디선가 들려온 익숙한 목소리에 백천의 고개가 반사적으로 돌아갔다. 움찔한 그의 몸이 굳어졌다. 입에서 비명과도 같은 고함이 터져 나왔다.

"청명아!"

화산의 한쪽 담을 훌쩍 뛰어넘어 유유히 걸어오는 청명을 본 그의 눈이 잔뜩 일그러졌다. 다른 사람들의 반응도 크게 다르지 않았다.

"처. 청명아!"

"저놈……! 저거!"

청명은 온몸이 피투성이였다. 쉼없이 내리는 비에 젖어 많이 씻겨 내려갔다지만, 피로 물들었던 의복이 본래의 색을 회복할 순 없으니까.

붉은 얼룩과 잘려 나간 의복 자락 등이 그가 얼마나 거친 전투를 치렀는지 백 마디 말보다 확실히 알려 주었다.

"이…….'"

백천은 저도 모르게 이를 악물고 청명에게 달려갔다. 바로 앞까지 달려간 그는 주먹을 꽉 움켜쥐었다.

찢겨 나간 의복 사이사이로 보이는 커다란 상처에, 그의 얼굴은 어찌할 바를 모르고 처참히 일그러졌다.

"대체 뭘 한 거냐!"

분노한 백천의 목소리가 쩌렁쩌렁 울렸다. 하지만 청명은 무슨 당연한 소리를 하냐는 듯 피식 웃었다.

"보면 몰라? 죽어라고 싸우고 왔잖아."

아무것도 아니라는 듯한 그 태연한 반응이 백천을 더 화나게 했다.

"몸뚱이를 걸레짝으로 만들어 놓고도 주둥아리는 살아 있구나, 이 빌어먹을 놈아!"

"그럼 주둥아리도 찢겨 와야 속이 풀리겠어?"

백천이 입술을 질끈 깨물었다. 상처만 봐도 알 수 있었다. 얼마나 지독한 전투를 겪었는지, 얼마나 치열하게 싸웠는지.

그런데 이놈은 왜 이런 순간에도 이렇게 태연히…….

"너……."

숱한 말이 떠올랐지만 그중 어떤 말도 할 수 없었다. 백천이 차마 말을 잇지 못하고 더듬거리다 입을 다물어 버리자 청명은 그의 어깨를 툭툭 두드리며 웃었다.

"신나게 얻어터지고 있을 줄 알았더니……. 알아서 잘 처리했네. 이번에는 칭찬해 주지."

"지금 그딴 말이 나오느냐!"

그런 두 사람의 주위로 제자들이 몰려들기 시작했다.

"청명아!"

"빌어먹을! 상처가!"

그들 역시 청명의 몸에 난 상처를 보며 말을 잃고 입을 다물었다.

청명이 흑조단을 이끌고 산문을 빠져나갔음을 모르는 이가 있겠는가. 하지만 모두가 은연중에 청명이라면 절대 그들에게 상처 입지 않을 것이라 생각하고 있었다.

그러나 이 순간 그들은 확실하게 이해했다. 청명 역시 그들처럼 상처를 입는 사람이라는 사실을 말이다.

뼈가 드러날 정도로 흉흉하게 베인 상처가 당장 보이는 곳만 해도 십수 개였다. 그 상처 하나하나가 화산 제자들의 눈에 시리도록 아프게 파고들었다.

"소소! 소소 어디 있느냐!"

사색이 된 백천과 주변 제자들을 보며 청명이 한숨을 내쉬었다.

"뭐 이리 호들갑들이야. 아, 좀 비켜 봐!"

"이놈아! 치료를……."

"안 죽는다고!"

버럭 소리를 지른 청명이 몰려드는 화산의 제자들을 밀쳐 냈다. 평소라면 여럿이 달라붙어 강제로 잡아끌든 했을 테지만, 지금은 감히 청명의 몸에 손을 댈 수 없어 물러날 수밖에 없었다.

"사숙조는?"

"……의약당으로 모셨다. 비가 많이 왔으니까."

"잘했어."

백천의 대답에 청명이 가볍게 고개를 끄덕였다.

이제 청명의 시선은 중앙에서 무릎을 꿇고 있는 만인방도들에게로 향했다. 반항할 의지와 힘을 잃은 그들을 화산의 제자들이 단단히 포박하고 있었다.

"쟤들은 왜 저래 놔어? 그냥 다 죽여 버리지."

"장문인께서……."

"끄응."

청명의 얼굴이 살짝 일그러진다. 뭔가 말하려는 듯 입술을 달싹이던 그는 이내 한숨을 푹 내쉬었다.

"그래. 반항하지 않는 놈들을 죽일 필요는 없겠지."

지금은 그가 살던 시대와는 다르니까. 아니, 이런 상황이라면 현종이 아니라 청문이라 해도 똑같은 말을 했을 것이다.

그들은 도인. 본분을 잊어서는 안 된다.

애초에 이 일에 책임을 져야 할 대가리들은 다들 대가를 치렀으니까.

"정말 괜찮으냐? 상처를……."

"뭐래. 내가 이 정도로 눈이나 깜빡할 것 같아?"

누군가의 물음에 청명이 어깨를 으쓱했다. 깊은 상처와는 어울리지 않는 태연한 대답이었다. 너무도 활기차고 상쾌한 반응에 그를 둘러싼 화산의 제자들의 표정이 조금씩 풀렸다.

하지만 뒤쪽에서 지켜보고 있던 유이설의 안색은 오히려 조금 어두워졌다.

'무리하는 중.'

청명이 입은 부상은 그리 가벼운 게 아니다. 심지어 청명은 저렇게 부상을 입은 몸으로 험준한 절벽을 한걸음에 뛰어 올라왔다. 유이설이 겁을 집어먹을 만큼 서늘한 귀기를 숨기지도 않고 뿜어내며 말이다.

그랬던 청명이 느슨하게 풀린 것은 화산의 안전을 확인한 이후였다.

뭔가 말을 하고 싶었다. 하지만 그건 청명이 원하는 바가 아니라는 걸 알기에, 유이설은 그저 입술을 꾹 다물었다.

어느새 제자들을 밀어 내며 다가온 현종이 청명을 보더니 탄식하듯 말했다.

"이 녀석아. 청명이 이놈아. 상처가……."

"왜 그렇게 많이 다치셨어요."

퉁명스러운 대답이 돌아왔다. 하지만 목소리에서는 숨길 수 없는 걱정이 묻어났다.

현종은 결국 평정을 잃고 벌컥 소리를 질렀다.
"네가 지금 내 상처를 걱정할 때냐? 어찌하여 이리 무리하는 것이냐! 그러다가 일이 잘못되기라도 하면 대체 어쩌려고!"
"에이. 별일 없었는데요, 뭐."
"이놈아……. 이놈아."
현종은 차마 말을 잇지 못하고 고개를 푹 떨어트리더니 몸을 떨었다.
그때 곁으로 다가온 현영이 그런 그를 잡아끌었다.
"장문인. 의약당으로 가시지요. 장문인의 부상도 가볍지 않습니다."
"나는 괜찮다. 그보단 이 녀석을……."
"장문인께서 안 움직이시면 아무도 움직이지 않을 겁니다. 아이들을 위해서라도 어서 가시지요."
그 와중에도 청명의 부상에서 눈을 떼지 못하던 현종이 한숨을 쉬며 느리게 고개를 끄덕였다.
"……그래. 알겠다."
"윤종아. 장문인을 모시거라."
"예, 장로님!"
윤종이 현종을 부축해 곧장 의약당으로 향했다.
장문인이 움직이자 청명에게 몰려들었던 제자들도 조금씩 정리를 위해 흩어지기 시작했다. 그 모습을 잠깐 둘러본 현영이 입을 뗐다.
"청명아. 당부하고픈 말이 있느냐?"
마찬가지로 주위를 둘러보던 청명이 말했다.
"뇌옥에 가둔다고 안심하면 안 돼요. 무공을 잃었다 해도 개수작을 부릴 수 있으니 잘 감시해야 해요."
"그래."

"그리고 혹시 놓친 잔당이 있을지 모르니 화산을 한번 둘러봐야 해요. 다른 놈들이 또다시 몰려올 수도 있고."

"알겠다. 내 필히 살피마. 다른 부분은?"

"일단은 홍대광 아저씨가 개방도들을 데리러 갔으니 곧 도착할 거예요. 그 사람들 오면 맞아 주세요. 부상자들 치료에 더 필요한 약재는 없는지 확인해야 하고요."

"그럼 된 것이더냐?"

미간을 살짝 찌푸린 청명이 주위를 다시 한번 둘러보고는 고개를 끄덕였다.

"으음……. 네. 일단은 그 정도."

현영이 고개를 끄덕이고는 청명의 곁에 선 백천에게로 시선을 돌렸다.

"백천아. 이놈을 당장 의약당으로 데려가거라!"

계속 청명 주변에 서 있던 백천과 조걸이 기다렸다는 듯 청명의 좌우로 성큼 다가와 양팔에 단단히 팔짱을 꼈다.

"왜 이래?"

청명이 움찔하며 좌우를 번갈아 보았다. 반항하려 했지만 그의 팔을 결박한 두 사람은 바윗덩어리처럼 단단히 달라붙어 움직이지 않았다.

현영이 준엄한 목소리로 일렀다.

"네가 네 입으로 다 됐다고 하지 않았느냐. 이제 네가 할 일은 없으니 당장 의약당으로 가거라!"

"그래도……."

"어서!"

현영이 귀가 떨어져라 버럭 소리를 지르자 청명이 찔끔했다.

"아니, 왜 소리를 지르고 그러세……."

청명이 삐쭉거리며 구시렁대기가 무섭게 현영의 눈에서 불똥이 튀었다. 무시무시한 기세에 청명은 목을 움츠리며 냉큼 외쳤다.
"가, 갈게요! 가면 되지!"
"이놈을 당장 끌고 가 의약당에 처넣어라!"
"예!"
백천과 조걸이 청명을 죄인처럼 의약당으로 질질 끌고 갔다. 그 뒷모습을 가만 지켜보던 현영은 한숨을 푹 쉬었다.
'망할 놈 같으니.'
어쩌자고 그리 무모하게 몸을 내던졌단 말인가.
물론 안다. 왜 모르겠는가. 저놈이 무리하지 않았다면 반드시 희생자가 나왔을 것이다. 그걸 알기에 나무랄 수 없고, 그걸 알기에 화가 났다.
그때 정리를 대충 끝낸 백상이 다가와 고개를 숙였다.
"장로님. 지시하신 대로 이행하겠습니다."
"그래."
진두지휘하는 백상을 잠깐 보던 현영은 멀리로 시선을 던졌다.
저 멀리서 해가 떠오르고 있었다.
'참으로 긴 밤이었구나.'
멸문으로부터 돌아온 화산파의 역사에 길이 남을 전투가 끝나는 순간이었다.

* ❈ *

청명이 호들갑을 떨며 꽥 소리를 질렀다.
"아야야야야야! 아니! 뭔 붕대를 이렇게 아프게 매!"

"……주둥이 다무는 게 좋을 거예요, 사형. 그 입까지 꿰매 버리기 전에."

"……네."

당소소가 살기를 뿜어내자 청명이 얼른 입을 꾹 닫았다.

상처에 금창약을 뿌리고 붕대를 감는 당소소의 손길이 신경질적이다. 이루 말할 수 없는 짜증이 그 손길에 한껏 어려 있었다.

"사형. 사형이 독을 어느 정도 해독할 수 있는 건 알아요. 그런데 가슴에 당한 검상이 한 치만 더 들어갔어도 위험했다는 거, 알고 있죠?"

진지한 그녀의 목소리에 청명이 어깨를 으쓱해 보였다.

"그걸 안 당하는 게 실력이지."

그러자 당소소가 팔에 다 둘렀던 붕대를 다시 끄르기 시작했다.

"……뭐 잘못됐어?"

"느슨한 것 같아서 다시 매려고요."

"……."

주둥아리를 잘못 놀린 대가로 다시 한번 눈물을 쏙 뺀 청명은 치료가 끝나자마자 깊게 숨을 토해 내며 의자에 늘어지듯 기댔다.

당소소가 여전히 분이 안 풀린 것처럼 쏘아 댔다.

"그러다가 사형이 죽으면 어떡할 거예요?"

"아, 진짜. 잔소리."

청명은 시선을 피하며 고개를 슬쩍 돌렸다. 사매로서 하는 잔소리와 의원으로서 하는 잔소리가 섞여 나오니 아주 죽을 맛이었다.

하지만 뭐라 더 말하려던 당소소는 별안간 입을 꾹 다물었다.

청명이 슬쩍 시선을 내렸다. 소매 아래로 보이는 당소소의 꽉 쥔 주먹이 파르르 떨리고 있었다.

그 모습을 잠깐 말없이 바라보던 청명은 눈을 내리깔며 말을 돌렸다.

"다른 사람들은?"

"사형이나 사숙들 중에선 크게 위험한 분들은 없어요. 부상을 입은 분들은 있지만, 생명에는 지장이 없을 거예요. 천운이죠."

"아니. 실력이야."

청명이 주저도 없이 딱 잘라 말하며 고개를 내저었다.

"운은 실력이 없으면 생기지 않아. 그동안 해 왔던 수련에 의미가 있었다는 거겠지."

살짝 고개를 끄덕인 당소소는 조금 전보다 훨씬 착잡한 목소리로 입을 뗐다.

"하지만 장로님은 조금……."

당소소가 말끝을 흐렸다. 가만히 듣고 있던 청명의 눈가가 꿈틀댔다.

"현상 장로님?"

"네. 너무 심하게 중독되셨어요. 해독은 했지만 치료가 늦어져서……. 어쩌면 후유증이 남을지도 몰라요."

청명이 무거운 얼굴로 고개를 끄덕였다. 당소소는 입술을 깨물고 잠깐 머뭇거리다 말했다.

"그리고…… 관주님은 오늘 밤을 넘기실 수 있으실지……."

청명은 말없이 눈을 감았다. 그러다 이내 눈을 뜨고는 자리에서 일어났다. 그의 손이 당소소의 머리 위로 툭 내려앉았다.

"네 잘못이 아니다."

"……사형."

"이상한 자책 같은 건 할 필요 없어. 죄를 지은 놈들은 따로 있는데, 왜 네가 자책을 해."

"하지만……."

당소소가 입술을 질끈 깨물었다. 울음을 참는 듯 괴로운 얼굴이었다.

'오만했어.'

정말이지 의술에는 자신이 있었다. 다른 곳도 아니고, 당가에서 의술을 배웠다. 어디에 내놔도 빠지지 않을 실력을 갖췄다고 스스로 확신했었다. 그러니 화산의 의약당쯤은 얼마든지 맡을 수 있다고 여겼다.

하지만 이번 전투를 겪으며 그녀는 깊은 절망에 빠질 수밖에 없었다.

'내가 조금만 더 능숙했더라면…….'

운검이 이리 위중해지지는 않았을 것이다.

지금의 그녀가 할 수 있는 일은, 자꾸만 끊어지려 하는 운검의 생명을 부여잡고 힘껏 버티는 것뿐이었다. 겨우 그것밖에 할 수 없다는 사실이 괴로웠다.

"사숙조는 괜찮으실 거다. 그 정도 상처로 어떻게 되실 분이 아니야. 믿어."

다짐하는 듯한 말에 당소소가 결국 느리게 고개를 끄덕였다.

그녀의 어깨를 한차례 두드려 준 청명은 그대로 돌아섰다.

"그리고 일단은 좀 쉬어 둬. 환자를 보는 데도 체력이 필요하니까."

"……뭘 자기는 다 끝났다는 것처럼 말해요? 사형도 무리하면 안 돼요! 상처 덧나면 진짜 병상에 누워서 한 달은 골골대야 한다고요. 듣고 있어요?"

"알았어, 알았어."

잔소리가 지겹다는 듯 손을 휘휘 저은 그는 밖으로 나가 버렸다. 그 뒷모습을 바라보던 당소소가 깊은 한숨을 내쉬었다.

· ◆ ·

"그놈들은?"

"모두 가두었다."

청명과 나란히 앉아 있던 백천이 영 불만스러운 표정으로 그의 옆모습을 바라보았다.

전신을 붕대로 칭칭 감은 놈이 아무렇지도 않다는 듯이 돌아다니는 게 마음에 안 드는 탓이었다.

"왜? 뭐?"

"……그 꼴로 걸어 다니기 창피하지 않으냐?"

"사돈 남 말 하시네."

청명의 말대로 붕대를 칭칭 감은 건 백천 역시 마찬가지였다. 야도가 그에게 남긴 상처도 그리 가볍지는 않았으니까.

"그런데 왜 그렇게 얼굴에 불만이 가득해?"

"……뭐가?"

"영 기쁘지 않은 모양인데? 그 야도인가 뭔가 하는 만인방 대주 놈을 베어 버렸다며. 이야, 우리 사숙 이제는 고수네?"

백천이 눈살을 찌푸렸다.

"헛소리하지 마라. 제대로 붙었으면 열 번을 붙어 열 번을 다 졌을 거다. 그저 주변의 상황이 도와줬을 뿐이지. 그래. 그냥…… 그냥 운이 좋았다."

입에 발린 겸손이 아니었다. 백천은 정말 그렇게 생각했다. 이번에도 그저 운이 좋았을 뿐이라고.

"운도 실력이지."

"그런 뻔한 위로는……."

"건방 떨지 마, 사숙."

그때 청명의 무감정한 목소리가 백천의 귀를 파고들었다. 청명은 그를 빤히 바라보다 말했다.

"항상 실력으로만 이기겠다는 말은, 다시 말하면 언제나 나보다 약한 사람과 싸우겠다는 뜻밖에 안 돼."

"그건……."

백천은 뭔가 말하려다 입을 닫았다. 생각해 보면 청명의 말에 틀린 게 없었다.

그때 청명의 표정이 살짝 풀어졌다.

"그래도, 자기보다 강한 이와 싸우기를 주저하지 않았기 때문에 요행으로 이겼단 말도 할 수 있는 거지. 그걸 부끄럽게 여기는 건 이상한 일이야. 그렇지?"

백천이 고개를 끄덕였다. 청명의 말을 들으니 기분이 조금 풀리는 것 같았다.

청명이 백천의 어깨를 가볍게 두드렸다.

"물론 뭐, 그러다가 모가지 잘리면 요행이라는 말도 못 하게 되는 거고."

가만히 듣고 있던 백천이 눈썹을 꿈틀하더니 버럭 소리를 질렀다.

"잘 나가다가 또! 아주 악담을 해라, 망할 놈아!"

청명은 그 반응에 낄낄 웃다가 가만히 미소 지었다. 그리고 백천의 어깨를 꾹 쥐었다.

"어깨 펴, 사숙. 어쨌거나 저 만인방인지 뭔지 하는 놈들을 화산의 힘만으로 이겨 낸 거야. 얼마 전이었으면 꿈도 꾸지 못했을 일이잖아?"

"……."

"사숙도 그렇고, 사형들도 그렇고. 다들 잘해 줬어."

"너 뭐 잘못 먹었냐?"

"하여간, 칭찬을 해 줘도."

돌아오는 대답이 시원찮자 청명이 눈살을 확 찌푸리며 몸을 일으켰다.

"아무튼 좀 더 좋아하라고. 그럴 만한 일을 했으니까. 이번에는 칭찬해 준다니까?"

그러고는 할 말은 그것뿐이라는 듯 손을 휘휘 저으며 멀어져 갔다.

"쟤가 왜 저러죠?"

"그러게. 저럴 놈이 아닌데, 칭찬을 다 하네."

어슬렁거리며 돌아가는 청명의 모습을 지켜보던 조걸이 희한하다는 듯 고개를 갸웃거리며 말했다. 윤종도 맞장구를 쳤다.

"평소 같았으면 칼 맞았다고 길길이 날뛰었을 텐데."

"저희가 나름 잘 싸우긴 했죠. 어쨌든 이겼잖습니까."

"그렇긴 한데."

윤종과 조걸의 대화를 듣던 백천이 눈을 가느스름하게 뜨고 멀어져 가는 청명을 노려보았다.

'저놈이 설마…….'

본디 전쟁이란 싸우는 것보다 뒤처리에 더 오랜 시간이 걸리는 법이다.

부상자를 수습하고, 파손된 곳들을 파악하여 정비하는 데만 해도 꼬박 하루가 걸렸다.

몸이 멀쩡한 제자들은 화음으로 달려가 부상자들을 치료하는 데 필요한 약재를 사 날랐고, 의약당은 한시도 쉬지 않고 분주하게 움직였다.

꼬박 하루가 지나 다시 밤이 오고서야 화산이 평소의 고요를 되찾기 시작했다.

그리고 늦은 새벽.

끼이이이익. 하루 종일 환자들을 돌보느라 녹초가 되어 버린 의약당원들마저 잠에 빠진 시각. 의약당 문이 조심스레 열렸다.

다른 사람들이 깨어나지 않게 천천히 문을 연 이가 소리 없이 안으로 걸어 들어왔다. 그는 문을 열 때와 마찬가지로 소리나지 않게 걸음을 옮겼다.

환자들이 누운 곳을 지나쳐 가장 깊은 내실에 도달한 그는 잠깐 주저하다 문을 열고 안쪽으로 들어섰다. 그리고 그 안의 침상에 누운 사내를 가만히 내려다보았다.

"……."

늘 제자들을 바라볼 때 내보였던 엄격한 표정과 진중한 분위기는 온데간데없었다. 운검에게 남은 거라고는 핏기 없이 새하얀 낯빛과 두 눈 주변의 컴컴한 음영뿐.

운검을 바라보는 청명의 눈빛이 무겁게 침잠했다.

'사숙조.'

붕대로 온통 뒤덮인 상체. 검수의 생명과도 같은 오른쪽 팔은 어깨부터 완전히 사라졌다. 절단된 어깨에 감긴 붕대가 청명의 눈에 화인처럼 들어박혔다.

얕고 빠르게 오르내리는 가슴. 그리고 금방이라도 끊길 것처럼 희미한 숨소리.

지금 운검은 생과 사의 갈림길에서 치열한 싸움을 벌이고 있다. 누구도 도울 수 없는 혼자만의 싸움을.

청명의 얼굴에 서늘한 기운이 내려앉았다. 낮에 보여 주었던 부드러운 얼굴은 모두 가짜였다는 듯, 더없이 차가운 표정이었다.

"사숙조."

가만히 입을 열어 운검을 불러 본 청명은 그의 모습을 눈에 새겨 넣었다.

한참이나 미동도 없던 청명이 이내 몸을 돌려 의약당을 빠져나왔다.

조심스레 문을 닫고 고개를 들어 하늘을 바라보았다. 그리고 속으로 읊조렸다.

'장문사형.'

나는 안 되나 봅니다.

그는 잠깐을 그렇게 서 있다 안색을 굳히며 앞으로 나아갔다. 지체 없이 산문 쪽을 향해 걷던 그가 막 경공을 펼쳐 달리려던 그때였다.

"좀도둑이 있나 보네."

돌연 앞쪽에서 들려온 목소리에 청명이 걸음을 우뚝 멈췄다.

"그러게요. 이 야밤에 은밀하게 움직이는 걸 보니 도둑이네."

"얼씨구? 칼까지 차고."

청명의 안색이 차게 굳었다.

산문 뒤쪽에서 나온 건 백천이었다. 그의 뒤를 이어 조걸과 운종이 담벼락 위로 뛰어올랐다. 마치 청명을 막아서는 듯한 모양새였다.

"어딜 가느냐, 청명아."

백천이 청명을 매섭게 노려보았다.

"낮부터 하는 짓이 이상하다 싶었지. 네가 그렇게 순순히 칭찬하고 사람을 북돋아 줄 놈이 아니거든. 뭘 해도 할 것 같았지. 왜? 혼자 만인방에라도 쳐들어가려고?"

말없이 백천을 보던 청명이 이를 악물며 싸늘한 목소리로 말했다.
"비켜."
"……버르장머리하고는."
백천이 코웃음을 치고는 제 허리에 찬 검을 툭 건드렸다.
"못 보낸다. 고약한 놈이지만, 그래도 너는 내 사질이다. 사질 놈이 미친 짓을 하겠다는데 내버려둘 수는 없지."
청명은 다시 한번 이를 악물며 눈을 가느스름하게 떴다.
"비키라고 했어."
"정 가고 싶으면 날 베고 가 보든가."
"나도."
"나도 못 보내."
조결과 윤종이 담벼락에서 뛰어내려 백천의 좌우에 섰다. 그리고 그때까지도 산문 뒤쪽에 몸을 감추고 있던 유이설이 천천히 걸어 나와 백천의 뒤에 섰다.
그 결연한 모습에 청명은 작게 한숨을 쉬었다.
"성장한 건 칭찬해 줄게. 감히 내 앞을 막을 줄도 알고."
"우리 머리가 좀 굵어지긴 했지."
"그런데…… 주제는 알아야지."
청명이 금방이라도 뽑아 들 것처럼 검 손잡이를 꽉 움켜잡았다.
"넷이면 나를 막을 수 있을 것 같아?"
"예전에 네가 한 말인데 말이야."
하지만 백천은 청명의 위협에도 외려 희게 웃었다.
"무인은 안 될 걸 알아도 물러설 수 없는 때가 있는 법이거든. 와 봐라, 버릇없는 사질 놈아. 내가 오늘 네게 버릇이 뭔지 알려 주지."

청명이 두말없이 검을 뽑으려 할 때였다.

"그만두어라."

옆쪽에서 낮은 목소리가 들려왔다.

백천이 반쯤 뽑았던 검을 밀어 넣고는 고개를 깊이 숙였다.

"장문인을 뵙습니다."

평소의 현종이라면 부드럽게 웃으며 그들의 인사를 받았을 것이다. 하지만 지금의 그에게선 그런 기운일랑 조금도 느껴지지 않았다. 되레 과히 노한 얼굴로 그들을 빤히 바라볼 뿐이었다.

"백천. 너는 아이들을 이끌고 백매관으로 돌아가라."

"하나……!"

"돌아가라."

"……예, 장문인."

결국 가볍게 읍을 한 백천은 몸을 돌렸다. 그들이 순순히 돌아가는 걸 확인한 뒤에야 현종이 청명을 보며 말했다.

"청명. 너는 나를 따라오너라."

청명이 묵묵부답으로 대답하지 않자 현종의 눈가가 꿈틀했다.

"내 말이 들리지 않느냐?"

"……아닙니다, 장문인."

"당장 따라오너라."

현종이 성큼성큼 걸음을 옮겼다. 그 뒷모습을 바라보던 청명은 한숨을 내쉬었다. 그러고는 잠자코 뒤를 따라 걸었다.

앞서 나간 현종이 향한 곳은 자신의 처소가 아니었다. 산문을 빠져나온 그는 낙안봉을 향해 걸었다. 꽤 먼 길임에도 불구하고, 산을 오르는 내내 두 사람은 서로에게 단 한마디도 하지 않았다.

이윽고 낙안봉에 도착한 현종은 바위 절벽의 끝에 서서 어둠에 잠긴 화산을 내려다보았다. 그는 여전히 아무 말이 없었다.

청명이 가만히 그 뒤에 가 섰다.

"청명아. 네게 나는 무엇이더냐?"

예상치 못한 질문에 청명은 잠시 대답하기를 주저하며 머뭇거렸다.

무엇이라. 무엇.

생각은 많았지만, 결국 할 수 있는 대답은 하나뿐이었다.

"장문인이십니다."

뻔하디뻔한 대답.

"정말 그리 생각하느냐?"

뜻 모를 질문을 던지던 현종이 청명을 돌아다보았다.

"내 너에게 묻겠다."

한기마저 서린 현종의 얼굴에 청명은 저도 모르게 안색을 굳혔다.

"정말 너는 나를 화산의 장문인으로 생각하느냐?"

"……."

두 사람이 말없이 서로를 마주 보았다.

구름마저 미처 닿지 않는 드높은 봉우리, 화산의 낙안봉을 하늘에 뜬 달이 조용히 굽어보고 있었다.

이제는 익숙하다 생각했다. 다 안다고 생각했다.

하지만 지금 현종의 모습은 다른 사람처럼 느껴질 만큼 낯설었다. 이 사람에게 이런 면모가 있었던가?

얼굴을 차게 굳힌 현종은 이제껏 없던 무게감을 드러내고 있었다.

"나는 때때로 그런 생각을 한다. 내가 과연 너의 장문인이더냐?"

재차 돌아온 질문에 청명은 대답하지 못하고 입을 다물었다.

"장문인이란 무엇이냐?"

"……문파를 이끄는 이입니다."

"틀렸다."

현종은 청명을 똑바로 바라보며 말했다.

"장문인이란 문파를 이끄는 이가 아니라, 문파를 지키는 이다. 문파의 명맥을 잇고 의지를 이으며, 문파의 제자들을 지키는 게 장문인의 역할이다."

그의 목소리는 서늘하기 그지없었다.

"하나! 내가 지켜야 할 화산의 제자가! 나를 지키려 하는구나! 내가 지켜야 할 화산의 제자가! 내가 지켜야 할 화산을 대신 지키려 하는구나!"

그리 크지 않은 목소리가 살면서 들었던 그 어떤 호통보다 청명의 가슴을 뒤흔들어 놓았다.

"청명아. 나는 너를 모른다."

현종은 어조를 누그러뜨리며 잠깐 말을 멈추었다. 그러더니 잠시 후에야 천천히 다시 입을 뗐다.

"네가 어찌 살아왔는지, 어떤 사연을 가지고 있는지, 나는 모른다. 묻고 싶지도 않다. 네가 어떤 사연을 가지고 있건 화산에 입문하여 화산의 제자임을 자처하는 이상, 너는 그저 내가 지켜야 할 화산의 제자일 뿐이다!"

선언하듯 던져진 말에 청명의 가슴 안, 어딘가가 크게 울렸다.

"그 검을 들고 어딜 가려 했느냐?"

현종이 떨리는 목소리로 물었다.

"만인방에 쳐들어가 칼춤이라도 추려 했느냐? 눈에 보이는 놈들을 모조리 쳐 죽이다가 쓰러지면 그 가슴의 울분이 풀리기라도 한다더냐?"

"저는……."

"이 모자란 놈! 사형제들을 이끌고 가자니 그들이 죽을까 겁나고! 홀로 가려니 혼자 감당할 수 있다 설득할 자신이 없더냐? 그래서 남들 모르게 몰래 빠져나가 분풀이라도 할 셈이었더냐?"

현종의 목소리가 고요한 어둠 속을 울렸다.

노기와 울분. 아니, 그건 차라리 울음에 가까운 외침이었다.

"차라리 당당하게 외치지 그랬더냐. 저 만인방 놈들을 용서할 수 없으니 모두 다 같이 쳐들어가자고 소리치지 그랬더냐! 치솟는 노기는 참기 힘들고, 사형제들이 다치는 건 또 겁이 나더냐? 그게 그리도 겁나더냐?"

"……."

"너는 무엇을 하고 싶은 것이냐?"

"제자는……."

청명은 저도 모르게 입술을 질끈 깨물었다. 수많은 말이 목구멍으로 치솟았지만 꺼낼 수 있는 건 단 한 마디도 없었다.

대답이 들려오지 않자 현종이 먼저 입을 열었다.

"너 홀로 화산을 짊어진 채 높은 곳으로 이끌고 나면 네게는 무엇이 남느냐? 화산을 지켜 내었다는 긍지? 이끌었다는 충만함? 화산을 위해 희생했다는, 누구도 알아주지 않는 값싼 자부심?"

현종이 고개를 내저었다.

"착각하지 마라. 청명아. 화산은 네가 지켜야 할 곳이 아니다."

"……."

"네가 화산을 지키는 게 아니라, 화산이 너를 지키는 것이다. 너 역시 화산의 제자다. 그런데 어찌 너 홀로 화산을 짊어지려 하느냐."

"제자는……."

"만인방을 막아 냈다는 영광은 오롯이 화산이 가지고, 너는 또다시 홀로 가시밭길을 걸으려 드는구나. 그럼 내 묻겠다. 너의 사형제들은! 너의 사숙조들과 장로들은! 그리고 너의 장문인은 네가 가시밭길을 굴러 흘린 피를 밟으며 그저 즐거워할 인간들이더냐? 네게는 우리가 고작 그런 것들로밖에 보이지 않더냐?"

"……아닙니다. 그런 게 아닙니다, 장문인."

현종은 치미는 울분을 참지 못하고 입술을 꽉 깨물었다.

이 어린 제자는 다시금 홀로 모든 책임을 지려 한다.

"네가 그곳에서 죽는다면 네 사형제들이 가만히 있겠느냐? 그놈들이 네가 홀로 만인방에 맞서다 당했다는 말을 듣고도 제 목숨을 아끼려 들겠느냐 이 말이다!"

청명은 그 호된 꾸중을 듣다 눈을 감아 버렸다.

사실 깊게 생각하고 싶지 않았다. 그저 뱃속이 불타는 것 같은 이 분노를 풀 곳이 필요했다. 그러지 않고서는 이 끔찍한 자괴감을 도저히 어떻게 할 수가 없었으니까.

"이게 네 잘못으로 벌어진 일이더냐?"

"……."

"강호에 이름을 알린 순간, 언젠가는 이런 일이 벌어질 수밖에 없었다. 그런 각오가 없었다면 나는 화산을 다시 세상에 알리려 하지 않았을 것이다. 그런 각오조차 없이 어찌 영광을 논한다는 말이냐!"

현종의 호통은 가을의 찬 서리와도 같았다.

"이 일을 네 잘못이라 생각하여 그렇게라도 속죄하려 한 거라면 너는 못난 놈일 뿐이다. 사형제들이 피를 흘렸다 해서 앞뒤를 따지지 않고 뛰어가려 했다면 더욱 못난 놈이고!"

청명은 숙이고 있던 고개를 들어 현종을 바라보았다.

늘 현기로 가득했던 현종의 눈에는 불같은 노기가 어려 있었다. 청명은 그 눈이 무척 익숙하다 생각했다.

예전에 몇 번이고 본 적이 있었으니까.

– 이 멍청한 놈!

그가 피를 흘리고 돌아올 때마다 장문사형은 호되게 나무라고 꾸짖었다. 그때 보았던 그 눈빛이다.

"화산을 언제까지 네 품 안의 아이처럼 여길 셈이냐? 네 사형제들은 더 이상 나약하지 않다. 네가 피를 흘려 가며 뒤치다꺼리할 필요가 없단 말이다. 내 말이 무슨 소린지 알겠느냐?"

"……압니다."

"그래. 그걸 잘 알아서 혼자 피를 흘리러 가겠다 나선 것이로구나."

"장문인……."

현종이 숨을 고르듯 눈을 감았다. 그렇게 한참 동안 말없이 분을 삭이던 그는 천천히 눈을 떠서 청명을 응시했다. 조금 전보다 화가 가라앉았고, 그 자리를 슬픔이 메꾸고 있었다.

"청명아. 나를 조금 더 믿어 주어라. 네가 보기에 내가 얼마나 못난 사람인지는 잘 알고 있다."

"아닙니다. 장문인, 저는 한 번도……!"

"끝까지 들어라."

현종은 한숨을 내쉬고는 말을 이었다.

"나는 못난 사람이다. 알고 있다. 네가 없었다면 화산은 진작 무너졌을 것이다. 장문인으로서 화산을 지키지 못한 내가 못 미더운 것도 당연하겠지."

그 목소리에는 자조도 서글픔도 없었다. 그저 담담하기만 할 뿐.

"하나 제자들이 성장하는 것처럼 나 역시 언제까지 과거의 나로 머무르지는 않는다. 나는 하루하루 화산의 어울리는 장문이 되기 위해서 노력하고 있다. 나뿐만이 아니다. 화산의 모든 제자가 화산이라는 이름에 걸맞은 이들이 되기 위해 노력하고 있다."

"……알고 있습니다."

"한데 왜 믿어 주질 않느냐?"

청명은 현종의 시선을 차마 마주하지 못하고 살짝 눈을 내리깔았다.

"이건 너와 만인방의 일이 아니다. 화산과 만인방의 일이다. 그 원한은 언젠가는 화산이 풀어야 하고, 그 대가는 언젠가는 화산이 받아야 한다. 네가 홀로 화산의 혈채를 받아 내겠다는 것은 네 스스로 화산을 인정하지 않는다는 의미임을 왜 모른단 말이더냐!"

고개가 자꾸 수그러들었다. 현종의 말에는 틀림이 없었다.

"안다. 가슴이 찢어지겠지. 어찌 그렇지 않겠느냐. 하나 청명아. 때로는 묻어 두는 것도 필요하다. 지금 네가 만인방의 몇을 더 단죄한다고 무엇이 달라지겠느냐?"

현종의 말에 틀림이 없는 것을 알지만, 그렇다면 이 마음의 괴로움을 어떻게 해야 하는지는 알 수 없었다.

"네가 정녕 나를 너의 장문으로 생각한다면, 사흘만 더 생각하거라. 그러고도 네가 참지 못한다면."

현종은 한없이 담담한 목소리로 말했다.

"네가 아닌 내가 선두에 서서 만인방을 멸하러 갈 것이다."

"…….."

"운검의 곁에 있어 주거라. 그 아이도 그걸 바랄 터이니."

말을 마친 현종은 두말없이 몸을 돌려 산을 내려갔다.

그 자리에 망부석처럼 서서 현종의 뒷모습을 바라보던 청명은 천천히 고개를 들었다. 컴컴한 하늘이 막막할 만큼 넓어 보였다.

"장문사형."

대답은 들려오지 않는다.

"……어렵습니다."

청명답지 않은, 작고 힘없는 목소리였다.

· ◈ ·

"괜찮을까요?"

"모르지. 은근히 여린 놈이라."

"사형, 그건 좀……."

"다물어라."

운종의 말에 조걸이 입을 삐죽 내밀었다. 슬쩍 장난을 쳐 분위기를 풀어 보려고 했던 건데, 모두의 시선은 의약당에서 떨어질 줄을 몰랐다.

걱정이 된다. 며칠째 사경을 헤매고 있는 운검도, 그런 그의 곁에서 한시도 떨어지지 않는 청명도.

"저 새끼 한숨도 안 자는 것 같던데."

"부상도 입었는데. 밥도 안 처먹고……."

벌써 사흘째였다. 백천이 답답한 마음을 참지 못하고 작게 혀를 찼다.

'다정도 병이지.'

차라리 평소처럼 화를 내고 길길이 날뛰며 패악질을 한다면 이리 걱정이 되지는 않을 것을.

"제 잘못도 아닌데, 답답하기는."

백천을 제외한 모두가 일제히 한숨을 내쉬었다.

"혹시 운검 사숙조가 잘못되셔서 청명이 놈이 만인방으로 뛰어간다고 하면 어떻게 합니까?"

"말려야지."

"저놈이 말린다고 말려집니까?"

"말릴 수 없다면 같이 간다."

조금도 고민하지 않고, 백천이 굳은 얼굴로 단호하게 말했다.

"저 새끼 혼자 날뛰다 죽는 꼴은 못 본다. 옆을 지키다가 목줄을 잡고 달아나기라도 해야지."

"……사숙도 한 번씩 진짜 대책 없는 것 아십니까?"

"시끄럽다."

의약당에 시선을 고정한 백천은 가만히 주먹을 쥐었다 폈다.

'멍청한 놈 같으니.'

그의 입에서 끝내 참지 못한 한숨이 새어 나왔다.

쌔액. 쌔액. 숨소리는 점점 약해져만 갔다.

청명은 미동도 없이 그런 운검의 모습을 지켜보고 있었다.

내력을 아무리 불어넣어도 상태가 호전되지 않는다. 하루하루 시간이 지날수록 운검의 상태는 나빠지기만 하는 듯했다.

'사숙조.'

너무 많이 보았다. 너무 많이 잃었다. 그래서 단 하나도 놓치고 싶지 않았다. 모든 걸 다 잃어 보았으니 모두 다 움켜쥐고 싶었다.

그게 그렇게나 헛된 바람이었을까?

어느새 다가온 당소소가 걱정 어린 눈빛으로 말을 걸었다.

"사형, 좀 쉬세요."

"괜찮아."

"그러다 사형이 먼저 쓰러지겠어요."

"괜찮아."

뭔가 더 말을 하려던 그녀는 이내 고개를 저어 버렸다. 지금 청명을 끌어내는 것은 그를 위한 일이 아니었다. 지금은 그저 지켜볼 수밖에.

그녀가 조용히 다시 나가는 동안에도 청명은 운검에게서 눈 한 번을 떼지 않았다.

어쩌면 그리 나쁘지 않은 죽음일지도 모른다. 제자들을 위해 살아온 운검에겐, 제자들을 지키다 죽는다는 것이 어쩌면 더없이 만족스러운 일일 수도 있다. 하나.

'사숙조, 아직은 안 됩니다.'

청명은 아직 운검에게 해 줄 수 있는 것을 다 해 주지 못했다. 그가 제자들을 지키고 싶었던 것처럼 청명 역시 화산의 후예들을 지키고 싶었다.

'아직은 안 돼.'

청명은 하나 남은 운검의 손을 가만히 움켜잡았다. 그리고 기도하듯 침상에 고개를 기대어 낮은 숨을 토해 냈다.

· ❖ ·

청명이 불현듯 눈을 떴다. 깜빡 잠이 든 모양이었다.

평소라면 있을 수 없는 일이지만, 연이은 격전을 치른 직후 사흘을 내리 지새운 상황이라 아무리 청명이라 해도 버틸 수 없었던 모양이었다.

'사숙조……!'

청명이 겁먹은 얼굴로 고개를 들었다. 이내 눈이 커다랗게 뜨였다.

없다. 운검이 누워 있던 침상이 비어 있었다.

순간 머릿속이 희게 비어 버린 청명은 멍하니 빈 침상을 바라보다가 천천히 몸을 일으켰다. 그리고 홀린 듯이 걸어 나가기 시작했다.

저벅. 저벅. 조용한 의약당에 그의 발소리만이 울렸다. 앞문 틈새로 새벽의 희미한 햇살이 새어 들어오고 있었다.

청명은 살짝 멈칫했다가 천천히 문을 열었다.

가야 할 곳은 정해져 있었다. 머릿속이 텅 빈 것 같고 막막했지만, 의약당을 나선 그는 멈추지 않고 걸었다.

그의 발이 향한 곳은 다름 아닌 백매관.

경공조차 펼치지 않은 채 느리게 백매관에 도달한 그는 넋을 놓은 모양새로 백매관의 연무장으로 향했다.

"……."

마침내 걸음이 뚝 멈추었다. 청명은 멍하니 아무 말도 못 한 채 앞을 바라보았다.

새하얀 무복을 입은 한 사내가 검을 휘두르고 있었다.

자세는 더없이 꼿꼿하나 허공으로 휘둘러지는 검은 어쩐지 어색하기만 했다.

아니, 어색한 것은 검만이 아니었다. 팔이 있을 자리가 비어 나풀대는 소매 역시 어색하기는 마찬가지였다.

하지만 청명은 그런 어색함 따위는 아무래도 좋았다.

쇄애애애액! 머리에서 아래로 가볍게 내리쳐진 검이 허공에 멈춰 섰다. 다시 치켜들어진 검은 똑같은 궤적을 그리며 또다시 허공을 그었다.

한 번. 두 번. 또 한 번. 단순한 내려치기였다.
경건하기까지 한 자세로 쉼 없이 내려치기를 반복하던 사내는 이윽고 힘에 부치는지 검을 검집에 가만히 밀어 넣었다. 그러더니 천천히 몸을 돌렸다.
"왔느냐."
사내의 얼굴은 땀으로 흠뻑 젖어 있었다. 심지어 붕대로 칭칭 감싼 몸 곳곳에선 옅은 혈흔이 비쳤다.
그 모습을 멍하게 보던 청명은 자신도 모르게 물었다.
"……뭘 하시는 겁니까?"
사내, 운검이 시원스레 미소 지으며 답했다. 그 웃음이 상쾌해 보이기까지 했다.
"보면 모르더냐? 수련을 하고 있었지."
청명이 입술만 달싹였다. 도저히 말이 나오질 않았다.
아니, 하고 싶은 말이야 너무도 많았지만 그 어떤 말도 쉬이 나오질 않았다. 할 수 있는 일이라고는 그저 넋을 놓고 운검을 바라보는 것뿐이었다.
그런 청명의 심정을 아는지 운검이 가볍게 어깨를 으쓱해 보였다.
"오른팔이 잘렸으니, 왼손으로 검을 휘두르는 법을 배워야지."
"……이제부터요?"
"그럼?"
운검은 믿을 수 없을 만큼 담담했다.
"검수의 배움은 끝이 없다. 물론 우수를 잃었다는 건 아쉽지만, 어찌 보면 잘된 일일지도 모르지. 처음부터 다시 시작할 수 있으니까."
청명은 그만 웃어 버렸다. 아니, 울어 버렸다.

웃음을 터트린 것인지, 울음이 터진 것인지 알 수 없을 만큼 일그러진 얼굴이었다. 청명은 떨리는 목소리로 작게 말했다.

"사숙조는……."

입을 떼고도 무언가를 참아 내는 듯 두어 번 입술을 질끈 깨문 그는 쥐어짜듯 목소리를 내었다.

"……진짜 답이 없는 분이시네요."

"도와주겠느냐?"

운검은 그저 빙그레 웃으며 말했다.

"좌수검을 익히는 것은 내게도 쉽지 않은 일이겠지. 어떠냐, 네가 도와주면 좀 수월할 것 같은데."

청명은 고개를 들어 하늘을 바라보았다.

이른 아침. 밝아 오는 화산의 하늘이 너무 시리게도 푸르렀다.

"저는 사숙조라고 안 봐드립니다?"

"바라던 바다. 어디 사손 놈이 얼마나 엄한지 한번 보자꾸나."

청명은 무어라 설명하기 어려울 만큼 복잡한 표정으로 연무장에 들어섰다.

"……사숙조."

운검이 청명을 돌아보았다. 머뭇거리던 청명이 이내 고개를 내저었다.

"……아닙니다."

"싱겁기는."

운검은 허리춤에 찬 검을 청명에게 던졌다. 청명이 검을 받아 들자 운검은 미소를 지었다.

"자, 어디 네 검을 보자꾸나."

"……원래 잘 안 보여 주는 검인데."

청명이 검을 왼손으로 잡았다. 그리고 빤히 운검을 바라보다 다시금 고개를 돌려 버렸다. 더 보고 있다간 추한 모습을 보일 것만 같았다.

"제대로 보세요. 두 번은 귀찮으니까."

"고얀 놈 같으니."

가벼운 웃음이 스친 자리에 정적이 흘렀다. 이윽고 햇살이 비치기 시작한 연무장 위로 청명의 검이 너울지듯 춤을 추었다.

어린 사손은 검을 휘두르고, 나이 든 사숙조는 그 모습을 바라보았다.

어린 선조는 검을 가르치고, 나이 든 후예는 그 검을 바라본다.

아무도 모르게 흘러내린 한 줄기 눈물이 운검의 따뜻한 미소와 겹쳐 흩날렸다.

그런 두 사람의 모습을, 소담스레 피어난 매화들만이 말없이 바라보았다.

30장

아니! 알겠는데 못 참겠다고!

 소문은 바람보다 빠르다. 만인방이 섬서로 밀고 들어와 화산을 쳤다는 사실은 어마어마한 속도로 천하에 퍼져 나갔다. 강호인이란 본디 이런 소식에 귀를 기울이기 마련이니 놀라울 일은 아니었다.
 하지만 그 소문이 여느 때보다도 더 빨리 퍼졌던 것은 상황을 파악한 개방이 기겁하여 온 사방에다 지원을 요청한 덕이었다.
 그리고 그 소문이 채 다 퍼지기도 전에 새로운 소문이 더 빠른 속도로 퍼져 나가기 시작했다.
 화산이 만인방을 물리쳤다.
 처음 이 소식을 들은 이들은 헛소문이 퍼졌다고 생각했다. 하지만 같은 소식이 다른 사람의 입에서 두 번 세 번 똑같이 들려오기 시작하자 더는 딴지를 거는 이들이 나타나지 않았다.
 그럴 만도 했다. 화산이 말도 안 되는 짓을 저지른 것이 이번이 처음은 아니니까.
 "세상에, 이번엔 만인방을 쓰러뜨렸다고?"

"만인방 전체가 쳐들어온 건 아니잖은가?"

"그게 무슨 상관인가? 만인방이라니까! 만인방! 무려 세 개의 대가 왔다고 하지 않은가? 그 만인방이 화산에서 적당히 물리칠 수 있을 이들만 선별해 보냈을 리는 없잖은가!"

"듣고 보니 그렇구먼."

"허허. 여하튼 진짜 대단하군. 천하비무대회에서 명성을 날린 지 얼마나 됐다고, 이제는 만인방이라니. 강호에 화산 소식이 들려오지 않는 날이 없구먼."

평범한 이들은 화산이 만인방을 물리쳤다는 사실 자체에 주목했다.

신주오패로 불리며 강호를 질주하던 그 만인방이, 이제 겨우 명성을 되찾기 시작한 화산에 패배했다. 호사가들에게 이보다 더 떠들기 좋은 일은 존재하지 않을 것이었다.

하지만 세상을 조금 더 깊이 보는 이들은 그런 피상적인 사실보다는 다른 면에 주목하기 시작했다.

무당(武當).

검은 수염을 길게 기른 이가 천천히 붓을 그어 냈다. 붓이 부드럽게 움직일 때마다 화폭에는 마치 살아 있는 듯 생생한 난이 그려졌다.

하지만 그도 잠시.

"화산이 본산으로 쳐들어온 만인방을 격퇴했다고 합니다."

난을 치던 이의 눈가가 미묘하게 찌푸려졌다. 그 순간, 가늘게 이어지던 선의 끄트머리가 미세하게 굵어졌다. 그 찰나의 어긋남으로 인해 난 전체가 그 생기를 잃어버렸다. 작은 탄식이 뒤따랐다.

'아직도 수양이 부족하구나.'

무당의 장문. 허도진인이 들고 있던 붓을 내려놓고 허리를 쭉 폈다.

"……또 화산인가."

허도는 앞에 정좌한 허원을 바라보며 미간을 찌푸렸다.

"허원. 화산의 이름이 너무 많이 들려와 귀에 딱지가 앉겠다고 생각한다면 내가 너무 과한 것인가?"

"……그렇지는 않을 겁니다."

눈을 내리깐 채 뭔가 생각하던 허도가 나지막이 한숨을 내쉬었다.

"타인의 기쁨을 질투하는 건 도인의 자세가 아닐 테지만, 최근에는 내가 소인배라는 사실을 인정할 수밖에 없다. 화산이라는 말만 들어도 위장이 아플 지경이야."

허원 역시 그 말을 듣고는 차마 부정하지 못하고 길게 숨을 내뱉었다.

강호를 통틀어 화산이 명성을 드높이는 걸 가장 싫어하는 곳은 당연히 종남일 것이다. 그들은 서로를 밟고 일어서야 하는 관계이니까.

문제는 종남 다음으로 화산의 약진을 바라지 않는 곳이 있다면, 그게 바로 무당이라는 점이었다.

섬서라는 지리적인 이해 때문에 화산과 종남, 두 문파는 서로 껄끄러운 관계가 될 수밖에 없다. 한편 무당은 지역은 다르지만 그럼에도 서로 닮아 있는 부분이 많아 양립하기가 애매한 관계였다.

같은 도가이기도 하고, 같은 검문이기도 하다. 천하제일도문(道門)과 천하제일검문(劍門)을 동시에 놓고 경쟁하는 관계라는 의미였다.

얼마 전이었으면 화산 따위는 신경도 쓰지 않았을 허도였지만, 이제는 더 이상 화산을 과거의 몰락한 문파로 여길 수 없었다.

"어찌 생각하느냐?"

"무엇을 물으시는지요."

"네가 생각하고 있는 것을 말해 보거라."

허원이 살짝 눈살을 찌푸리더니 말을 골랐다.

"장문인께서 여쭈시는 의도를 제가 어찌 알겠습니까마는, 저는 이 일은 단순히 화산의 선에서 끝날 일이 아니라고 생각합니다."

"……화산에서 끝날 일이 아니다?"

"다 아시면서 자꾸 그리 떠보지 마십시오."

불퉁한 대답에 허도가 파안대소를 터뜨렸다.

"미안하구나. 못된 버릇이지."

허원은 한숨을 내쉬며 고개를 내젓고는 말을 이었다.

"만인방이 섬서로 밀고 들어왔습니다. 그 과정에서 화산과 어떤 일이 있었는지는 조금도 중요하지 않습니다. 중요한 것은 그들이 섬서 땅을 밟았다는 거지요."

"그렇지."

당금 중원은 구파일방과 오대세가 그리고 신주오패가 지배하고 있는 세상이다. 저 중원 밖의 새외오궁을 제외한다면 이들과 견줄 만한 세력은 강호에 존재하지 않는다.

하지만 지금까지 이 각각의 세력들은 서로 어지간해선 충돌하지 않았다.

백 년 전 마교와의 전쟁이 남긴 상흔이 워낙에 커서 제 문파를 돌보는 것만으로도 한계였던 것이다. 그렇기에 최대한 자신의 영역을 지키는 데 집중하며 남의 영역을 함부로 넘보지 않았다.

그런데 지금 만인방이 그 불문율 아닌 불문율을 깨고 성(省)을 넘어 타문파를 공격한 것이다.

"화산은 구파일방이 아니지."

"그렇습니다. 하지만 그렇다 하여 안심할 상황은 아닙니다."

허원이 고개를 내저었다. 그의 두 눈에 날카로운 빛이 스쳤다.

"장문인. 무당 역시 호북을 넘어 다른 성에 속가를 늘리려 하고 있지 않습니까."

그랬지. 그랬다가 화산과 충돌하고 검총에서 낭패를 보았다.

"다른 문파들 역시 마찬가지입니다. 이제 더는 자신이 가진 것만으로는 만족할 수 없는 시대가 되었다는 의미입니다. 이번 만인방의 움직임은 그 시발점이 될 것입니다."

부정할 수 없는 말이다. 허도가 침음성을 흘리며 미간을 찌푸렸다.

강호는 언제나 같은 역사를 계속해서 반복해 왔다. 문파의 힘이 강대해지면 더 많은 것을 바라게 된다. 그리하여 문파와 문파 간의 충돌이 발생하고, 갈등이 깊어지고 이윽고 강호 전역에서 전쟁이 일어난다. 그렇게 힘을 소진하면 한동안 소강상태를 이루다가 다시금 충돌하기를 반복한다. 달이 차면 기울듯, 문파의 성쇠가 자연스러운 흐름을 띠는 것이다.

이 법칙을 깬 것이 바로 마교와의 격전이었다.

마교는 그간 그들이 비축한 힘을 모조리 쏟아야 할 정도로 강대했다. 온힘을 다해 마교를 막아 내느라 모든 힘을 소진한 문파들은 감히 타 문파와 충돌할 엄두를 내지 못했다.

그렇게 지난 백 년간의 평화가 지켜진 것이다.

'하나, 이제는 그 효과도 다됐다는 거로군.'

허도의 얼굴에 일순간 근심이 스쳤다. 허도가 작게 침음을 흘렸다. 이윽고 그의 입에서 웬만해서는 잘 드러나지 않는 본심이 흘러나오기 시작했다.

"상황은 더없이 좋지 않아. 구파와 오가, 그리고 신주오패의 인내심은 이제 한계에 달했다. 아무리 막으려고 해도 누군가는 충돌을 일으키고 전쟁을 시작하겠지. 하지만 문제는 그게 전부가 아니라는 것이다."

잠시 말이 없던 허도가 눈을 가늘게 떴다.

"소림의 방장이 낭패를 보고 있는 모양이더군."

"소림이 말입니까?"

"그래. 북해의 일을 해결할 실마리를 영 잡지 못하는 모양이다."

북해라는 말에 허원의 얼굴이 순간 딱딱하게 굳어졌다.

북해. 마교의 종적이 발견된 곳.

"본래 마교의 일이라면 전 강호가 발 벗고 나서야 하는 일이다. 문제는 현재 강호에는 각각의 문파들을 정리하고 명령을 내릴 이가 존재하지 않는다는 거지."

"본래 소림이 해야 할 일이 아니었습니까?"

"그러하다. 이번 일 역시 원래대로라면 그리되었겠지. 하지만 법정은 욕심을 너무 부렸어. 이번에 소림이 주최했던 비무 대회가 계획대로 진행되었다면, 지금쯤 소림은 손가락 하나로 전 무림을 부리게 되었을 것이다. 하지만……."

허도가 살짝 미소를 지었다.

"화산이 그 모든 것을 망쳤지."

이번 천하비무대회에서 소림은 말 그대로 개망신을 당했다. 차라리 비무 대회 예선에서 소림이 모조리 떨어지는 게 나았을 정도로 말이다.

강호에선 실력도 중요하지만 체면도 중요한 법.

체면이 땅에 떨어졌으니, 이제 와서 소림이 아무리 협조를 구해 봐야 돌아오는 반응은 미적지근했을 것이다.

"문파들은 저마다 슬슬 날뛰기 시작하고, 가장 우선적으로 해결해야 할 마교에 대한 일은 지지부진하기 짝이 없다. 거기에 누구도 생각하지 않았던 신흥 세력마저 천하에 그 명성을 떨치고 있지. 허원. 너는 이런 시대를 뭐라 부르는지 아느냐?"

"……글쎄요."

"난세라 한다."

어디를 보는지 모를 허도의 눈빛이 어둡게 가라앉았다.

"달은 차면 기우는 법이고, 평화가 지속되면 난세가 오는 법이지."

"……난세."

그를 따라 조용히 되뇌는 허원의 얼굴에도 어두운 기색이 서렸다.

"난세에서 살아남는 법은 스스로를 단단히 지키는 것이다. 한동안 자중하며 외부의 정보를 수집해라. 분명 어딘가에서는 새로운 움직임을 보이고 있을 것이다."

"알겠습니다, 장문인."

"그리고…… 화산에 대한 감시를 더 강화하거라."

"……화산 말입니까?"

허도의 말에 허원은 한쪽 눈썹을 치켜올렸다가 살짝 미묘한 표정을 지었다.

"장문인. 화산이 그 기세가 높다는 것은 알고 있습니다. 천하제일 후기지수를 지녔고, 만인방마저 격퇴한 문파라는 것도 잘 알고 있습니다. 하지만 그렇다 한들 화산은……."

"난세에 반드시 나타나는 것이 있다. 그게 뭔지 아느냐?"

그러나 그가 만류하기도 전에 허도는 허원이 무슨 말을 하고 싶은지 안다는 듯 말허리를 끊어 버렸다.

"……잘 모르겠습니다."

"영웅이다."

그 대답에 허원은 전율이 등줄기를 타고 기어오르는 듯했다.

"화산은 만인방을 격퇴해 냈다. 그게 무엇을 의미하느냐? 일대제자도 몇 없는 화산이 이대제자와 삼대제자만으로 그 만인방의 무력대를 쓰러뜨렸다는 뜻이다."

"하나 그 정도는 무당도 얼마든지……."

"실전 경험 한번 해 보지 못한 아이들이 만인방을 격퇴했다. 그 경험은 그들의 무위를 한층 더 높여 주고, 누구에게도 지지 않는다는 자신감마저 불어넣었겠지."

"……."

"화산을 얕보지 마라. 결코 만만찮은 문파다. 당대에는 무당이 그들에게 밀릴 리 없겠지만, 이 상황이 지속된다면 후대의 언젠가는 화산의 이름이 무당 위에 울려 퍼질지도 모른다."

"……명심하겠습니다."

허원이 살짝 고개를 숙였다. 하지만 허도가 명한 대로 화산을 주시하겠다 대답하면서도, 그의 얼굴엔 여전히 이해하지 못하겠단 기색이 역력했다.

'그렇겠지.'

단 한 번도 무당이 화산에게 뒤진 적이 없었다고 알아 온 저들이라면 지금 허도의 우려를 이해할 수 없을 것이다.

하지만 허도는 알고 있었다. 한때, 화산이라는 이름 앞에 무당이 고개를 숙여야 했던 시대가 있었음을.

'다시는 그 치욕을 반복하지 않을 것이다.'

허도는 속으로 몇 번이고 되뇌며 무릎 위에 얹은 두 주먹을 강하게 쥐었다.

"화산에 대한 감시가 필요한 이유는, 단순히 그들을 경계하기 위해서만은 아니다."

"하면 어째서입니까?"

"만인방이 이대로 가만히 있겠느냐?"

허원은 그제야 허도의 생각을 깨닫고 크게 고개를 끄덕였다.

만인방주인 패군 장일소는 폭급하고 잔악한 성격으로 악명이 자자했다. 그가 이런 개망신을 당하고도 꼬리를 뺄 리 없었다.

"만인방은 지금 여러 상황 때문에 함부로 움직이기가 어렵다. 하지만 인간이란 때로 감정에 휩쓸려 주변 상황을 생각하지 않고 극단으로 치달을 때가 있지. 만약 장일소가 만인방을 모두 이끌고 섬서로 진격하는 사태가 벌어진다면……."

허도의 눈빛이 침중하게 가라앉았다.

"조용했던 강호 한가운데에서 화약고가 터지는 꼴이 될 것이다."

· ❖ ·

"그래서……."

사내의 눈이 요사스레 빛났다.

바람 한 점 불지 않는 실내인데도 사내의 전신을 두른 새하얀 장포가 살짝 부풀어 올랐다. 기파를 감지한 이들이 기겁하여 분분히 물러섰다.

중성적으로까지 보이는 선이 가는 얼굴과 붉은 입술은 바라보는 이들을 더욱 공포에 질리도록 만들었다.

짤랑. 그의 열 손가락을 모두 치장하고 있는 반지가 맞부딪히며 맑고도 소름 끼치도록 섬뜩한 소음을 사방에 자아냈다.
"모두 뒈졌다?"
"……모두는 아닙니다만."
"대부분 뒈졌다?"
"그렇습니다."
침상에 모로 누워 있던 장일소가 천천히 상체를 일으켰다. 그러고는 한 다리를 침상에 아무렇게나 걸친 채 턱을 괴었다.
"가명아."
만인방의 군사인 호가명이 즉시 고개를 숙였다.
"세 개의 대를 내줬다. 그리고 흑조단까지 내어 줬어. 과할 정도로 병력을 보냈던 건, 그 화산 놈들을 모조리 죽여 없애고 싶어서였거든. 그런데…… 한 놈도 남김없이 죽인 게 아니라, 한 놈도 남김없이 당했다 이 말이지?"
나른한 목소리가 이어졌다. 호가명은 차마 대답할 엄두도 내지 못하고 고개를 더욱 깊이 숙였다.
"어디서부터 잘못된 걸까? 응?"
"……화산의 전력이 저희가 예상한 것보다 강했습니다."
"그래. 그건 당연하지. 너무 당연하지. 그 뻔하고 당연한 걸 몰라서 내가 지금 이리 지껄이고 있다고 생각하는 거야?"
더없이 상냥하고 부드러운 음성이었다. 하지만 조금의 노기도 느껴지지 않는 그 음성에 호가명은 오히려 목 뒤가 서늘해졌다.
"재미있는 일이야. 아주 재미있어. 세상 사람들이 만인방과 나를 비웃고 있겠구나. 그렇지? 그 작은 문파 하나 어쩌질 못하는 이빨 빠진 호랑이가 주제도 모르고 설치다가 발톱까지 잃었다고 말이야. 하하하핫. 재미있지 않니? 발톱 빠진 호랑이라니."

무거운 침묵 속에서도 한참 흐르던 웃음이 별안간 뚝 멎었다. 장일소의 눈이 순간 섬뜩하리만치 푸르게 빛났다.

"방도들을 모두 모아. 화산으로 간다."

"바, 방주님! 지금은 움직일 수 없······!"

쾅! 미처 말을 끝맺기도 전에 호가명의 몸이 날아가 대전의 벽에 처박혔다. 입으로 울컥 피를 토한 그가 바닥으로 힘없이 스르르 떨어져 내렸다.

"선후를 몰라, 선후를. 응? 내 누누이 말했을 텐데? 눈앞의 이익이 아니라 먼 곳의 이익을 보아야 한다고."

"쿨럭."

고통스러워하던 호가명이 힘겹게 다시 무릎을 꿇고 고개를 조아렸다.

"사(邪)를 표방하는 이들은 비웃음을 당해서는 안 된다. 욕을 먹고, 손가락질을 당할지언정 그 손가락엔 두려움이 담겨 있게 해야 한단 말이지. 알겠니?"

"······명심하겠습니다."

"방도들을 모아. 내가 직접 화산으로 간다."

흰 장포 자락이 크게 휘날렸다. 장일소가 그대로 걸음을 옮기려던 그 순간. 누군가가 다급한 표정으로 대전 문을 박차고 들어왔다. 대주 중 하나였다.

요란스러운 모습에 장일소의 얼굴에 순간 짜증이 스쳤다.

"왜 이리 호들갑이야?"

"방주님! 소, 손님! 손님이 왔습니다."

의외의 소식에 잠깐 짜증을 잊은 장일소가 고개를 갸웃했다.

손님이라니. 이곳에 이렇게 갑자기 찾아올 만한 이가 있었던가? 그것도 대주 중 하나가 저리 사색이 될 만한 이가.

장일소의 의문에 대답이라도 하는 듯, 누군가가 대전 안으로 저벅저벅 들어섰다. 그 얼굴을 확인한 장일소는 저도 모르게 눈살을 찌푸렸다.

차분해 보이는 중년인. 단정하게 빗어 올린 머리와 깔끔하게 정리된 수염을 보면 그의 성향을 능히 짐작할 수 있었다.

겉으로 보기에는 그저 청수한 중년 문사쯤으로 보였다.

하지만 그건 평범한 양민의 시선으로 보았을 때의 감상이다. 강호에서 칼 밥을 먹는 이라면 다른 점이 먼저 보일 수밖에 없었다.

녹포(綠袍). 전신을 두른 녹의(綠衣)와 일반적인 의복에 비해 두 배는 더 넓어 펄럭이는 소매.

강호인이라면 누구나 하나의 이름을 떠올릴 수밖에 없을 것이다.

장일소는 요사스러운 눈빛으로 한동안 말없이 중년인을 응시했다.

천하의 만인이 두려워하는 만인방의 대전에 일행도 없이 홀로 걸어 들어온 그는 마치 이곳이 제집이라도 되는 양 여유롭고 느긋해 보였다. 그 사실이 그러지 않아도 예민해진 장일소의 신경을 긁었다.

"허락도 없이 함부로 막 들어오다니, 예의가 뭔지 모르는 모양이네?"

대답은 즉시 돌아왔다.

"물론 나는 예의를 아는 사람이네만……."

녹의의 중년인은 슬쩍 주변에 늘어선 이들을 둘러보았다.

"아무도 막질 않더군. 안내도 해 주지 않고. 그러니 별수 없지 않나."

그 말에 장일소는 안으로 박차고 들어온 이를 짜증 서린 눈빛으로 노려보았다. 그의 시선을 받은 이가 몸을 떨며 고개를 푹 숙였다.

평소의 장일소라면 제 수하의 저런 추태를 용납하지 않았을 것이다. 하지만 지금은 그를 탓하고 싶은 마음이 들지 않았다.

"우리 애들은 주제 파악이 빠르거든. 목숨이 두 개가 아닌 이상 감히 독왕의 앞을 막을 수는 없는 노릇이지."

녹의의 사내, 독왕 당군악이 가볍게 미소 지었다.

"천하의 패군 장일소가 나를 바로 알아봐 주다니. 내가 인생을 헛살진 않은 모양이오."

장일소는 못마땅하다는 표정으로 혀를 차며 당군악을 바라보았다.

'당군악이라.'

겉으로야 태연했지만 장일소도 내심 동요하고 있었다. 접점이라고는 조금도 없는 당가의 가주가 돌연 만인방 한가운데에 홀로 걸어 들어올 거라 그 누가 상상이나 했겠는가.

"목이라도 내어 주러 왔나? 독왕 당군악의 목이면 선물로 나쁘지는 않지."

"내어 주는 정도야 크게 어려운 일이 아니지만, 만인방 정도가 감히 내 목을 감당할 수 있을까?"

두 사람은 서로를 마주 보며 여유롭게 미소 지었다.

표정은 더없이 부드러웠지만, 그 모습을 지켜보는 이들은 그 압박감에 감히 숨소리조차 내지 못하고 더더욱 눈에 띄지 않는 어둠 속으로 몸을 숨겼다.

하지만 침묵은 그리 오래 가지 않았다. 먼저 입을 뗀 건 장일소였다.

"해서, 무슨 일이지?"

"경고를 하러 왔소, 패군."

"경고?"

재미있는 말을 들었다는 듯 장일소의 눈이 미세하게 호선을 그렸다.

두 사람을 초조한 심정으로 지켜보던 호가명은 그 모습에 입술을 질끈 깨물었다. 저 표정은 장일소가 살심이 동할 때 나온다는 걸 잘 알기 때문이었다.

'안 돼.'

지금 독왕을 죽이는 것은 어렵지 않다. 마음만 먹는다면 아무리 독왕이라고 한들 만인방의 배 속에서 살아 돌아갈 수는 없다.

하지만 문제는 그 뒤였다.

당가가 가주를 잃는다는 건, 다른 문파가 장문인을 잃는 것과는 차원이 다른 문제다. 당군악이 이곳에서 화를 입는다면 당가는 모든 전력을 이끌고 만인방으로 쳐들어올 것이 분명했다.

"경고……. 경고라. 살면서 누군가에게 경고를 받아 본 적은 없는 것 같은데?"

"그럼 이번이 처음이 되겠지."

긴장감이라고는 없는 대답에 장일소가 피식 웃었다.

"독왕 당군악. 걸물 중의 걸물이라고 듣긴 했지만, 생각보다 더하군. 그래, 어디 한번 지껄여 봐. 들어는 봐야지. 그래야 죽이고 나서 무슨 말이었을지 궁금하지 않을 테니까."

손 대면 베일 듯, 날카로운 기운이 풍겼다. 그 살기 어린 말을 듣고도 당군악은 조금의 미동도 없이 담담하게 말했다.

"화산에서 손을 떼시오."

순간 장일소의 눈썹이 살짝 꿈틀댔다.

어떤 말이 나오더라도 비웃어 줄 준비가 되어 있는 그였지만, 지금 저 말은 그가 예상한 어떤 주제와도 동떨어져 있었다.

"……화산?"

"그렇소."

장일소는 영문을 모르겠다는 얼굴로 당군악을 빤히 보았다.

"그러니까, 잘난 당가의 가주께서 호위도 없이 홀로 만인방에 쳐들어와 하는 말이, 화산에서 손을 떼라?"

수염 하나 없는 매끈한 얼굴을 가볍게 문지른 그는 고개를 모로 기울였다가, 황당함이 잔뜩 묻어나는 표정으로 재차 물었다.

"심심해서 장난하자는 것은 아닐 텐데. 그럼…… 위대하신 당가주의 눈엔 만인방이 너무도 하찮았나 보지? 감히 그따위 경고를 입에 올릴 만큼?"

내내 비뚜름하게 웃던 장일소가 표정을 싸늘히 굳히며 당군악을 쏘아보았다.

동시에 그의 몸에서 폭풍 같은 기세가 뿜어져 나왔다. 거대한 뱀이 미끈한 몸을 일으키며 긴 혀를 날름거리는 듯 요사하고 섬뜩한 기세였다.

하지만 정작 그 기세를 정면으로 받고 있는 당군악은 여전히 무감해 보였다.

"일단은 진정하지."

"굳이?"

"진정하라고 했을 텐데?"

무뚝뚝하게 대꾸한 당군악이 표정 하나 없는 얼굴로 장일소를 마주 보았다.

두 거인이 대치하며 존재감을 뿜어내자, 대전의 어둠 속에 숨어 있던 이들은 거대한 바위가 내리누르는 듯한 압력에 신음했다. 숨조차 함부로 쉬기 힘든 강한 위압감이었다.

그때, 살기가 번들대는 눈으로 당군악을 노려보던 장일소가 돌연 한숨을 쉬더니 다시 자리에 앉았다. 폭풍처럼 뿜어져 나오던 기세가 거짓말처럼 사라졌다.

"재미없는 이야기 하면 목 잘라 버린다?"

당군악이 표정 하나 없이 고개를 끄덕였다.

"이건 내 의지가 아니라 당가의 의지요. 만인방이 다시 화산을 노린다면 그때부터는 화산이 아닌, 사천당가를 상대해야 할 것이오."

"……당가와 화산이 무슨 관계기에?"

"당가는 이미 오래전에 화산과 동맹을 맺었소. 그러니 함께 싸우는 것은 당연한 일이지."

생각지도 못한 대답이었다. 장일소가 어이가 없다는 듯 잠깐 웃음을 터트리더니 물었다.

"그깟 작은 문파 하나를 위해서 당가가 대신 만인방과 싸우겠다고? 당가가 미친 걸까, 아니면 만인방이 만만해 보이는 걸까."

"물론 둘 다 아니오."

"그럼? 아, 내가 사천당가를 너무 우습게 봤나? 사천당가가 만인방쯤은 가뿐하게 상대할 수 있는 곳이었던가?"

비아냥거리는 장일소를 보며 당군악이 묘한 미소를 지었다.

"사천당가만으로 부족하다면 남만야수궁은 어떻소?"

의표를 찌르는 그 말에 장일소의 표정이 눈에 띄게 확 굳어졌다.

"……지금 뭐라고?"

"남만야수궁 역시 화산을 친우로 여기고 있는 문파니 그들의 어려움을 외면하지 않을 거요. 어떻소, 패군? 화산과 당가, 야수궁을 동시에 상대할 용의가 있소?"

장일소의 얼굴에서 웃음기가 사라졌다. 그의 눈매가 가느스름해졌다.

구파일방과 오대세가 사이에는 미묘한 알력이 있다. 그들은 모두 정파를 표방하지만, 물과 기름처럼 한데 얽히지 못하는 관계였다.

그런데 구파일방 출신의 화산과 오대세가인 당가가 동맹을 맺었다? 거기에 중원이라면 덮어놓고 이부터 뿌득뿌득 갈아 대는 새외오궁 중 하나인 남만야수궁마저? 그야말로 경천동지할 일이었다.

만일 다른 이가 이런 말을 했다면, 헛소리하지 말라고 곧장 목을 베어 버렸을 것이었다.

하지만 눈앞에 있는 이는 헛소리나 해 댈 이가 아니었다. 다른 누구도 아닌 독왕 당군악이 아닌가.

장일소가 의문인지 살의인지 모를 감정이 담긴 눈빛으로 당군악을 지그시 바라보았다.

"그러니까…… 화산에 사천당가, 거기에 남만야수궁까지 한배를 탔으니, 주제를 알고 이쯤에서 꼬리를 말아라?"

"꽤 거친 해석이로군."

"재미있네. 재미있어. 이 장일소를 시정잡배쯤으로 보지 않고는 감히 할 수 없는 제안이지. 하하하핫. 아주 재미있는데?"

장일소가 살심이 동하는지 눈꼬리를 휘어 웃으며 혀로 입술을 핥았다. 무어라 설명하기 힘든 눈빛이 그의 눈을 새파랗게 스쳤다.

하지만 당군악은 그 어떤 반응도 없이 그를 묵묵히 마주 볼 뿐이었다.

얼마나 시간이 지났을까.

팽팽하게 당겨진 실처럼 아슬아슬하던 대치 끝에, 장일소가 입꼬리를 끌어 올리더니 어깨를 으쓱해 보이며 입을 열었다.

"알았다. 네 말대로 하지."

그 예상치 못한 반응에 오히려 호가명이 깜짝 놀라 그를 바라보았다.

패군 장일소. 그는 손해 보는 걸 극단적으로 싫어하는 사람이었다.

당가주가 저리 나온다고 해서 쉬이 물러설 이가 아니었다. 조금 전만 해도 만류하는 그를 후려치며 자신의 뜻을 관철하려 들지 않았던가. 그런데 말 몇 마디에 이렇게 선뜻 물러난다고?

'대체 무슨 생각이신 건가.'

호가명이 얼이 빠진 얼굴로 바라보았지만, 장일소는 아무 일도 없었던 것처럼 그저 만면에 환한 미소를 띤 채 당군악을 향해 부드럽게 말했다.

"대신 적당히 보상은 해 줘야겠어. 무슨 뜻인지 알지?"

"뭘 원하지?"

"역시, 빨라서 좋다니까."

장일소가 자리에서 벌떡 일어나 당군악에게 다가가기 시작했다. 이만한 고수들이 스스럼없이 거리를 좁힌다는 것은 굉장히 위협적인 행동이었다. 그러나 당군악은 딱히 그 행동을 저지하지 않았다.

옆으로 바짝 다가선 장일소는 당군악의 어깨에 팔을 걸치고는 자신 쪽으로 바짝 끌어당기더니 속살거렸다.

"듣자 하니 요즘 차 무역으로 쏠쏠하게 돈을 벌고 있다던데, 이왕이면 광서성(廣西省)에도 차를 좀 넘겨주면 어때? 이거, 이거 이쪽엔 판로가 영 없단 말이야. 응?"

조금 전까지 당군악을 죽일 듯 위협하던 장일소가 지금은 마치 수십 년 지기를 보는 것처럼 넉살 좋게 굴고 있었다.

누가 봐도 당황스러울 만큼 급작한 변화지만 당군악은 전혀 놀라지 않은 듯, 침착한 얼굴로 대응했다.

"어렵지 않은 일이지."

"좋아!"

흡족해하며 당군악의 어깨를 한 번 강하게 두드린 장일소는 장포를 휘날리며 몸을 돌렸다.

"연회다! 손님이 오셨으니 술을 한잔해야지!"

"고맙지만 사양하겠소. 그리 한가한 사람은 아닌지라."

"에이. 재미없이."

투덜거리며 거침없이 침상이 놓인 계단을 오른 장일소가 침상 옆의 궤를 열더니 차게 식은 술병을 들어 당군악에게 던졌다.

"그럼 돌아가는 길에 한잔하라고. 귀주 특산의 백주(白酒)니까. 귀하신 분 입에는 어떨지 모르겠지만, 내 입에는 나쁘지 않아."

당군악은 그가 던진 술을 받아 들고는 고개를 끄덕였다.

"선물은 고맙게 받겠소."

그러고는 할 말은 그것뿐이었다는 듯 미련 없이 몸을 돌렸다. 그때, 뒤에서 들려오는 장일소의 목소리가 그를 붙들었다.

"한 가지만 더."

그의 걸음이 멈추었다. 장일소는 그런 당군악을 집요할 정도로 빤히 보며 물었다.

"화산에는 뭐가 있지?"

당군악은 고개만 슬쩍 돌려 장일소를 일별했다.

"……친구."

짧은 대답을 끝으로 그는 절도 있는 걸음걸이로 대전을 빠져나갔다.

정적이 흘렀다. 그사이 홍얼거리며 궤에서 목이 가는 술병을 꺼낸 장일소가 마개를 열고는 입에다 들이붓기 시작했다. 새어 나온 맑은 술 줄기가 입가로 졸졸 흘러내렸다.

호가명은 그런 장일소를 가만히 바라보다가 이해를 못 하겠다는 듯 고개를 내젓고는 조심스럽게 물었다.

"방주님. 저는 방주님의 의중을 헤아리기가 어렵습니다. 아무리 운남의 차 무역이 막대한 이득을 가져다준다지만……."

"차?"

"예. 이건 만인방의 체면이……."

"하하하하하핫!"

호가명이 말을 채 끝내기도 전에, 장일소가 자신의 무릎을 내리치며 커다란 웃음을 터뜨렸다.

"가명이가 둔해졌구나. 차 운운하는 걸 보니! 차 같은 건 아무래도 좋아. 그거야 그냥 구실이고!"

장일소가 순간 웃음을 뚝 멈추고 무표정한 얼굴로 뱀처럼 혀를 날름거렸다.

"가명아. 당가가 무섭더냐?"

"그럴 리가 있겠습니까?"

"그럼 저 야수궁의 야만인들이 두렵더냐?"

"제게 두려움을 줄 수 있는 이는 방주님뿐이십니다."

"그래. 나 역시 그렇지."

"하면 어찌……."

"지도!"

쥐고 있던 술병을 과격하게 내려놓은 장일소가 버럭 소리를 질렀다.

"지도! 지도를 펴라! 당장!"

그러자 사방에 늘어서 있던 호위들이 다급하게 달려와 대전 한쪽에 둘둘 말려 있던 지도를 대령하곤 쫙악 펼쳤다.

"붓."

호가명이 준비된 붓에 직접 먹을 묻혀 장일소에게 가져다 바쳤다.

"보자! 보자꾸나, 어디!"

장일소는 잔뜩 흥이 난 듯 콧노래를 흥얼거리며 지도 앞을 빠르게 서성거리다 지도에 점을 찍기 시작했다.

"운남, 사천, 섬서라!"

곤명, 성도, 그리고 화산에 차례대로 점을 찍은 장일소는 무언가 성에 차지 않는 듯 고개를 갸웃거렸다. 그러다가 이내 아! 하며 다시 붓을 움직였다.

"그래. 서안도 있었지, 서안."

서안에도 점을 찍은 장일소가 네 곳에 찍힌 점을 이어 선을 그어 냈다. 지도를 내려다보던 그의 얼굴에 광기 어린 웃음이 번졌다.

"하하하핫. 미친놈들 같으니! 가명아. 봐라. 이 미친놈들이 아주 재밌는 짓거리를 하는구나."

호가명이 시선을 내려 지도를 들여다보았다. 그의 눈에 들어온 건 중원의 서부를 가로지르는 선이었다.

"보렴. 이 서편으로는 기껏해야 곤륜이 있을 뿐이고, 같은 곳에는 점창과 아미, 종남이 있다. 하지만 곤륜은 항상 은인자중하는 곳이라 세상에 영향을 끼치는 곳은 아니야. 종남? 종남은 봉문 하여 서안의 영향력을 화산에 넘겨줬어. 그렇지?"

"예, 그렇습니다."

"점창은 운남에서 움직이지 않고, 아미는 이렇다 할 힘이 없지. 그렇다는 건……."

장일소의 말을 호가명이 무거운 목소리로 대신했다.

"화산과 당가, 남만야수궁이 힘을 합친 게 사실이라면 중원의 서부는 완전히 그들의 영향 아래 들어갔군요."

"그렇지! 세력이라는 것은 명분과 힘이야! 그리고 돈이 있어야 이루어지는 법이지! 차 무역으로 막대한 돈을 벌고 있고, 당가와 야수궁이라는 힘을 갖췄다. 게다가 화산도……. 하하. 그래! 화산도 힘은 있지. 우리가 피 흘려 가면서 증명해 줬잖아."

잔뜩 신이 난 장일소가 지도를 확 낚아채듯 집어 들었다.

"그럼 이제 남은 건 명분 하나라는 거지. 그 하나만 있으면 어찌 될 것 같으냐?"

"……저들이 중원 서부의 지배자가 된다는 말씀이십니까?"

"쯧쯧쯧. 가명아, 가명아."

장일소가 한숨을 푹 내쉬더니 나긋나긋하게 손을 휘저었다.

"너는 너무 가까운 곳만 보는구나? 더 먼 곳을 봐야지. 응?"

"죄송합니다, 방주님."

"봐라, 가명아. 저곳의 중심이 되는 이들은 과거의 구파였던 곳, 그리고 오대세가의 실세, 마지막으로 새외오궁이다."

"……."

"사람들은 세상을 나눠 놓기를 좋아하지. 적당히 걸맞은 것들끼리 분류해서 불러 대기 시작하면 나중에는 그렇게 불리는 당사자들도 그 규격을 당연히 여긴다. 그게 지금 강호의 질서를 이루고 있잖아. 그렇지?"

"저 간악한 녹림 놈들과 대 만인방이 같은 신주오패로 불리는 것처럼 말이지요."

"그렇지, 그렇지. 우리는 싫어하지만, 세상은 그리 생각하니 어쩔 수 없는 노릇이잖니. 그런데 이 미친놈들은 지금 수백 년간 강호를 규정하던 그 틀을 깨고 있다. 보렴. 구파와 오대세가, 그리고 새외오궁이 한곳으로 엮이고 있잖느냐?"

"……확실히……."

"기존의 강호를 규정하던 질서를 모조리 엎어 버리고 서로 동맹을 맺었다. 하하하하. 이건 완전히 새로운 거야! 굳이 말하자면……. 흐음, 그래! 서부맹이라 할 수 있지."

득의에 찬 표정을 짓던 장일소가 혀를 내어 빠르게 입술을 핥았다.

"좋아. 이건 재미있어. 이 연합이 좀 더 명확해지면 강호는 지금까지의 강호와는 전혀 다른 곳이 될 거야. 새로운 바람이 불어올 수 있다는 말이지."

호가명은 마른침을 삼켰다. 장일소의 눈이 먹잇감을 마주한 맹수처럼 요사스러운 광망을 토해 내고 있었다.

"대체 누가 그린 그림인지는 모르겠지만, 확실히 일리가 있어. 그리고 아주 미친놈이 한 짓거리야. 피 냄새가 난다. 어쩌면 다음 전쟁은 동과 서로 나뉘어 벌어질지도 모르겠어."

"하나 그게 만인방에서 화산을 내버려둘 이유가 되겠습니까?"

"이걸 누가 했겠느냐?"

되묻는 장일소의 목소리에는 주체하지 못한 흥이 어려 있었다.

"등신 같은 오랑캐 놈들이? 아니지, 아니지. 그럼 사천에 자리 잡고 무거운 엉덩이를 떼지 않는 그 사천당가 놈들? 절대 그럴 리가 없지!"

지도를 쾅 내려놓은 장일소는 손바닥으로 화산이 있는 섬서 부근을 내리쳤다. 그러고는 그대로 구겨 버리듯 움켜잡았다.

"이놈들이란 말이야, 이놈들! 서부맹의 구심점은 바로 화산이다. 화산이 무너지면 서부맹은 와해되는 거지."

"……그리되어선 안 될 이유라도 있습니까?"

"재미있잖아?"

만면에 미소가 어린 장일소의 얼굴에선 섬뜩한 기운이 물씬 배어났다.

"피 냄새가 나는 곳에는 돈 냄새도 함께 난단다. 좋은 판이야. 아주 좋은 판이야."

호가명은 여전히 장일소의 말을 완전히 이해하지 못했다.

하지만 장일소는 딱히 더 설명해 줄 생각 따윈 없는 듯 낄낄 웃어 대며 침상을 향해 몸을 돌렸다.

'이제 체면은 아무래도 좋아.'

체면이란 치세(治世)에나 필요한 것이다. 난세에는 누구도 체면 따위 신경 쓰지 않는다. 난세에 그 무엇보다 중요한 것은 바로 힘이다.

'수레바퀴가 느리게 구른다면 조금 더 빨리 굴려 버리면 그만이지. 난세야말로 우리가 가장 즐거워하는 세상이니까.'

대전으로 밀려드는 바람에서 옅은 피 냄새를 맡은 장일소가 더없이 환하고 화사하게 웃었다.

"화산. 화산이라. 그래. 너희는 조금 더 남아 있어 줘야겠구나. 세상을 불태워야 할 불씨를 벌써 꺼 버릴 순 없지. 하하하핫!"

귀를 찢을 듯 날카로운 웃음소리가 대전에 울려 퍼졌다.

장일소가 이런 웃음을 지을 때마다 반드시 큰일이 벌어졌다는 사실을 알고 있는 호가명은 식은땀을 흘리며 고개를 숙였다.

"놀아 보자꾸나. 즐겁게! 신나게! 하하하하하핫!"

세상 모든 것에 흥미를 잃은 듯 향락과 사치에만 빠져 있던 장일소의 눈이, 과거 패군이라는 별호를 얻었던 그 시절처럼 섬뜩하게 빛나기 시작했다.

• ✧ •

"이제 별문제는 없으실 거예요, 사숙조. 상처가 완전히 아물려면 시간이 더 필요하긴 하지만, 이젠 무리만 안 하시면 덧날 위험은 없다고 보셔도 돼요."

당소소의 말에 침상에 앉아 있던 운검이 가만히 고개를 끄덕였다.

"고맙구나."

"무리만 안 하시면요."

당소소가 칼날 같은 목소리로 덧붙이자 운검이 어색한 웃음을 흘렸다. 어쩌다 보니 막내 제자에게 구박을 받는 입장이 되었지만, 제가 저지른 일이 있어 뭐라 변명하기도 쉽지 않았다.

"환자는 쉬어야 해서 환자예요. 병상에서 일어나자마자 무리하시지만 않았으면 두 배는 더 빨리 회복하셨을 거예요. 왜 그러셨어요?"

추궁이 이어졌지만, 운검은 말없이 웃었다.

당소소가 고개를 떨어트리고 한숨을 푹 내쉬었다. 청명도 그렇고, 운검도 그렇고 다들 의원의 입장에서 보면 골칫덩어리들이었다.

"다시 말씀드리지만, 무리하시면 안 돼요. 최소 보름 동안은 검을 잡는 것도 금지예요."

"그건 조금 어렵겠구나."

"사숙조! 급할수록 돌아가라고 했어요. 마음이 급하신 건 알겠지만, 무리하시다가는 정말로 다시는 검을 잡지 못하게 되실 수도 있어요."

당소소가 신신당부하는데도 운검은 계속 웃기만 했다. 그의 조용한 고집에 당소소는 고개를 절레절레 저으며 말했다.

"사숙조. 청명 사형도 바보는 아니에요. 사숙조가 애써 멀쩡한 척하지 않으셔도, 일을 저지르지는 않을 거예요."

"그건 안다만, 내 마음이 급해서 그렇단다."

"진짜……."

당소소가 지끈거리는 이마를 짚었다. 어느새 의복을 갖춰 입은 운검이 자리에서 일어났다.

"이만 가 보마. 고맙구나."

"지금 그 몸으로 대체 어딜 가시려고요?"

"장문인께서 회의를 하자고 하시더구나. 나도 가 봐야지. 부르지는 않으셨다만 불리지 않았다고 가지 못할 이유는 없지 않으냐?"

당소소의 만류에도 운검은 인자하게 웃으며 훌쩍 의약당을 나서 버렸다. 그녀가 다시 한숨을 내쉬었다.

화산에 있는 사람들은 모두 바보들뿐이다.

무언의 압박을 받은 홍대광이 불안한 듯 시선을 연신 한쪽으로 떨구었다.

"하여…… 제가 그러니까…… 사실 일신의, 그……."

목소리도 불안한 듯 미묘하게 떨리……. 아니, 대놓고 떨려 나왔다. 말을 더듬던 홍대광이 어색하게 웃으며 뒷머리를 긁었다.

"아시다시피 제가 뭐 그렇게 대단한 무위가 있는 건 아니라서…… 그, 어설프게 손을 보태서 방해만 되는 것보다는, 어떻게든 개방의 고수들을 데리고 오는 쪽이 좀 더 도움이……."

"에라이!"

그의 말이 채 끝나기도 전에 청명이 달려들어 그의 옆구리를 걷어찼다.

"꺄울!"

막아 보지도 못하고 괴상한 비명과 함께 아이가 찬 공처럼 한쪽으로 붕 날아간 홍대광은 벽에 처박혀 스르르 흘러내렸다.

"이 양반이 보자 보자 하니까!"

발로 차 놓고도 분이 풀리지 않는지 청명이 눈을 까뒤집으며 거품을 물었다.

"그새 어디 갔나 했더니! 남들 다 싸우러 가는데 슬그머니 토끼더니 이제 와 슬금슬금 기어들어 와서는! 뭐? 고수를 끌고 와? 고수? 저 밖에 있는 것들이 고수냐? 어? 뭔 잔칫집에 동냥 오는 것도 아니고! 거지새끼들만 단체로 끌고 와 놓고 뭐? 고수우우? 확 그냥 마!"

"그, 그럼 개방 거지가 거지를 끌고 오지 뭘 끌고 오냐?"

"그런데 진짜 이 인간이?"

청명이 으르렁대며 다시 홍대광을 덮치려고 들자 백천 일행이 일사불란하게 몸을 날려 청명의 팔다리를 붙잡고 늘어졌다.

"청명아! 진정해라! 그래도 어른 아니냐, 어른!"

"거지새끼가 어른이 어디 있어? 그래 봐야 거지지!"

"아무리 그래도 당사자가 앞에 있는데 이러는 거 아니다!"

사지와 등허리에 사형제들을 주렁주렁 매단 채로 청명은 이를 뿌득뿌득 갈며 홍대광을 잡아먹을 듯 노려보았다.

"뭔 개방 거지새끼가 싸움박질 앞두고 도망을 가? 내 살다 살다 이런 경우는 또 처음 보네!"

"도망간 거 아니라고!"

얻어맞은 옆구리를 문지르던 홍대광이 소리치며 몸을 벌떡 일으켰다. 얼굴에 억울함이 울컥울컥 솟아올랐다. 실제로 그는 억울했다.

'아니, 이렇게 일방적으로 털어 버릴 줄 내가 알았나?'

객관적으로 판단했을 때, 화산이 만인방을 이렇게 쉽게 처리하는 건 거의 불가능에 가까웠다. 인간 같지도 않은 화산신룡 놈이 활약할 것을 감안하더라도 겨우 박빙이나 이루면 다행이라 여겼다.

그러니 전투에 크게 도움 안 될 그의 조막손을 더하는 것보다는 어떻게든 한 사람이라도 더 데리고 오는 게 낫다는 판단을 내린 것이다.

냉정하게 말해서 이게 그리 틀린 생각은 아니었다. 오히려 당시 그가 내릴 수 있는 최선의 판단이었다.

하지만 문제는 화산이 홍대광의 생각과는 다르게 별다른 피해도 없이 그 만인방 놈들을 모조리 잡아 버렸다는 점이었다.

'대체 그새 얼마나 강해진 거야?'

화산신룡이 강한 건 이해할 수 있었다. 그리고 화산오검이 강한 것도 얼마든지 이해할 수 있었다. 그들이야 원래 강했으니까.

하지만 화산이 한 문파로서 다른 문파와의 전쟁에서 승리하는 것은 좀 다른 문제였다. 화산이 강호에서 다시 두각을 드러낸 지는 얼마 되지도 않았다.

비록 절대고수 하나가 전황을 뒤흔들고 지배하는 것이 강호의 전쟁이라지만, 그마저도 기초적인 전력이 어느 정도는 비등할 때의 이야기가 아닌가.

불과 몇 해 전만 해도 명맥이 끊겨 역사 속으로 사라졌다고 평가되던 화산이다. 그런 문파가 저 만인방을 맞아 선전하는 걸로도 모자라 아예 한 놈도 남김없이 털어 버릴 수 있을 거라 누가 상상이나 했겠냐고.

'강호사를 통틀어 화산보다 강했던 문파야 까마득하게 많겠지. 하지만 과연 화산보다 빠르게 강해진 문파가 있었을까?'

이 질문에는 쉽사리 대답을 할 수 없었다. 화산 같은 경우는 그가 아는 한 전례가 없었다. 아, 아무튼 지금 그게 중요한 게 아니지!
　"합리적으로! 어? 합리적으로 생각한 거라니까! 내가 거기 합류해 봐야 칼 맞고 뒈지기밖에 더 하겠냐?"
　"그렇지! 잘 아네! 어차피 칼 맞고 뒈졌을 거, 지금 한번 뒈져 보자!"
　눈을 까뒤집은 청명이 급기야 허리춤을 더듬으며 검을 찾자 백천과 그 무리는 더욱 사색이 되어 청명을 붙잡고 늘어졌다.
　"아, 제발 좀 진정하라고!"
　"아니, 이 새끼는 뭐 변하는 게 없어!"
　"당과! 누가 가서 당과 좀 가져와라! 잔뜩 가져와!"
　식은땀을 흘리던 백천이 버럭 소리를 지르던 그때.
　문이 벌컥 열렸다. 안으로 들어온 이는 상황을 한번 보고는 대충 알겠다는 듯 가만히 고개를 모로 꺾었다.
　모두가 말을 잃은 채 안으로 들어온 이를 바라보기만 했다.
　"청명아."
　"네?"
　조금 전까지 발악하던 게 거짓인 것처럼 청명이 다소곳하게 대답했다.
　"……적당히 하자꾸나."
　"넵!"
　청명이 사지에 달린 사형제들을 떨쳐 내고 몸을 획 돌려 제자리에 가 앉았다.
　간신히 목숨을 구한 홍대광은 식은땀을 줄줄 흘리며 눈에 띄지 않는 구석에 서서 몸을 숨기고, 갑자기 얌전해진 청명을 바라보았다.
　'저거 완전 미친놈이네.'

뭔 놈의 감정 변화가 저렇게 급격한가. 지켜보는 사람 힘들게.

방 안으로 들어온 운검은 말없이 제자리를 찾아 앉았다. 비어 있는 운검의 소매를 바라보는 현종의 눈에 얼핏 숨길 수 없는 아픔이 스쳤다. 잠깐의 정적 후에 현종이 떨어지지 않는 입을 겨우 열었다.

"운검아, 벌써 움직여도 괜찮겠느냐?"

"제 몸은 제가 잘 압니다. 괜히 무리해서 몸을 상하게 하지는 않을 테니, 너무 심려치 않으셔도 됩니다."

"그래, 알겠다."

의연하게 말하는 운검의 이마에는 땀방울이 맺혀 있었다. 그가 아직 운신하기 힘들다는 증거였다.

현종은 안쓰러운 표정을 감추지 못했다. 하지만 이내 외인이 있는 자리란 사실을 떠올리고 애써 표정을 가다듬었다.

"앉게나."

"예? 아…… 예!"

숨을 죽이고 있던 홍대광이 재빨리 자리에 다시 앉았다.

상석의 장문인을 필두로 화산의 주요 인사들이 좌우로 나뉘어 앉아 있었다. 그 사이에 홀로 앉아 있으려니 압박감이 장난이 아니었다.

특히나 상석을 차지한 현종에게서 느껴지는 위엄은 전율에 등줄기가 절로 떨려 올 정도였다.

'자리가 사람을 만든다더니.'

아니, 자리가 사람을 만드는 게 아니라 업적이 자리를 만드는 거겠지.

그가 현종을 마주하는 게 이번이 처음은 아니었다. 화음 분타가 생긴 뒤로 화산에 몇 번 올라오기도 했으니까. 하지만 이제껏 봐 온 현종과 지금 그가 보고 있는 현종은 같은 사람이되 다른 사람일 수밖에 없다.

현종이 변했는가? 그건 아니다. 변한 것은 단지 그를 대하는 홍대광의 마음가짐이었다.

이전의 현종도 천하에 손꼽히는 후기지수들을 보유한, 장래가 유망한 문파의 장문인이었다. 하지만 화산이 저 만인방의 공격을 격퇴하고 스스로의 힘을 증명한 지금은 그의 격도 현저히 달라졌다.

심경이 복잡하기도 하고, 새삼스럽기도 했다. 그런 홍대광의 마음을 아는지 모르는지, 현종은 예전과 다를 바 없는 온화한 표정으로 미소 지었다.

"애써 준 것에 감사하네."

"아닙니다, 장문인! 어찌 그런 말을 하십니까! 화산과 개방 화음 분타는 한 식구나 다름없잖습니까!"

격정이 차오른 홍대광의 목소리가 방 안에 절절하게 울려 퍼졌다.

하지만 그 말이 영 마음에 들지 않는 사람도 있는 모양이었다.

"식구 좋아하시네. 한 것도 없으면서."

옆에서 구시렁거리는 청명의 목소리를, 홍대광은 필사적으로 외면했다. 그의 고개가 현종이 있는 정면에 고정되어 미동조차 하지 않는 이유였다.

"본도 역시 개방 화음 분타를 남으로 생각하지 않네."

"감사합니다, 장문인!"

홍대광이 다시 고개를 격하게 숙였다. 그러곤 속으로 생각했다.

'역시 사람은 줄을 잘 타야 하는 법이지!'

그가 처음 낙양 분타를 발로 차 버리고 화음으로 옮긴다고 했을 때, '저 거지새끼가 드디어 미쳤구나.' 하고 조롱 어린 손가락질을 하던 놈들의 면면이 떠올랐다.

그놈들이 지금의 화산과 화음 분타를 보며 얼마나 배가 아프겠는가. 이래서 사람은 될성부른 떡잎을 미리 보고 선점할 줄을 알아야 한다. 청명을 겪고 난 뒤 묻지도 따지지도 않고 화산을 택한 것은 홍대광의 인생을 통틀어 최고의 선택이 될 것임이 분명했다.

하지만 뿌듯함으로 가득한 홍대광의 가슴에 찬물을 끼얹는 목소리가 또 끼어들었다.

"아니, 장문인. 그건 상의를 좀 해 봐야……."

……저 새끼가 화산에 있다는 것만 빼면 정말 완벽한데.

하지만 현종은 그 목소리를 전혀 못 들은 것처럼 빙그레 웃으며 말을 이었다.

"화음 분타도 화산을 남으로 여기지 않는다니, 내 무리한 부탁을 하나 하겠네. 알다시피 상황이 이리된 이상 '저들'이 어찌 나올지 예측하기가 쉽지 않네. 혹여 이에 관해 개방이 힘을 빌려줄 수 있겠는가?"

"물론입니다, 장문인! 그게 어찌 무리한 부탁이겠습니까! 이미 제가 광서에 거지들을 쫘악 깔아 놓았습니다!"

물론 허세다. 정확하게는 개방 본단에 만인방을 감시해야 한다고 호들갑 섞인 보고를 해 놓은 정도에 불과하지만…….

'딱히 거짓말도 아니지.'

만인방이 삽시간에 섬서로 치고 들어온 걸 본 개방 본단은 깜짝 놀라다 못해 완전히 뒤집혀 버렸으니까.

아마 홍대광이 전한 보고가 올라가기도 전에 이미 특급 경계령이 떨어졌을 것이었다.

"흐음. 그렇게 '저들'을 감시할 수만 있으면 큰 문제는 없을 것 같긴 한데."

응? 근데 왜 자꾸 아까부터 만인방을 만인방이라고 안 하고 '저들'이라고 부르지? 홍대광이 의아해 고개를 갸웃하며 입을 열었다.

"예. 저도 만인방이……."

"……으르르르르."

아니, 이게 무슨 소리야. 내내 반강제로 고정되어 있던 홍대광의 고개가 저도 모르게 천천히 옆으로 돌아갔다.

백천과 유이설에게 양어깨를 잡힌 청명이 엉덩이를 들썩이고 있었다.

"……그러니까 만인방이……."

"으르르르르."

"……."

화산신룡. 사람답게 굴자, 사람답게. 제발.

어색하게 헛기침을 한 홍대광은 재빨리 말을 이었다.

"섬서에 사파가 병력을 이끌고 들어오는 건, 다른 문파들에도 크게 경계가 되는 일입니다. 이번에는 워낙 갑자기 벌어진 일이라 대처가 늦었지만, 혹여 다시 그런 일이 벌어진다면 저들이 섬서에 도착하기 전에 타 문파의 지원을 받을 수 있을 겁니다. 그러니 너무 걱정하지 마십시오, 장문인. 제아무리 만인방이라고 한들……."

"끄윽."

또다시 홍대광의 입에서 '만인방'이라는 말이 나오자 급기야 청명이 뒷목을 잡고 넘어가기 시작했다.

"주, 죽여야 돼. 이 새끼들! 만인방 이 새끼들!"

머리끝까지 울화가 치민 청명이 눈을 새하얗게 뜨고 벌떡 몸을 일으키려 하자, 옆에서 백천 무리가 다시 그를 잡아 눌렀다.

"워워, 청명아! 발작하지 않기로 했잖느냐! 지금은 때가 아니라고!"

"제발, 좀! 어? 제발!"

하지만 청명은 짓눌린 채로 여전히 눈을 희번덕댔다.

"아니! 알겠는데 못 참겠다고! 놔 봐! 내가 가서 딱 한 놈만 조지고 올게! 만인방주인지 뭔지 하는 그 새끼 딱 한 대만 후려치면 된다니까?!"

"아, 가만히 있으라고 이 새끼야!"

또다시 벌어지는 난장판을 보며 현종이 흐뭇하게 웃었다.

'달라지는 게 없구나.'

사람이라면 여러 가지 일을 겪으면서 조금 더 나아지고 달라지는 면이 있어야 하는데, 어찌 된 게 저놈은 그만한 일을 겪고도 조금도 변하질 않았다. 어떻게 이렇게 한결같은지, 원.

그때 옆에서 현영이 손주 재롱이라도 보는 양 허허, 소리 내어 웃으며 말했다. 한없이 인자해 보이는 것이, 모르는 사람이 본다면 청명이 친손주라고 착각할 정도였다.

"허허허. 상록수 같은 녀석."

'그거 그럴 때 쓰는 말 아니다, 현영아…….'

사람을 두고 상록수 같다 함은 본디 좋은 뜻으로 하는 말이다. 하지만 청명에게 상록수란 말을 붙이면 그 순간 변하지 않고 지치지도 않는 개망나니란 뜻이 되고 만다. 그래서야 상록수가 가엾지 않은가…….

그 와중에도 청명은 시종일관 눈을 희번덕대며 이를 박박 갈아붙였다.

"생각할수록 빡치네? 이 새끼들 지금 두 발 뻗고 잘 거 아냐! 뻗지도 못하게 발모가지를 아주 잘라 버려야 돼!"

"……청명아, 우리가 이겼다."

"선빵 맞아 놓고는 이겼다고 좋아할 일이야? 맞았으면 죽을 때까지 패 줘야지!"

그 말을 들은 현종이 끙, 앓는 소리를 흘렸다. 원시천존이시여. 이 새끼가 도삽니다. 대체 어쩌려고 그러십니까. 대체.

그런데 모두가 쩔쩔매며 청명을 말리던 그때 점잖은 목소리가 울려 퍼졌다.

"청명아. 정신이 사납구나. 진정하거라."

"넵!"

청명이 거짓말처럼 다시 조용해졌다.

발악하는 청명을 말리느라 진땀을 쏟던 장내의 모든 이들이 놀란 눈빛으로 운검을 바라보았다.

'세상에. 저 미친개를 말 한마디로.'

'저게 바로 위엄이라는 건가?'

'쩐다.'

청명이 화산에 들어온 이후로 그 누구도 달성하지 못했던 업적을 운검이 말 한마디로 단번에 이뤄 낸 것이다.

순식간에 방 안이 쥐 죽은 듯 조용해졌다. 그제서야 그는 나직하게 입을 열었다.

"장문인."

"그래. 말하거라, 운검아."

"화산은 대승을 거뒀습니다."

담담한 목소리. 그래서 더욱 힘 있게 다가오는 목소리였다.

"저 만인방을 상대로 큰 희생 없이 승리했다는 건 화산의 역사에 남을 쾌거입니다."

만인방과의 전투가 끝난 이후, 지금껏 감히 누구도 저 말을 입에 담을 수 없었다. 오로지 운검만이 할 수 있는 말이었다.

"기뻐해야 할 일은 제대로 기뻐하고 지나가야 합니다. 그런데 지금 분위기가 너무 무겁습니다. 장문인께서 좀 더 즐거워하시고, 장로님들께서 기쁜 기색을 더욱 내보이셔야 아이들도 마음 놓고 기뻐할 수 있습니다."

"……으음, 그렇지."

"성과는 보람으로 이어져야 무언가를 남기는 법입니다. 아이들에게 이번 승전은 큰 경험이자 자극이 될 것입니다. 그러니 이제 그만 표정을 푸셨으면 좋겠습니다."

"으응? 내가 안색이 굳었더냐?"

현종은 괜히 너스레를 떨며 보란 듯이 손을 들어 얼굴을 더듬었다. 운검이 그 모습을 보며 빙그레 웃었다.

"훨씬 낫습니다, 장문인."

웃고는 있었으나, 앉아 있는 것만으로 힘이 드는지 운검의 뒷머리가 축축하게 젖어 들고 있었다. 그럼에도 내색하지 않는 모습을 보며 현종은 가만히 눈을 감았다.

'고맙구나.'

운검의 부상을 알기에, 모두가 대승을 거두고도 마음껏 기뻐할 수가 없었다. 누가 감히 팔을 잃은 검수 앞에서 승전을 논하겠는가?

하지만 운검이 이리 나와 준 덕분에 모두가 한시름을 덜게 되었다.

누구 하나 뺄 수 없이, 제자 하나하나가 모두 화산을 지탱하는 기둥임을 현종은 새삼 실감했다.

가슴이 벅차 살짝 목이 잠긴 탓에 헛기침을 한 그는 입을 뗐다.

"제자들은 들거라. 우리는 적을 훌륭히 격퇴해 냈다. 물론 이번 사태가 완전히 끝난 것은 아니다. 하지만 우리가 이룬 일에 대해서는 자부심을 가져도 될 것이다."

운검과 현종을 번갈아 보던 제자들의 얼굴이 흥분으로 살짝 상기되었다.

"이뤄 낸 승리에는 솔직하게 기뻐하고, 저지른 실수는 뼈아프게 반성하면 된다. 어깨를 펴라. 너희는 모두 훌륭했다."

현종이 그런 제자들을 바라보며 부드럽게 웃었다.

"하루쯤은 풀어져도 괜찮겠지. 현영. 아이들에게 술을 내어 주거라. 오늘 저녁은 실컷 먹고 마시자꾸나!"

"예, 장문인!"

현종의 말이 끝나자 모두의 얼굴에 기쁨이 번졌다. 화산이 만인방을 상대로 완전한 승리를 선언하는 순간이었다.

· ✤ ·

"으하하하하핫! 사숙! 제 잔 받으십시오!"

"오냐, 이놈아!"

화산 한복판에서 술판이 거나하게 벌어졌다.

평소에는 잔치를 벌여도 적당히 식당에서 먹고 마시는 걸로 끝이었지만, 오늘은 정말 날을 제대로 잡은 김에 아예 연무장 곳곳에 화톳불을 피우고 바닥에 술과 음식을 깔았다.

처음에는 이 모습을 그저 어색해만 하던 제자들도 어느새 술에 거나하게 취했는지, 삼삼오오 둘러앉아 커다랗게 웃어 젖히며 술을 쭉쭉 들이켜 댔다.

"산적이여?"

그 모습을 지켜보던 홍대광은 어이가 없어 피식 웃고 말았다.

술이 동이째 날라져 오고, 화톳불 위에선 고기가 노릇노릇 익어 간다. 말이야 바른말이지, 웅장한 전각과 입고 있는 복장만 아니면 어느 산 깊숙한 곳의 산채에서 벌어지는 잔치라고 해도 이상하지 않을 정도였다.

"어쭈? 쟤는 왜 웃통을 까고 있어?"

가만 보고 있자니 아주 난리도 아니었다.

거나하게 취한 이들은 더없이 신나게 떠들며 흥을 내고 있었다.

홍대광은 못 볼 꼴을 봤다는 듯 헛웃음을 지으며 고개를 내저어 버렸다. 하지만 그러면서도 이상하게 자꾸 미소가 새어 나왔다.

'참 특이한 곳이야.'

다른 이가 보기엔 난잡하고 엉망진창인 꼴일지도 모른다. 하지만 홍대광은 이들의 이런 모습이 무척이나 마음에 들었다. 술을 마시며 떠들어 대는 면면들이 너무도 밝고 즐거워 보였다. 보는 이가 더 기분이 좋아질 만큼 말이다.

세간이 워낙 각박해졌다 보니, 이제 저런 모습은 동고동락하며 동냥밥 한 그릇까지 나눠 먹는 개방의 작은 움막에서나 볼 수 있었다. 아니, 사실 이젠 그런 곳에서도 잘 보기 힘들었다. 특히나 생사가 오가는 강호에서는 더더욱.

하지만 화산은 개방의 움막과는 비교할 수 없을 정도로 사람이 많음에도 사형제들끼리 가족과 같은 분위기를 자연스레 유지하고 있었다.

"사형! 뭐 하십니까! 잔에 파리 앉겠습니다!"

"아이고! 우리 스님도 한 잔 받으셔야지요!"

"아미타불. 소승은……."

"자! 쭉쭉!"

"크, 크흠. 그럼 한 잔만……."

티 없는 분위기는 자연스럽게 사람을 끌어들인다. 어느새 혜연은 물론이고 홍대광이 이끌고 온 개방도들마저 분위기에 휩쓸려 화산 제자들의 사이에 끼어들어 술잔을 주고받고 있었다.

 홍대광도 저들 사이에 끼어 시름일랑 모조리 내려놓고 술을 들이켜고 싶은 마음이 간절했다.

 하지만 모두가 행복한 이 분위기 속에서 끼어들지 못하고 한쪽에서 외롭게 고통받는 이가 딱 한 명 있었으니…….

 "어딜!"

 "손모가지!"

 "어디 한번 마셔 봐요! 위장 뚫어서 술 빼 버릴 테니까."

 소란을 틈 타 은근슬쩍 술병을 집으려던 청명의 손이 백천과 조걸, 당소소의 고함에 힘없이 거두어졌다.

 청명은 세상 억울한 표정으로 항변했다.

 "아니, 남들 다 먹고 노는데 왜 나만……."

 "미쳐 가지고!"

 "저, 저! 또 불쌍한 척 입 터는 거 봐, 저거!"

 "그러게, 누가 몸에 바람구멍 뚫고 오래요? 여기에 사형만큼 다친 사람이 누가 있다고!"

 백천과 조걸까지는 어떻게 힘으로라도 누를 수 있다.

 하지만 의약당이라는, 도저히 어찌할 수 없는 간판을 등에 업은 당소소가 이마에 핏대를 세워 대니 천하의 청명이라도 감당하기 버거웠다.

 "아니. 다들 좀 가서 술도 먹고……. 어? 가서 좀 놀기도 놀고 그래야지. 왜 찰거머리같이 내 옆에 찰싹 달라붙어선 난리야, 사람 쉬지도 못하게……."

"개소리하지 마라. 그냥 내버려두면 앉은자리에서 술을 한 말은 처먹을 놈이."

"술은 금지예요! 꿈도 꾸지 마세요!"

하지만 청명이 말을 채 끝내기도 전에 백천과 당소소가 눈을 부라리며 위협했다.

청명은 결국 입을 다물고 서글픈 눈빛으로 하늘을 올려다보았다. 절로 탄식이 흘러나왔다. 이제는 이 핏덩어리들한테 술 먹는 것도 감시를 받는구나.

"허허허. 청명이가 여기에 있었구나."

그런 청명의 마음을 읽기라도 한 듯, 뒷짐을 지고 연무장을 두리번거리며 돌아다니던 현영이 웃으며 다가왔다. 이때다 싶어 청명이 얼른 울상을 지으며 입을 뗐다.

"자, 장로님! 이 세 사람이 지금……."

"백천아. 청명이 입에 술이 한 방울이라도 들어가면 네 책임이다."

"걱정하지 마십시오, 장로님. 절대 그런 일은 없을 겁니다."

"쯧쯧. 몸뚱이도 적당히 굴려야지. 에잉."

혀를 끌끌 찬 현영이 청명의 말은 들은 체도 안 하고 몸을 획 돌려 멀어졌다. 순식간에 배신당한 청명이 입을 벙긋거리다 중얼거렸다.

"……약 올리러 오셨나?"

"어허! 어디 장로님께!"

"주둥아리 확!"

괜히 한 마디 했다가 열 마디를 돌려받았다. 청명의 입에서 한숨이 푹 터져 나왔다.

'이것들이 아주 기가 살아 가지고.'

예전에는 그가 눈만 부라려도 입 딱 다물고 슬그머니 시선을 피하던 것들이, 이제는 눈을 부라리면 손가락으로 찌르려고 달려든다.

하지만 뭐 어쩌겠는가? 이들을 이렇게 키운 이가 바로 청명인 것을.

청명이 화기애애하게 술을 마시는 다른 제자들을 둘러보며 서글픔을 달래려 할 때였다. 조용히 있던 윤종이 주변의 눈치를 살피더니 슬그머니 입을 열었다.

"그런데…… 저는 조금 불안한데, 정말 이렇게 다 내려놓고 마셔도 되는 겁니까?"

"왜?"

"만인방과의 일이 아직 모두 정리된 것도 아니고요."

윤종의 말에 청명이 엣헴, 하며 막 입을 열려는 찰나였다.

"그건 틀린 말이다."

그가 나서기도 전에 백천이 먼저 낮은 목소리로 입을 열었다.

"군문에서도 대규모 전투 후에 병사들에게 술과 고기를 풀어 사기를 올리는 건 흔한 일이다. 그 결과가 대승이든 참패든 간에 말이다."

"아……."

"결국 전쟁을 치르는 건 사람이기 때문이다. 다들 억누르고는 있었지만, 대부분이 이번 전투에서 처음으로 목숨의 위기를 겪었다. 그리고 처음으로 검에 피를 묻혔지. 감정적으로 동요하지 않는다면 그게 더 이상하지 않겠느냐?"

윤종이 이해했다는 듯 고개를 끄덕였다.

"물론 술이 모든 문제를 씻어 줄 수는 없겠지만, 시름을 조금쯤 덜어 줄 순 있겠지. 장문인께서도 분명 그걸 원하실 게다. 그렇지 않으냐? 청명아?"

"어……. 그……렇지?"

이젠 알아서 참 잘하네. 사숙. 그런데 사숙이 그 얘기를 다 해 버리면 나는 뭔 말을 해야 하나?

사람이 사람을 베고도 아무렇지 않을 수는 없다. 어쩔 수 없는 상황이었고 당연히 해야 하는 일이었지만, 익숙지 않은 이들에게는 평생 남을 고통이 될 수도 있었다. 실제로 강호의 많은 이들이 첫 살인의 충격에 오랫동안 시달리지 않던가.

말은 하지 않지만 혼자 속이 썩어 가는 아이들도 있을 것이었다.

청명은 먹고 마시기 바쁜 화산의 제자들을 보며 조용히 말했다.

"그리고 사람이 너무 긴장하고 있는 것도 좋지 않아. 만인방과 당장 붙지 않을 거면 조금 풀어 줄 필요도 있지."

"나도 그리 생각한다."

여기저기서 왁자하게 웃는 소리가 들려왔다. 청명이 피식 웃었다. 그런 의미에서 현종은 꽤 적절한 선택을 했다. 제대로 된 전장을 겪어 본 적도 없는 사람이 말이다.

현종도, 운검도, 나아가 백천과 그 무리까지도 청명이 생각한 것 이상으로 잘해 주고 있었다. 청명의 입가에서 작은 웃음이 가실 줄을 몰랐다.

"사실 다 떠나서 충분히 잔치를 벌일 만한 일이지. 저 만인방을 꺾어 내지 않았느냐."

백천의 말에 모두가 공감하며 고개를 끄덕였다. 그런데 그때 다른 목소리가 불쑥 끼어들었다.

"겨우 그 정도가 아니지."

모두가 돌아보는 가운데 한쪽에 있던 홍대광이 히죽 웃으며 다가와 엉덩이를 붙였다.

"지금 화산이 이룬 업적이 얼마나 대단한 것인지 가장 모르는 이들은 오히려 화산 사람들이다. 조금 더 좋아하고 어깨에 힘을 줘도 된다."

그 말에 화산 제자들의 얼굴이 살짝 상기되었다. 외인의 입을 통해 들으니 조금씩 더 실감이 나는 것이었다.

만인방이라니. 몇 년 전만 하더라도 언감생심 신주오패 중 하나인 만인방의 옆에 화산의 이름이 나란히 놓일 거라고는 감히 상상도 할 수 없었다.

과거의 화산이었다면 만인방의 세 개 대가 아니라, 단 하나의 대만 왔어도 본산을 버리고 도망쳐야 했을 것이다.

그런데 이제는 그들의 힘만으로 큰 피해 없이 세 개 대를 격퇴할 수준까지 올라왔다. 상전벽해란 말은 이럴 때 쓰는 것이다.

"물론 만인방주 패군 장일소는 절대 이대로 물러날 이는 아니다."

홍대광이 살짝 목소리에 힘을 주었다. 그는 모두를 한차례 돌아보고는 진중한 목소리로 말을 이었다.

"그는 평생에 걸쳐 만인방을 신주오패로 키워 낸 이다. 자신의 이득에 대한 집착이 심하고, 당한 것은 반드시 되돌려 주는 것으로 유명하지. 이 말인즉슨…… 앞으로도 화산은 만인방과 계속해 싸워야 한다는 뜻이지."

강호를 살아가는 누구에게나 부담이 될 만한 말이었다. 하지만 그 말을 들은 화산의 제자들은 생각보다 동요하지 않았고, 담담했다.

의외의 반응에 조금 당황한 홍대광이 고개를 갸웃하며 물었다.

"……겁나지 않나?"

"어째서요?"

조걸이 이미 알고 있었다는 듯 씨익 웃었다.

"어차피 강호라는 게 그런 곳이잖아요. 강해지면 어쩔 수 없이 적이 생기는 곳. 저 소림조차도 경원하는 세력이 있는데, 저희라고 모두와 잘 지낼 수는 없죠."

뭐라고 반박할 수 없는 정론이었다. 홍대광이 새삼스럽다는 눈빛으로 조걸을 바라보았다.

옆에서 듣고 있던 백천이 말을 보태었다.

"맞는 말입니다. 만인방이라는 이름이 부담스럽기는 하지만, 화산이 정파를 표방하고 그 영향력을 넓혀 가는 이상 언젠가는 충돌해야 할 상대였습니다. 상대를 경시하는 일은 없어야겠지만, 굳이 두려워할 필요도 없습니다."

당연한 사실을 이야기하듯 아무렇지도 않은 기색이었다. 순간 압도되는 느낌을 받은 홍대광은 헛웃음을 터트리고 말았다.

과연, 이런 게 영웅의 기상이라는 건가?

'화산에는 정말 좋은 인재들이 모여 있구나.'

동시에 그는 궁금해졌다. 이들이 완전히 성장하여 화산을 이끌 날이 왔을 때, 화산이 과연 어떤 모습의 문파가 되어 있을지.

"좋은 말이로군. 그래, 그럼 나도 한 잔 주겠나."

흥이 오른 홍대광이 내민 잔에 조걸이 술병을 기울였다. 그 모습에 백천이 덧붙였다.

"청명이 너는 꿈도 꾸지……. 응?"

옆을 돌아본 백천은 넋 나간 표정으로 눈을 끔뻑거렸다. 그러고는 황급히 주변을 돌아보았다.

"처, 청명이 이 새끼 어디 갔어?"

"……헐. 아니, 뭔 귀신인가? 분명 조금 전까지 여기 있었는데?"

"사, 사숙! 술도 몇 병 없어졌습니다!"

대체 어느 틈에 사라진 거지. 백천이 머리를 감싸 쥐었다.

"끄으으으응. 야, 안 돼! 내 책임이라 그랬단 말이야! 빨리 찾아 봐! 빨리!"

"……사숙 책임인데 저희가 왜?"

"오늘부로 뒈지고 싶냐?"

평소처럼 시답잖은 일로 사질들과 옥신각신하기 시작한 백천을 보며 홍대광이 빙그레 미소를 지었다.

'영웅의 기상은 개뿔.'

잠깐 착각한 모양이다.

연회 자리를 몰래 빠져나온 청명이 홀로 연화봉의 정상에 올랐다.

"끄응차! 아오. 더럽게 가파르네."

여긴 어떻게 된 게, 올라도 올라도 익숙해지질 않냐.

잠깐 투덜거린 청명은 터덜터덜 걸어 절벽 쪽으로 다가갔다. 해가 떨어져 이미 어둑어둑해진 지 오래지만, 청명의 눈에는 가파른 절벽과 그 아래로 펼쳐진 화산의 정경이 훤히 보였다.

"쯧."

청명이 잠시 동안 화산을 눈에 담았다. 이내 한 걸음 물러나 바닥에 앉은 청명은 품 안에서 술병과 잔 두 개를 꺼내 바닥에 내려놓았다.

비록 몰래 빠져나오기는 했지만, 정말 좋은 자리였다. 같이 떠들고 즐기고 싶을 만큼.

하지만 오늘은 저들 사이에서 술을 마시고 싶지 않았다. 그가 오늘 함께 술을 마셔야 할 상대는 따로 있으니까.

"한 잔 받으세요."

졸졸졸. 청명은 건너편에 내려놓은 술잔에 술을 채웠다. 그러고는 제 잔을 채우기 전에, 나지막이 입을 뗐다.

"생각해 보니까 장문사형 잔에 술을 따라 주는 것도 엄청 오랜만이네요."

애초에 대작도 잘 하지 않았다. 장문사형은 둘이 술만 먹었다 하면 청명을 붙잡고 날이 새도록 잔소리를 해 댔으니까. 그땐 그게 참 귀찮게 느껴졌는데.

청명이 이번에는 제 잔으로 병을 기울였다. 졸졸졸. 맑은 소리와 함께 곧 그의 잔에도 술이 채워졌다.

평소에는 병째 마시는 걸 선호하지만, 왠지 오늘은 오랜만에 청문과 대작하는 기분을 내고 싶었다.

말없이 술잔을 내려다보던 청명은 잔에 따라진 술을 단숨에 들이켰다. 도수 높은 화주가 목구멍으로 쭉 넘어갔다.

"사형."

술잔을 내려놓은 청명이 연화봉 아래로 보이는 화산의 정취를 물끄러미 바라보며 미소 지었다.

지금 그의 건너편에 청문은 없다. 하지만 그래도 괜찮다. 장문사형은 화산(華山) 같은 사람이니까. 화산을 보고 있는 것만으로 청문이 앞에 앉아 있는 기분이 든다.

"애들이 많이 컸어요."

잠시 말을 고르는 듯하던 청명이 툭 첫마디를 내놓고는 피식 웃었다.

"엄청 걱정했는데, 제가 좀 오지랖이 넓었나 봐요. 다들 제가 생각했던 것보다 훨씬 잘하더라고요."

장문인인 현종도, 장로들도. 운자 배는 물론이고, 백자 배와 청자 배들까지도. 화산의 모두가 처음 청명이 화산에 올랐을 때와는 비교도 할 수 없을 만큼 성장했다.

"거 좀 기분이 이상하더라고요? 이래서 장문사형이 나더러 제자를 받으라고 그렇게 잔소리를 했었나 봐요. 애들 크는 걸 보고 있으니, 뭐랄까…… 좀 뿌듯하기도 하고 간질간질하기도 하고."

넋두리하듯 가만히 이야기하던 청명은 혼자 웃어 버렸다.

"아, 알아요. 벌써 감상에 젖을 때는 아니라는 거. 아직 가야 할 길이 구만리죠. 그건 아는데……."

졸졸졸. 청명이 다시 술잔에 술을 따르고는 단숨에 들이켰다.

"그냥 그랬어요. 그런 거 있잖아요. 사형이 지금 여기 있었으면 이 모습을 보고 정말 기뻐했을 텐데. 우리 후손들이 잘하고 있구나 하고 기분 좋게 웃었을 텐데. 그냥 그런 생각이 자꾸 들었어요."

함께 기뻐해 줄 사람이 없다. 그의 아쉽고도 벅찬 이 복잡한 기분을 함께 느껴 줄 사람이 없다. 청명이 문득 변명하듯 덧붙였다.

"오해는 마세요. 저 지금 충분히 즐거우니까. 외로워서 이러는 거 아니에요. 사람을 외롭게 내버려두지 못하는 놈들이 있거든요. 지금도 보나 마나 날 찾고 있겠지."

그저…….

말없이 어두운 하늘을 바라보던 청명이 숨을 크게 들이켰다. 그러고는 이내 손을 뻗어 청문 몫의 잔을 잡았다.

"한잔하세요."

잔에 든 술을 화산을 향해 뿌린 청명은 히죽 웃으며 잔을 다시 바닥에 내려 두고 채웠다.

잠깐 정적이 흐르고, 한참 침묵하던 청명은 조금 가라앉은 목소리로 말했다. 아래로 내리깔린 눈에 살짝 어두운 빛이 스몄다.

"예전에요. 왜 그렇게 답답하게 구냐고 했던 것 미안해요. 내가 해 보니까, 이게 그렇게 생각처럼 간단한 일이 아니더라고요. 사형도 제 뒤치다꺼리한다고 골치깨나 썩었겠다 싶었어요. 하하. 웃기죠?"

그 나이를 먹고도 평생을 몰랐던 것을 이제 와서 알게 될 줄이야.

씁쓸하게 웃던 청명은 바닥에 벌렁 드러누웠다. 그렇게 누운 채로 술을 병째로 마시던 청명은 입가를 쓱 닦고는 희미한 미소를 머금었다.

"사형도 내가 만인방인가 어딘가로 뛰어갈 줄 알았죠?"

예전이었으면 분명 그랬을 것이다. 뒤도 돌아보지 않고 달려갔겠지.

하지만 지금의 청명은 더 이상 과거의 매화검존일 수 없었다.

"참, 이게 그렇더라고요. 예전에 제가 그렇게 날뛸 수 있었던 건 사형이 있어서였나 봐요. 그런데 이젠 내가 없으면 안 된다 싶으니까…… 예전처럼은 굴 수가 없어요. 못 하겠더라고."

술병을 만지작거리며 말을 잇던 청명이 하늘을 올려다보았다. 하지만 이전처럼 서글프거나 답답한 표정은 아니었다. 오히려 뿌듯한 기색이 살짝 내비쳤다.

"사형. 사형이 있을 때의 화산하고는 조금 다르지만……."

그는 하늘을 보며 물었다.

"지금도 꽤 괜찮죠?"

그렇다고 해 주면 좋겠다. 이제는 대답을 들을 수 없지만 말이다.

"애들 칭찬해 주세요. 진짜 다들 열심히 하고 있어요. 이제 겨우 밥값이나 하는 거지만, 그게 어디예요. 나 이번에 정말 놀랐다니까?"

그러니까. 그러니까…….

청명은 입을 꾹 다물고 가만히 눈을 감았다.

- 잘하고 있다, 이 녀석아.

"말로만."

그리고 들려오는 목소리에 피식 웃고 말았다.

말로만 그러지, 말로만.

천천히 자리에서 일어난 그는 술병을 쥐고 연화봉의 끄트머리로 향했다. 절벽 끝에 서서 가만히 화산을 바라보다가 술병을 뻗어 기울였다.

"거기 있는 사제들이랑 나눠 드세요. 선계에는 술이 없을 테니까. 아, 다른 한 병은 못 줘요. 이건 내 거거든요."

언젠가는, 나도 같이 마시러 갈게요.

미처 입 밖으로 내뱉지 못한 말을 담은 채 술이 고요한 화산에 비처럼 흩뿌려졌다. 그리하여 독한 화주 냄새와 함께, 화산을 가득 메운 매화 향이 닿지 못할 하늘까지 널리 퍼져 나갔다.

• ❖ •

청명은 백매관 앞에 모인 백자 배와 청자 배들을 보며 혀를 찼다.

"······아주 그냥······."

숙취로 얼굴이 반쯤 썩은 감처럼 거메진 화산의 제자들이 여기저기에서 연신 구역질하며 몸을 들썩이고 있었다.

"사숙, 검은 또 어디다 팔아먹었어?"

백천이 슬쩍 자신의 허리춤을 내려다보았다. 진검은 온데간데없고, 어디서 가져왔는지 모를 목검만 대롱대롱 매달려 있었다.

"설마 또 해 먹었어?"

"……."

 백천이 뭐라 대답을 못 하자 청명이 한심하단 얼굴로 고개를 저었다.

"잘하는 짓이다. 아주 잘하는 짓이야."

 야도와 맞상대를 하며 검이 거의 만신창이가 되었다. 물론 저번처럼 아예 부러뜨려 먹은 건 아니었다. 하지만 부러지지만 않았을 뿐, 군데군데 날이 나가 거의 톱날처럼 변해 버린 검은 제 기능을 상실해 버렸다.

"어디서 재주 좋게 잘도 검 구해 왔다 했더니 그걸 또 해 먹네. 또!"

 입이 백 개라도 할 말이 없었던 백천이 찔끔하여 시선을 슬쩍 돌렸다.

 문제는 지금 찔리는 사람이 백천뿐만이 아니라는 점이었다.

"목검 찬 사람 거수."

 청명의 말에 슬그머니 주변의 눈치를 보던 이들이 하나둘씩 손을 들어 올렸다. 거의 반절에 가까운 이들이 손을 들자 청명은 없던 숙취가 몰려오는 기분이었다. 청명이 한 손으로 이마를 짚었다.

"아주 잘들 나셨네요, 아주."

 건들건들하게 짝다리를 짚고 있던 청명의 얼굴이 슬슬 달아올랐다. 기가 찬 청명이 이내 버럭 소리를 질러 대기 시작했다.

"명색이 검수라는 것들이 그깟 싸움박질 좀 했다고 검을 해 먹어? 그것도 당가에서 특수 제작한 검을? 어? 돈 한 푼 못 벌어 오는 것들이!"

"……그거 공짜로 받은 거잖아."

"시끄러워!"

 괜히 딴지를 걸었던 조걸이 움찔하며 입을 닫았다.

"한 시진만 더 붙어 싸웠으면, 검 날려 먹고 떼죽음했겠네! 쯧쯧쯧쯧."

 쉴 새 없이 이어지는 혀 차는 소리 때문에 귀에서 피가 날 지경에 이르자 화산 제자들의 입이 불퉁하게 튀어나왔다.

'아니, 좀 그럴 수도 있지!'

'그게 뭐가 그리 중요하다고!'

비록 청명이 하도 살기등등하여 뭐라 말은 못했지만, 그들에게도 변명거리는 있었다.

이번에 쳐들어온 만인방의 방도들은 대체로 중병(重兵)을 사용했다. 대도나 거치도, 그리고 무거운 장창 등.

반면 화산의 매화검은 화산 특유의 화려하고 쾌속한 검법을 펼치는 데 용이하도록, 일반적인 장검보다 좀 더 가볍게 제작되어 있었다.

얇고 가벼운 검으로 만인방 무사들의 중병을 상대했으니, 검이 멀쩡하면 오히려 그게 더 이상한 것 아닌가.

하지만 청명은 영 마음에 들지 않는다는 듯이 연신 턱을 매만졌다.

'이건 생각을 못 했네.'

과거 화산은 지금의 백자 배나 청자 배쯤 되는 이들이 다른 문파의 전력을 맞아 생사결을 펼칠 필요가 없었다. 정확히는, 펼치지 못했다.

청명을 비롯한 당대의 청자 배들이 입에 거품을 물고 날뛰는 판에, 서른도 넘지 않은 제자들이 나설 구석이 어디 있었겠는가.

그 때문에 청명은 간과한 것이다. 저들이 아직 검에 내력을 완전히 실을 수준이 안 된다는 것을.

만일 전투가 조금만 더 길어져서 검이 단체로 부러져 나가기 시작했다면 사상자가 엄청나게 늘어났을 게 분명했다.

청명이 머리를 벅벅 긁는다.

'끄응. 이거 무슨 수를 쓰긴 해야겠는데.'

청명이 해결 방안에 대해 고민하던 그 순간이었다. 맨 앞에 서 있던 조걸이 의아하다는 듯 손을 들고 입을 열었다.

"그런데…… 왜 네가 거기에 서 있냐? 지금은 수련 시간인데."

"응? 못 들었어?"

"……뭘?"

청명이 피식 웃고는 뭔가 말하려는데, 마침 뒤쪽 전각 문이 열렸다. 그리고 매화검을 오른쪽에 찬 운검이 천천히 걸어 나왔다.

순간 화산 제자들이 몸에 바짝 힘을 주고 허리를 꼿꼿이 폈다.

"다들 모였느냐?"

"예! 관주님!"

여느 때보다도 우렁찬 목소리가 터져 나왔다.

과거에도 화산의 제자들은 운검을 의지하고 따랐다. 청명이 나타난 이후로는 그보다 청명에게서 더 많은 것을 배웠음에도, 단 한 번도 운검을 무시하거나 외면해 본 적이 없었다. 운검은 모두의 스승이었으니까.

하나 지금 운검을 바라보는 화산 제자들의 눈빛은 과거의 그것과는 또 달랐다.

그들 모두가 보지 않았던가. 운검이 그들을 지키기 위해서 일말의 망설임도 없이 목숨을 내던졌던 장면을 말이다. 그로 인해 운검이 무엇을 잃었는지도, 화산의 제자들은 모두 똑똑히 보았다.

눈이 있고 감정이 있는 사람이라면, 당연히 이전과는 그를 대하는 태도가 달라질 수밖에 없었다.

"기세들이 아주 좋구나."

운검이 가볍게 웃었다. 여전히 안색은 창백했지만, 운신이 확실히 덜 힘들어 보이는 것이 어느 정도는 건강을 되찾은 모습이었다.

연무장에 도열한 제자들을 둘러본 그는 가만히 입을 열었다.

"너희도 알다시피 내가 몸이 완전하지가 않다."

그 담담한 말에, 제자들은 저도 모르게 안타까운 표정을 짓고 말았다.

"본래 백매관의 교육은 내가 담당했으나, 지금 내 몸 상태로는 너희를 가르치기가 힘이 드는구나."

"괜찮습니다, 관주님!"

"아무 걱정 마시고 쉬십시오! 절대 농땡이 피우지 않겠습니다!"

"건강이 제일입니다!"

제자들의 든든한 격려가 우레처럼 쏟아졌다. 모두 기꺼이 수련하겠다 다짐했다.

운검은 빙그레 웃었다. 하지만 저들의 말대로만 할 수는 없는 노릇.

"고맙구나. 그렇다 해서 훈련을 너희의 자율에만 맡겨 둘 순 없다. 이미 자율 훈련은 충분히 하고 있지 않으냐. 그래서 앞으로 내가 몸을 회복할 때까지……."

운검이 슬쩍 옆쪽으로 고개를 돌렸다. 운검의 시선이 닿은 곳을 본 화산 제자들은 술렁술렁 동요하기 시작했다.

"……왜 저길 보시지?"

"아니겠지?"

"에이……. 설마."

하지만 운검은 산뜻하게 웃으며 그들의 기대를 깔끔하게 배반했다.

"내 몸이 완전히 나을 때까지, 청명이를 백매관의 교관으로 임명하고 한동안 백자 배와 청자 배의 수련을 일임하기로 했다."

"관주님! 아니, 대체 왜 그러십니까!"

"미치셨습니까?!"

"아니, 이 새끼가?"

"컥!"

윤종의 죽빵이 조걸의 턱을 돌려 버렸다. 너무 놀라 순간 도를 넘어 버린 조걸은 처절하게 응징당해 개구리처럼 바닥에 엎어졌다.

한 방에 조걸에게 버릇이 뭔지를 알려 주었지만, 윤종 역시 놀란 것은 마찬가지였다. 윤종은 당황한 표정으로 입을 열었다.

"아, 안 됩니다. 관주님. 다시 한번 생각해 보십시오!"

물론 청명이 그동안 백자 배와 청자 배들을 훈련시켜 온 건 사실이었다. 하지만 그건 어디까지나 백매관의 기본 수련이 끝난 뒤의 추가적인 수련에 적용되던 일이었다.

그런데 백매관 자체를 청명이 운영한다고? 이건 망아지의 고삐를 푸는 수준이 아니라 호랑이 우리를 열어 놓는 수준이다.

그때 팔짱을 끼고 있던 청명이 혀를 차며 짐짓 근엄하게 말했다.

"쯧쯧쯧. 문파의 기강이 이래서야! 관주님이 정하신 일에 어디 제자들이 불만을!"

"문파 기강이 누구 때문에 이렇게 됐는데!"

"양심은 서안에다 팔아먹고 왔냐!"

"……아뇨, 사숙. 말씀은 바로 하셔야……. 그런 건 원래 없었죠."

"아. 그렇지."

그 소란스럽기 그지없는 분위기를 보면서도 운검이 평온하게 말했다.

"모두 당황스럽겠지만 이해해 다오. 최대한 빠르게 정양을 마치고 돌아오마."

"아, 아닙니다, 관주님! 그게 무슨 말씀이십니까! 행여 상처가 덧날 수도 있으니 푹 쉬셔야 합니다!"

"네! 푹 쉬시고 천천히……. 아니, 되도록 빨리……. 아니, 그게 아니라 천천히……. 하, 모르겠다."

말을 하다 말고 결국 입을 다물어 버린 조걸이 괴로운 듯 양손으로 얼굴을 감싸 쥐었다.
그러자 운검은 이런 반응쯤은 예상했다는 듯 가볍게 웃었다.
"그동안 우리가 나름 눈 가리고 아웅 하던 것이 있지 않았느냐. 배분과 법도 때문에 최대한 드러내지 않으려던 일이었지만, 이번 사태를 겪으며 내 나름 느낀 바가 있느니라. 무엇보다 중요한 것은 실력이다."
무게감이 실린 그 말에는 모두가 부정할 수 없단 듯 고개를 끄덕였다.
"정진하거라."
그 말을 끝으로 운검은 제자들을 다시 돌아보고 마지막으로 청명과 시선을 마주쳤다. 그러더니 느릿하게 고개를 끄덕이고는 다시 전각 안으로 들어갔다.
평소와 다름없이 곧은 걸음으로, 운검이 천천히 멀어져 갔다. 남은 화산의 제자들은 그런 그의 뒷모습을 복잡한 눈빛으로 바라보았다.
"사숙께서 정양에 드셔야 하는 건 맞는데……."
"그렇죠. 맞긴 맞는데."
"……왜 하필 저놈한테."
화산의 제자들이 청명을 힐끔 바라보았다. 사실 말은 그렇게 하지만, 이해는 된다.
백자 배나 청자 배에 비해 수가 부족한 운자 배에서는 딱히 운검의 역할을 대신해 줄 사람이 없었다. 그리고 애초에 운검을 제외한 운자 배의 무위는 그리 뛰어난 편이 아니었다.
그러니 백매관을 대신 맡아 줄 수 있는 사람이라고 해 봐야 무각주인 현상 정도인데, 현상 역시 이번 전투에서 심하게 중독이 되어 아직 몸이 완전하지 못했다. 결국 남은 것이라고는……

"저 새끼는 왜 저리 쓸데없이 건강하지?"

"그러게 말입니다. 그렇게 잔뜩 다쳐 놓고 왜 벌써 쌩쌩하냐고요! 이건 소소 잘못이다!"

"제가 뭐요?"

"네가 치료를 너무 잘해서 벌어진 일 아니냐! 책임을 통감……."

"조걸아. 제발 닥쳐라. 주둥아리 다시 돌려 버리기 전에."

"넵."

아무래도 이 소란을 잠재울 필요가 있었다. 그런데 청명이 숨을 들이켜고 입을 열려는 바로 그 순간.

"조용!"

단번에 소요를 잠재운 백천이 눈을 찌푸리며 제자들을 한차례 둘러보았다. 그의 준엄한 시선에 제자들이 모두 움찔하며 입을 다물었다.

백천이 호통을 쳤다.

"뭐가 불만이냐? 배에 헛바람이라도 들어갔느냐?"

"아닙니다!"

"만인방을 이겼다고 뭐라도 된 것 같더냐?"

"아, 아닙니다, 사숙!"

"절대 아닙니다!"

다른 제자들을 둘러보는 그의 눈빛은 흡사 호랑이 같았다.

"만인방과 싸우며 뭘 느꼈느냐? 나는 내가 얼마나 모자라는지, 앞으로 갈 길이 얼마나 먼지 느꼈다. 아직도 모르겠느냐? 우리는 힘이 부족하여 저 만인방을 응징하지도 못하고 있다! 우리가 힘이 충분했다면 장문인께서는 이미 우릴 이끌고 광서성으로 향하셨을 것이다!"

정확하게는 현종이 아니라 청명이겠지만.

"그런데도 부끄러움을 모르고, 자잘한 불만이나 늘어놓고 있단 말이더냐? 조금이라도 더 열심히 수련을 해서 실력을 끌어 올릴 생각은 하지 못하고! 너희가 언제부터 그렇게 대단한 놈들이었느냐!"

노기 어린 그의 꾸지람에 화산의 제자들은 부끄러운 듯 아무 말도 못 하고 고개를 푹 숙였다. 만인방을 이겨 냈다는 사실에 잔뜩 부풀어 있던 가슴이 순식간에 제자리를 찾아갔다.

"청명아! 사정 봐줄 것 없다!"

두 눈에 정광이 어린 채로 백천이 단호하게 말했다.

"우리는 아직 한참 부족하다. 이번 전투는 그저 운이 좋았을 뿐이라는 것도 잘 알고 있다! 그러니 사정 봐주지 말고 단련시켜 다오! 누구 하나 다치고 죽지 않도록!"

백천의 외침에 다른 제자들도 열띤 호응을 보내며 청명을 바라보았다. 청명이 얼떨떨하게 입을 뻐끔거렸다.

저거 내가 하려던 말인데, 그거……. 이상하지. 정말 이상하네.

분명 청명이 하려던 말과 크게 다르지 않은 내용이었다. 어찌 보면 오히려 더 울림 있게 느껴지기도 했다. 그런데 그 말을 백천의 입으로 들으니 왜 이리…….

'왜 재수가 없지?'

아……. 이게 내 말을 듣는 다른 사람들의 기분이구나?

청명이 잠깐 말을 잃고 가만히 있자 백천이 다시 다그쳤다.

"뭐 하느냐!"

"아! 알았어!"

뭔가 몰아붙이려다 되레 당해 버린 청명은 눈살을 찌푸리며 목을 가다듬었다.

"사숙 말이 다 맞아. 이번에는 그저 운이 좋았을 뿐이야. 그리고 우리는 이제부터 더 강한 적들과 싸워야 해. 다들 느꼈겠지만, 결국 마지막 순간에 자길 지켜 주는 건 실력밖에 없어. 우리는 더 강해져야 해!"

청명이 빠르게 검을 뽑아 들어 제자들을 가리켰다.

"그러기 위해서는 기초부터 다져야지. 육합부터 다시 시작한다."

그 말이 끝나기 무섭게 진검과 목검이 일제히 뽑혀 나왔다.

어느새 더없이 진지해진 제자들의 눈빛을 보며 청명은 뭐라 말을 더하지 못하고 결국엔 웃고 말았다.

'이젠 내가 되레 재촉당하는 기분이네.'

뭐, 좋지. 어디 저 입에서 곡소리가 나오게 해 보실까?

"기수식부터 시작!"

· ❀ ·

"이곳이 화산이로군."

두 사내가 멈춰 서서 우뚝 솟은 화산을 바라보았다.

한 사람이 한 발 앞에 서 있고, 다른 한 사내는 그 뒤에서 조용히 시립해 있었다.

퍽 이상한 광경이었다. 하는 양을 봐서는 앞선 이가 좀 더 신분이 높아 보이건만, 그의 복장은 마치 밭에서 막 돌아온 것처럼 수수하기 짝이 없었다.

"계형. 장문령부를 가진 이가 지금 이 화산에 있는 것이 확실한가?"

"그렇습니다, 소문주님."

소문주라 불린 이는 불만 어린 얼굴로 깎아지른 산세를 노려보았다.

"도무지 알 수가 없구나. 그래도 화산이면 정도를 걷는 문파일진대! 타 문파의 장문령부를 강탈하고 이리 사람을 오라 가라 하다니!"

"말씀드렸다시피, 화산의 문도들이 생각하시는 것처럼……."

"되었다!"

소문주라는 이가 버럭 소리를 지르자 계형이 목을 움츠렸다.

"화산이 만인방을 물리쳤다는 소리는 들었다. 그만큼 강해졌으니 당연히 안하무인으로 굴 만하겠지. 하나 그렇다고 해서 고분고분 말을 들어 줄 생각은 없다! 내 이 일에 대해 도리를 따져 묻겠다!"

유령문의 소문주, 유령귀수(幽靈鬼手) 도운찬(都韻燦)이 단호한 태도로 잘라 말하고는 성큼성큼 화산을 오르기 시작했다.

그의 뒤를 따르던 계형이 말없이 양손으로 얼굴을 감싸 쥐었다.

'겪어 보면 아시겠지.'

겪어 보면.

"……뭔 놈의 산이!"

유령문의 소문주 도운찬은 절벽을 따라 나 있는 가파른 소로를 오르며 혀를 내둘렀다. 자욱한 구름이 주변에 펼쳐져 있었다.

경공으로는 천하의 누구에게도 뒤지지 않는다는 자신이 있지만, 그런 도운찬에게도 화산은 벅찼다. 이토록 가파른 산을 오르는 건 그도 처음이었다.

저려 오는 다리를 억지로 놀려 단번에 마지막 절벽을 오른 그의 시야에, 안개에 휩싸인 커다란 전각들과 웅장한 산문이 들어왔다.

"……왜 이런 산꼭대기에?"

"그러게 말입니다."

도무지 납득이 안 가는 것투성이였지만, 굳이 도운찬이 이해해야 하는 일도 아니었다. 어차피 그야 볼일만 보고 돌아가면 그만이니까.

숨을 고른 그는 단호한 걸음으로 산문 앞까지 다가갔다.

보통은 닫혀 있기 마련인 문파의 산문은 누구라도 들어오라는 듯 활짝 열려 있었다. 그리고 문 앞을 지키고 있어야 할 사람도 자리를 비운 모양으로 어디에도 보이질 않았다.

"이거 그냥 들어가도 되는 건가?"

"그렇지 않을까요?"

산문 앞에 서서 기웃거리며 사람을 찾던 도운찬이 영 이해를 못 하겠다는 듯 고개를 내저으며 안쪽으로 걸음을 옮겼다.

"계시오? 화산에 용무가 있어……."

콰아앙! 그가 채 말을 끝내기도 전에 무언가 바로 옆으로 휙 날아갔다. 그러고는 산문 바로 옆 담벼락에 처박혔다. 쿠르르릉. 충격을 받은 담벼락이 크게 흔들리며 먼지를 피워 냈다.

'뭐지?'

너무 놀라서 바로 반응하지도 못했다. 도운찬이 반사적으로 고개를 돌려 담벼락을 무너뜨린 '무언가'를 바라보았다.

잠깐의 정적 후, 무너진 담벼락의 잔해 아래에서 손 하나가 불쑥 튀어나왔다.

"으악, 깜짝이야!"

멀뚱하게 잔해를 들여다보던 도운찬이 화들짝 어깨를 들썩이곤 눈을 끔뻑였다.

"사……람?"

"끄으으으으."

잔해를 헤치며 돌무더기 사이에서 기어 나온 무언가……. 아니, 사람은 핏발이 선 눈으로 앞을 노려보았다.

뭐지? 잘못 왔나? 아닌데? 분명 현판에 화산파라고 쓰여 있었는데?

"으아아아아아!"

온몸을 뒤덮은 돌조각을 떨쳐 내며 뛰쳐나온 이는 이내 산발이 된 머리를 휘날리며 앞으로 짓쳐 달려들었다.

"죽어라아아아앗!"

응? 죽어? 적이라도 쳐들어왔…….

콰아앙! 하지만 그 누구 하나 죽일 듯한 무시무시한 기세가 무색하게, 그는 달려들었던 속도보다 두 배는 빠른 속도로 다시 튕겨 나갔다.

'죽었네.'

에이, 저렇게 맞으면 죽어야지. 도운찬이 고개를 끄덕였다.

"미쳐 가지고! 가슴을 열고 달려들어?"

그때 세상에서 가장 심술궂은 목소리가 도운찬의 귀를 뚫고 들어왔다.

"이것들이 지금 장난하자는 것도 아니고!"

먼지가 풀풀 피어나는 연무장 한가운데에서 웬 마귀 놈이 목이 터져라 포효하고 있었다. 어찌나 기세가 흉흉한지, 절로 오금이 저렸다.

"칼 좀 휘둘러 봤다 이거지, 어? 손맛 좀 보셨어? 어디 자세가 커져, 콱 뒈지려고! 그러다가 칼 맞으면 안 아프냐? 어? 안 아파? 얼마나 아픈지 내가 한번 알려 줘?"

살벌한 말이 마구 쏟아졌다. 도운찬은 긴장해 마른침을 꿀꺽 삼켰다.

혹시 사파 놈들이 쳐들어왔나? 아직도 만인방의 마귀 놈과 싸우는 중인가?

그런데 그때 마귀에게로 용감하게 달려드는 한 남자가 보였다.

티 한 점 없는 새하얀 무복! 이마에 두른 새하얀 영웅건!

그 영웅건 아래로 보이는 얼굴은 도운찬이 이제껏 본 적 없을 만큼 청수했고, 또 준수했다. 그야말로 풍운을 타고난 귀재의 풍모가 아닐 수 없었다.

누가 봐도 저 사람이 화산을 대표하는 무인처럼 보였다.

"이노오오오오옴!!"

화산을 대표하는 무인이 마귀 놈에게 매서운 기세로 검을 들고…….

'근데 왜 목검이야?'

"죽어라……!"

쾅! 하지만 이내 달려들던 무인의 이마에 시커먼 검집이 틀어박혔다. 달려들던 속도가 무색하게 그 자리에서 석상처럼 굳어 버린 그는 저항할 힘을 아예 잃은 듯 흐느적거리며 무너지기 시작했다.

마귀 놈이 더욱 기세등등하여 눈을 희번덕댄다.

"죽어? 오냐오냐하니까 간이 배 밖으로 나왔구나! 오냐! 어디 죽어 보자!"

검집이 신명 나게 휘둘러졌다.

"허리! 허리! 허리! 허리! 대가리이이이!"

오른쪽 옆구리에 사 연격을 얻어맞고, 마지막으로 대가……. 아니, 머리까지 야무지게 까인 백천이 결국 바닥에 풀썩 쓰러졌다. 엎드린 채 움찔움찔 경련을 일으키는 모습이 안타까워, 보는 이의 눈물을 절로 자아냈다.

'정이 사에 지다니.'

이러면 안 되는데…….

"사수우우우욱! 으아아아아! 이 악적 놈아!"

나가떨어진 무인을 본 화산의 무인들이 울분에 찬 고함을 내지르며 일제히 마귀 놈에게 달려들기 시작했다.
하지만 마귀 놈의 검은 달려드는 이들을 하나하나 차지게 깠다.
"어쭈, 이것들이! 간을 아주 배 밖에다 내놓고는!"
콰앙! 콰앙! 콰아아앙!
"뭐 대단한 일 하셨다고!"
천둥이 치는 듯한 소리가 울릴 때마다 사람들이 폭죽처럼 허공으로 튀어 올랐다.
새하얀 무복을 갖춰 입은 이들이 허공에 이리저리 나부끼며 솟구치는 모습은 뭐랄까, 음……. 마치.
'꽃이 피는 것 같네.'
이상하게 예쁘네? 아니, 이게 예쁘면 안 되는데.
허공으로 솟구쳐 올랐던 이들이 바닥으로 하나둘 힘없이 추락했다. 땅바닥에 엎어진 이들은 하나같이 움찔움찔 잘게 경련을 일으켰다.
'……이게 대체 무슨 상황이지?'
도운찬도 귀가 있는 사람이다. 이곳으로 오는 동안 만인방의 무력대가 화산을 침공했다는 소식은 들었다. 그리고 그 만인방의 무력대를 화산이 훌륭하게 격퇴해 냈다는 소리도 귀에 못이 박히게 들었다.
천하의 명문이라 불리는 구파일방이나 오대세가가 아니고서야 어디 이런 업적을 꿈꿀 수나 있겠는가. 심지어 화산은 한 번 몰락했던 문파인데 말이다.
강호의 풍문을 듣는 이라면 모두 화산에 대해 이야기하기 바빴다. 이곳으로 오는 내내 들었다. 화산의 기세가 심상치 않다느니, 구파일방으로의 복귀가 얼마 남지 않았느니 하는 말들을. 그런데…….

'왜 한 사람한테 저렇게 얻어터지고 있지?'

눈앞에서 벌어지는 모든 일이 도운찬의 상식을 완전히 벗어나 있었다.

"죽어라."

그때, 머리를 하나로 묶어 올린 여인이 어디선가 홀연히 나타나 나지막한 기합과 함께 마귀에게로 달려드는 모습이 그의 눈에 들어왔다.

에이. 설마. 아니겠…….

쿠우우우우웅! 어김없이 이마에 검집이 틀어박힌 여인이 움찔움찔하더니 그 자리에 풀썩 쓰러졌다.

"이것들이 다 돌아 가지고!"

마귀. 아니, 마귀가 아니라 청명이 눈을 희번덕대며 소리친다.

"어디 검에 쓸데없는 힘을 실어! 동작 커지면 빈틈 생긴다고 내가 그만큼 말을 했는데! 조동아리로만 기본 타령이지! 확 그냥!"

짐승처럼 포효하는 청명을 보며 도운찬은 눈을 질끈 감았다.

"이래서, 어? 경험 없는 놈들은 첫 전투에 죽는 게 아니라 두 번째 전투에 죽는 거야! 내가 뭘 좀 안다고 생각하는 놈들이 제일 먼저 뒈진다고! 알겠냐, 이 병아리들아!"

저기요. 그러는 당신이 이 중에 제일 어려 보이시는데…….

"끄으으으응."

"아으으으. 죽겠다."

"……제발. 제발 귀신이 있으면 좀. 제발…….'

화산의 제자들이 저놈과 푸닥거리할 바에 차라리 만인방을 상대하는 게 백배는 더 낫겠다고 생각한 그때.

"……이건 또 뭐야?"

마귀 놈의 서슬 퍼런 시선이 산문 앞에 선 도운찬을 향해 획 들이겼다.

움찔. 멍하니 혼란한 상황을 지켜보다 청명과 눈이 마주친 도운찬은 저도 모르게 자라처럼 목을 움츠렸다.

"뭐야? 누군데 남의 문파 정문을 허락도 안 받고 넘어와? 습격이야?"

"스, 습격이요?"

도운찬이 눈을 휘둥그레 떴다. 전개가 뭐 이렇게 급박…….

"습격도 아닌데 뭔 배짱으로 남의 문파에 맘대로 막 들어오지? 너 이리 와 봐. 빨리."

기가 질린 도운찬이 차마 걸음을 옮기지 못하자 마귀 놈이 어깨에 걸친 검집을 까딱거리며 직접 다가오기 시작했다.

"자, 잠시만요. 저는 그게 아니라……!"

화산에 도착하면 일단 장문령부를 강탈당한 일을 따져 묻겠다는 마음은 이미 저 절벽 아래로 던져 버린 지 오래였다.

도리? 이치? 그건 말이 통하는 상대한테나 의미가 있는 거다.

그도 살 만큼 살았고, 구를 만큼 굴렀다. 아니, 사실 굳이 무슨 연륜과 경험이 없어도 눈앞의 이 새끼에게는 말이 통하지 않는다는 건 알 수 있었을 것이다.

"저, 저는……."

"아, 알았으니 이리 와 보라고."

청명이 흡사 뒷골목 건달패처럼 건들건들 그의 앞에 다가와 섰다. 도운찬은 그냥 지금이라도 뒤도 안 돌아보고 도망쳐야 할지 진지하게 고민했다.

"도, 도장님!"

그런데 그때, 다급히 산문 안으로 박차고 들어온 계형이 도운찬과 청명 사이를 막아섰다. 다행히 청명은 계형을 곧장 알아보았다.

"어? 너?"

"모, 모셔 왔습니다! 저희 소문주님을 모셔 오라고 하셨잖습니까! 이분이 저희 유령문의 소문주님이십니다."

그 말에 눈을 가늘게 뜬 청명이 계형과 도운찬을 번갈아 바라보았다.

"아……. 소문주? 이분이?"

"그렇습니다!"

그를 위아래로 훑어보던 청명이 고개를 끄덕이더니 도운찬을 향해 성큼 다가섰다. 뭔가 날아올 거라 여기고 지레 공포에 질린 도운찬은 저도 모르게 가슴 앞으로 손을 올리며 질끈 눈을 감았다.

하지만 그 손은 청명의 손에 휙 낚아채였다.

"아이고오! 세상에, 먼 길 오시느라 고생하셨네요!"

마귀에게서 나올 거라고는 상상도 못 한 상냥한 목소리가 돌아왔다. 도운찬이 슬그머니 눈을 떴다. 자신의 손을 잡고 연신 흔들어 대며 환하게 웃는 청명이 보였다.

"말씀 많이 들었습니다. 하하, 유령문의 소문주시라고요!"

내 얘기를? 슬쩍 계형을 바라보았지만, 계형은 자기는 그런 적이 없다는 듯 고개를 좌우로 내저을 뿐이었다.

"자자. 이러지 마시고 안으로 들어가시지요."

"……아, 안으로요?"

"예! 객청으로 가셔야죠."

"……개, 객청이요?"

만면에 웃음을 띤 청명에게 아까 봤던 마귀 같은 표정이 겹쳐 보였다. 생각 같아서는 장문령부고 나발이고 당장 몸을 돌려 튀고 싶은 심정이었다.

'뭔 도문이 이래?'

사파도 사람을 그렇게 뒤도 안 보고 두드려 패지는 않겠다.

도운찬은 당황하여 어찌할 바를 몰랐다. 지푸라기라도 잡는 심정으로 계형을 바라보니 그는 눈빛으로 뜻을 전했다.

'제가 말씀드렸잖습니까.'

아니…… 나는 임무 실패한 놈이 겸연쩍어서 대충 둘러댔다고 생각했지. 정말 그런 이상한 놈이 세상에 존재할 줄 알았냐고.

"자자, 여기로. 이쪽으로 오시면 됩니다."

그러거나 말거나 개의치 않는 청명이 도운찬을 질질 끌다시피 안내하며 안쪽으로 들어갔다.

도운찬은 차마 그를 뿌리치지도 못하고 도살장에 끌려 들어가는 소처럼 슬픈 눈망울로 연신 뒤를 돌아보았다.

"……그러게, 내가 그렇게 말씀을 드렸는데."

계형이 안타까운 눈빛으로 그런 도운찬을 바라보았다. 그때 청명이 뒤를 획 돌아보며 말했다.

"누가 가서 장문……. 아니, 왜 일어나 있는 놈이 없어! 다들 빠져 가지고!"

네가 다 팼잖아, 네가!

쓰러진 이들을 향해 윽박지르던 청명이 못마땅하다는 듯 혀를 차며 사라졌다. 바닥에 널브러진 채 숨만 겨우 쉬고 있던 윤종이 신음을 흘리며 힘겹게 입을 열었다.

"……사숙."

백천의 대답은 돌아오지 않았지만, 듣고는 있을 거라 생각한 윤종이 힘없는 목소리로 물었다.

"살아 계십니까, 사숙?"

"……죽었다."

"……예."

연무장 바닥이 화산 제자들의 눈물로 젖어 들고 있었다.

결국 안으로 끌려 들어온 도운찬은 청명이 자리를 비우자마자 계형에게 와락 달려들어 목을 졸랐다.

"계형, 이 미친놈아! 대체 뭔 생각으로 나를 여기로 데리고 온 것이냐! 대체!"

"켁! 케엑! 이, 이거 좀…… 컥! 놓고!"

"대체 뭔 생각으로!"

도운찬의 손을 겨우 뜯어낸 계형이 콜록대며 억울하다는 듯 소리쳤다.

"그래서 제가 말씀드렸잖습니까!"

"그걸 어떻게 믿냐, 그걸!"

버럭 소리친 도운찬은 괴로운 표정으로 머리를 감싸 쥐었다.

사실 여기까지 오면서 그는 딱히 별생각이 없었다. 적당히 얼굴을 내비치며 문파의 도리를 따져 물으면 도문인 화산은 별수 없이 장문령부를 내어 줄 거라 믿었으니까.

하지만 그가 눈으로 본 화산은 도리고 나발이고 일절 통하는 곳이 아닌 것 같았다. 도리가 어쩌고 했다가 입에 검이 틀어박히지나 않으면 다행이지. 실태를 보고 나니 이제는 슬슬 걱정이 되기 시작했다.

"대체 우릴 왜 부른 거지?"

하지만 그 의문에 대한 답을 고민할 여유 따윈 없었다. 객청의 문이 벌컥 열리더니 한 무리의 사람들이 안으로 들어선 것이다.

가장 앞에 있는, 막 장년에서 노년으로 넘어갈 나이쯤의 도인을 본 도운찬이 곧장 자리에서 벌떡 일어났다.

도인은 그런 그를 보며 조금 난처하다는 듯 웃으며 입을 뗐다.

"손님을 기다리게 하는 무례를 저질렀소이다. 본도의 잘못을 부디 용서해 주시지요."

"아, 아닙니다. 그런데……."

도운찬이 얼른 묻지도 못하고 머뭇거리며 말을 흐리자, 도인이 빙그레 웃으며 말했다.

"본도는 화산의 장문인인 현종이오."

"자, 장문인을 뵙습니다!"

도운찬은 고개를 격하게 숙여 인사했다. 침착하려고 애썼지만, 속으로는 적잖이 당황한 상태였다.

'다짜고짜 장문인이 나온다고?'

물론 그 역시 한 문파의 소문주다. 하지만 지금 화산이 어떤 문파던가? 그 만인방을 격퇴한 후 중원에서 가장 유명세를 타고 있는 문파이지 않은가. 그런 곳의 장문인이 그를 직접 맞이하다니. 솔직히 화산으로 오면서도 장문인을 만나게 될 거라고는 생각지 않았다. 사실 감격해 마땅한 일이건만, 도운찬은 이상하게도 점점 더 불안해졌다.

"일단 앉으시지요."

"아, 예! 예! 장문인!"

예상 밖의 상황에 얼이 빠진 도운찬이 자리에 앉자, 현종이 그의 건너편에 앉았다. 그 좌우로 화산의 사람들이 길게 늘어앉았다.

말을 고르는 듯 잠깐 침묵하던 현종이 입을 뗐다.

"사정은 조금 전에 들었습니다. 그래서……."

인자한 미소를 걸었던 그의 뺨이 미묘하게 푸들거리고 있었다.

"……장문령부를 찾으러 오셨다고?"

"그, 그렇습니다."

"장문령부를?"

현종은 다시 입을 다물었다. 왜인지 인자한 웃음은 점차 사라지고, 눈에서 불똥이 튀고 있었다. 영문을 알 수 없는 노기에 도운찬은 영문도 모르고 멀뚱히 앉아 있었다.

그때, 현종의 왼편에 앉아 있던 한 노인과 청명이 현종의 눈치를 보며 조금씩 몸을 뒤로 슬슬 빼는 게 보였다.

점점 커지는 듯하던 노기가 폭발한 건 바로 그 순간이었다.

"에라이! 이 미친놈들아!"

얼굴이 붉어진 현종이 신발을 벗어 두 사람을 향해 냅다 내던졌다.

"이제는 하다 하다 남의 문파 장문령부까지 뺏어서 협박질을 해 대? 니들이 그러고도 도사냐, 이놈들아! 왜? 이참에 산채 하나 차리지 그러느냐! 그리고! 그걸 이제 와 이야기를 해! 이리 와! 이리 안 와?"

쩌렁쩌렁하게 고함을 지르는 걸로도 분이 안 풀렸는지, 현종이 벌떡 일어나 청명과 현영을 향해 냅다 달려들었다. 그러자 주위에 있던 사람들이 얼른 그를 붙잡고 늘어졌다.

"자, 장문인! 참으셔야 합니다!"

"외인이 있습니다! 장문인! 부디 체통을……!"

"내가 성질이 뻗쳐서, 내가! 아오!"

붙잡힌 채로 고함을 내지르는 현종과 구석으로 점점 밀려나는 청명과 현영.

그 모든 광경을 지켜본 도운찬은 해탈한 듯 빙그레 웃었다.

'나는 이제 모르겠다.'
 여기가 어딘지. 허허. 허허허허허.

 "그……."
 상황을 정리해 보려고 힘겹게 입을 떼었던 도운찬은 이내 다시 입을 닫았다. 어안이 벙벙해서 어떤 말을 해야 할지 알 수가 없었다.
 그의 눈앞에는 무릎을 꿇은 이들이 일렬로 늘어앉아 있었다.
 "거……."
 다들 무릎을 꿇고 있는 것도 기괴하지만, 가장 끝에 있는 마귀가 홀로 양팔을 들고 벌을 서고 있다는 게 더욱 이상했다.
 '그런데 저게 벌이 되나?'
 도운찬은 아직도 방금 전 본 장면이 눈에 선했다. 사람이 사람을 쳤는데 하늘을 향해 솟구쳤다. 그만한 고수가 무릎 꿇고 손 좀 든다고 뭐가 그리 힘이 들겠는가.
 다만 아무리 그래도 체면의 문제가…….
 "똑바로 안 드느냐!"
 슬그머니 팔을 내리려던 마귀가 현종의 호통에 팔을 다시 번쩍 들어 올렸다. 뾰루퉁한 얼굴이지만 말을 곧잘 듣는 것이 신기하기만 했다.
 '화산신룡이라고 했었지.'
 저게……. 아니, 저 사람이 천하제일 후기지수라는 화산신룡이라.
 '그' 화산신룡이 눈앞에서 무릎을 꿇고 벌을 받는 모습을 지켜보는 도운찬의 심정은 뭐라 말로 다 설명하기가 힘들었다.
 반면, 복잡하기만 한 도운찬의 심정을 알 리 없는 현종은 얼굴을 와락 일그러뜨리며 호통을 쳤다.

"그래도 도사라는 것들이! 이제는 하다못해 남의 문파 물건을 가지고 협박을 해? 협박을!"

"……아니, 그게……."

"시끄럽다!"

현종이 눈을 부라리며 버럭 소리를 지르자 무릎을 꿇고 앉은 백천 일행이 일제히 입을 다물고 고개를 푹 숙였다.

평소 온화하여 어지간해선 제자들에게 화를 잘 내지 않는 현종이다 보니, 세 배는 더 겁이 난 것이다.

"백천! 너는 사질 놈이 사고를 치면 말렸어야지! 네가 서안까지 따라간 이유가 무엇이더냐!"

백천은 한없이 허망한 표정으로 입만 벙긋대며 말을 잇지 못했다.

장문인. 제가 장문인께서 명하시면 섶을 지고 활활 타오르는 불길 속에도 기꺼이 몸을 던질 자신이 있습니다.

하지만 그건 제가 할 수 있는 일이기 때문입니다. 죽어서도 못 하는 걸 하라고 하시면 저는 대체 어찌해야 합니까…….

"네 녀석들도 마찬가지다! 도사라는 놈이 이런 패악을 저지르는데 그걸 말리지는 못할망정 같이 낄낄대고 있어?"

"낄낄대지는 않았……."

"닥치라고!"

"끅."

조걸이 변명을 하려 하자 운종이 그의 옆구리에 팔꿈치를 박아 넣었다. 조걸이 외마디 비명을 지르며 앞으로 고꾸라졌다.

깔끔하게 조걸을 처리한 운종은 고개를 푹 숙였다. 지금은 뭐라 변명할 때가 아니었다. 유이설 역시 뚱한 얼굴로 입을 꾹 다물고 있었다.

현종의 눈에서 화산(火山) 같은 노기가 뿜어지기 시작했다.

"그리고 너는……. 너는 장로……. 끅, 장로라는 놈이……."

"장문인!"

"진정하십시오, 장문인! 몸도 좋지 않으신데!"

"물! 어서 시원한 물을 가지고 오거라! 어서!"

현영을 보는 현종의 손이 덜덜 떨린다. 언제나 투덜대던 현영도 이 순간만은 그 노기를 감당할 수 없는지 슬쩍 시선을 돌려 회피할 뿐이었다.

"에라, 이 말코 같은 놈들아!"

도사가 도사에게 말코라고 소리치는 진풍경이 벌어졌다.

현종이 다시 달려들려 하자 현상이 뒤에서 그를 끌어안고 당겼다.

"자, 장문인! 외인이 있잖습니까! 외인이!"

"외인? 외인이 뭐! 지금 남의 문파 장문령부를 들고 사람을 협박한 마당에, 더 못 보여 줄 꼴이 어디에 있느냐! 더 창피할 것이 있느냐 이 말이다!"

"이, 일단 진정하시고!"

현상에게 잡히는 바람에 더는 달려들 수 없게 되자, 현종은 분이 풀리지 않는지 하나 남은 신발을 마저 벗어 현영에게 집어 던졌다. 말없이 눈만 굴리던 현영이 고개를 싹 움츠려 날아드는 신발을 피했다.

"나가! 나가라! 이놈들아! 내가 저기 적당한 데 자리 하나 내줄 테니 산채 열고 살아라! 이 산적보다 더한 것들!"

청명이 팔을 든 채로 눈치를 살피다가 현영에게 슬그머니 속삭였다.

"많이 화나신 것 같은데……."

"괜찮다. 언제는 안 그랬느냐. 곧 진정되실 거다."

현종은 하늘이 무너진 듯이 그 자리에 주저앉아 한숨을 푹 내쉬었다.

"화산이 어쩌다 이리되었단 말이냐."

"그래도 예전보다는 낫지요, 뭘."

"너는 입 다물어! 너는!"

현종이 눈을 부라리자 현영이 엣헴 하고 헛기침하더니 다시 고개를 돌렸다. 땅이 꺼져라 한숨을 내쉰 현종은 그제야 도운찬을 돌아보았다.

폭풍같이 휩쓸고 간 상황에 넋이 나가 있던 도운찬이 움찔했다.

"……그래, 그……."

힘이라고는 하나도 남지 않은 듯, 현종은 흐느적거리며 말했다.

"내 참으로 면목이 없소이다. 제자들이라고 받아 놓고는 제대로 가르치지를 못해서……. 이 일은 모두 장문인인 나의 잘못이니 나를 욕해 주시구려."

"아, 아닙니다! 장문인!"

현종을 욕하고 싶은 마음은 추호도 없었다. 그리고 설사 욕하고 싶은 마음이 있었다고 해도, 무릎을 꿇은 채 손을 들고 있는 놈이 '어디 한마디라도 해 봐' 하는 눈빛으로 사납게 쏘아보며 이를 갈아 대고 있는데 무슨 말을 하겠는가? 나오려던 말도 쏙 들어가겠다.

'여긴 대체 뭐 하는 곳이지?'

유령문의 소문주로서 그도 나름대로 많은 문파와 인연을 맺어 왔건만, 이런 곳은 단 한 번도 보지 못했다.

이 황당하기 짝이 없는 곳이 지금 중원에서 가장 이름을 날리고 있는 화산이라니. 뭔가 배신감(?)이 느껴질 정도였다.

"물론 장문령부를……. 아니요. 아닙니다. 그것도 관리를 제대로 못한 저희의 잘못이지요. 개의치 마십시오, 장문인. 저는 그저 장문령부만 받아 갈 수 있다면 아무런 불만이 없습니다."

화산에 도리를 따져 물어야겠다는 다짐은 이미 싹 날아간 지 오래다.

아무리 봐도 이 문파는 도운찬이 감당할 수 있는 곳이 아니었다. 그저 최대한 엮이지 않고 장문령부를 회수해 돌아가는 것이 최선이었다.

"당연히 장문령부는 돌려줄 생각이네."

"그런데 그거 제가 찾은……."

"주둥이!"

이때다 싶어 슬그머니 끼어들려던 청명은 현종의 불호령에 찔끔하여 입을 삐쭉거렸다.

"하지만 그 전에 한 가지는 확인을 해야겠네."

"예? 어떤 확인을……."

"그대가 정녕 유령문의 소문주이고, 이 장문령부를 받아 갈 정당한 계승자가 맞는가?"

현종은 어느새 준엄하기 그지없는 장문인의 모습을 보이고 있었다.

"장문령부는 더없이 중요한 물건일세. 그대가 유령문에서 왔다는 것만으로는 충분히 믿고 건넬 수 없네. 한 문파 내에서도 알력은 있는 법. 나는 이 장문령부로 인해 유령문에 혼란이 생겨나는 걸 원치 않네."

"아……."

그 부분은 미처 생각하지 못했다. 도운찬이 새삼스럽게 현종을 다시 보았다. 조금 전에 신발을 벗어 던지던 모습만 봐서 경박한 이인 줄 알았건만, 그의 생각 이상으로 현명한 이였다.

"예, 장문인. 유령문 내부에 다툼이 있었던 것은 사실이지만, 이제는 모두 정리가 되었습니다. 저는 그 장문령부를 가지고 돌아가는 즉시 유령문의 문주 자리에 오르게 될 것입니다."

"그 말이 사실인지 증명할 수 있겠는가?"

"증명은……."

도운찬이 살짝 곤란해하는 표정으로 말끝을 흐렸다. 이들을 직접 유령문으로 데리고 가지 않는 이상은 증명할 방법이 딱히 없었다.

"그건 지금 당장은 조금 어렵습니다, 장문인."

그 말에 고개를 끄덕인 현종이 살짝 고민하다 입을 열었다.

"하면 이렇게 하세. 내 장문령부를 제자 중 하나에게 내어 주겠네. 그럼 소문주께서는 그 제자를 데리고 유령문으로 가시게. 제자에게 확인이 끝나는 대로 장문령부를 내어 주라 하겠네."

"아! 그러면 되겠군요."

기가 막힌 해결책에 도운찬이 만면에 화색을 띠었다.

장문령부라는 것은 문파의 위신을 좌지우지할 수 있을 만큼 중요한 물건이다. 령부를 손에 넣은 이가 만일 나쁜 마음을 먹는다면 문파에 크나큰 해악이 닥치고도 남는다.

그러니 번거롭더라도 화산에서 직접 상황을 확인한 뒤 넘겨주어 유령문에 큰 화가 닥치는 일을 방지하겠다는 뜻이리라. 충분히 사려 깊은 해결책이었다.

게다가 확인만 되면 바로 장문령부를 돌려주겠다 말하고 있지 않은가. 그야말로 선도(仙道)를 따르는 이에 걸맞은 모습이었다.

다만…….

"유령문까지는 먼 길이 될 터인데. 괜찮으시겠습니까?"

"먼 길 가는 데에 워낙 익숙한 아이들이 많으니 그 정도는 괜찮네. 그런데……."

현종이 안색을 싹 바꾸며 청명과 다른 제자들을 돌아보았다.

"……얌전히 다녀올 수 있느냐가 문제겠지. 얌전히!"

그러자 현종의 따가운 시선을 받은 청명이 고개를 돌렸다.

"조걸 사형. 장문인이 부르시는데?"

"너야, 너! 이 새끼야!"

"……둘 다 닥쳐라. 제발."

백천이 울 것 같은 표정으로 이를 악물고 말했다.

과거 백자 배의 반듯한 대사형으로서 모든 화산 어른들의 기대를 한 몸에 받던 그는, 이제 망나니 사질이 저지른 짓을 막지 못한 대가로 무릎을 꿇고 잔소리를 듣는 처지가 되었다.

'다 죽었으면 좋겠다, 진짜.'

청명이 친 사고의 여파에 휩쓸린 백천은 절망에 빠져 있었지만, 정작 일을 저지른 누구는 조금도 기가 죽지 않았다. 호시탐탐 틈을 노렸으면 모를까.

"근데요!"

"내가 분명 그 주둥이를 좀……!"

"아뇨, 아뇨. 정말 할 말이 있어서 그러는 건데요!"

현종이 영 미덥지 않다는 표정으로 청명을 바라보다 한숨을 쉬었다.

"또 무슨 말을 하려고."

"에이, 장문인. 제가 설마 아무 이유도 없이 사람을 오라 가라 했겠어요? 저 청명이에요! 청명!"

알지. 네가 청명인 걸 아니까 내가 이러지.

"장문인."

조용히 눈치만 보던 현영도 슬그머니 청명을 거들고 나섰다.

"유령문에도 나쁘지 않은 이야기가 될 것입니다. 저희가 아무 생각 없이 벌인 일은 아니니, 일단 잠깐이라도 이야기를 들어 보심이……."

이마를 감싸 쥐고 고민하던 현종이 또다시 한숨을 푹 내쉬었다.
"……해 보거라."
청명이 그 말만 기다렸다는 듯 양팔을 얼른 내리고는 자리에서 벌떡 일어섰다. 그리고 도운찬의 바로 앞까지 다가와 씨익 웃었다.
"저기요, 문주님. 아니, 소문주님!"
"왜, 왜 그러시오, 소도장……?"
"혹시 돈 좀 벌어 볼 생각 없어요?"
"……예?"

멍하니 청명이 하는 말을 듣고 있던 도운찬의 눈이 파르르 떨렸다.
"그러니까…… 유령문의 신법이 천하일절이니까……."
"그렇죠! 되게 되게 빠르던데."
"그 신법을 활용하여……."
눈으로도 모자라, 이젠 도운찬의 입술까지도 살짝 경련을 일으켰다.
"……표사질을 하라?"
"에이. 표사는 아니죠. 특급 배송이라니까."
도운찬은 황당하다 못해 기가 차서 눈앞의 도사를 가만히 바라보았다.
'화산신룡이라더니.'
본래 용이란 사람이 감히 파악할 수 없는 존재가 아닌가? 그런 의미에서 보면 정말 잘 붙인 별호라고 할 수 있었다. 이 새끼가 대체 무슨 말을 하는 건지 전혀 이해를 할 수 없으니까!
흐름을 쫓아가기도 벅차다. 심란해진 도운찬이 더듬대며 입을 열었다.
"이, 이보시오, 소도장. 소도장이 하는 말이 무엇인지는 알겠으나…….
아니, 우리는 무인이지 표사가 아니오."

"무인이 뭔데요?"

"무인은……."

칼 쓰고 주먹질하는 사람이지.

하지만 그 말 그대로 대답을 할 수는 없었다. 말문이 막혀 눈만 굴리는 그를 대신해 청명이 먼저 말했다.

"저는 무인이지만, 또 도사이기도 하죠."

"그, 그렇지요."

"그러니까 제 말은, 무인이 다른 직업을 가진다고 이상할 게 없다는 뜻이에요. 무인이 표사는 왜 못 해요. 무술 배워서 호위무사를 하거나, 표국에 취직하는 사람들이 얼마나 많은데."

"그렇긴 한데…… 소도장의 말이 무얼 의미하는지는 알겠소. 하지만 그 일은 이미 많은 표국들이 하고 있는 일이 아니오? 이제 와 표사 일을 한다고 해서 무슨 의미가 있겠소."

"에이, 다르죠."

말이 안 통하는 거 같은데. 도운찬이 슬쩍 고개를 돌려 계형을 바라보았다. 그 역시 처음 들은 것처럼 당황한 표정으로 청명을 보고 있었다.

"조걸 사형!"

청명이 부르자 옆에서 가만 듣고 있던 조걸이 고개를 빼꼼 들었다.

"사천에서 북경까지 표물을 보내려면 얼마나 걸려?"

"북경까지?"

조걸이 살짝 고민하며 미간을 찌푸렸다.

"계절이나 상황에 따라 조금씩 다르겠지만, 성도에서 북경까지는 최소 오천 리는 넘으니까 못해도 석 달은 걸리겠지."

"석 달?"

"이것도 최소로 잡은 거야. 실제로 표물을 옮길 때는 중간중간 다른 곳에도 들러야 하기 때문에 두 배는 더 걸리기도 하거든."

"그럼 반년까지도 걸릴 수 있다는 거네?"

"그렇지."

청명이 들었냐는 듯 고개를 획 돌려 도운찬을 바라본다.

"물건 하나 받는 데 반년이나 걸리면 성질 급한 사람은 어떻게 살겠어요?"

"……."

"유령문도들이 성도에서 북경까지 가는 데는 얼마나 걸리죠?"

"……하루에 천 리는 무리지만 오백 리쯤이야 어렵지 않게 갈 터이니, 열흘이면 될 것이오."

청명이 손을 뻗어 도운찬의 어깨를 꽉 움켜잡았다.

"만약 그걸 열흘 만에 전해 준다고 하면 돈을 더 낼 사람이 얼마쯤 될까요?"

생각지도 못한 이야기에 도운찬의 머리가 어지러워지기 시작했다.

'무, 물건 좀 일찍 받겠다고 추가로 돈을 내는 사람이 있다고? 아무리 반년에서 열흘로 줄어든다지만…….'

"그런 사람들이 있을 리가……."

이번에는 물은 것도 아닌데 조걸이 나서서 단호하게 고개를 저었다.

"있습니다. 이미 여러 표국에서 비슷한 방식을 쓰고 있습니다. 의뢰인들은 표행 일정을 당기고 다른 곳에 들르지 않는 대가로 두 배에서 세 배쯤 되는 돈을 지불하고 표물을 맡깁니다."

설명을 이어 가던 조걸이 씨익 웃으며 덧붙였다.

"세상에는 시간이 돈보다 중한 사람이 생각보다 꽤 있지요."

고개를 끄덕인 청명이 도운찬의 귀에 속삭였다.

"저 사람이 생긴 건 동네 건달패처럼 보여도 사천 십대 상가의 아들이거든요."

"다 들린다! 이 새끼야!"

조걸이 꽥꽥거리며 청명과 다투기 시작했지만 그 소리는 도운찬의 귀에 들리지도 않았다. 그는 어안이 벙벙했다.

'이게 돈이 된다고?'

순간적으로 솔깃했다. 하지만 도운찬은 금세 제정신을 차렸다.

"무, 무슨 말인지는 알겠소. 하지만 이건 단순히 돈만의 문제가 아니오. 일단은 무파로서의 본분……."

"모르시는 말씀."

갑자기 끼어든 목소리에 도운찬의 고개가 한쪽으로 돌아갔다.

그의 시선을 받은 현영이 세상 다시없을 온화한 표정으로 깊은 깨달음을 담아 입을 열었다.

"문파는 돈입니다."

"……."

"내가 해 봐서 알아."

도운찬은 그만 할 말을 잃고 말았다.

31장

솔직히 이제 저도 감당이 안 됩니다

"……조금 전에 들어가신 분, 은하상단 소단주님 아니신가?"
"그런 것 같은데요."
"……대체 일을 어디까지 키울 셈이지?"
청명과 현영이 유령문의 소문주를 끌고 간 자리에 급하게 화산으로 올라온 황종의까지 참석했다.
"진짜 제대로 해 볼 생각인가?"
백천이 영 불안하다는 표정으로 전각에서 눈을 떼지 못했다.
"이해 안 돼요. 왜 불안?"
가만히 지켜보던 유이설이 툭 묻자 백천의 얼굴이 일그러졌다.
"그래, 물론 화산에서 새로운 사업을 한다는 건 환영할 일이지. 걱정할 일이 아니라. 근데 그 사업을 주도하는 사람이 청명이 놈이란 게 문제지. 저놈이 벌였던 일이 소란 없이 평온하게 끝난 적이 있더냐?"
윤종이 심각한 얼굴로 동의하며 말을 보탰다.
"그리고 그 피해는 보통 고스란히 저희에게 떨어졌죠."

"내 말이 그 말이다. 제발 이번에는 별일 없이 끝나야 할 텐데."
백천과 윤종이 동시에 한숨을 푹 내쉬었다.

"……사업성은 충분합니다."
고민 끝에 입을 연 황종의가 심각한 얼굴로 탁자 위에 놓인 지도를 바라보았다. 그는 곧 고개를 들어 청명을 뚫어져라 쳐다보았다.
"이게 참 뭐랄까……."
기발하다? 아니, 아니지. 기발하다고까지 할 건 아니었다. 이미 수많은 표국들이 물건을 나르는 시간을 조금이라도 더 단축하기 위해서 머리를 쥐어짜고 있으니까.
시간은 곧 돈이라는 말을 온몸으로 실천하고 있는 이들이야 많았다. 하지만…….
'이건 확실히 남들은 못 할 발상이지.'
일반적인 표국들이라면 유령문 정도 되는 문파의 문도들을 고용할 엄두도 내지 못할 것이었다. 유령문의 문도들은 무인이기에 더더욱 그랬다. 돈이니 뭐니 이익을 떠나, 무인들은 그런 하찮은 일에 뛰어드는 것을 수치스럽게 생각하니까.
이건 저 청명이기에, 그리고 화산이기에 그나마 말이라도 꺼내 볼 수 있는 일이었다.
'다만…… 이걸 과연 유령문의 소문주가 이해할지가 문제로군.'
결국 그의 의사에 달린 일이다. 황종의가 자못 염려스러운 얼굴로 도운찬을 바라보았다. 그때 한참을 침묵하던 도운찬이 말했다.
"저……. 소도장. 내가 이해를 못 한 게 아니라, 이해는 했는데……."
"아닌데. 아직 이해 못 하신 것 같은데?"

"그게 아니라, 내 이해는 했소만……."
"아뇨. 이해 못 하신 것 같은데?"
심각하던 황종의의 얼굴이 부드럽게 풀렸다.
'이해고 나발이고의 문제가 아니네.'
이 일을 추진하는 이가 청명이라는 걸 잠시 잊었다. 걱정할 필요 없을 듯했다. 저 괴물 같은 추진력으로 어떻게든 하겠지.
"충분히 이해했소이다. 이게 돈이 크게 되는 일이라는 걸."
"그 정도가 아닙니다."
하지만 지원 사격 정도는 조금 필요한 법. 마침 끼어들기 좋은 상황이었다. 말문을 연 황종의가 도운찬을 가만히 바라보며 말했다.
"소문주께서는 아직 이 일이 얼마나 큰 이문을 가져올지 잘 모르시는 것 같습니다만, 이건 소문주가 생각하시는 수준 이상의 금전이 오고 갈 만한 일입니다."
"……그렇게나 말이오?"
"이 일을 단순히 표물을 빨리 옮기는 정도로 받아들이시면 안 됩니다. 유령문의 문도들이 몇이나 되겠습니까. 그들이 일반적인 표사처럼 일할 수는 없습니다."
말의 의도를 얼른 받아들이지 못한 도운찬이 고개를 갸웃거렸다.
"그럼……."
"사업을 하는 사람이라면, 시간이 천금보다 중요할 때가 있습니다. 화급을 다투는 일이라면 천금을 들여서라도 하루라도 빨리 물건을 옮겨야 할 때가 있지요."
옆에서 조걸이 동의하며 고개를 주억거렸다. 상인이어서인지 확실히 설득력이 다르다. 황종의의 설명이 매끄럽게 이어졌다.

"그게 바로 우리가 노려야 할 이들입니다. 가장 빨리 물건을 옮기고 싶어 하는 이들. 그 시간을 줄이기 위해서는 돈을 얼마든지 낼 수 있는 이들. 그리고 또……."

그는 잠깐 말을 멈추고 가만히 턱을 쓰다듬으며 중얼거렸다.

"내가 이 정도 돈을 내고 물건을 옮길 수 있다는 걸 과시하고 싶은 이들까지."

"그건 또 무슨 말입니까?"

"하하. 이건 조금 어려운 이야기니 그냥 넘어가십시다."

황종의가 쓴웃음을 지으며 손사래를 쳤다. 가진 건 돈밖에 없는 이들의 과시욕을 이들이 이해하기란 쉽지 않을 것이었다. 아무리 설명한다고 해도 한계가 있을 수밖에 없다.

"어쨌든, 잘만 하면 표물 하나를 옮기는 데 기존 요금의 열 배는 물론이고, 백 배까지도 받을 수 있습니다. 이건 정말 어마어마한 일이죠."

"에이. 뭔 백 배까지."

그때 청명이 그건 과하다는 듯 손을 내저었다.

"아닙니다, 소도장. 이건 정말……."

"하하하핫. 황종의 소단주님께서 조금 과장을 보태셨네요. 물건 하나 옮긴다고 뭘 백 배까지. 하하하하핫!"

"아니, 이건……."

황종의는 말을 하다 말고 청명을 바라보았다. 분명히 입으로는 웃는데, 그의 눈은 조금도 웃고 있지 않았다. 그제야 무언가가 번뜩 생각났다.

이 일이 막대한 이문을 남긴다는 걸 유령문주가 알게 되면 태도가 돌변하여 자신들이 받을 돈을 과히 요구할 수도 있다.

'……그걸 벌써.'

상인인 그도 생각하지 않았던 걸 벌써 고려하고 있다니……. 정말 여러 방면으로 무시무시한 사람이었다.
청명이 손을 쫙 펴 탁자를 팡팡 때려 대며 강조했다.
"여하튼! 이건 유령문에도 큰 도움이 되는 일이라니까요! 정말로!"
그러자 곰곰이 생각하던 도운찬이 고개를 갸웃거렸다.
"그런데 도통 이해가 가질 않아서 그러는데…… 그게 그렇게 중요한 일이면 왜 거부들은 직접 무인들을 고용해서 물건을 나르게 하지 않는 것이오?"
"무슨 수로 고용할 건데요?"
"……예?"
"신법 빠른 고수가 길에 막 널려 있는 게 아니에요. 그런 이들이 쉽게 고용이 될 것 같았으면 표국에서 거금을 주고 이미 쓸어 갔겠죠."
특히나 신법만 빠르고 다른 건 별 볼 일 없는 기괴한 무인은 더욱 흔치 않다. 하지만 이건 굳이 말할 필요가 없겠지.
"그리고 설사 고용한다고 해도 문제입니다."
황종의가 힘주어 말했다. 도운찬이 고개를 갸우뚱하며 되물었다.
"그건 또 무슨……."
"그런 이를 고용해서 옮기는 물건이라면 당연히 귀중하고 가치가 높은 물건일 겁니다. 아니면 굉장히 중요한 내용이 담긴 문서겠지요. 그런데 그 물건을 옮기는 이가 들고 빼돌린다면 어쩌겠습니까?"
"……망하겠군."
"예. 아무리 관을 동원한다고 해도 이 넓은 중원에서 작정하고 도망친 한 사람을 찾아내기란 어렵습니다. 특히나 그가 더없이 빠르고 날랜 신법을 익힌 이라면 더욱 그렇겠지요."

도운찬이 자신도 모르게 고개를 끄덕였다.

"그러니 단순히 빠른 것만으로는 안 됩니다. 그 일에 반드시 책임을 져 줄 이도 있어야 합니다. 혹여 물건이 분실된다 해도 몇 배의 금액을 배상할 수 있고, 물건을 나르는 이가 문제를 일으킨다면 지옥 끝까지라도 쫓아가서 허리를 분질러 버릴 곳이!"

전자는 모르겠지만, 후자는 확실히 이해가 되었다.

'죽겠지.'

도운찬의 시선이 자연스레 청명에게로 향한다. 방긋방긋 웃고 있는 저 젊은 도사가 조금 전 어떤 모습을 보였는지를 생각하자 등골이 서늘해지는 느낌이었다.

"에이. 뒈지고 싶지 않으면 그런 짓을 하겠어요?"

저 보라지.

황종의가 빙그레 웃으며 입을 열었다.

"배상에 대한 문제는 은하상단의 이름으로 신뢰를 줄 수 있습니다. 그런 일이 벌어져서는 안 되겠지만, 혹여 문제가 터졌을 때 배상을 할 자금력은 충분합니다."

그리고 화산은 더하지.

화산이 사업장들과 차 무역으로 벌어들이는 돈을 가늠해 보다가 혀를 내두른 적이 한두 번이 아니었다. 아마 화산은 앞으로 십 년이 지나기도 전에 섬서 최고의 거부가 될 것이 분명했다.

"무엇보다 은하상단에는 오랫동안 고위 관료는 물론, 중원의 거부들과 쌓아 온 신뢰가 있습니다. 저희의 이름을 걸고 사업을 시작한다면 다들 믿고 물건을 맡겨 줄 것입니다."

그러니까 넘어와라. 넘어오라고, 인마! 이거 떼돈 번다니까?

황종의의 눈에 욕망이 들어차기 시작했다.

이건 그동안 다른 상단들과 표국들을 통틀어 단 한 번도 제대로 개척하지 못했던 사업이다. 이걸 잘 써먹을 수만 있다면 돈은 물론이고 중원 최고의 운송 업체라는 명성까지 따라올 게 자명했다.

명성이 얼마나 커다란 돈을 낳는지를 아는 황종의는 엉덩이가 절로 들썩일 수밖에 없었다. 이건 무조건 되는 사업이다.

하지만 그의 기대와는 달리 도운찬의 반응은 영 미적지근했다.

"정말 다 이해했소이다. 이게 참 좋은 기회라는 것 역시. 하나……."

넘어가기는커녕 도운찬의 눈에는 전보다 더 확고한 의지가 어렸다.

"죄송하지만 거절하겠소이다."

귀를 의심하는 황종의를 향해 도운찬이 고개를 내저으며 말했다.

"나는 유령문을 다시 키우는 데 내 평생을 바치기로 한 사람이오. 지금 유령문에 돈은 중요하지 않소이다. 중요한 건 유령문이 과거와 같은 성세를 되찾는 것이오. 그러기 위해서는 무엇보다 무학이 중요할 터. 여러분도 무인이시라면 내 뜻을 이해하시리라 생각하오."

이만하면 자신의 뜻을 정중하고 단호하게 전하는 데 성공했다고 생각한 도운찬이 뿌듯하고 환한 얼굴로 청명을 바라보았다.

하지만 돌아온 반응은 도운찬의 예상과는 전혀 달랐다.

"뭐래. 아니, 이 아저씨가 지금 꿈을 꾸시나."

"청명아. 외인이시다."

"근데 꿈꾸잖아요."

"그건 그렇다만."

현영도 곱씹을수록 어이가 없다는 듯 너털웃음을 터트렸다. 고개를 절레절레 젓던 청명이 도운찬을 보며 혀를 차고는 말했다.

"아저씨. 아니, 소문주님. 무인은 뭐 흙 파먹고 살아요?"

"……."

아니지. 밥 먹고 살지.

"아저씨, 소림 가 봤어요?"

"가, 가 보지 못했소만."

"천하에서 제일 잘나가는 문파라는 소림도 아침 댓바람부터 일어나서 향화객들 오는 자리 쓸고, 그 사람들 절할 자리 마련하는 것으로 하루를 시작하거든요? 아저씨가 그 소림 애들보다 더 열심히 무학을 익혀요?"

"……."

"문파는 돈이 있어야 커요. 중원에 일인전승(一人傳承)이니, 신비지문(神祕之門)이니, 중간중간 튀어나와서 명성을 날리는 문파가 어디 한두 곳이었어요? 그런 애들이 잠깐 떴다가 다시 소리 소문도 없이 사라지는 이유가 뭔지 아세요?"

"……그, 글쎄. 잘 모르겠소."

"돈이 없어서 그래요."

청명이 단언한 순간, 도운찬의 눈이 거세게 뒤흔들렸다. 살면서 단 한 번도 들어 본 적 없는 논리였다.

"아니. 말이야 바른말이지. 걔들이라고 소림처럼 전각 으리으리하게 짓고 잘나가고 싶은 마음이 없었겠냐고. 그런데 무학이 어쩌고 하면서 폭포 밑에서 수련만 해 대니 아무리 세져 봐야 나무껍질이나 벗겨 먹고 사는 거 아니냐고!"

논리고 나발이고, 청명의 강렬한 주장은 도운찬의 마음을 한순간에 뿌리부터 뒤흔들고 있었다.

확신이 담긴 청명의 목소리는 점점 더 힘을 얻고 강해졌다.

"돈! 일단은 돈! 막말로 유령문이 잘나가려면 입문하고 싶은 마음이 들어야 할 거 아니냐고요. 생각해 봐요. 옆 문파는 가면 삼시 세끼 고기 뜯는다는데, 유령문은 풀뿌리만 뜯고 있어요. 이런 상황이면 누가 유령문에 입문해요? 나 같아도 안 가지!"

현영이 참 감동적인 연설이라는 듯 연신 흐뭇한 얼굴로 고개를 끄덕였다. 당장 일어나 박수라도 칠 기세였다.

한참 말을 이어 가던 청명이 진지하게 도운찬을 응시했다.

"유령문을 부흥시키고 싶다고 하셨죠?"

"그, 그렇소이다."

"뭘로 부흥시킬 건데요? 무공 좀 세진다고 부흥이 될 것 같아요? 그걸 누가 알아주는데? 유령문이 엄청 빠르다고 소문나면 누가 거기 입문하겠다고 찾아가서 빌기라도 할 것 같아요?"

도운찬은 꿀 먹은 벙어리처럼 말을 잃은 채로 고개만 내저었다.

"일단 문파는 으리으리하게! 어? 대도시 땅값 비싼 데다가 번듯한 전각 하나 짓고! 어? 거기 현판에 유령문이라고 딱! 따악, 이렇게 붙여 놓으면 그 순간 끝나는 거지!"

아까부터 청명의 눈은 이상할 정도로 희번덕대고 있었다.

"문파를 부흥시키고 싶으면 일단 돈을 벌어야 돼요. 돈을! 돈 없는 문파는 뭘 해도 그냥 중소 문파에서 끝난다니까?"

"……"

"구파일방 놈들이 얼마나 돈을 벌어 젖히고 있는지 알면 아저씨 아예 돌아가실걸요? 애초에 그런 산골에 처박혀서 아침부터 밤까지 무학만 익힐 수 있다는 것 자체가 뭐겠어? 그 새끼들이 부자라는 뜻이니까! 딸린 입이 몇 갠데 그걸 다 거뜬히 먹여 살리잖아요!"

"……그, 그렇긴 하오만…….."
"따라 하세요. 문파는 돈이다!"
"무, 문파는 돈이다!"
"화산이 요즘 왜 잘나가는 줄 아세요?"
"……도, 돈을 많이 벌어서?"
"이제 아시네!"
청명이 그제야 만족스러운 얼굴로 고개를 주억거렸다.
하지만 귀에서 피가 날 것 같은 잔소리에 한참을 시달린 도운찬은 정신이 하나도 없었다.
다만 한 가지 사실만큼은 확실히 이해했다.
'돈이구나.'
물론 이에 대해 생각을 해 본 적이 아주 없는 건 아니다. 유령문 역시 과거에 비해 크게 쪼들리는 처지였으니까. 안 그래도 당장 이제부터 문도들을 어찌 먹이고 재워야 하는지 고민하던 참이었다.
그런데 청명의 말을 듣고 그동안 내심 당연하다 여겼던 순서가 완전히 뒤집혔다.
'강해서 부자가 된 게 아니라, 부자라서 강해진다니.'
하기야, 당장 입에 풀칠할 돈도 없는데 어떻게 하루 종일 무학에 전념할 수 있겠는가? 이건 정말 가슴을 넘어서 뼈에 와닿는 말이었다.
혹여 다른 문파에서 이런 제안을 했다면 의심부터 하고 봤을 것이다. 하지만 여기는 다름 아닌 화산이다. 지금 가장 기세가 좋고 저 만인방과 붙어 이긴 화산이 뭐 하러 한낱 유령문에 사기를 치려 들겠는가.
"그……. 하, 하나만 더 물어도 되겠소? 우리가 이 일을 하겠다고 나서면 정말 막대한 돈을 벌고 문파를 부흥시킬 수 있는 것이오?"

청명이 흐뭇하게 웃으며 손을 뻗어 도운찬의 어깨를 단단히 움켜잡았다.

"소문주님. 낚시를 처음 하려면 누구한테 배워야 하죠?"

"그야…… 낚시꾼이지."

"오 년 전에 화산이라는 이름을 들어 본 적 있으세요?"

"……없소이다."

"지금은요?"

그야……. 온 세상이 화산에 대해 이야기하고 있지.

"우리가 바로 전문가예요."

도운찬이 입을 헤 벌렸다. 살면서 이렇게 강하게 신뢰를 불러일으키는 말을 들어 본 적이 없었다.

"우리가 진짜 완전 바닥! 어? 아니지. 바닥도 아니고, 저 지하 시궁창에서부터 기어 올라온 문파라니까!"

"……청명아. 그래도 시궁창은 좀 심하잖으냐."

"믿고 딱 맡겨 보세요. 제가 유령문의 이름이 천하 방방곡곡에 울려 퍼지게 해 드릴 테니까! 이거 진짜 아무한테나 안 해 주는 거예요!"

그 말이 결정타였다.

"그, 그렇게 해 주기만 한다면야 내 답도 달라질 수밖에 없지."

"그렇죠. 그렇죠. 자, 자. 그럼 여기에 수결을 하시고. 장로님?"

"오냐. 장문령부 여기 있다. 이걸로 찍으면 되는 거지?"

"크으! 역시!"

눈 깜짝할 사이에 문서가 완성되고 수결과 인장이 찍혔다.

얼결에 수결까지 마친 도운찬은 얼떨떨해하며 고개를 끄덕였다. 하지만 그도 잠시, 만면에 의욕이 가득 차올랐다.

'차라리 좋은 기회다.'

다른 걸 다 떠나서라도 이 화산이라는 문파가 그가 가장 바라던 일을 해낸 문파라는 건 분명하다. 설령 이 일로 큰돈까진 쥐지 못한다 해도, 이들에게 그 요령을 배울 수만 있어도 남는 장사…….

그때, 돌아가는 상황을 가만히 지켜보고만 있던 현종이 살짝 불안한 표정으로 입을 뗐다.

"……청명아. 사기 치는 건 아니지?"

"에이. 제가요? 설마요? 헤헤."

청명이 겸연쩍게 웃으며 뒷머리를 긁적였다.

순간 도운찬의 얼굴이 미묘하게 일그러지기 시작했다.

'진짜…… 믿어도 되나?'

하지만 안타깝게도 이미 수결은 찍힌 뒤였다.

◦ ❊ ◦

"이 할."

북해의 만년빙보다 시린 눈빛이 건너편을 날카롭게 응시했다.

낮디낮은 목소리. 듣는 이를 절로 숨 막히게 하는 묵직한 침음성이 그 서늘한 눈빛에 대한 대답으로 흘러나왔다.

"오 할."

용과 범. 신수와 맹수의 눈빛이 허공에서 맹렬히 맞부딪치며 불꽃을 튀겼다.

하수는 빠졌고, 이제 남은 것은 진정한 고수들 간의 대결이다.

황종의의 눈이 평소의 그답지 않게 서늘하게 빛났다.

"소도장. 이 할은 너무 적습니다. 은하상단이 투자할 돈을 생각하면 오 할은 보장해 주셔야 합니다."

은하상단의 후계자다운, 노련하고도 강단 있는 모습이었다.

하지만 그를 상대하는 사람이 누구인가. 다름 아닌 청명, 산전수전에 공중전, 지하전까지 모두 겪은 그야말로 역전의 마귀였다.

"투자요? 거, 상인답지 않은 말을 하시네. 있는 돈 써서 돈 먹는 걸 누가 못 해요? 중요한 건 돈을 벌 수 있는 사업을 구상하는 거죠."

"하지만 자본이라는 건……."

"돈은 화산도 많아요. 정 안 되면 화산에서 하면 되죠. 의리로 은하상단까지 끼워 드리는 건데 이렇게 나오시면 저도 실망스럽네요."

청명이 눈을 부라리며 말하자 황종의가 말을 채 잇지 못하고 움찔했다.

아프다. 약점을 찔린 황종의가 낮게 신음했다.

하지만 그도 은하상단을 실질적으로 이끄는 몸. 이 정도로 이득을 양보하고 쉬이 물러설 수는 없는 노릇이었다.

"아무리 화산에 자금이 있다고는 하나, 유통망을 만들 수는 없는 노릇 아닙……."

"아, 그건 괜찮아요. 마침 딱 좋은 집 아들내미가 화산에서 공밥 얻어먹고 있거든요. 본인은 별 쓸모가 없지만, 저 양반 집이 나름 잘나가는 상인 집안이라서."

딱 잘라 말한 청명의 시선이 구석 자리에 앉은 조걸에게로 향했다. 어쩌다 보니 이 불편한 자리에서 벗어나지 못하고 있는 조걸은 살짝 복잡 미묘한 표정으로 물었다.

"밥값은 하지 않냐?"

"뭐로?"

"……아니다."

조걸은 그렇게 안 보여도 의외로(?) 눈치라는 게 있는 사람이었다. 할 말은 많았지만, 이 자리에서 감히 함부로 입을 열어서는 안 된다는 것 정도는 알 수 있었다.

수세에 몰린 황종의의 고민이 한층 더 깊어졌다.

'확실히 조걸 도장의 집은 사천 십대 상가 중 하나였지.'

그만한 곳이라면 은하상단 못지않은 유통망을 구성할 수 있을 것이었다.

자신감은 좋지만, 자만심은 좋지 않다. 은하상단이 할 수 있는 걸 다른 상가가 못 할 이유는 없다. 황종의가 골똘히 생각에 잠겼다.

그때 청명이 살짝 눈을 희번덕거리며 다시 입을 뗐다.

"아니면…… 화산이 은하상단이 아니면 다른 곳과는 거래를 하지 못할 거라고 생각하시는 건가?"

"그, 그럴 리가 있겠습니까?"

황종의는 재빨리 손을 내저으며 부정했다.

협상을 하는 건 좋지만, 어설프게 심기를 건드려서는 안 된다. 특히나 저 화산신룡만큼은 말이다.

'독사 같은 인간 같으니!'

아군일 때는 이보다 더 든든한 이가 없지만, 갈라서면 저만큼 무서운 이도 없다. 어설프게 조금 더 먹으려다가 자칫 협상이 결렬되면 은하상단만 닭 쫓던 개가 될 수 있다.

"끄응. 그렇지만 소도장, 아시다시피 이번 일은 고관이나 거부들과 교류해야 하는 일입니다. 그러니 은하상단이 사천에 있는 상가보다는 훨씬 도움이 될 겁니다."

"그러니 이 할이나 드리는 거잖아요."

찻잔을 잡은 황종의의 손이 부르르 떨렸다.

'돈은 우리가 다 대고, 일도 우리가 다 하는데, 너희는 가만히 앉아서 팔 할이나 처먹겠다는 게 말이 되는 소리냐! 이 산도적보다 더한 도사 놈아!'

심지어 사업에 필요한 중개소나 지부 따위의 인력도 은하상단이 대야 할 판이다. 그것만 해도 적지 않게 품이 들 터였다.

청명의 주장에 따르면, 화산은 그저 판을 짰다는 핑계로 가만히 앉아서 공돈을 우걱우걱 퍼먹겠다는 것이었다.

속이 뒤집히다 못해 천불이 끓었지만…….

"싫으면 관두시고."

"누, 누가 싫다고 했습니까! 어떤 놈이 그런 망발을!"

황종의는 화들짝 놀라 소리쳤다.

그 반응에 청명이 씨익 웃으며 마지막 쐐기를 박았다.

"그럼 계약하시죠."

조건이야 지옥 같다. 하지만 이건 잡지 않을 수 없는 동아줄이었다. 죽어도 먹고 봐야 했다.

"에이, 왜 그런 표정을 짓고 그러세요. 은하상단은 돈보다 더 중요한 걸 얻는 거잖아요."

"……끄으으응."

황종의는 대답 대신 한숨을 내쉬었다.

사실 청명의 말이 그리 틀리지 않았다. 이곳에서 나는 수익이 얼마나 커질지는 알 수 없으나, 은하상단에 중요한 건 수익이 아니다.

'이쯤에서 승부를 걸어야 한다.'

그동안 은하상단은 화산에 막대한 돈을 투자했다. 하지만 아직까지는 그 투자의 열매를 은하상단이 아니라 화산만 날름 먹어 치우고 있는 실정이었다.

'돈은 아무래도 좋아.'

중요한 건 위치!

천하제일상단으로 나아가기 위해서는 다른 상가들은 할 수 없는 일을 추진하고, 그걸 성공시키는 게 중요하다. 그리고 세상 모든 사람에게 은하상단이 다른 곳과는 다르다는 인식을 심어 주어야 한다. 그러기 위해서는 때론 과감한 결단이 필요했다.

"좋습니다!"

황종의가 단호하게 고개를 끄덕였다.

이 조건으로 계약을 한다면 이 사업에서 큰 수익을 얻는 건 물 건너가겠지만, 더 큰 것을 위해서는 돈 정도는 얼마든지 포기할 수 있었다.

"크으! 잘 생각하셨어요!"

다만…… 저 개운하고 즐거운 표정을 보는 게 속이 쓰릴 뿐이지.

그렇다 한들 뭘 어쩌겠는가? 저 청명과 얽힌 일인 이상 어쩔 수 없었다. 황종의는 미래를 생각하며 복잡한 심경을 다스렸다.

"대신 유령문도에 대한 관리는 화산에서 잘해 주셔야 합니다."

"아. 그건 걱정 마세요. 완벽하게 해 드릴 테니까."

자신감 넘치는 그의 말에 황종의는 고개를 끄덕이며 계약서를 꺼냈다. 청명이 눈을 동그랗게 떴다.

"응? 미리 준비하셨네요?"

"……확실한 게 좋지 않겠습니까?"

네놈이 계약서를 작성하게 됐다가 또 무슨 뒤통수를 맞으라고!

"쳇. 철두철미하시네!"

저 봐. 저 봐. 분명히 또 무슨 짓을 하려고 한 거지, 저거!

세상이 어떻게 돌아가기에 평범한 양민보다 도사 놈을 더 못 믿을 판이냐! 도사 놈을!

황종의가 한숨을 쉬며 계약서에 비율을 기입한 뒤 인장을 찍었다. 그리고 청명에게 곧장 내밀었다.

"여기 있습니다."

청명은 계약서를 꼼꼼히 읽기 시작했다. 그 꼼꼼함이 여간하질 않아서, 한 자 한 자 음미라도 하는 듯 보였다.

"기다려 보세요. 이게 여기, 으음……. 겉보기에는 괜찮은데…….."

이 새끼가?

표정 관리에 실패한 황종의가 미간을 있는 대로 찌푸렸다. 하지만 청명은 황종의의 얼굴이 일그러지든 말든 계약서와 그를 번갈아 힐끔대었다. 딱 봐도 계약서에 숨겨진 독소 조항이 없는지 확인하는 눈치였다. 결국 황종의가 황당한 마음을 이기지 못하고 입을 떡 벌렸다.

세상에. 그동안 화산에 퍼 준 게 얼만데, 다른 곳도 아니라 은하상단을 의심한다는 말인가? 그것도 소단주가 직접 준비한 계약서를?

그 후로도 한참을 힐끔거려 가며 계약서를 모두 확인한 청명은 이내 환한 웃음을 지으며 호탕하게 계약서를 내려놓았다.

"하하하. 뭐, 이런 거 꼼꼼히 볼 필요가 있겠어요? 우리 사이에."

"……랄한다."

"예?"

"아, 아닙니다."

애써 마음을 다잡은 황종의가 환한 업무용 미소를 내걸었다.

어쨌거나 이 계약은 반드시 성사시켜야 한다! 어떻게든!

"장로님. 이 정도면 괜찮은 것 같은데요?"

"어디 보자꾸나."

현영이 큰 관심이 없다는 듯 심드렁한 얼굴로 계약서를 받아 들었다. 그러더니 청명과 똑같이 한 자 한 자 뚫어져라 확인하기 시작했다.

황종의는 더 뭐라 따지는 것도 포기하고 둘을 가만히 지켜보았다. 두 노소가 하는 짓을 보고 있으면 친할아버지와 손자라고 해도 믿을 지경이었다.

검토를 끝낸 현영이 마침내 계약서를 현종의 앞에 내밀었다.

"장문인. 여기에 인장을 찍으시면 됩니다."

현종은 떨떠름한 얼굴로 입술을 짓씹으며 계약서를 내려다보았다.

"현영아. 이게 정말 잘하는……."

"청명이가 하는 일입니다. 어련히 알아서 벌어 오겠습니까? 그냥 도장이나 찍으십시오."

계약서를 내려다보는 현종의 얼굴에 서글픔이 깃들었다.

남의 문파 장문령부를 빼앗아 일을 벌이더니, 이제는 화산 전체가 저놈들의 술수에 휘말려 들어가고 있지 않은가.

'정말 이놈들을 믿어도 될까?'

과거에는 현영과 청명의 말이라면 우물에서 용이 승천했다고 해도 믿었던 현종이지만, 이제는 사사건건 불신이 가시지를 않았다.

"끄으으응."

앓는 소리를 낸 그는 마지못해 계약서 두 부에 도장을 찍고 내밀었다.

"잘해 보죠!"

"물론입니다."

황종의와 청명이 약속이나 한 듯이 미소를 내걸고 양손을 맞잡았다.

계약 전까지는 적이지만, 계약을 한 이상 같은 길을 걷는 동지다. 두 사람 모두 이 사실을 누구보다 잘 알고 있었다.

"이 일의 성공을 위해선 유령문의 관리가 필수입니다."

"걱정 마세요. 그러잖아도 제가 직접 갈 생각이니까요."

듣던 중 반가운 소리에 황종의가 크게 고개를 끄덕였다.

"그렇게만 해 주신다면 더 바랄 것이 없지요. 그런데 소도장, 괜찮으시겠습니까? 바쁘실 텐데."

"괜찮아요. 다행히 유령문이 사천 근처에 있더라고요. 안 그래도 사천에 한번 들를 참이었거든요."

"사천이요?"

갑자기? 황종의가 고개를 갸웃하자 청명이 어깨를 으쓱해 보였다.

"네. 당가에 들러야 할 일이 있어서요."

* ※ *

화산의 제자들이 장문인의 처소 뒤편으로 몰려들었다.

이곳 역시 화산이니 제자들이 모이지 못할 이유는 없었다. 하나, 기이한 것은 모여든 이들이 모두 손에 삽을 하나씩 들고 있다는 점이었다.

떨떠름한 표정으로 잠시 손에 쥔 삽을 내려다보던 윤종이 백천을 향해 물었다.

"사숙. 그런데 삽은 왜 들고 오라고 한 겁니까?"

"난들 알겠느냐? 또 뭔 괴이한 짓거리를 시키겠지."

두 사람은 이내 서로를 마주 보며 동시에 한숨을 푹 내쉬었다.

이제는 청명이 놈이 뭘 시켜도 딱히 거부감이나 의문이 느껴지질 않았다. 다른 사람이 이런 짓을 시키면 이상해서라도 물어볼 텐데 말이다.

"그런데 이렇게 불러 놓고 정작 청명이 놈은……. 아, 저기 오네요."

저만치서 이쪽을 향해 휘적휘적 걸어오는 청명의 모습이 보였다.

"다 모였어?"

"그래. 그런데 여기는 왜 모인 거냐? 삽은 또 뭐고?"

"뭐 뻔한 걸 묻고 있어. 삽을 어디다 쓰는데?"

"땅 파는 데?"

"잘 아네."

불퉁하게 말한 청명은 턱짓으로 장문인의 처소 뒤에 봉긋하게 솟아 있는 동산을 가리켰다.

"까."

모두의 시선이 일제히 동산으로 향했다. 화산이니까 저만한 걸 동산이라고 하지, 보통이라면 그냥 산이라 부를 만한 크기였다.

일순 정적이 흘렀다. 다들 제발 잘못 들은 것이길 간절히 빌었다.

뭘 까라고? 저 산? 설마, 아니겠지? 황당함과 놀라움, 공포로 뒤범벅이 된 시선이 다시 청명에게로 일제히 돌아왔다. 그 눈빛을 받은 청명이 재차 말했다.

"까라고."

"……뭘?"

"아니, 이 양반들이 귀가 막혔나? 저거 까라고. 저거! 저 산!"

결국 역정을 내는 청명을, 백천이 창백하게 질린 얼굴로 바라보았다.

"청명아. 저거 산이다."

"알아. 내가 말했잖아. 산이라고."

"아니, 이 미친놈아! 멀쩡히 잘 있는 산을 갑자기 왜 까?"

"지금 내 머리가 이상한 건지, 네 머리가 이상한 건지 잘 모르……. 아니지. 네 머리가 이상한 거겠지."

그건 확실하지.

"갑자기 저걸 왜 까라고 하는 건데?"

"밑에 있는 거 파내려고."

"저 밑에? 저 밑에 뭐가…….."

백천이 말을 하다 말고 입을 다물었다. 그의 눈동자가 격하게 뒤흔들렸다.

'그러고 보니?'

가만 머릿속에 그려 보니 저 동산 아래에 있는 것은 그것이다. 장문인의 처소와 연결된 화산의 비고, 그러니까…….

"만년한철 비고? 그, 그걸 파내서 뭘 하려고?"

불길한 예감이 밀려왔다. 이번에는 또 무슨 사고를 치려고, 인마?

"당가에 가져갈 거야."

백천이 이해가 안 간다는 듯 고개를 갸웃했다.

"비고를 당가에 가져간다고? 개조라도 하게?"

"쯧쯧쯧. 가끔은 생각이란 것도 좀 해라, 동룡아."

"이 새끼가!"

백천이 발끈해서 달려들려고 하자, 윤종과 조걸이 자연스럽게 그의 양팔에 팔짱을 꼈다.

"가만히 좀 있어 보십시오, 사숙."

"뭐 매번 있는 일인데 새삼 발끈하고 그러십니까."

"놔! 이거 안 놔?"

백천이 눈을 희번덕댔지만, 그를 붙든 팔들은 자물쇠처럼 단단하기만 했다. 늘 있는 일이라 다들 익숙했다. 그 꼴을 보던 청명이 혀를 찼다.

"달려들면 뭐 어쩌게? 목검으로 싸우게?"

백천은 자신의 허리춤에 매달린 목검을 내려다보았다. 그러곤 이내 슬그머니 눈을 내리깔며 잠잠해졌다. 매번 검을 망가뜨리는 처지다 보니 괜히 숙연해진 것이다.

청명이 고개를 절레절레 내저으며 말을 이었다.

"이게 다 사형들을 위한 거야."

"……우리가 뭐?"

"사형들이 약해 빠져서 자꾸 검 해 먹잖아. 그러다가 제대로 된 고수 만나면 한 방에 검 날아가고 모가지 잘리는 거지."

청명의 눈이 새파랗게 빛났다.

"그러니까! 애초에 절대 안 부러지는 검을 만들어 버리면 그만이지! 저거 뽑아서 당가에 가져간다. 그리고 한철검 만들어 달라고 할 거야!"

"……뭘 만든다고?"

"만년한철검."

청명이 심드렁하게 말했다.

"그거까지 잘라 낼 놈 만나면, 그냥 죽으면 돼. 억울할 것도 없지."

백천은 입만 쩍 벌린 채 청명을 응시했다. 할 말을 찾지 못한 까닭이었다. 충격이 심해서 대체 무슨 말을 들은 건지 얼른 이해가 되지 않았다. 한참 후에야 그는 떨리는 목소리로 물었다.

"그, 그러니까 사문의 비고를 뽑아서 그걸로 검을 만들겠다고?"

"응."

당당하기 그지없는 대답에 백천이 멍하게 입술만 벙긋거렸다.

딴지를 걸 의욕조차 생기지 않았다. 어디서부터 걸고넘어져야 할지 도저히 알 수 없는 지경이었다. 대체 어떻게 이 상황을 정리해야 하는지 그가 고민하던 그때였다.

"어? 그럼 우리 만년한철 검 하나씩 받는 거야? 그거 엄청 비싸잖아. 웬만한 문파 장로들도 엄두를 못 내는 건데."

그때, 뭔가 생각하는 듯하던 조걸이 툭 말했다. 모두의 고개가 획 돌아갔다.

"그러고 보면……."

만년한철이 조금만 섞인 검도 보물로 취급을 받는다. 그런데…….

'그 비고 크기면!'

'무상지보다!'

화산의 제자들이 서로 눈빛을 교환하기 시작한다.

"자, 잠깐만! 얘들……."

"파라!"

"저거 까!"

조걸이 가장 먼저 삽을 들고 용맹하게 돌진하기 시작했다. 그 뒤를 따라 다른 제자들 역시 우렁찬 함성을 내지르며 달려들었다.

"간격 유지하고! 단숨에 판다!"

"오늘 내로 끝낸다!"

"지껄일 시간에 한 삽이라도 더 떠! 허리 펼 생각은 다 파고 나서나 해라!"

"만년한철검! 만년한철 매화검!"

광기 어린 눈으로 미친 듯이 삽질을 해 대는 화산 제자들의 등 뒤로 거대한 먼지구름이 피어올랐다.

한편 그 모습을 지켜보는 백천의 이마에는 식은땀이 흐르기 시작했다.

그때 곁에 와서 선 청명이 고개를 갸웃했다.

"뭐 해? 사숙이 검 제일 많이 해 먹는데, 아직도 여기서 이러고 있으면 어떡해? 얼른 가서 파."

아니, 아무리 그래도 그렇지. 백천이 몇 번이고 입을 달싹이다 물었다.

"저, 정말 이거 괜찮은 거냐? 검수는 검에 연연하면······."

"뭐 말도 안 되는 소리를 하고 있어? 그딴 소리 하다가 검 부러져서 뒈지면 누가 칭찬이라도 해 준대? 그건 좋은 검 없는 놈들이 배 아파서 하는 소리고! 장비는 무조건 좋을수록 좋다! 실력이 안 되면 무기라도 좋아야지! 잔말 말고 가서 까!"

"넵!"

할 말이 없어진 백천이 크게 대답하고는 후다닥 달려갔다.

먼지구름이 뭉게뭉게 피어나는 동산을 보며 청명이 흐뭇하게 입꼬리를 말아 올렸다.

"넣을 보물도 없는데 비고가 있어서 뭐 해."

쓸 데다 써야지! 그렇지 않수, 장문사형?

– 맞는 말이지! 이번에는 잘했다!

엥? 오늘은 웬일로 또 칭찬을 다 해 주신대? 거참.

"거······ 다 알아서 잘한다고 하지 않습니까."

현영의 말에 현종이 평소답지 않게 매서운 눈빛으로 화답했다. 살짝 찔끔한 현영이 시선을 피하며 꿍얼거렸다.

"······그런 눈으로 보지 마십시오."

현종이 연신 혀를 차 댔다. 생각하면 할수록 기가 막혔다.

"제자 놈이 사고를 치는데 말리지는 못할망정 좋다고 옆에서 같이 북을 치고 있어?"

"청명이 놈이 피리를 불면 북이라도 쳐야지요!"

"시끄럽다!"

현종이 버럭 소리를 지르자 현상이 허허 웃으며 달랬다.

"사제도 아무 생각 없이 시작한 일은 아닐 것입니다. 그리고 슬슬 섬서를 넘어 다른 곳에도 화산의 이름을 떨칠 필요가 있지 않았습니까?"

그러자 현종은 못마땅한 듯 혀를 차면서도 딱히 반박하지 않았다. 조금 누그러지나 싶자 현영이 슬그머니 덧붙였다.

"겸사겸사 돈도 벌고……."

"그게 본 목적이겠지!"

"겸사겸사 하는 거지요. 겸사겸사."

현종은 앓는 소리를 내며 손으로 이마를 짚었다.

현영을 보는 그의 심정은, 이제 겨우 가난에서 벗어나 앞뒤 안 가리고 음식을 탐하는 아이를 보는 부모의 그것과 비슷했다.

일단 돈만 보면 한시도 참지 못하고 달려드는 꼴에 진절머리가 나다가도, 왜 저러는지를 생각하면 차마 싫은 소리가 입에서 나오질 않았다.

현영이 투덜거리며 핀잔을 주었다.

"누가 보면 장문인은 돈 싫어하시는 줄 알겠습니다?"

"예끼, 이놈아! 돈 싫어하는 이가 어디에 있느냐! 다만 돈을 벌더라도 상황은 봐야지. 결과가 같다고 과정을 무시해선 안 되지 않겠느냐! 명색이 도인이라는 놈이."

기왕 시작한 김에 현종이 조금 더 잔소리를 늘어놓으려던 찰나였다.

"……그런데 저건 뭡니까?"

현상의 난데없는 물음에 현종이 그가 가리킨 쪽으로 고개를 돌렸다.

전각 뒤로 먼지구름이 뭉게뭉게 피어오르고 있었다. 갑자기 웬 먼지구름이란 말인가? 이 화창한 날에?

"그런데 저기는……."

"장문인 처소 쪽인 것 같습니다?"

현종의 눈가가 파르르 떨리기 시작했다. 좋지 않은 예감이 들었다.

과거였다면 이게 대체 무슨 일인지를 먼저 생각했겠지만, 이제는 그럴 필요도 없었다.

"처, 청명이 이놈아!"

현종이 버럭 소리를 내지르며 처소를 향해 부리나케 달리기 시작했다. 그런 그의 뒤로 장로들이 기겁을 하며 따라붙었다.

전력으로 달려 처소 뒤쪽에 도착한 현종은 경악하며 두 눈을 부릅떴다. 실로 기묘한 광경이 그의 눈앞에 펼쳐져 있었다.

"이쪽으로 날라!"

"아, 흙 막 파 대지 말라고요! 여기로 다 쏟아지잖아!"

"밖으로 빼라고, 밖으로!"

"포대! 누가 포대 좀 가지고 와라! 이거 좀 담으라고!"

화산의 제자들이 일제히 장문인 처소 뒤편 동산에 달려들어 대공사(?)를 벌이고 있었다. 얼마나 열심인지, 현종은 상황을 잠깐 잊어버리고 감탄할 뻔했다.

일부는 미친 듯이 삽질을 하며 산을 파냈고, 또 일부는 파낸 흙을 쓸어 담아 옆으로 옮기는 중이었다. 그리고 또 일부는 산을 파내며 드러난 바윗덩어리에 달라붙어 있었다.

"뭔 놈의 바위가 이렇게 커!"

"조심 좀 해! 잘 좀 묶어 봐!"

바윗덩어리에 일사불란하게 동아줄을 엮은 제자들은 밧줄을 단단히 붙들고 우렁찬 기합을 토하며 끌어내기 시작했다. 그와 동시에 집채만 한 바윗덩어리가 들썩였다.

"으라차아아아아!"

"흐아아아아압!"

기합이 화산에 울려 퍼질수록 현종의 이마에선 진땀이 솟았다. 기가 막혀서 한동안 말도 할 수가 없었다.

'이제는 하다 하다…….'

청명이 사고를 치는 게 어디 하루이틀이겠냐마는, 요즘 들어 그 규모가 대책 없이 커져 감당하기가 벅찼다.

"대, 대체 뭣들 하는 것이냐!"

내내 입을 벙긋거리던 현종이 끝내 쩌렁쩌렁 소리를 질렀다. 동산을 파내느라 정신이 없던 이들이 일제히 고개를 돌려 그를 바라보았다.

"장문인을 뵙습니다!"

"인사는 됐고! 이게 대체 무슨 일이냐, 이게!"

사실 답이야 뻔했다. 현종의 말을 들은 제자들이 모두 대답 대신 슬쩍 한곳을 바라보았다. 그리고 그곳에는 정해진 답처럼 청명이 있었다.

아예 평상까지 가져다 놓고 반쯤 드러누워 있던 청명이 몸을 발딱 일으켜 세우더니 제 옆자리를 팡팡 쳤다.

"장문인! 여기 앉으실래요?"

……몸이 허한가? 갑자기 현기증이 나는데?

"청명이 이놈아! 대체 또 무슨 일을 벌이는 게냐? 산은 왜 갑자기 파고 있어!"

"아, 저 밑에 있는 것 좀 뽑으려고요."

"밑? 밑에 뭐……. 밑?"

생각을 이어 가던 현종의 눈이 휘둥그레졌다.

"서, 설마! 비고? 설마 너 지금 한철 비고를 뽑으려는 거냐?"

"크으! 역시 장문인! 이제는 척하면 착이시네요!"

"그, 그걸……. 이, 이놈아! 그건 화산의 비밀인데! 이 많은 아이들을 동원해서……!"

"에이, 비밀은 뭔 비밀이에요. 모르는 사람 하나도 없는데."

"어……? 그……렇지. 그건 그렇다만……."

현종은 이미 제자들을 이끌고 직접 비고를 연 적이 있었다. 그때 청명이 한철로 된 문을 자르지 않았던가.

워낙 상징적인 일이다 보니 이제 화산에서는 장문인의 처소 뒤에 비고가 있다는 사실을 모르는 이가 없었다.

"쓸모를 다했으면 좋은 데다 써야죠."

"대체 그 많은 한철을 어디다 쓰려고? 설마 팔아먹으려는 게냐! 절대 안 된다! 내 눈에 흙이 들어가기 전에는 안 된다! 저건 선대 장문인들께서 내려 주신 비고란 말이다! 이놈아, 이럴 거면 차라리 나를 데려다 팔아라!"

현종이 그 자리에서 목 놓아 울부짖었다. 놀라서 입을 딱 벌리고 있던 현상이 눈살을 찌푸리더니 벼락같이 호통을 쳤다.

"청명이 네 이놈! 잘한다, 잘한다 하니 네가 이제 도를 넘는구나! 어디 이런 일을 장문인과 상의도 없이 네 마음대로 정한단 말이더냐! 나도 이번만큼은 참아 줄 수가 없다! 대체 저 비고를 어디다 쓰려고……."

"검 만들 건데요?"

"……뭐?"

생각지도 못한 이야기에 현상이 잠깐 멈칫하자 청명이 불쌍한 강아지 같은 눈으로 그를 보며 시무룩하게 중얼거렸다.

"아니……. 이번에 워낙에 위험했으니까……. 매화검도 많이 상했고. 앞으로는 더 위험한 적을 만날지도 모르는데, 사형들이 약한 검 쓰다가 검이 부러지면 목숨이 위험하니까……. 한철로 검을 만들어 주면 사형들도 훨씬 안전해질 거라 생각했는데……."

청명은 한껏 풀이 죽은 듯 어깨를 늘어트리더니 현상을 올려다보았다.

"그런데 뭐…… 그냥 저희가 약한 검을 써야겠죠. 비고는 제가 다시 고스란히 묻을게요."

"……한철검을 만들려고 했다고? 네 사숙이랑 사형들에게 주려고?"

잠깐 청명의 말을 곱씹던 현상이 딱딱하게 굳은 얼굴로 엄히 말했다.

"그렇다고는 해도 장문인의 허락을 먼저 구했어야지!"

"이 제자가 생각이 짧았어요."

"크흠. 그래. 그럼 됐다."

뭔가 이상한데? 가만 듣고 있던 현종이 고개를 휙 돌렸다.

"뭐가 돼?"

"허허허허. 기특하지 않습니까. 저 청명이가 제 사형들에게 검을 만들어 주려고 하다니. 말은 틀린 게 없습니다."

이게 미쳤나?

현종이 고개를 반대쪽으로 휙 돌렸다.

아, 아닌데. 현영은 저기에 있는데? 이놈은 진짜 현상이가 맞는데?

"한철검. 한철검이라니. 내가 왜 그 생각을 못 했을까! 쯧쯧쯧! 늙으면 머리가 굳는다더니 과연."

"현상이 이, 이놈아. 저, 저건 선조들께서 내려 주신……."

"허허, 장문인. 화산의 선조들께서 애들이 한철검을 들고 다니겠다는데 싫어하실 리가 있겠습니까? 애들이 안전해진다는데 전통이 문제겠습니까? 전통이고 나발이고 미래가 우선이지요!"

현종의 안색이 새파랗게 질렸다.

"아, 안 된다! 야, 이놈들아! 그건 화산……. 아니, 됐고. 차라리 한철을 내가 사다 주마!"

"하하하하하. 그게 뭐 돈 있다고 구할 수 있는 건 줄 아십니까. 농담도 참. 하하하하하!"

급기야 현상은 현종의 양쪽 어깨를 잡고 질질 끌고 가기 시작했다.

"청명아! 어서 계속하거라. 장문인께서도 허락하신 것 같구나!"

"허락은 뭔 허락이야? 내가 언……! 읍! 으읍!"

현상은 웃으며 아예 장문인의 입을 한 손으로 덮었다.

"자, 자. 다 화산 잘되자고 하는 일이잖습니까. 하하하하."

입을 덮은 손을 가까스로 떼어 낸 현종은 처절하게 절규했다.

"이놈들아아아아! 내가 장문인인데! 이 망할 화산 놈들 같으니라고! 천벌을 받을 것이다, 천벌을!"

"하하하하하."

현상이 껄껄 웃으며 버둥거리는 장문인을 데리고 전각 뒤로 사라졌다. 화산의 제자들은 모두 그 광경을 멍하게 바라보았다.

그때 남아 있던 현영이 무심한 얼굴로 동산을 향해 턱짓했다.

"뭐 하느냐? 날 새겠다. 빨리 뽑아라."

"예, 장로님!"

잠깐 주저하던 화산의 제자들이 다시금 산을 파기 시작했다.

흙먼지로 얼굴이 꼬질꼬질해진 백천과 그 무리 역시 흐뭇하게 웃으며 코 밑을 슥 문질렀다.

'이젠 글렀어.'

이 문파는 이제 영영 과거로 돌아갈 수 없다. 영영.

마침내 커다랗게 뚫린 바닥 아래에서 동아줄에 엮인 비고가 조금씩 올라오기 시작했다. 어찌나 무거운지, 제자들이 모두 달라붙어야 했다.

"으라차아아아아아아! 이거 왜 이렇게 무거워?"

"가벼운 거지! 크기가 저만한데!"

"그런가?"

어찌 됐든 힘든 건 마찬가지였다. 하지만 젖 먹던 힘까지 짜낸 보람이 있었는지, 이내 비고 전체가 모습을 드러냈다.

"이제 한철검! 한철검을 가질 수 있다!"

모두의 눈에 탐욕이 넘실거렸다. 청정해야 할 도관이 흙먼지로 가득하고, 욕심 없는 눈으로 도경을 외워야 할 도사들이 욕망에 찌들어 있었다.

"진짜 힘들었다. 사흘이나 걸릴 줄이야! 이게 뭐라고!"

"으아. 진짜. 산 하나를 까고 새로 만들었네!"

원래 산이 있었던 자리 옆에 생겨난 흙산을 바라보는 모두의 눈에는 질린 기색이 역력했다. 흙을 얼마나 파냈으면 흙을 쌓은 자리가 저리되는가?

"어쨌거나 해냈다!"

"청명아! 이제 된 거지?"

그러자 청명이 뽑혀 나온 비고를 흘깃 보더니 고개를 끄덕였다.

"됐어. 이제 산 아래로 잘 옮기기만 하면 돼."

잔뜩 들떠 있던 모두의 얼굴이 그대로 굳어졌다.

옮긴다고? ……이걸? 모두의 시선이 담장 너머의 절벽 쪽으로 향했다. 저 깎아지른 절벽 아래로 이 비고를 옮길 생각을 하니 눈앞이 아찔할 지경이었다.

누군가가 슬픔과 분노에 젖은 목소리로 허탈하게 중얼거렸다.

"선조들께선 왜 이런 산에다가 도관을 만드셔서……."

"내 말이!"

하지만 이제 와 돌이키기에는 늦었다. 어차피 해야 할 일이 아니던가?

"자, 불만 가지지 말고 하자! 이게 뭐 남 좋은 일도 아니고, 한철검이 우리 손에 떨어지는 건데!"

백상이 다독이듯 소리치자 제자들의 눈이 하나둘 빛이 돌아왔다.

지금까지 청명이 벌이는 일들에 죽을 만큼 끌려다녔던 화산의 제자들이다. 물론 그에 따른 이득이 수없이 많기는 했지만, 막상 당장 본인들 눈앞에 떨어진 것이 무어가 있었냐 묻는다면…….

'사실상 고기밖에는 없었지!'

하지만 이건 당장 그들에게 이득이 되는 일이 아니던가.

만년한철검은 웬만한 문파에서는 엄두도 내지 못할 귀물이다. 그게 자신의 손에 떨어진다는데 못 할 일이 뭐가 있겠는가!

"옮깁시다! 산 아래로!"

모두가 다시금 열정을 불태우며 비고로 달려들려는 바로 그 찰나.

"어디 가?"

청명의 심드렁한 목소리가 그들을 붙잡았다.

"옮기는 건 다음이고, 그 전에 복구해야지."

"……뭘?"

"저거 저렇게 둘 거야?"

청명의 손가락이 가리킨 건 파헤쳐진 구덩이와, 그 옆의 흙산이었다. 산에 시커멓게 구멍이 뚫린 모습이 흉물스럽기 짝이 없었다.

"다시 메워. 빨리."

화산 제자들의 눈에서 또다시 빛이 꺼졌다.

· ❁ ·

"당가에 다녀올게요. 한철검도 만들어야 하고, 가는 와중에 유령문에도 한번 들르려고요."

현종은 아무 말도 없이 혼이 빠진 얼굴로 청명을 바라보았다.

"헤헤. 그거 외에도 나름 몇 가지 할 일이 있어요. 최대한 빨리 다녀올게요!"

배시시 웃는 청명을 보던 현종의 고개가 이내 힘없이 꺾였다. 생명력이 다 꺼진 듯한 목소리가 입에서 새어 나왔다.

"……너 알아서 해."

"헤헤. 네, 그럼……."

그런데 그때, 장문인 처소의 문이 거의 부서지다시피 콱 열렸다. 그리고 우렁찬 목소리가 들려왔다.

"사형! 당가 간다면서요?!"

"응? 넌 그걸 어디서 듣고……."

방 안으로 박차고 들어온 건 당소소였다. 그녀가 허리에 양손을 척 올리고는 버럭 언성을 높였다.

"아니, 이 양반이! 당가에 가는데 왜 나한테 말을 안 해! 사형이 당가 아들내미야? 내가 당가 딸내미지?"

"그럼 같이 가든가."

청명이 심드렁하게 말하자 당소소가 빛살처럼 현종을 향해 시선을 돌렸다. 눈에는 기대감이 잔뜩 어려 있었다.

"저도 같이 가도 되죠, 장문인?"

현종은 힘없이 당소소를 바라보다 이내 느리게 고개를 끄덕였다.

"……너희들 마음대로 해라."

"감사합니다!"

그때 곁에서 가만히 듣고 있던 현상이 입을 뗐다.

"그런데 청명아. 일이 있는 건 알지만, 네가 이렇게 가 버리면 백매관은 어쩌느냐?"

청명이 어깨를 으쓱해 보였다.

"그건 걱정하지 않으셔도 돼요. 관주님한테 여쭤보니 열흘이면 어느 정도 회복할 수 있을 것 같다고 하셨어요. 이거저거 준비하려면 열흘 정도는 족히 걸릴 테니, 관주님이 회복하시면 바로 출발할게요."

"……아, 그럼 뭐."

"대신!"

청명이 입꼬리를 사악하게 말아 올리며 덧붙였다.

"그 열흘 동안은 정말 죽을 정도로 굴려 볼 테니까. 너무 걱정하지 않으셔도 돼요. 제가 누굽니까? 청명이잖아요."

지옥에서 올라온 마귀의 미소도 저것보다는 온화할 것이다. 현상은 어쩐지 등골이 서늘한 느낌에 몸을 부르르 떨었다. 그런 그의 등 뒤에서 현종의 힘없는 목소리가 들려왔다.

"네 마음대로 해라……. 네 마음대로."
장문인. 그러다 등선하시겠습니다.

· ◈ ·

명문의 조건은 무엇일까?
과거 도운찬은 명문의 조건이 명성이라고 생각했다. 세인들이 그 문파의 존재를 알고 인정하지 않는다면 명문으로 불릴 수 없기 때문이다.
하지만 최근에는 생각이 조금 달라졌다.
아무리 명성을 얻는다고 한들, 확실한 실력이 뒷받침되지 않으면 절대 명문으로 불릴 수 없다. 그렇기에 도운찬은 유령문의 내실을 다지고, 제자들을 수련시켜 전력을 강화하는 것에 전념할 생각이었다.
그리고 그 생각은 화산에 올라 이들을 마주한 순간 더욱 확고해졌다.
지금 천하에서 가장 기세가 좋은 화산도 이리 열심히 수련하지 않는가. 지금까지 이룬 성과를 생각한다면 조금쯤은 자만할 만도 한데, 화산의 제자들은 마치 내일이 없는 사람들처럼 수련하고 있었다.
보라! 저 얼마나 아름다운 광경인가!
유령문의 제자들을 모두 끌고 와 이 모습을 보여 주고 싶은 심정이었다.
다만 딱 한 가지 문제가 있다면.
'그래도 인간적으로 저건 좀 심한 것이 아닌가?'
도운찬은 저도 모르게 눈을 비볐다.
"끄으으으으으……."
"죽여라……. 이 새끼야. 차라리 죽여라……."

흙먼지가 잔뜩 묻어 전신이 황토색으로 물들어 버린 화산의 제자들이 바닥을 꿈틀꿈틀 기어 다니고 있었다.

그 와중에 목검을 손에서 놓지 않는 건 굉장히 칭찬해 줄 만한 일이었지만, 그 손이 파들파들 떨리는 걸 보고 있자니 이상하게 자꾸 눈물이 앞을 가리고 가슴이 먹먹해졌다.

화산 제자들의 몸에 주렁주렁 달린 쇳덩이들은 또 어떤가. 얼마나 끔찍한 수련을 하고 있는지를 저보다 더 확실히 말해 줄 순 없었다.

"다들 빠져 가지고."

겨우 숨을 할딱이는 제자들의 머리 위로 청명의 낭랑한 음성이 쏟아졌다.

"칼질 좀 해 보더니, 아주 근거 없는 자신감이 줄줄 새어 나오지. 검수는 평생 기본 수련을 빼먹으면 안 되는 거야. 다리에 힘도 안 붙은 양반들이 깔짝깔짝 기교를 부려?"

심지어 잔소리를 쏟으며 눈을 희번덕거리는 모양새가 예사롭지 않았다.

"그래, 화산의 검은 화려하지. 하지만 그래서 오히려 그 검에 빠지고 매몰되기 쉬운 거야! 검수라면 손끝은 화려하더라도 중심은 묵직하게 버틸 줄 알아야지! 어디서 엉덩이가 꿈틀대! 확 마!"

'어느 놈이 기교 부렸냐?'

'진짜 죽인다! 진짜!'

흙바닥에 얼굴을 처박은 채 헥헥대던 백천과 그 무리가 이를 갈았다.

오래간만에 지옥 같은 기초 수련에서 벗어나 칼 좀 휘둘러 본다고 쾌재를 불렀었다. 그런데 몇 초식 휘두르기도 전에 갑자기 저 마귀 놈의 눈이 돌아가더니 결국 이 지경까지 와 버렸다.

"어쭈, 요령 부리지? 안 내려가?"

"……또?"

"또? 또오오? 왜? 내가 직접 던져 줄까?"

"……."

쇳덩이를 매달고 겨우 절벽을 기어오른 화산의 제자들이 눈물을 머금고 까마득한 아래를 바라보았다.

"끄으으응."

그리고 바들바들 떨며 다시 내려가기 시작했다.

"아악! 여기 돌이 이제 바스러진다!"

"사형! 꽉 잡으십쇼! 그러다 진짜 뒈집니다! 이젠 밑에서 받아 주는 사람도 없잖습니까!"

"으아아아아! 저 개새끼!"

여기저기서 비명과 욕설이 마구 날아들었지만, 청명은 전혀 타격이 없었다. 어디서 개가 짖냐는 듯 귀를 후빌 뿐이었다.

"하여튼 요즘 애들은 하나같이 빠져 가지고. 나 때는 안 그랬는데!"

어? 나 때는, 어? 그냥 집채만 한 바위 하나씩 둘러메고, 어? 절벽에서 경주도 하고 그랬는데! 그러다가 발 디딘 곳이 바스러져 천 길 낭떠러지로 추락 한 번씩 해 봐야 사람이 이래서 경공을 배우는구나, 깨닫고 그러는 거지!

"쯧쯧. 너무 곱게 컸어."

그 광경을 바라보는 도운찬의 이마에선 식은땀이 줄줄 흘러내렸다.

화산 제자들이 하고 있는 수련 때문에? 아, 당연히 공포스럽지.

그걸 태연하게 시키고 있는 청명? 그래, 물론 그것도 공포스러웠다.

하지만 그를 가장 공포에 떨게 만드는 것은, 청명이 지금 누군가의 등에 떡하니 올라타 있단 사실이었다.

응? 그게 이상하냐고? 이상하지!

청명을 등에 태우고 엎드려 있는 사람이 다름 아닌 소림의 제자니까.

"안 그러냐, 땡중아? 어휴, 머리가 반짝거리는 거 보니까 그렇게 생각하나 본데?"

"……시, 시주!"

혜연이 엎드린 자세 그대로 땀을 뻘뻘 흘리고 있었다. 얼굴은 이미 비라도 맞은 듯 완전하게 젖어 있었고, 심지어 반들반들한 머리에서도 땀이 분수처럼 솟구치는 중이었다. 소림을 상징하는 황포는 그가 흘린 땀에 푹 젖어 갓 빨래한 옷처럼 보일 지경이었다.

"어쭈, 엉덩이 내려가죠?"

"끄아아아아!"

순간 늘어난 청명의 무게에 허리가 끊어질 것만 같았다. 혜연이 비명을 내지르며 허리를 들었다.

"아니. 요즘 애들은 하나같이 왜 이러지? 야, 그래도 네가 명색이 소림승인데 이 정도로 앓는 소리 하기 쪽팔리지 않냐?"

"내, 내력도 안 쓰고 천근추를 어, 어떻게……!"

"내력? 내력?"

"흐으으읍!"

그새 청명이 공력을 더 끌어 올렸는지 혜연의 손과 발이 땅으로 더 파고들었다. 이러다 깔려 죽을 판이었다.

"소림 놈들은 이게 문제야! 내력만 주구장창 단련하니 몸뚱어리가 죄다 그 모양이지. 뭐? 여리한 몸에서 뿜어져 나오는 만근거력? 그게 자랑이냐? 자랑이야?"

청명이 눈을 희번덕거리며 외쳤다.

"외공도 익히겠단 놈들이 하나같이 열흘은 못 처먹은 것처럼 삐쩍 곯아서는! 뭘 하든 내력에 의존하니까 그런 거지. 내력이 천 갑자가 있으면 뭐 하냐? 그걸 쓰는 건 몸인데! 소림승이면 소림승답게 일단 몸뚱이부터 단련해야 할 것 아냐!"

"하지만 소, 소림에서는……."

"그럼 소림으로 다시 가시든가! 예전 너희 선조들은 팔뚝이 애들 머리통만 했어! 어디 그딴 몸뚱이를 가지고 소림승이라고. 부끄러운 줄 알아야지!"

청명이 한 마디 할 때마다 혜연의 민머리를 찰싹찰싹 때렸다.

혜연의 눈에 부연 습기가 차올랐다. 하지만 눈물을 흘릴 새도 없었다. 청명은 점점 더 무거워지고 있었다. 천근추를 끌어 올린 청명을 감당하기에 그의 몸은 너무도 여렸다.

"어디 슬금슬금 내공을 써!"

찰싹! 찰진 소리가 공활한 절벽 위에 울려 퍼졌다.

"너는 습관적으로 내공 끌어 올리는 것부터 고쳐야 돼! 마음이 가는 곳에 공력이 따라온다. 다시 말하면 내가 하고자 하면 공력을 안 쓰고 움직일 수 있어야 한단 거지. 그것도 못 하면서 어디 고수인 척하고 있어, 이 쓸데없이 내력만 센 게!"

혜연은 이제 대답을 할 기력도 없었다.

'이, 이게 아니었는데.'

그가 화산으로 오면서 바란 것은 뭔가 좀 더 고차원적인 수련이었다. 화산이 이토록 강해진 데는 그런 수련이 동반됐을 거라 생각했으니까.

그런데 설마 그 화산신룡이 이리 다짜고짜 사람을 굴려 대는 이였을 줄이야.

"너는 앞으로 한 달 동안은 내력 쓰는 거 금지야. 밥 먹는 것부터 걷는 것까지. 네 몸이 어떻게 움직이는지부터 다시 배워. 어디 안 보는 데서 내력 쓰다 걸려 봐. 단전을 쪼개 버릴 테니까!"

지켜보던 도운찬의 얼굴은 이제 종잇장처럼 새하얗게 질려 있었다.

"흐음. 이런 식이로군."

그때, 도운찬의 옆에 서서 함께 그 무지막지한 수련을 참관하던 운검이 뭔가 깨달았다는 듯 크게 고개를 끄덕였다.

"검도 검이지만, 일단은 검을 쓰는 사람이 완성되어야 한단 것이로구나. 과연. 일리가 있는 말이다."

일리요? 지금 일리라고 하셨습니까?

도운찬의 눈이 툭 튀어나왔다.

저기, 검수님 눈은 혹시 저하고 좀 구조가 다릅니까? 지금 저걸 보고도 그런 말씀이 나오십니까? 제 눈에는 사람 잡는 것밖에 안 보이는데요?

"관주님!"

청명이 혜연의 등에서 뛰어내리더니 운검을 향해 쪼르르 달려왔다.

"어떤 식으로 수련을 시켜야 하는지는 알겠다. 하지만 아이들이 절벽에서 헛디뎌 떨어질 수도 있는데 너무 위험하지 않겠느냐?"

도운찬이 옆에서 격하게 고개를 끄덕였다. 화산에 들어온 이래 처음으로 상식적인 말을 들은 기분이었다.

"따로 대책이 있더냐?"

"아, 그거요? 대책 필요 없어요."

"……응?"

"안 죽거든요. 이제 사형들도 튼튼해져서 웬만큼 떨어져서는 끽해야 팔다리 하나 부러지는 선에서 끝날 거예요."

도운찬의 눈이 다시 한번 툭 튀어나왔다. 이번엔 그걸로 모자라 입도 딱 벌어졌다.

'그걸 지금 대책이라고……?'

"그렇구나."

하지만 운검은 이번에도 이해했다는 듯 가볍게 고개를 주억거렸다.

"하면, 이런 수련은 얼마나 해야 한다고 생각하느냐?"

"예?"

청명이 이해가 잘 안 간다는 듯 고개를 갸웃했다.

"이건 기초 수련이 아니냐. 언제까지 이것만 할 수는 없을 텐데."

"에이. 기초는 평생 하는 거죠. 음……. 그래도 어떻게 기초 좀 줄이고 검술 수련을 늘릴 때까지는 한……."

청명이 미간을 찌푸린 채 고민에 잠겼다가 이내 고개를 갸웃거렸다.

"삼십 년?"

"……."

"아니. 부족한가? 사십 년? 대충 그쯤은 해야 사람 되지 않을까요?"

운검이 감탄사를 흘리며 새삼스럽다는 듯 청명을 보며 말했다.

"기초가 그렇게까지 중요하다고 생각하지는 않았는데, 확실히 나도 생각이 많이 잘못되어 있었구나."

"사실 그게 제일 어려운 거니까요. 여하튼 제가 없어도 이렇게 굴리시면 돼요."

"알겠다. 내 확실하게 하마!"

도운찬은 먼 곳으로 시선을 돌리며 생각에 잠겼다.

'그냥 명문이 아니어도 행복하게 살면 되지 않을까? 사람이 사는 데 행복보다 더 중한 건 없지 않을까?'

도운찬이 평생 지녀 온 가치관이 강제로 뒤틀리는 순간이었다.

"……죽을 것 같다."
"……말할 힘도 없습니다……."
상 위에 차려진 음식을 바라보는 이들의 눈은 흡사 썩은 동태눈 같았다.
음식은 더할 나위 없이 훌륭했다. 음식은.
하지만 지금 그들의 입에는 뭐가 들어가도 마찬가지였다. 기력이 너무 떨어진 나머지 산해진미를 먹어도 모래알을 씹는 느낌이었다.
"저 새끼 요즘 부쩍 왜 저러냐?"
"청명이 놈이 미쳐 날뛰는 게 어디 하루이틀도 아니고, 그걸 굳이 요즘이라고 하시면……."
"요즘 특히 더 심한 것 같은데……."
말끝을 흐린 백천이 한숨을 푹 내쉬었다.
본디 배움이라는 건 그런 게 아닌가. 처음에는 낯설고 어려워도 꾸준히 하다 보면 요령이 붙고, 요령이 붙다 보면 결국은 배우는 일 자체에서 즐거움을 느끼게 된다.
하지만 어째 저 망할 놈의 수련은 가면 갈수록 더욱 지옥 같다.
- 뭐? 즐거움? 즐거움? 배우는 게 즐거우면 그게 노는 거지, 배우는 거냐?
"애초에 사고방식이 우리와는 다릅니다."
"……그러게."
백천은 갈라진 입술로 힘없이 대답하곤 고개를 돌렸다. 그들이야 그나마 이제는 좀 익숙해져서 어떻게든 버틴다지만, 청명을 처음 겪는 혜연은 어떻게 하고 있는지…….

식탁 한구석에 앉은 혜연이 양손으로 얼굴을 감싼 채 고개를 푹 숙이고 몸을 떠는 게 보였다. 백천이 눈을 살짝 치떴다.
"……저 스님은 또 왜 저러시냐?"
잠깐 주저하던 백천은 힘없이 자리에서 일어나 혜연에게로 다가갔다.
"저……. 스님. 괜찮으십니까? 무슨 안 좋은 일이라도?"
그러자 혜연이 얼굴에서 손을 떼고 힘없이 시선을 올렸다. 커다랗고 순한 눈에 눈물이 당장이라도 흘러내릴 듯 그렁그렁 맺혀 있었다.
"시, 시주……."
"예. 말씀을 해 보……."
"푸, 풀만 먹고는 못 버티겠습니다."
백천의 시선이 자연히 혜연의 앞에 놓인 무성한 풀들로 향했다. 그는 고개를 내저으며 혀를 찼다.
'힘들 만도 하지.'
매끼 고기를 퍼먹고 있는 화산의 제자들도 청명의 수련을 따라가려면 힘들어 죽을 지경인데, 풀과 속 빈 만두만 먹고 있는 혜연이야 오죽하겠는가.
백천이 슬쩍 손짓해 윤종을 불러 속살거렸다.
"주방에 가서 혜연 스님 처소에 삶은 계란이라도 좀 넣어 드리라고 해라."
"부, 불자신데……."
"일단 살고 봐야지."
이래도 될까 싶었지만, 혜연의 몰골을 흘깃 본 윤종 역시 일단은 고개를 끄덕일 수밖에 없었다. 먹을지 말지는 혜연이 결정하면 되는 거니까.
"……대체 언제까지 이래야 하는 겁니까?"

"이제 곧 청명이 놈이 사천으로 갈 테니, 그때까지만 버티면 될 거다. 그러니 조금만……."

"아까 운검 사숙께서 수련을 아주 흥미롭게 보시던데요?"

"저, 저도 들었습니다. 이렇게만 시키면 되냐고……."

백천이 움찔하더니 입을 닫았다. 양팔에 일제히 소름이 돋아 올랐다.

'이걸 계속해야 한다고?'

그럼 둘 중 하나다. 수련하다 죽거나, 살아남아 철인이 되거나. 아마도 전자 쪽의 확률이 훨씬 더 높겠지. 의심할 여지도 없다.

차가운 현실에 제자들이 잠깐 침묵하다 머리를 감싸 쥐었다.

"그럴 거면 차라리 청명이 놈을 따라서 사천으로 가는 게 낫겠습니다……."

"그게 뭔 미친 소리냐? 그놈이 사람을 얼마나 괴롭히는데?"

"그래도 사천 가는 길에는 적어도 절벽은 없잖습니까."

응? 듣고 보니…….

무언가 생각하는 듯하던 백천의 눈에 미묘한 빛이 스쳤다.

"흐음, 흠. 그럴 리가 있느냐. 당. 연. 히 청명이 놈을 따라 사천으로 가는 게 배는 힘든 일이지. 그런 험한 일을 너희에게 맡길 수는 없구나."

짐짓 근엄한 척 말하는 백천을 향해 백상이 눈을 희번덕거렸다.

"사형. 수작질 부리지 마십시오. 솔직히 까놓고 말해서, 왜 매번 청명이 놈 일에 사형만 따라갑니까? 매번 그렇게 갔으면 한 번쯤은 양보할 줄도 아셔야지!"

"어허! 그게 어디 내가 독단으로 정한 일이냐! 다 장문인께서……."

"그럼 이번에는 양심껏 빠지십시오! 우리도 이 기회에 사천 구경 한번 해 봅시다!"

주변 다른 제자들의 눈에도 광기가 어리기 시작했다. 생존을 향한 열망이었다. 그 반란의 기운을 확인한 백천이 얼굴을 굳혔다.

"내가 대사형이다!"

"하핫, 사형. 이상한 소리를 하시네요. 언제부터 화산에 위아래가 있었습니까?"

"이놈들이!"

백천이 눈에 힘을 주고 윽박지르려는 순간, 한쪽에서 밥을 먹으며 이쪽에 귀를 기울이던 청자 배들도 슬그머니 자리에서 일어났다.

"거, 듣자 하니 사숙들께서만 해 드시려는 것 같은데."

"저희도 좀 끼워 주십시오. 누군 사천까지 갈 발이 없습니까?"

금세 식당이 소란스러워지기 시작했다. 백자 배들의 눈이 가느스름해졌다.

"애들은 빠져라."

"방금 화산에는 위아래가 없다고 하셨던 분이 누구시더라?"

청자 배들의 얼굴에 속셈 가득한 미소가 드리워졌다.

"이왕 이렇게 된 거 실력으로 하시죠? 청명이 놈도 좀 더 실력 좋은 이들을 데려가고 싶을 것 아닙니까?"

백천의 고개가 삐딱해졌다. 그리고 기가 막힌다는 듯 코웃음을 쳤다.

"……실력? 지금 실력이라고 했냐?"

그러자 청자 배 제자 연소공이 입꼬리를 말아 올렸다.

"물론 백천 사숙이 센 건 압니다. 하지만 최근에는 제대로 붙어 본 적이 없을 텐데요? 혹시 압니까? 우리가 그동안 중닭 정도는 됐을지."

"더는 병아리가 아니다, 이겁니다."

건방진 소리들의 향연에 백천은 흐뭇하게 웃었다.

기특도 하지. 어쩜 저렇게 막 자랐을까?

"그래. 물론 화산에는 위아래가 없지."

"후후. 잘 아시……."

우두둑! 백천이 손으로 잡고 있던 식탁의 상판을 그대로 뜯어냈다.

"그러니 오늘 위아래 한번 만들어 보자, 이 썩을 놈들아!"

뜯어낸 상판을 청자 배들에게 집어 던진 그는 우렁찬 고함을 내지르며 달려들었다. 광기로 물든 건 그뿐만이 아니었다.

"조져!"

"밟아!"

순식간에 난장판이 되어 버린 식당에서 혜연만이 홀로 풀을 오물오물 뜯어 대었다.

"잘들 논다."

처마 위에 드러누워 있던 청명이 아래에서 이는 소란에 혀를 찼다.

애들이야 원래 싸우면서 크는 거라지만, 저래서야. 쯧쯧쯧.

끌끌 혀를 찬 그는 고개를 젖혀 밤하늘을 바라보았다. 그리고는 마치 별을 헤는 듯 해야 할 일을 하나씩 헤아려 보았다.

'할 일이 많네.'

이번 사천행은 단순히 만년한철검 때문만은 아니었다. 그에 관한 일은 이미 황종의와도 이야기가 끝났다.

'더는 무의미해.'

이번 만인방의 사태에서 확연하게 드러났다. 구파의 결속은 과거보다 느슨해졌고, 그들이 예전처럼 도와줄 거라 바랄 수 없다.

그렇다면 믿을 만한 이들로 주변을 다시 쌓을 수밖에.

"쯧. 이게 참 귀찮은 건데."

그래도 어쩌겠는가? 이게 다 화산을 위한 일인데.

"아이고. 진짜 귀찮아 죽겠네. 장문사형, 내가……."

콰아아아앙! 뭔가 말을 하려던 청명의 바로 옆 지붕이 굉음과 함께 꿰뚫렸다. 그리고 화산의 제자 하나가 비명을 내지르며 하늘로 치솟았다.

"……."

청명이 슬쩍 고개를 빼 구멍으로 식당을 내려다보았다.

"죽어, 이 새끼야!"

"사숙은 뭔 놈의 사숙! 가는 데 순서 없어!"

"으라아아아아아아!"

청자 배와 백자 배가 덩어리처럼 완전히 뒤얽혀 아름답고 훈훈하게 주먹의 대화를 나누고 있었다.

고개를 다시 제자리로 돌린 청명이 미소 지으며 하늘을 올려다보았다.

사형. 장문사형.

……솔직히 이젠 저도 감당이 안 됩니다. 죄송해요.

· ✤ ·

그렇게, 사천으로 출발하는 날이 밝았다.

뒷짐을 진 채 선 현종은 자신의 앞에 도열한 화산의 제자들을 흐뭇한 얼굴로 바라보았다.

요즘 좀(?) 사고를 치기는 하지만, 그래도 만인방의 악도들을 물리친 자랑스러운 화산의 문하들이 아니던가. 그러니 오늘같이 특별한 날은 우선 이 아이들의 늠름한 모습을 보고 마음을…….

응? 뭐지?

현종이 얼빠진 표정으로 제자들을 둘러보았다. 분명 늠름하다. 쫙 편 어깨는 말이다. 하지만 그 어깨 위의 얼굴이 뭔가 불그스름하고 푸르뎅뎅한 것이…….

"……맞았냐?"

눈탱이가 밤탱이가 된 제자들이 대답 없이 현종의 시선을 피했다.

그의 얼굴이 용암처럼 치솟아 오른 울화로 목부터 시작하여 빠르게 붉어졌다. 현종이 눈을 부라리며 냉큼 누군가를 향해 버럭 소리를 질렀다.

"청명이 네 이노오오오오옴!"

멍하니 서 있다 불벼락을 맞은 청명이 두 눈을 휘둥그레 떴다. 현종은 그 모습에 더욱 불같이 화를 냈다.

"이제는 하다못해 사형, 사숙들을 눈탱이가 밤탱이가 되도록 두들겨 패?"

"저요?"

청명이 눈을 끔뻑이며 손가락으로 자신을 가리켰다.

"그래! 네가 아니면 누가 이런 말도 안 되는 짓거리를 벌였겠느냐!"

"제가요?"

"그래! 너!"

청명이 고개가 천천히 한쪽으로 돌아갔다. 움찔. 그의 따가운 시선을 받은 백천이 낮게 휘파람을 불며 먼 산을 바라보았다.

살면서 누군가를 억울하게 만들어 본 적은 있어도, 본인이 억울해 본 적은 별로 없던 청명이다. 하지만 이 순간 청명은 누구보다 억울했다.

저 망할 사숙 놈이 지가 다 두들겨 패 놓고! 청명이 억울함을 하소연하려던 그 순간이었다.

"거, 잘못했으면 좀 맞을 수도 있지."

"너는 좀 다물어! 너는!"

현영이 슬쩍 청명을 거들고 나서자 현종이 버럭 소리를 질렀다.

청명을 더욱 슬프게 만드는 것은, 그 현영조차 아이들을 신명 나게 패 버린 이가 청명이라는 데에 조금의 의심조차 품지 않는단 점이었다.

"진짜 제가 팬 거 아닌데요!"

"그럼 누가 팼겠느냐, 누가!"

현종의 물음에 제자들의 고개가 일제히 한곳으로 돌아갔다.

제자들의 시선을 따라 고개를 움직인 현종은 순간 말을 잃고 말았다.

"너……?"

중얼거리는 그의 얼굴에 황망함이 어렸다.

백자 배의 대제자이자, 화산을 대표하는 검수인 화정검 백천이 고개를 돌린 채 필사적으로 그의 시선을 외면하고 있었다.

진짜 너라고? 청명이가 아니라 너?

"크흐흐흠."

눈길을 버티지 못한 백천이 주먹으로 입을 가리고 작게 헛기침을 했다. 그러더니 현종을 똑바로 바라보며 정광 어린 눈으로 당당히 말했다.

"문파의 기강이 뒤흔들리는 것 같기에, 화산의 대제자로서 아이들을 훈계하였습니다."

"……언제부터 화산이 사람을 패서 훈계를 했느냐?"

세상 당당하게 답하던 백천이 고개를 갸웃거리더니 중얼거렸다.

"그러고 보니……."

할 말을 잃은 현종의 어깨가 축 처졌다.

그러자 현상이 그 마음 다 안다는 듯이 현종의 어깨를 감쌌다.

"아이들이 떠나는 자리입니다. 진정하시지요, 장문인."

"……글렀어. 여긴 이제 글렀어."

"애들 앞에서 하실 말씀은 아닙니다. 자자. 진정하시고. 현영아. 장문인을 잠깐 뒤로 모셔라."

잽싸게 나선 현영이 현종을 다독이며 얼른 뒤로 이끌었다.

"화산의 근본이……. 화산이……."

현종이 뭔가 중얼거리는 소리가 희미하게 들려왔지만, 안타깝게도 누구도 그 말에 크게 귀 기울이지 않았다.

현상이 아무 일도 없었다는 듯 태연히 앞에 서서 대신 입을 열었다.

"크흠. 이번 사천행에 청명이를 따라갈……."

그때, 백천이 평소보다 조금 작은 목소리로 슬쩍 말을 꺼냈다.

"장로님. 제자들끼리 대화를 통해 이번 사천행에 따라갈 이들을 결정했습니다."

"……그걸 왜 니들이 정하는데?"

"……."

어이가 없다는 듯한 현상의 말에 백천은 그건 생각지 못했다는 듯 움찔했다. 당장 눈이 뒤집혀서 앞뒤 안 가리고 패고 봤으니 당연했다.

"쯧쯧쯧. 이놈들이 이제는 아주 막 가는구나. 그래. 겨우 그것 때문에 사형제들끼리 드잡이를 했느냐?"

"드잡이는 아니고……."

저 새끼들이 먼저 덤볐는데요?

하지만 백천은 차마 그 속마음을 입 밖에 내지 못했다. 스스로 생각하기에도 그 말은 너무도 청명 같았으니까.

"백천, 윤종, 조결, 유이설, 당소소. 그리고 백상."

"예!"

호명된 이들이 앞으로 나섰다.

"백천아. 본래 이번 일은 현영이나 내가 함께 가는 게 맞다. 하지만 지금 상황이 여의찮구나. 운검이라도 딸려 보내고 싶다만, 그러기도 힘드니 별수 없이 네가 인솔을 해야겠다. 할 수 있겠느냐?"

"예, 장로님. 걱정하지 마십시오. 이미 한 번 가 본 곳이니, 별 어려움이 없을 것입니다."

백천이 믿음직스러운 미소와 함께 당당하게 대답했다.

"그래. 유령문주가 동행할 테니 모시는 데 있어서 불편함이 없도록 하거라."

부드럽게 웃는 백천의 뒤쪽에서 수군대는 소리가 들려왔다.

"이럴 거면 우린 왜 맞은 거야?"

백천에게 맞은 건 그나마 버틸 만했다. 진짜 아픈 곳은 중간에 난입한 유이설에게 걷어차인 정강이였다.

"피도 눈물도 없는 양반들!"

"그래도 우리가 사제인데, 그렇게 무자비하게 패나?"

"확 가다 엎어져라."

그러자 백천이 고개도 돌리지 않은 채 작게 속삭였다.

"다 들린다."

"……."

"출발 전에 한 번 더 할까?"

"……아닙니다."

단숨에 소요가 잦아들었다. 대제자로서의 위엄을 보인 백천이 어깨를 으쓱였다.

한편, 뒤쪽에서는 청명과 운검이 대화를 나누고 있었다.

"내가 잘 알아서 할 테니, 걱정 말고 다녀오거라."

"걱정은요. 저는 항상 관주님을 믿죠."

알고 있다는 듯 고개를 끄덕이던 청명이 환히 웃으며 말했다.

"근데 딱 하나 걸리는 게……. 헤헤. 그, 좀 그런 게 있거든요. 막상 죽어라 구르는 제자들을 보면 마음이 약해지고, 아무리 그래도 꼭 이렇게까지 할 필요가 있을까 싶고. 그런데 그게……."

"이번 만인방 사태와 같은 일이 벌어졌을 때, 아이들의 목숨을 살린다는 거겠지?"

"바로 그거죠. 역시 관주님!"

"내가 악귀가 될수록 아이들이 안전해진다는 말이로구나."

"정확해요."

운검이 가만히 고개를 끄덕였다. 그의 눈에서 시퍼런 빛이 쏟아졌다.

"걱정하지 말거라. 나는 아이들의 안전을 위해서라면 뭐든 할 수 있다. 네가 돌아와서 깜짝 놀랄 정도로 단련을 시켜 놓으마."

"네, 관주님."

운검이 가만히 청명을 보다가 어깨를 두어 번 두드려 주며 나지막이 말했다. 목소리에 훈기가 가득했다.

"고맙구나."

"에이. 그게 뭐 별거라고요."

청명이 손을 내저으며 너스레를 떨었다. 그런 청명을 바라보는 운검의 눈빛이 심유하기 그지없었다.

어젯밤 청명이 그를 찾아와 두 권의 비급을 내밀었다. 하나는 육합. 또 하나는 칠매(七梅). 누구나 아는 화산의 기본 검공들이었다.

하지만 청명이 준 비급은 특별했다. 한쪽 팔을 잃어 좌수검을 익혀야 하는 운검을 위해 맞춤으로 재해석된 비급이었기 때문이다.

심지어는 팔을 잃으며 바뀐 무게의 균형마저 고려해 새로 쓰인 비급이었다.

'그런 비급을 쓸 수 있다는 건 놀라운 일이지.'

하지만 더욱 놀라운 것은, 굳이 운검 하나만을 위해 새로 비급을 써낸 그 노력과 정성이었다. 그 마음씨가 퍽 고마웠다.

"걱정 말고 다녀오거라. 제자들도 강해지겠지만, 나도 함께 강해질 것이다."

의지로 활활 타는 그의 두 눈을 보며 청명은 살짝 고개를 갸웃했다.

내가 너무 과했나? 설마 누구 하나 잡진 않겠지? 에이.

◆ ❖ ◆

잘라 낸 비고가 커다란 수레에 실렸다. 화산의 제자들은 분주하게 만년한철 비고를 통째로 동아줄로 엮어 수레에 고정시켰다.

"……근데 이거 수레가 통주물 쇠로 만들어진 것 같은데?"

"한철만 해도 무거운데, 이걸 끌고 갈 수가 있나? 어지간한 명마라도 금방 퍼질 것 같은데?"

우려 섞인 눈빛으로 수레를 가만 살펴보던 백천이 입을 뗐다.

"청명아. 말은 몇 마리나 준비했느냐?"

"일곱 마리."

"음. 일곱이면 좀 적은 것 같은데? 이걸 일곱 마리로 끌고 갈 수 있겠느냐? 말이 지치지 않을까?"

"괜찮아. 힘 좋거든."

"그럼 다행이고. 그런데 말은 어디에 있느냐? 이제 수레에 엮어야 할 것 같은데. 혹시 은하상단 지부에……."

"여기 있잖아."

"응? 어디?"

"여기."

청명이 턱짓으로 백천을 가리켰다. 그러더니 백천의 곁에 선 나머지 화산의 제자들까지 쭉 훑었다. 백상, 운종, 조걸, 유이설, 당소소까지.

"내공도 쓰고, 경공도 쓰고. 크으, 이만한 말이 없지. 걱정 마. 아무리 세게 달려도 수레 안 부서지게 내가 특별히 주문한 거니까. 마음껏 신나게 달려도 돼."

"개새……."

"응?"

"……아니다."

눈앞이 뿌예졌다. 백천이 눈물을 머금으며 고개를 끄덕였다.

놀랄 것도 없다. 저 망할 놈이 그들을 순순히 쉬게 내버려두지는 않을 것 같았으니까. 그래도 이 정도면 양호…….

"청명 도장님! 여기에 옮기면 됩니까?"

"오, 왔구나. 안 그래도 기다렸는데. 여기 놔 주세요."

다가온 상단원들이 끙끙대며 날라 온 무언가를 청명의 앞에 내려놓았다. 쿠웅! 상자 여러 개가 땅에 떨어지며 커다란 소음을 빚었다.

청명을 제외한 모두가 불안 가득한 얼굴로 상자 안을 바라보았다.

쇠로 만든 커다란 공들이 상자 안에 담겨 있었다. 다만 하나 이상한 것은 그 공에 사람 주먹보다 살짝 작은 구멍이 뚫려 있다는 점이었다.

"신기한 물건이네."

"오? 잠금쇠가 달려 있네? 이거 벌어지는 모양입니다. 하하……."

신기하게도 생겼네. 거참 희한하지. 희한…….

"차. 팔다리에 차면 돼."

백천이 청명과 상자 안에 든 쇠공들을 번갈아 바라보았다.

"이걸?"

청명이 흐뭇하게 웃으며 크게 고개를 끄덕였다.

"그래도 제시간에 완성됐네. 이거 돈 좀 들었어."

모두의 눈가가 부들부들 떨리기 시작했다. 팔다리에 이걸 차고, 저 쇠 수레를 밀고, 사천까지 간다고?

'저…… 마귀 같은 놈이…….'

실수다. 청명이 놈을 너무 얕봤다. 아무리 화산에서의 수련이 힘들어도 저 마귀 놈이 그보다 못할 리 없는데!

"시간 없으니까 빨리 차. 아니면 내가 채워 주랴?"

"……아니다."

모두 다 체념해 버린 백천은 힘없이 상자 안의 쇠공들을 주섬주섬 집어 들었다. 들어 올리는데도 꽤 힘이 들었다.

"뭐, 이거 뭔데 이렇게 무거우냐?"

"묵철(墨鐵)이라는 거야. 웬만한 쇠보다 열 배는 무겁지."

옆에 있던 황종의가 흐뭇한 얼굴로 맞장구를 쳤다.

"하하하. 그거 구하느라 힘들었습니다!"

웃지 말라고, 이 양반아! 아니, 저 양반도 이제 머리가 좀 이상해진 거 아냐? 이 흉측하기 그지없는 꼬락서니를 보고도 웃음이 나오나?

"아, 빨리빨리 차. 시간 없어."

청명의 재촉에 모두가 눈물을 참으며 양 손목과 발목에 묵철을 찼다.

"와……. 와……. 이거 미쳤는데."

"어, 어깨가 빠질 것 같은데? 이게 맞나?"

팔이 늘어나는 기분이었다.

"자, 다 찼으면 이제 가서 자리 잡아야지."

청명이 쇠수레의 앞쪽을 손가락으로 가리켜 보였다.

화산의 말……. 아니, 제자들은 모든 것을 포기한 얼굴로 터덜터덜 걸어 수레 앞에 자리를 잡았다. 원래는 말이 들어가야 할 자리에 사람이 자리한 기괴한 광경이었다.

하지만 청명은 고작 그 정도로 만족하지 않았다.

"너는 뭐 해?"

"……예?"

"왜? 타고 가려고?"

은근슬쩍 수레 뒤에서 청명의 시선을 피하며 딴청 피우던 혜연이 터덜터덜 걸어왔다.

"빨리 차."

"……예."

철컥. 철컥. 팔다리에 쇠공을 찬 혜연이 도살장에 끌려가는 소처럼 발을 직직 끌며 느릿느릿 수레의 앞쪽으로 향했다.

"하여튼 빠져 가지고는."

청명이 혀를 차고는 웃으며 황종의를 돌아보았다.

"고생하셨어요."

"고생이랄 게 있겠습니까? 어쨌든 조심히 다녀오십시오."

"그 문제는 잘 해결해 주세요."

"예. 마침 방금 상단주님께서 보내신 서찰이 도착했습니다. 은하상단은 도장과 운명을 함께할 것입니다."

"……확실히 돈 냄새는 귀신같이 맡으시네요."

"하하하. 그게 상인 아니겠습니까?"

의뭉스러운 말을 주고받은 두 사람이 가볍게 손을 맞잡았다.

"자, 그럼……."

이제 정말 출발하려는데 저 멀리서 한 사람이 부리나케 뛰어왔다.

"야! 야! 화산신룡! 너 또 어딜 가려고! 나도 데리고 가야지!"

인상을 팍 찌푸린 청명이 혀를 쯧쯧 차며 고개를 저었다.

"아니, 저 거지 아저씨는 뭐 빌어먹을 것도 없는데, 왜 자꾸 찾아와?"

청명의 바로 앞까지 도착한 홍대광이 허리를 숙인 채 숨을 헐떡거렸다. 그러다 벌떡 고개를 들고 외쳤다.

"인마! 어딜 가면 간다고 나한테 재깍재깍 보고를 해야 할 거 아냐!"

"같이 가려고요?"

"당연하지! 내가 없으면 누가 너한테 정보를 전해 주냐? 내가 이번에 화음 분타를 확장하면서 보고 체계를 만들었다. 나를 데리고 가면 화산에 변고가 생겨도 금방 알 수 있다."

하지만 청명은 그것도 마음에 차지 않는다는 듯 찝찝한 표정을 지었다. 홍대광이 가슴을 쳤다.

"하……. 화산신룡! 나 홍대광이다, 홍대광!"

"그래서요?"

"내가 얼마나 쓸모 있는지 아직도 모르는 거냐? 내가 이번에 네가 엄청 놀랄 만한 정보를 가지고 왔다."

"놀랄 만한 정보?"

심드렁하던 청명이 드디어 흥미를 보이자 홍대광이 좌우를 슬쩍 살피고는 그에게로 바짝 붙어 낮은 목소리로 말했다.

"이번에 들어온 정보대로라면, 사천당가의 가주가 홀로 만인방에 쳐들어갔던 모양이다."

청명의 눈이 커진다.

"그래서 어떻게 됐는데요?"

"글쎄다. 안에서 무슨 일이 벌어졌는지는 모르지. 얼마 되지 않아 무사히 만인방에서 빠져나와 사천으로 돌아갔다고 하던데?"

청명은 뭔가를 생각하는 듯 잠깐 침묵하다 고개를 돌려 사천 쪽을 바라보았다.

'무리하셨네.'

대충 어떤 일이 있었는지는 알 것 같았다. 좋은 술을 준비해야겠지.

"봐라! 내가 이만큼 쓸모가 있는 인간이다! 그러니 나는 꼭 데려가야 한다."

홍대광이 의기양양한 얼굴로 어깨를 쫙 폈다. 청명은 여전히 마음에 들지 않는다는 듯 그를 훑어보다 결국 작게 고개를 끄덕였다.

"네, 그럼 뭐. 같이 가시죠."

"후후후. 그래야지!"

청명은 고개를 돌리며 황종의에게 말했다.

"소단주님. 쇠공 남는 거 있어요?"

황종의가 청명과 홍대광을 번갈아 바라보다가 가만히 고개를 끄덕였다. 이내 그의 얼굴에 퍽 안쓰럽다는 기색이 떠올랐다.

"……있긴 합니다만."

"잘됐네요."

"응? 쇠공?"

늦게 와서 사정을 모르는 홍대광이 영문을 모르고 고개를 갸웃했다.

"으아아아아아! 빌어먹으으으으을!"

잠시 후, 제 발로 지옥에 걸어 들어온 거지가 수레를 끌며 사천으로 나아가기 시작했다.

◆ ❖ ◆

수레를 타고 가는 건 나름 편안한 일이다. 물론 커다란 마차를 타고 가는 것보단 못하지만, 머나먼 여정을 그냥 맨다리로 걸어가는 것에 비하면 호강에 가깝다.

그러니 편안해야 하는데.

수레에 올라 있는 도운찬의 마음엔 불편함이 가득하여 티끌만 한 편안함도 깃들지 못했다.

"끄으으으으으……. 아오! 빌어먹을, 진짜!"

"죽인다. 내가 저 인간 언젠가는 죽이고 말 거야."

"……나는 왜…….."

앞에서 들려오는 악에 받친 소리를 들으며 도운찬은 식은땀을 흘려 대었다. 마차를 끄는 이들의 뒤통수를 보는 마음이 지독히 불편했다.

오갈 데 모르고 떠돌던 그의 시선이 슬쩍 아래로 향했다.

퉁! 퉁! 퉁! 두꺼운 쇠로 만든 수레가 움직일 때마다 묵직하게 울리고 있었다.

'아무리 봐도 이건 편히 가려고 만든 수레가 아닌데?'

기본적으로 수레라는 건 튼튼하지만 동시에 가벼워야 한다. 튼튼하게 만드는 데만 너무 집중하다 보면 한없이 무거워져 수레를 끄는 우마에게 부담을 주기 때문이다. 최대한 튼튼하게 하면서도 가볍게 만드는 게 기술이다.

하지만 이 수레는 오로지 튼튼함이라는 목적만 완벽하게 달성하고 있었다. 말이야 끌다 뒈져도 상관없다는 듯 말이다.

……그걸 사람이 끌고 있으니.

"저기…… 소도장. 설마 이대로 귀주(貴州)까지 가는 것이오?"

"네. 왜요?"

도운찬이 식은땀을 연신 훔치며 머릿속으로 열심히 말을 골랐다.

"따, 딱히 문제는 없는데, 이렇게 가면 조금 느리지 않을까 싶소. 그러니까 차라리……."

하지만 그가 미처 본론을 꺼내기도 전에 청명이 벌떡 일어났다.

"느리다잖아! 빨리빨리 못 달려? 이런 쓸모없는 것들이!"

"으아아아아아!"

"진짜 죽인다! 진짜!"

청명이 기다렸다는 듯 달려들어 수레를 끌던 제자들의 등짝을 후려갈기는 소리와 비명이 뒤섞여 처절하게 울려 퍼졌다.

본의 아니게 이 사태를 초래한 도운찬의 전신은 이제 땀으로 흠뻑 젖어 버렸다. 핍박을 받는 사이사이 마차를 끌던 이들이 칼날 같은 눈빛으로 그를 돌아보고 노려보았기 때문이다.

도운찬은 청명을 원망스러운 눈으로 바라보았다.

'내 말은 그게 아니잖아, 이 미친놈아!'

어느 미친놈이 사람이 끄는 수레를 타고 성을 넘는단 말인가.

물론 세상에는 사람이 끄는 인력거도 있고, 사람이 드는 가마도 있다. 하지만 누구도 그걸 타고 천릿길을 가려 하지 않는다.

당연했다. 그건 그냥 미친 짓이니까!

도운찬은 옆에 마찬가지로 불편한 기색을 감추지 못한 채 앉아 있는 계형을 슬쩍 바라보며 바짝 마른 입술을 뗐다.

"계형. 미안하다. 네 말을 믿었어야 하는 건데."

"……아닙니다, 소문주님. 백번 이해합니다. 저라도 안 믿었을 겁니다."

저 청명이라는 도장은 도무지 말로는 뭐라 설명할 수 없는 이였다.

세상에 저런 인간이 있을 거라고 누가 상상이나 했겠냐고!

그 세상 다시없을 인간은 이제 수레 머리 쪽에 서서 장광설을 늘어놓고 있었다.

"내가 이거 만든다고 얼마나 고생했는지 알아? 내가 이렇게까지 노력을 했는데 다들 고맙게 생각해야지!"

"뭐래, 이 미친놈이……!"

"얼마나 고마운지 물어뜯어 버리고 싶네!"

"귀신은 도대체 뭐 하냐고!"

"어쭈, 말할 힘이 남아 있네?"

청명이 슬쩍 천근추를 운용해 무게를 늘렸다.

"아아아아악! 그것 좀 하지 말라고, 이 새끼야!"

"허, 허리! 내 허리!"

한편 묵묵히 선두에서 수레를 끄는 혜연의 머리에선 맑은 땀방울이 또르르 흘러내렸다. 그의 반들반들한 머리에 햇살이 반사되며 마치 등불처럼 환하게 빛났다.

'방장. 저를 좀 더 말리셨어야지요.'

왜 화산으로 간다고 할 때 다리몽둥이를 부러뜨리지 않으셨습니까? 대체 왜 그러셨습니까. 내가 진정으로 미쳤었구나……!

"스님. 괜찮으십니까?"

"백천 시주……."

무어라 말하려는 듯 입을 뻐끔대던 혜연은 이내 말을 잇지 못하고 눈을 질끈 감아 버렸다.

백천은 안쓰러운 얼굴로 그를 보았다.

"……조금만 더 힘을 내십시오. 저놈도 양심은 있는 놈이라 해가 지고 나면 쉬지 않습니까?"

"쉬다니요. 그때부터는 수련하잖습니까?"

"에이, 그거야 당연한 거고."

"……."

이놈들이 죄다 미친 것 같구나……!

하지만 혜연이나 다른 화산 제자들의 사정은 그나마 나은 편이었다. 지금 가장 지옥을 보고 있는 이는 다름 아닌 홍대광이었으니까.

"끄으으으으으……."

팔다리에 주렁주렁 쇠공을 단 채 수레를 끄는 홍대광은 반쯤 정신이 나간 사람처럼 보였다.

"내, 내가 왜……. 왜 내가?"

다른 이들이야 나름 청명에게 훈련을 받는 처지이니, 웬만한 불합리는 참아 넘길 수 있었다. 하지만 홍대광은 그런 처지가 아니잖은가?

참다못한 홍대광이 결국 발작하듯 고개를 쳐들며 바락바락 소리쳤다.

"화, 화산신룡! 화산신룡! 나는 왜! 나는 왜 이걸 하는 거냐! 나는 그냥 정보원인데."

청명이 헐떡이는 그를 보며 혀를 찼다.

"뭐래. 적이 정보원은 안 죽인대요? 앞으로 화산에 붙어 다니려면 제 몸은 제가 지킬 줄 알아야지! 화산에 약한 친구는 없어요!"

"야, 이놈아! 그래도 그렇지. 내 나이가 몇인데! 이제 와서 이런다고 세지겠느냐?"

"새파란 양반이 나이 타령이네."

어? 내가 그 나이쯤에는, 어? 하, 내가 말을 말아야지! 내 입만 아프다, 아주. 이래서 요즘 것들은!

"잔소리할 힘으로 끌어요. 이 속도로 언제 귀주까지 가!"

청명이 투덜거리며 소리치자 백천이 화들짝 놀라 뒤를 돌아보았다.

"처, 청명아, 귀주? 귀주로 간다고? 사천이 아니라?"

"당연하지. 유령문이 귀주에 있잖아. 유령문부터 가야지."

어쩐지 길이 저번이랑 다르더라니. 잠깐 무언가 생각하는 듯하던 백천은 인상을 찌푸리며 황급히 물었다.

"자, 잠시만. 그런데 귀주는 사천 밑에 있잖느냐?"

사천에서 남서쪽으로 가면 운남이 있고, 남동쪽으로 가면 귀주가 있다.

"그, 그럼 사천 먼저 들르면 되지, 왜 꼭 귀주를 먼저 가는 거냐? 그럼 빙 돌아가는 게 되잖느냐!"

"내 맘인데?"

백천이 자신도 모르게 허리에 찬 검을 꽉 움켜잡았다. 화산에서 가지고 온 진검이었다. 하지만 청명은 콧방귀도 뀌지 않았다.

"왜? 또 하나 해 먹게?"

"끄으으으……."

좌절한 백천은 신경질적으로 다시 마차를 끄는 쇠 봉을 움켜잡았다.

'매번 본전도 못 챙기면서 왜 저러시는지.'

'냅둬.'

윤종과 작게 속닥거리며 혀를 차던 조걸이 문득 고개를 돌려 앞을 바라보았다. 그러다 흐뭇하게 미소를 지었다.

"사형. 이 악무십쇼."

"왜?"

"산길입니다. 올라갑니다."

윤종이 천천히 고개를 들자, 아니나 다를까 끝이 보이지 않을 정도로 길게 쭉 뻗어 있는 가파른 산길이 보였다.

그는 소리 내어 웃었다. 그리고 생각했다.

그냥 다 때려치우고 도망칠까.

◆ ❖ ◆

"대형, 대형! 손님입니다!"

"뭐? 손님?"

누군가 움막으로 뛰쳐 들어오며 수선을 떨었다. 한없이 귀찮은 얼굴로 드러누워 있던 이가 반색하며 벌떡 상체를 일으켰다.

"손님이냐? 확실하겠지? 설마 또 손님으로 가장한 날강도들 아니냐?"

"이번에는 확실하다니까요!"

대형이라 불린 이가 오만상을 찌푸렸다.

"빌어먹을. 세상이 이리 각박해서야! 어떻게 산을 넘는 놈들 중에 칼 안 찬 놈이 하나 없는 거냐!"

"그 차 무역인가 뭔가 때문에 그렇지 않습니까. 곧 괜찮아질 겁니다."

"어쨌든 간에! 손님이라고? 칼은 찼더냐?"

"칼은 찼습니다. 그런데 수가 열을 넘지 않고, 뭐가 실린 건지는 몰라도 타고 있는 수레가 굉장히 크답니다."

"그 정도면 손님이지! 오랜만에 목 좀 축이겠구나. 애들 불러라! 가자!"

대형이라 불린 이가 아예 벌떡 일어서선 도끼를 챙겼다.

산양현 서산(西山)에 자리 잡은 적호채(赤虎砦)의 산적들이 희희낙락하며 우르르 따라나섰다.

"……왜 안 오냐?"

"슬슬 도착할 겁니다."

"제대로 본 것 맞겠지?"

"아, 그렇다니까요!"

"아니, 그런데 이게 어디서 언성을 높여!"

철썩. 뒤통수를 얻어맞은 이가 신음을 흘리며 뒷머리를 감싸 쥐었다. 그리고 이내 억울한 얼굴로 고개를 번쩍 들고 외쳤다.

"아, 진짜입니다! 방호가 똑똑히 봤다고 했습니다! 그 수레를 끌고 다른 길로 갈 수는 없으니 분명 여기로 올 겁니다!"

"그 새끼 요즘 눈이 안 좋아진 것 같던데."

대형이라 불린 이는 영 못 미덥다는 얼굴로 눈살을 찌푸렸다.

"눈 좋은 놈으로 다시 구하든 해야지. 망루에 세워 놔도 뭘 제대로 보지를 못해!"

"이번에는 괜찮을……. 어! 저기! 저기 옵니다!"

저 멀리 다가오는 인영을 확인한 산적이 누런 이를 드러내며 씩 웃었다. 그는 손을 싹싹 비비며 입맛을 다셨다.

"흐헤헤헤. 이 멍청한 놈들이 여기가 어딘지도 모르고 잘도……. 잘도…….”

음흉하게 웃던 이가 말끝을 흐리더니 고개를 살짝 기울였다.

"야. 저거 지금…… 수레를 사람이 끌고 오는 거냐?"

"……그런 것 같은데요, 대형?"

두어 번 눈을 깜빡여 봤지만, 아무리 봐도 소나 말이 아닌 사람이 수레를 끌고 있었다.

"미친놈들인가……? 여기가 어디라고 사람이 수레를 끌어?"

"소도 숨넘어가는 고갯길인데."

"저, 저……. 와, 아주 갈지자로 휘청이는뎁쇼?"

"저런. 저런. 쯧쯧쯧쯧."

직접 본 게 아니라면 절대 믿지 않을 정도로 이상한 광경이다. 세상이야 넓으니 당연히 미친놈들도 종류별로 다양하다지만, 이건 또 색다른 미친 짓이었다.

"뭐, 어찌 됐든 좋다. 미친놈이어도 돈만 있으면 손님이지! 가자, 얘들아!"

수레가 근처까지 도달하기를 기다린 그들은 커다란 광소를 터뜨리며 수풀에서 뛰쳐나갔다. 그리고 재빨리 수레 앞을 가로막았다.

"멈춰라!"

우뚝. 멈출 듯 멈출 듯, 힘겹게 전진하던 수레가 그 자리에 멈춰 섰다. 그와 동시에 수레를 끌던 이들이 짜기라도 한 양 그 자리에 무너져 주저앉아 숨을 할딱거렸다.

"허억! 허억! 허억! 허억!"

"무, 물. 물 좀……! 아오, 뒈……지겠다."

앉은 걸로도 모자라 반쯤 드러누워 곡소리를 내는 이들을 보며 산적이 살짝 머뭇거렸다.
'어, 이럼 안 되는데…….'
튀어나온 산적을 보고 놀라 눈을 화등잔만 하게 떠 줘야 다음 말로 치고 들어갈 구석이 나오는데? 이러면…….
그런데 그때, 그의 옆에 선 이가 옆구리를 쿡 찌르며 재촉했다.
'뭐 하십니까?'
'아, 나도 알아!'
목청을 가다듬은 산적이 커다란 목소리로 우렁우렁 외쳤다.
"크하하하하하하! 이놈들! 잘도 여기까지 왔구나! 목숨이 아깝거든 가진 것을 모두 내려놓고 돌아가거라. 그럼 목숨만은 살려 주겠다!"
호방하기 짝이 없는 목소리였다. 전신에 두른 짐승 가죽과 장비를 연상하게 하는 우악스러운 수염. 그리고 한 손에 든 대부(大斧)를 본다면 누구도 오금이 저리지 않을 수 없을 것이다.
하지만…….
"……쟤들 뭐냐?"
"산적이라는 것 같은데요?"
"산적? 허, 저번에는 마적이더니 이제는 산적이야?"
"원래 길 가다 보면 산적도 만나고 마적도 만나고 하는 거죠."
"……냄새나."
이상하게도 돌아온 반응은 그가 예상하던 것과는 전혀 달랐다.
'이것들이 진짜 다 미쳤나?'
그가 막 소리를 지르려는 찰나 그의 옆에 있던 임생(林生)이 먼저 앙칼지게 소리쳤다.

"이 머저리 같은 것들이 이분이 뉘신 줄 알고! 이분이 바로 적호채의 채주이신 거산대부(巨山大斧) 곽경(郭瓊) 님이시다!"

그러자 땅에 반쯤 늘어져 있던 잘생긴 사내가 힘겹게 상체를 세워 그를 흘깃 쳐다보더니 힘없는 목소리로 물었다.

"뭐라냐?"

"적호채라는데요?"

"뭔 산채는 개나 소나 용이고 범이야."

"있어 보이잖습니까."

"……취향 참."

그를 본체만체한 것도 모자라 이제는 숫제 한가로이 만담이 오가고 있었다. 임생의 눈에 불꽃이 튀었다. 적호채라는 이름을 말했음에도 반응들이 이렇게 미지근할 수가.

"이놈들이! 감히 녹림의 영웅들을 보고도 그따위로 반응을 해! 목숨만은 살려 주려고 했더니, 안 되겠구나! 얘들아! 저놈들에게 녹림이 어떤 곳인지 똑똑히 보여 주어라!"

"예!"

저마다 병장기를 틀어쥔 산적들이 슬금슬금 수레를 빙 둘러싸고 조금씩 거리를 좁히며 다가가기 시작했다.

그런데 그때, 수레 위로 머리 하나가 빼꼼 튀어나왔다.

"아오, 씨! 뭔데? 왜 안 가?"

"산적이래."

"이것들이 빠져 가지고! 어디 그 틈을 타 쉬고 있어? 빨리 정리하고 출발 안 해?"

"끄으으응."

수레 위로 목을 내민 어린놈의 말에, 주저앉아 있던 이들이 꾸물대며 미적미적 몸을 일으켰다.

"하, 진짜 별꼴을 다 보네."

"사숙. 죽일깝쇼?"

"너는 도사라는 놈이! 반만 죽이거라."

멍하니 그들을 지켜보던 거산대부 곽경은 황당함을 금치 못했다.

적호채라는 이름이야 못 들어 봤다 치자. 하지만 이 산을 오른다면 섬서를 떠나 다른 지역으로 간다는 뜻이다. 그렇게 먼 길을 가는 놈들이 녹림이라는 이름을 들어 보지 못했을 리는 없을 텐데. 저게 말이나 되는 반응들인가? 적어도 한 놈은 그 이름에 화들짝 놀라 벌벌 떨어야 정상이 아닌가.

'진짜 미친놈들인가?'

하기야 꼬락서니를 보니 제정신이 아닌 것도 같다.

가만 보니 선두에 선 놈은 중이다. 중. 세상에, 스님이 수레를 끌고 있다. 심지어 어디서 들은 건 있는지 누런 황포를 입고 있지 않은가.

'누가 보면 소림에서 온 줄 알겠네. 허허.'

그뿐만이 아니다. 그 뒤에 있는 놈은 거지새끼인지 누더기 차림이었다. 살다 살다 거지가 수레를 끄는 모습을 또 어디서 보겠는가.

그리고 남은 놈들은……

'여자가 둘이야?'

워낙 흙투성이라 제대로 못 알아봤는데 지금 보니 여자들마저 수레를 끌고 있다.

"뭔 도포를 입은 놈들이 수레를 끌어? 내 참 별꼴을 다 보겠네. 얼씨구? 꼴에 자수까지 새겼어? 뭔 도사라는 놈들이 옷에다 꽃 자수를……."

응? 꽃? ……매화?

작은 자수를 뚫어져라 바라보던 곽경의 눈이 점점 커다래졌다. 툭 치면 빠질 정도로 커진 눈이 한계를 돌파해 보겠다는 듯 거기서 좀 더 커졌다.

매화를 새긴 도포를 입고 다니는 도사? 매화가 새겨진 검?

어느새 벌어진 곽경의 턱이 덜덜 떨리기 시작했다.

'들어 본 적이……'

그렇지. 그게 분명 들어 봤지. 매화를 상징으로 삼는 도관이면, 그러니까 얼마 전에 그 무시무시한 만인방을 개처럼 때려잡은…….

'……어어? 어!'

곽경의 얼굴이 새파랗게 질렸다.

하지만 옆에 선 임생은 눈치가 없는 건지, 상황 파악을 못 한 건지 오만하게 턱짓하며 꽥꽥 소리를 쳐 댔다.

"이 애송이 놈들! 내가 오늘 네놈들의 살가죽을 벗겨 짐승 먹이로 주겠다! 감히 적호채의 영역에 들어온 것을 후회……."

"으아아아아아아! 닥쳐! 이 미친놈아!"

콰아아앙! 곽경이 날린 주먹이 임생의 턱을 돌려 버렸다. 부러진 이가 새총으로 날린 돌처럼 튕겨 나가고, 임생은 바닥에 개구리처럼 뻗었다.

불의의 일격을 얻어맞은 부하가 일어나지 못하고 움찔움찔 경련을 일으키는데도 곽경은 시선조차 주지 않았다.

"후욱! 후욱! 후욱!"

얼굴에서 땀이 뻘뻘 흘러내렸다. 영문을 몰라 바라보는 산적들의 시선 속에서, 곽경은 그 자리에 쓰러지듯 납작 엎드리며 소리쳤다.

"과, 곽 모가 대 화산파의 도장님들을 뵙습니다!"

어떻게든 살아남겠다는 필사적인 의지가 꾹꾹 눌러 담긴 외침이었다.
"당장 안 엎드리냐! 이놈들아!"
얼굴이 희게 질린 곽경이 필사적으로 소리치자 주변의 산적들도 재빨리 바닥에 넙죽 엎드렸다. 산적질을 해서 먹고살기 위해서는 첫째도 눈치, 둘째도 눈치 아니던가.
검을 뽑아 들었던 백천은 멍한 눈으로 그런 산적들을 바라보았다.
"……얘들 왜 이러냐?"
"글쎄요?"
그때 수레 안으로 들어갔던 얼굴이 다시 빼꼼 튀어나와 소리쳤다.
"아, 안 가냐고!"
그 순간 이 무리의 대장이 누구인지 눈치껏 파악한 곽경이 우렁찬 소리로 외쳤다.
"도장! 살려 주십시오!"
청명의 시선이 곽경에게로 향했다. 곽경은 아예 바닥에 머리를 쿵쿵 찍어 대었다. 예상치 못한 광경에 청명이 눈살을 찌푸리며 백천에게 물었다.
"산적이라며. 근데 왜 저래?"
"……그러니까."
청명은 고개를 갸웃하다 문득 먼지투성이가 된 화산의 제자들을 보았다. 그리고 어쩐지 납득되는 마음에 고개를 끄덕이고 말았다.
하기야 니들이 좀 더 산적 같기는 하지.
객관적으로 말이야. 객관적으로.

"그러니까…… 녹림?"

홍대광이 고개를 주억거렸다.

"그래. 이번에 녹림칠십이채(綠林七十二砦)에 새로 합류한 산채지. 얼마 전에 들었다."

"……녹림칠십이채라는 게 바뀌고 그러는 겁니까?"

떨떠름한 표정을 짓던 윤종이 물었다. 홍대광이 피식 웃으며 말했다.

"당연하지. 일흔두 개나 되는 산채가 모두 잘나갈 수는 없는 법이니까. 녹림의 칠십이채는 계속 바뀐다고 보면 되네. 세력의 크기와 강함을 증명한 산채가 기존의 산채를 밀어내기도 하고, 망해 버린 산채 대신 그 자리에 들어가기도 하지."

그 말을 들은 윤종이 눈살을 찌푸리며 산적들을 돌아보았다.

"그런 것치고는 대단해 보이지 않는데."

그러자 홍대광이 어깨를 으쓱하더니 짧게 말했다.

"개방의 분타가 뭐 그리 대단해 보이던가?"

순식간에 이해되는 느낌에, 윤종은 쉽게 대답하지 못했다.

"개방은 천하의 인정을 받는 문파지만, 그 분타 하나하나는 중소 문파만도 못하지. 칠십이채도 마찬가지야. 아무리 중원이 넓다고 한들 일흔두 개의 산채를 모두 강대한 세력으로 유지하는 건 불가능하지. 그러니 사실상 반절 정도는 어중이떠중이에 불과해."

"아, 그렇군요."

"진짜 녹림의 힘이라 볼 수 있는 건 녹림왕(綠林王)이 머물고 있는 본채와 녹림십걸(綠林十傑)이 채주 자리를 차지하고 있는 산채들이지."

홍대광의 설명에 백천은 일리가 있다는 듯 고개를 끄덕였다.

하긴, 녹림의 산채들이 모두 중소 문파급으로 강했다면 이미 녹림은 소림을 넘어 천하제일문파로 불리고 있었을 것이다.

"거기까지는 이해했습니다. 다만 가장 근원적인 문제가 하나 남았는데……."

"응?"

백천이 떨떠름한 눈빛으로 한쪽을 힐끔 바라보았다.

"……그래서 저 산적 놈들이 대체 왜 이러는 겁니까?"

"난들 알겠는가?"

뭐 그런 걸 묻느냐는 듯 홍대광이 어깨를 으쓱해 보였다. 눈앞에 허공으로 번쩍 들린 술 단지가 있었다.

꿀꺽! 꿀꺽! 꿀꺽!

"크흐! 역시 호걸이십니다!"

"화산의 도장들께서 호방하기 짝이 없다더니! 그 소문에 틀린 게 하나도 없습니다!"

"세상에! 이 커다란 술 단지를 단번에 비우시다니!"

산적들의 아부 섞인 감탄이 들려왔다. 백천은 고개를 절레절레 저었다.

'아주…… 지랄들을 한다.'

사람 머리통만 한 술 단지를 단숨에 들이켜는 청명의 좌우로 털북숭이들이 모여 아이처럼 박수를 치고 있었다. 얼마나 신명 나게 쳐 대는지, 그 장단에 백천의 어깨가 절로 들썩일 지경이었다.

"카아아아아아아! 좋구나!"

청명은 깔끔하게 비운 단지를 탁 내려놓더니 옆에 놓인 구운 닭 다리를 집어 들고 호쾌하게 뜯었다.

"마음에 드신다니 저희도 기쁘기 그지없습니다!"

"하하하핫! 도장께서 산채를 빛내 주시다니 해가 뜨지 않아도 눈이 부신 기분입니다."

"헤헤. 그래요?"

"그럼요, 그럼요! 도장을 모시게 되어 일생의 광영입니다!"

"헤헤헤헤. 뭐 그렇게까지. 헤헤헷!"

헤벌쭉 웃는 청명을 보고 있자니 백천의 가슴에는 천불이 났다.

'저 미친놈이 진짜!'

그는 지끈거리는 머리를 감싸 쥐고 한숨을 푹 쉬었다.

용케도 그들이 화산의 제자임을 알아본 산적 놈들은 마치 범을 만난 여우처럼 덜덜 떨며 용서를 빌어 왔다. 거기까진 좋다. 뭐 그럴 수도 있으니까. 하지만 문제는 그다음이었다.

— 화산의 영웅들을 이리 만나 뵈었는데 그냥 보낸다면 녹림의 형제들이 저희를 욕할 겁니다. 부디 산채로 모실 영광을 주시옵소서!

웃기지도 않는 수작이 아닌가? 조금 전까지 칼을 들이밀던 산적 놈들이 산채로 따라오라는데 무슨 꿍꿍이일 줄 알고? 한데 그걸 넙죽 따라갈 멍청이가…….

'저기 있을 줄이야.'

왠지 생각하면 할수록 눈물이 날 것 같았다.

"아니, 청명이 놈이야 원래 제정신이 아니니까 그렇다 치는데. 그런데 저것들은 명색이 산적인데 왜 저렇게 매가리 없이……?"

혼잣말을 들은 건지, 옆에 있던 홍대광이 혀를 찼다.

"매가리가 없는 게 아니지. 녹림칠십이채 모두가 대단한 산채는 아니라지만, 그래도 칠십이채일세. 그 안에 들 수 있다는 건 그들의 실력과 위세가 이 근방에서는 웬만한 문파 못지않다는 뜻이지."

"그런데 그런 놈들이 대체 왜 저러는 겁니까?"

"그야 당연한 것 아닌가? 자네들이 화산파니까."

"……그게 왜요?"

홍대광이 어처구니없다는 듯 미간을 찌푸리며 백천을 바라보았다.

"검은 귀신같이 휘두르면서 왜 그렇게 어리숙하게 구는가? 막말로 지금 화산이 어떤 문파인가? 정파라고 어깨에 힘주는 곳 중에서 구파일방을 제외하면 화산과 비견될 만한 문파가 있는가?"

백천이 고개를 갸웃했다. 그러고 보니 딱히 생각이 나지 않는다. 하지만 그게 자신의 강호 견문이 짧아서 그런 건지, 정말로 비견될 문파가 없어서 그런 건진 알 수가 없었다.

그때 홍대광이 덧붙였다.

"아니지, 아니야. 설사 구파일방이라고 할지라도 만인방의 공격을 그리 깔끔하게 격퇴할 수 있을 거라곤 자신할 수가 없다니까. 물론 운도 따랐겠지만."

그의 입가에는 무슨 의미인지 모를 묘한 미소가 걸려 있었다.

"간단하게 말해서 조만간 화산이 구파 중 하나를 끌어내리고 그 자리에 들어가거나, 혹은 구파일방이 십파일방으로 바뀐다고 해도 이제는 이상할 게 전혀 없다는 말이지."

"그렇게나요?"

백천이 반문하자 홍대광이 답답한 마음에 가슴을 쾅쾅 쳤다.

"답답하기는! 그러니 저들이 저리 저자세로 나오는 것 아닌가? 녹림의 일개 산채 따위는 화산과 충돌하면 그날로 지푸라기 하나 남지 않을 테니까. 설마 이만한 산채가 만인방의 무력대만 하겠는가?"

백천과 다른 제자들이 서로를 마주 보다가 고개를 끄덕였다.

'듣고 보니 그러네.'

'우리 엄청 세구나?'

뭔가 들어도 들어도 실감이 잘 가질 않는다.

그도 그럴 것이, 지금껏 상대 문파의 위명에 눌려 물러서는 것은 언제나 화산의 역할이었다. 그런데 이제는 화산이 위명을 떨쳐 다른 이들의 존중을 받게 된 것이다.

"이상한 기분인데."

"그러게."

어지간한 명문이라면 그 이름만으로 다른 이들의 양보를 받아 내는 경우가 흔하니 익숙할 것이다. 하지만 화산은 쫄딱 망해서 명성이 존재하지 않는 수준까지 갔었으니 화산의 제자들은 단 한 번도 그런 경험을 해 본 적이 없다. 그러니 이 상황이 영 적응이 되지 않았다.

백천과 다른 제자들의 표정을 가만히 살피던 홍대광이 히죽 웃었다.

"원래 천하에 이름을 떨치기 시작할 때, 정작 본인들은 실감하지 못하는 경우가 많지. 이제는 이런 일이 심심찮게 벌어질 테니 자네들도 적응하는 게 좋을 걸세. 게다가 녹림은 좀 더 특별하지."

"……그건 또 무슨 말씀이십니까?"

답답하다는 듯 홍대광이 혀를 차며 말했다.

"자네들이 누구랑 싸웠던가?"

"만인방이죠."

"그래. 지금 녹림은 만인방과 전쟁 중일세. 다시 말하자면 자네들은 녹림의 적을 쓰러뜨려 준 은인인 셈이지. 그것도 무려 세 개의 대와 한 개의 단을 모조리 쓸어 버리지 않았던가?"

"……그, 그렇죠."

"녹림 입장에서는 쌍수를 들고 환영할 만하지. 내 장담하건대 자네들은 지금 녹림왕을 만나도 술을 얻어먹을 수 있을걸?"

좋은 이야기긴 했지만, 백천의 표정은 어쩐지 조금 전보다 더 복잡해졌다.

산적의 은인이라니. 이걸 좋아해야 하는 건가?

어쨌든 지금 확실한 건 하나였다. 적어도 청명이 놈은 지금 아주 하늘 위에 오른 기분이라는 것.

"으하하하하하하하!"

"헤헤헤헷!"

애써 외면하고는 있었지만, 얼굴을 감싸 쥔 백천은 부쩍 지쳐 보였다.

"화산채니 어쩌니 하는 우스갯소리를 듣기는 했지만, 설마 내가 진짜로 산적 소굴에서 대접을 받는 날이 올 줄이야."

"……근데 이 분위기 좀 친숙한 것 같기도 하고."

"넌 좀 닥치라고! 좀!"

괜히 입 열었다가 본전도 못 챙긴 조걸이 입술을 삐쭉거렸다.

하지만 옆에서 모두가 어떤 반응을 보이든 신경도 쓰지 않는 청명은 산적들이 계속 가져다주는 술과 고기를 게걸스레 퍼먹고 있었다.

음식을 우물거리며 청명이 물었다.

"그래서, 녹림이시라고?"

"예! 예! 그렇습니다, 도장! 적호채라 불리고 있습죠."

거산대부 곽경이 덩치에 어울리지 않게 호들갑을 떨며 곰살궂게 말했다. 공손히 무릎을 꿇고 앉아서 양손을 비벼 대는 것이 아까와는 퍽 상반된 모습이었다.

"물론 명성 높은 화산파의 도장들 앞에서 내세우기는 민망하지만, 저희도 당당한 칠십이채의 일원입니다."

"헤헤. 그렇습죠, 그렇습죠."

곽경의 옆에서 임생이 열심히 보조를 맞췄다. 비록 곽경에게 얻어맞아 이가 날아갔지만, 그런 건 지금 조금도 중요하지 않다는 듯 말이다.

그때, 청명이 이제야 뭔가를 깨달았다는 듯 고개를 살짝 기울이며 말했다.

"그런데…… 아저씨들은 산적이잖아요?"

"……예. 그렇죠."

"그러고 보니 아까 모두 죽이니 어쩌니 하시던데. 산적질 하면서 사람 막 죽이고 그래요?"

"아이고. 도장님. 그게 설마 진심이겠습니까? 그건 그냥 영업용으로 입에 달고 사는 말이지요! 관리가 '네 죄를 네가 알렷다!'를 입에 달고 산다고 해서 그놈들이 진짜 죄가 무엇인지 아는 건 아니잖습니까?"

"껍데기를 벗겨서 어쩌고 하는 소리도 들은 것 같은데?"

"하하하하. 이 미친놈이!"

퍼억!

"꺄울!"

순식간에 임생의 턱을 다시 돌려 버린 곽경이 어색하게 뒷머리를 긁적였다.

"그렇게까지 말하지 않으면, 요즘은 도통 무서워하질 않아서요."

청명이 살짝 의심 어린 눈빛으로 곽경을 응시했다.

"진짜로 하는 건 아니고?"

"아이고, 도장님! 시대가 어떤 시댄데 백주대낮에 사람을 죽입니까!"

곽경이 그 큰 덩치에 어울리지 않게 볼을 파르르 떨었다.

"그래서도 안 되지만, 그럴 수도 없습니다. 이 산을 지나다가 사람들이 산적 손에 죽었단 소문이라도 나 보십시오. 누가 이 산에 오겠습니까?"

"……안 오겠지."

"그렇지요! 세상에 어디 길이 하나인 것도 아니고, 여기가 위험하다 싶으면 다른 길로 돌아가 버리면 그만인데요. 싫든 좋든 반드시 지나야 하는 길목에 산채를 차리면 좋겠지만, 그런 곳은 애초에 우리 같은 작은 산채는 비교도 할 수 없을 만큼 어마어마한 곳들이 차지하고 있습니다."

곽경이 정말 억울하다고 몇 번이나 강조하며 말을 이었다.

"그러니 저희는 적당히 겁을 주고 적당히 뺏어야 하는 거지요. 심지어 또 다 뺏으면 안 됩니다. 다 뺏는 척했다가 어느 정도는 돌려주고, '이 정도는 감수할 만한데? 다시 한번 가 볼까? 운 좋게 안 걸릴 수도 있는데?'라는 생각이 들게끔 해야 합니다."

"……뭔 산적이 그래?"

청명이 김빠진다는 듯 핀잔을 주자, 곽경이 머리를 벅벅 긁었다.

"산적이라는 게 원래 그렇습니다. 생각을 해 보십시오. 봇짐 지고 산을 오르는 양민들이 무슨 큰돈이 있겠습니까. 결국 제대로 털 수 있는 건 상행인데, 아시다시피 상인들은……."

"무사를 고용하지."

청명의 말에 곽경이 히죽 웃으며 고개를 저었다.

"그게 아닙니다. 상인들은 관과 친하기 때문에, 몇 번 털린다 싶으면 관에 가서 못살겠다고 드러눕습니다. 그럼 토벌대가 산으로 쫓아오죠. 그렇게 되면 그날로 장사는 접는 겁니다."

청명이 눈을 끔뻑였다.

"이게 생각보다 굉장히 섬세한 직업입니다, 이게. 딱 관과 민심을 거스르지 않을 정도로만 적당히 털어먹어야 장수하는 법이지요. 허허허."

"……생각보다 엄청 힘들게 사시네요."

"허허. 쉽게 사는 법이 세상에 어디 있겠습니까? 인생이 다 그런 거지요. 원래 남의 돈 벌어먹고 살기가 힘든 법 아니겠습니까."

곽경이 헤벌쭉 웃으며 뒷머리를 긁었다. 그 모습을 가만 보던 청명이 쥐고 있던 술병을 내리고는 빙긋 웃으며 손짓했다.

"이리로. 이리로 잠깐만."

곽경이 고개를 갸웃하며 청명에게로 가까이 다가갔다.

"왜 그러시는……."

그때 벌떡 일어난 청명이 그의 엉덩이를 냅다 걷어차 버렸다.

"아아악!"

곽경이 공처럼 포물선을 그리며 붕 날아 바닥으로 처박혔다.

"이게 어디서 개소리를 그럴싸하게 늘어놓고 있어! 그렇게 힘들면 농사라도 지어서 먹고살 것이지! 가만히 산에 처박혀서 오가는 사람 돈이나 뺏는 놈들이, 뭐? 인생? 인새애애앵? 이것들이 단체로 돌았나?"

"아이고오! 도사님!"

바닥에 처박혔던 곽경이 무릎걸음으로 청명을 향해 돌진했다. 그러더니 그 앞에 최대한 납작 엎드렸다.

"농사도 땅이 있어야 짓지 않습니까! 그렇게 먹고살 길이 없으니 산에 오르는 거지요. 막말로 사람도 없고 산짐승만 가득한 이 산골짜기에서 살고 싶은 사람이 누가 있겠습니까!"

"쯧!"

못마땅한 얼굴로 눈을 부라리고 있던 청명이 다시 자리에 앉았다.

"그럼 정말 가난해서 그런 거지? 먹고살 길이 막막하고?"

"그럼요, 당연히 그렇지요!"

"그래?"

청명의 입꼬리가 씨익 말려 올라갔다. 곁에서 상황을 지켜보던 화산의 제자들이 이미 뭔가를 짐작했다는 듯 혀를 차며 고개를 절레절레 젓기 시작했다.

"저 산적 아저씨 실수하셨네."

"그러게. 꼬투리 잡히면 끝인데."

"불쌍해."

대화의 흐름을 따라가지 못한 홍대광이 뭔 소린가 싶어 고개를 갸웃할 때였다.

"창고 열어 봐."

"예?"

툭 떨어진 말에 곽경이 고개를 번쩍 들어 그를 바라보았다.

"네 말대로 그렇게 먹고살기가 힘들면, 산채에 재물이 없겠지. 그치?"

청명이 그림처럼 웃으며 상냥한 목소리로 덧붙였다.

"뭐 하나라도 나오면 뒈지는 거야."

곽경의 얼굴이 순식간에 백지장처럼 질렸다.

"앞장서."

"도, 도장! 그, 그게……."

그가 쉬이 움직이질 않자, 청명이 웃으며 술잔을 들어 올렸다.

끼기기기기긱! 청동으로 만든 술잔이 순식간에 구겨졌다. 형체를 알아볼 수도 없게끔 구겨진 술잔은 이내 작은 공처럼 작게 말렸다.

청명은 그 술잔이었던 것을 곽경에게 가볍게 던졌다. 툭. 얼결에 손을 뻗어 그것을 받은 곽경의 얼굴이 아예 시체처럼 창백해졌다.

"네가 안내할래? 아니면 내가 직접 찾을까?"

"지금 바로 모시겠습니다, 대협!"

눈치가 빠한 산적답게, 그는 이번에도 빠른 깨달음을 얻은 것이다. 재물이 아무리 중요한들 목숨보다 중하지는 않다는 사실을.

• ❖ •

강철로 만든 두꺼운 수레 위로 재물이 그득그득 쌓였다. 금자들이 탑처럼 높게 쌓였고, 보석들은 은은한 달빛에 영롱하게 빛났다.
"아이고오, 이거 너무 많아서 다 안 실릴 것 같은데?"
"거기, 거기 궤짝 옆으로 옮겨 봐! 그럼 공간이 나잖아!"
"부서지기 쉬운 건 위쪽으로. 위로."
익숙한 듯 일사불란하게 재물을 싣고 있는 화산의 제자들을, 백천은 떨떠름한 얼굴로 바라보았다.
'신났네.'
청명이 시키니까 어쩔 수 없다는 듯한 표정을 짓고는 있지만, 말려 올라간 입꼬리까지는 미처 숨기지 못하고 있었다.
'이쯤 되면 누가 산적인지.'
하지만 그런 백천 역시 자신의 입꼬리가 슬금슬금 올라가고 있다는 것을 알아채지 못했다.
"똑바로 박아라."
"……끄으읍."
그리고 청명은 의자에 다리를 꼬고 앉아서 술을 꼴꼴 마셔 대고 있었다.
흡사 구덩이에 물을 붓는 것처럼 술이 목구멍으로 넘어가는 소리가 시원하게 울렸다. 이내 입가를 닦은 그는 앞을 바라보며 눈을 부라렸다.

"허리 점점 내려가? 뒤로 접어 줘?"

"아, 아닙니다!"

산적들이 기겁을 하며 냉큼 허리를 들었다. 산채의 산적들은 지금 열심히 모아 온 재물이 남김없이 털리는 내내 일렬로 바닥에 대가리를 박고 있었다.

"자신 있으면 내공 써. 어디 한번 써 봐. 단전 날아가고 싶으면 마음대로 해 봐."

"아닙니다!"

"절대로 쓰지 않습니다!"

산적들이 후들거리는 다리를 필사적으로 지탱하며 고함을 내질렀다.

"에휴. 나도 많이 착해졌다. 옛날 같았으면 그냥 모조리 산 채로 파묻어 버렸을 텐데."

옛날이었으면, 어? 아오. 내가 말을 말아야지.

연신 혀를 차던 청명이 갑자기 열이 오른다는 듯 버럭 소리를 질렀다.

"아니. 생각할수록 열받네! 이 새끼가!"

그러더니 앞으로 와락 달려들어 가장 앞에서 머리를 박고 있던 곽경을 걷어차 날려 버렸다.

"아아아아아아악!"

비명을 내지르며 나가떨어진 곽경은 바닥에 처박히자마자 용수철처럼 튀어 올라 청명이 있는 쪽으로 돌진했다. 그러고는 미끄러지듯 머리를 바닥에 박고 뒷짐을 지었다.

"뭐? 입에 풀칠이 뭐가 어째? 인생? 인새애애앵? 내가 살다 살다 산적 새끼가 인생 논하는 걸 듣는 날이 오네. 왜? 그 한 많은 인생 지금 편하게 종결시켜 드려?"

"잘못했습니다!"

"잘못했으면 맞아야지!"

청명이 재차 곽경을 걷어차 날렸다. 곽경은 이번에도 바람같이 다시 달려와 머리를 땅에 쑤셔 박았다. 머리 위로 요란하게 혀를 차는 소리가 들렸다.

못마땅해하는 청명의 시선이 그득그득 쌓인 재물들로 향했다.

"먹고살기가 힘들단 놈들이 알뜰살뜰 많이도 모았다. 여하튼 강도 새끼들 입 터는 건 믿으면 안 돼."

그때 홍대광이 산채 안으로 뛰어 들어왔다.

"화산신룡! 거지새끼들한테 들은 바로는, 이놈들이 진짜로 사람을 죽이고 그런 적은 없던 모양이다. 거짓말은 아니었던 거지."

"그래요?"

"확실할 거다."

청명이 고개를 끄덕이고는 다시 곽경을 바라보았다. 뒤통수에 닿는 따가운 시선을 느낀 곽경은 조금 억울함이 묻어나는 목소리로 말했다.

"그, 그것 보십시오! 제가…… 사람은 안 죽였다고 했잖습니까! 저는 억울합니다!"

"에라이!"

청명이 아예 곽경의 다리를 꽉 차서 넘어뜨리더니 자근자근 밟기 시작했다.

"아니, 이 새끼는! 도대체! 도덕관이 어떻게 되어 있는 거지? 야, 이 새끼야! 사람 입에서 사람 안 죽였으니 괜찮다는 말이 나오면 이미 끝난 거야, 이 새끼야! 공자님도 너를 보시면 사서삼경으로 대가리를 깨 버리시겠다. 어디 강도 새끼가 눈을 또랑또랑 뜨고 바락바락 대들어?"

단 한 번도 눈을 또랑또랑 뜬 적이 없고, 바락바락 대든 적도 없는 곽경은 무척이나 억울했다. 하지만 지금 변명해 봤자 통하지도 않을뿐더러 되레 수명을 단축하는 일이라는 걸 아주 잘 알고 있었다.

"어디 사지 멀쩡한 것들이 강도짓을 해서 먹고살아! 나도 일해서 돈 버는데, 확 마!"

청명이 눈을 부라렸다. 동시에 발길질이 점점 거세어졌다. 결국 보다 못한 백천이 나섰다.

"청명아. 그러다 죽는다."

"죽으면 이득 아냐?"

"……그렇긴 한데, 어…….”

잠깐 말문이 막힌 백천은 명분을 찾느라 머리를 굴리다 화들짝 놀랐다.

"아, 아니! 야! 그래도 네가 도산데 사람을 죽이면 안 되지!"

백천과 대화를 하면서도 곽경을 잘근잘근 밟던 청명이 드디어 매질을 멈췄다. 그리고 널브러진 곽경을 보며 인상을 찌푸렸다.

"승질 같아서는 진짜."

모조리 다 잡아서 묻어 버리거나, 관아에 넘겨 버리고 싶었다.

그때 홍대광이 눈치 좋게 사이에 끼어들며 중재를 했다.

"자, 자. 진정해라, 화산신룡. 그래도 사람도 죽인 적 없고, 듣자 하니 정말 싹 털어 가는 경우도 없었던 모양이다. 이 정도면 꽤 양심적인 산적이라고 할 수 있지."

"뭐요? 아니, 산적이 양심적인 게 어디 있어요? 왜? 아예 살인자도 양심적인 살인자랑 양심 없는 살인자랑 구분하시지?"

어……. 그렇긴 하지. 확실히 틀린 말은 아니긴 한데.

청명이 주먹이 운다는 듯 부들부들 떨다가 한숨을 푹 내쉬었다.

"쯧. 그래, 내가 너희를 패서 뭐 하겠냐."

애초에 산적이라는 것은 박멸이 불가능한 이들이다. 여기서 이들을 싹 다 털어 버린다고 해도 산채가 있을 만한 곳에는 곧 새로운 산채가 들어선다.

게다가 새로 들어선 산채가 이들보다 악독하면, 괜히 잘 있는 산적 놈들을 쫓아내서 사람이 죽는 일이 벌어질 수도 있다.

"기상."

청명의 말에 산적들이 튕기듯 벌떡 일어나 부동자세를 취했다.

"……생각할수록 열받는데. 이것들이 미쳐서 섬서에서 산적질을 해?"

과거 화산이 중원을 때려잡던 시절에는 섬서에 사파라고는 씨가 말랐었다. 그러다 보니 강호행을 처음 시작하는 이들이라면 필수적으로 한 번은 거쳐야 한다는 산적 토벌도 제대로 못 해 보지 않았던가.

"너 이름이 뭐라고?"

"과, 곽경입니다! 거산대부 곽경!"

"거산대부는 얼어 죽을."

청명이 그 거창한 별호가 마음에 들지 않는다는 듯 으르렁거렸다. 그러더니 탐탁지 않은 티를 숨기지 않은 채 말했다.

"장사 잘해라. 너희 내가 지켜본다. 이쪽에서 문제가 생겼다는 말 들리면 그날로 여기 놈들은 다 뒈지는 거야."

"며, 명심하겠습니다."

심사가 복잡한 청명은 영 못마땅하다는 눈빛으로 곽경을 바라보았다.

'쯧. 거슬리네.'

그냥 두고 가자니 찝찝하고, 그렇다고 모조리 털어 버리자니 그것도 마음에 걸렸다.

게다가 제일 큰 문제는 바로 유령문이었다. 지금부터 그가 할 사업은 천하로 물건을 날라야 하는 일이다. 당장 유령문을 제외하고도 중원 각지로 차를 팔아먹고 있지 않은가.
 '미처 생각을 못 했어.'
 차야 그렇다 치지만, 유령문도들이 물건을 나르다가 산적들에게 잘못 걸리기라도 한다면 문제가 걷잡을 수 없이 커진다. 날라야 하는 물건의 가치가 큰 만큼 배상금도 크게 물어야 할 테니까.
 다리가 빠르니 어지간해서는 잡히지 않겠지만, 유령문 문도들의 무력이 부족하다 보니 문제가 생기지 않을 거라 자신할 수가 없었다.
 그렇다고 유령문을 가르쳐 봐야 얼마나 세지겠는가. 그럴 시간에 물건을 하나라도 더 날라야 하는데…….
 뒷머리를 긁적이며 고민하던 청명이 잠시 후 크게 고개를 끄덕였다.
 "야."
 "예, 대협!"
 "그냥 도장이라고 해라. 너희 두목 만나려면 어디로 가야 하냐?"
 "예? 두목이요? 녹림왕을 말씀하시는 겁니까?"
 "……아니, 이놈의 산적 새끼들은 단체로 성장이 덜 됐나. 뭐 이름만 붙였다 하면 호랑이에, 거산에, 뭐? 녹림왕? 뭔 산적 새끼도 왕이 어쩌고……."
 청명의 말에 옆에서 듣고 있던 홍대광이 히죽 웃었다.
 "너도 용이잖아. 화산신룡."
 "그걸 내가 붙였냐고!"
 청명이 홍대광을 향해 버럭 소리를 질렀다. 안 그래도 그거 들을 때마다 얼굴이 화끈거리는구만.

'안 되겠어. 빨리 누구 하나 때려잡아서 새 별호를 받아야지. 민망해 뒈지겠네.'

그때, 청명의 눈치를 보며 우물거리던 곽경이 말했다.

"노, 녹림왕은 만나 뵙고 싶다고 만날 수 있는 분이 아닙니다."

"응? 그건 뭔 소리야."

"장강과 황하가 있는 곳 어디든 흑룡왕(黑龍王)이 있듯이, 푸른 산이 있는 곳 어디에도 녹림왕이 계십니다. 어디에도 존재하고 어디에도 없으신 분이 바로 녹림왕이십니다!"

곽경은 그 질문만을 기다린 사람처럼 막힘없이 대답했다. 청명이 감탄했다는 듯 고개를 끄덕인다.

"뭔 개소리야?"

"……."

"너희 그렇게 대답하라고 배우냐? 머리도 나빠 보이는데 외우느라 고생깨나 했겠네?"

"……예, 조금."

쯧쯧쯧쯧. 구구절절 한심하기는!

"긴말할 것 없고. 그 녹림왕인가 뭔가 하는 양반한테 내가 보잔다고 전해라."

그 말에 곽경보다 더 화들짝 놀란 건 홍대광이었다.

"화산신룡. 녹림왕은 그렇게 오란다고 오고 가란다고 가는 사람이 아니다. 신주오패라니까! 신주오패!"

"안 오면 앞으로 내 눈에 띄는 산적들은 다 뒈진다고 해."

홍대광이 망연한 표정으로 얼굴을 감싸 쥐었다.

'이 새끼는 글렀어.'

아무리 설명해 줘도 이해를 못 한다. 아니, 못 하는 게 아니라 아예 할 생각이 없다. 소는 경을 외면 듣기라도 하지, 벽을 무슨 수로 이해시키는가.

"바, 반드시 그렇게 전하겠습니다! 그, 그런데 어디로 가시는지?"

"그건 왜? 복수라도 하게?"

그러자 곽경이 싱싱한 생선처럼 제자리에서 팔딱 뛰어올랐다.

"보, 복수라니요! 언감생심 제가 어찌 감히 그런 꿈을 꾸겠습니까? 그저, 도장께서 어디로 가시는지를 알아야 제가 녹림왕께 전해 드릴 수가 있지 않습니까?"

"아? 그렇지? 음, 그럼 유령문으로 오라고……."

"으아아아아아아! 안 되오! 절대 안 되오, 도자아아아아아앙!"

정신 나갔다고밖에 표현할 길 없는 이 사태에 휘말리기 싫어 먼 곳에서 지켜만 보던 유령문의 소문주 도운찬이 삶을 통틀어 가장 빠른 속도로 청명에게 돌진했다.

이 미친놈이 유령문에 녹림왕을 끌어들이네! 유령문 현판 내릴 일 있나! 차라리 망하라고 고사를 지내지! 이 미친 새끼야!

"유, 유령문은 안 되오! 우리는 그런 거물을 감당할 수 없소!"

"그래 봐야 산적인데?"

"절대로 안 되오! 절대로! 차라리 내 목을 따시오!"

도운찬은 거의 드러누울 기세였다. 청명이 혀를 찼다.

"거, 소심하시네. 그럼 어쩔 수 없지. 당가로 오라고 해."

"다, 당가? 설마 사천당가 말씀이십니까?"

"그럼 당가가 거기 말고 또 있냐?"

어안이 벙벙해진 곽경이 입을 딱 벌린 채 눈을 끔뻑였다.

사천당가는 정파다. 그것도 세상에서 가장 위험한 정파라 불리는 곳이다. 그런 곳으로 사파의 수장인 녹림왕을 부른다니.

'난 이제 모르겠다.'

도무지 이 인간의 사고방식을 따라갈 수가 없다.

"마, 말씀은 전하겠습니다만, 이게 제가 말한다고 그분께서 들어주실지는 모르겠습니다."

"너는 그냥 전하기만 하면 돼."

청명이 영 못 미덥다는 듯 곽경을 슬쩍 보고는 백천을 향해 말했다.

"다 챙겼어?"

"일단 말한 대로 다 넣기는 했다만……. 진짜 이거 다 털어 가도 되는 거냐?"

"괜찮아. 곡식은 남겼잖아. 굶어 죽지는 않을 테니 패악은 안 부리겠지."

청명이 빙그레 웃으면서 곽경의 어깨에 친근하게 손을 올렸다.

"아니면 패악 좀 부려도 되고. 그렇지? 인연이라는 게 참 재밌더라고. 이 넓은 중원에서도 꼭 한 번은 다시 만나더라니까?"

"……그, 그런 일은 절대로 없을 겁니다! 절대로!"

"아암, 그래야지."

어느새 수레에는 재물이 차곡차곡 모두 쌓였고 천으로 포장까지 끝났다. 창고가 빈 것을 확인한 청명이 고개를 끄덕였다.

"다 됐네. 그럼 볼일 끝났으니……."

"고, 고생하셨습니다! 살펴 가십시오."

"뭘 가? 인정머리 없기는. 출발은 내일 아침에 할 거야. 가서 술상 다시 봐 와."

"……."
"얼른."
"……예."

"살펴 가십시오! 도장!"
"또 들러 주십시오!"
꾸역꾸역 산길을 내려가는 수레를 향해 적호채의 산적들이 필사적으로 환한 미소를 지으며 손을 흔들어 댔다.
하지만 행동과 속내가 같을 수는 없었다.
'제발 빨리 가라, 이 개 같은 것들아!'
'뭔 도사라는 놈들이 산적을 털어 가냐! 말세도 이런 말세가 없네.'
'살면서 다신 보지 말자! 제발!'
사람이 끄는 기괴한 수레가 마침내 산 아래로 멀리 사라졌다. 지평선 너머로 수레 끄트머리가 넘어갈 때까지 미소를 띠고 있던 임생이 바닥에 침을 뱉었다.
"카아아악! 퉤! 저런 육시랄 것들!"
씩씩대며 허공에 삿대질까지 해 댄 그는 이를 갈며 고개를 획 돌렸다.
"채주님! 어쩌실 겁니까?"
청명을 떠올린 임생이 와락 얼굴을 일그러뜨렸다.
"더럽고 치사하지만 이리된 이상 산채를 옮겨야 하지 않겠습니까! 또 저 지랄 같은 놈이 찾아와서 패악질을 부릴지 어떻게 압니까?"
"……임생아."
"예! 바로 준비할깝쇼? 안 그래도 좋은 목을 봐 둔 데가 있는데."
"옮기면 뒈진대."

임생이 순간 그 말을 이해하지 못하고 눈을 끔뻑였다. 곽경이 땅이 꺼져라 한숨을 쉬며 다시 말했다.

"……출발하기 전에 와서 하는 말이, 토끼면 뒈진다더라. 주변에 괜히 다른 산채 안 생기게 관리 잘하고, 앞으로 뜯어먹는 것도 기존의 반의반만 받으란다."

"아, 아니. 우리가 토끼는데 지들이 뭘 어쩔 겁니까? 따라다니며 감시하는 것도 아니고."

"너 아까 그 누더기 입은 거지가 누군지 아냐? 개방의 칠결개다. 너 개방 눈 피해서 산채 차릴 자신 있냐? 있으면 가고."

"……없죠."

넋 나간 사람처럼 서 있던 곽경은 결국 그 자리에 망연히 주저앉았다.

"우린 완전히 망했다. 어흐흐흑. 빌어먹을!"

처연한 울음소리가 적막해진 서산에 구슬프게 울려 퍼졌다.

32장

여하튼 늦으면 뒈지는 거야

쏴아아아아아! 하늘에 구멍이 뚫린 듯 비가 쏟아지고 있었다.

유령문의 장로인 오장송(吳長松)은 걱정스러운 얼굴로 내내 문 쪽을 바라보았다. 진작 와야 할 사람들이 아직도 오지 않았다.

"슬슬 돌아오실 때도 되지 않았느냐?"

"그러게 말입니다."

'이리 오래 걸릴 일이 아닌데.'

유령문의 소문주인 도운찬은 신법으로 따지자면 그 경지가 천하에서도 열 손가락 안에 든다고 자부할 수 있는 이다. 그리고 그를 따라 섬서로 간 계형도 신법으로는 누구에게도 뒤지지 않는다.

그런 둘이 겨우 섬서까지 다녀오는 데 이리 오랜 시간이 걸린다는 건 도무지 이해할 수 없는 일이었다.

"혹시 무슨 변고라도……."

"입조심하거라! 말이 씨가 된다고 했다!"

"죄, 죄송합니다."

오장송은 못마땅한 얼굴로 제자를 흘겨보며 혀를 찼다.

'안 될 일이지.'

유령문은 오랜 내전 끝에 이제야 간신히 안정을 되찾았다. 그런데 이런 상황에서 소문주가 화를 당해 버린다면 이 문파는 정말 나락까지 처박힐 것이 분명했다. 그런 일은 결코 있어서는 안 된다.

"화를 당하실 분이 아니다. 누가 감히 그분의 속도를 따라잡겠느냐?"

"예! 제자가 어리석었습니다."

역정을 내던 오장송이 눈살을 찌푸리며 한숨을 내쉬었다.

그런데 바로 그때, 문을 지키고 있던 제자 하나가 달려오며 외쳤다.

"장로님! 오, 옵니다! 소문주님이 돌아오시는 것 같습니다!"

오장송이 벌떡 일어나 문 쪽으로 달려 나갔다.

"드디어!"

실로 역사적인 순간이었다. 소문주가 돌아왔다는 말인즉, 장문령부를 회수했다는 의미. 그렇다면 이제 소문주가 정식으로 문주의 자리에 올라 유령문을 제대로 이끌 수 있다는 뜻이지 않은가.

'선령들이시여!'

오장송은 감격에 겨운 얼굴로 문파의 대문을 활짝 열어젖혔다.

"소문주님! 어서 오……."

하지만 환하게 미소 지었던 그의 입은 이내 그대로 다물어졌다.

제 눈을 의심하여 두어 번 비빈 그는 그러고도 모자라 몇 번이고 더 눈을 끔뻑였다.

'뭐지?'

좁은 산길을 거의 부수듯 올라오는 수레에서 시선을 뗄 수가 없었다.

대체 저게 무어란 말인가.

"……왜 사람이 수레를 끌고 있지?"

"……그러게요."

어느새 쫓아 나온 제자가 오장송의 혼잣말에 멍하니 맞장구쳤다.

행렬의 가장 앞에서는 머리 반들반들한 승려가 얼굴을 시뻘겋게 물들인 채 수레를 끌고 있었다. 기행을 벌이고는 있지만 승려는 승려인 모양이었다. 힘들어 보이는 와중에도 연신 불호를 외…….

"빌어먹을! 빌어먹을! 빌어처먹……."

아, 아니네. 염불인 줄 알았더니…….

선두에 선 승려 뒤로는 도포를 입은 이들이 역시 수레를 끌며 안간힘을 쓰고 있었다. 연신 욕지거리를 내뱉는 꼴이 맨 앞의 승려와 꼭 닮았다.

'스님에 도사……. 아니, 심지어 저건 거지인가?'

이게 뭔 말도 안 되는 조합이란 말인가?

"날 새겠다, 날 새겠어! 다 피죽만 퍼먹었나! 비싼 고기를 먹여 놨으면 먹은 값을 해야 할 것 아냐! 빨리빨리 못 끌어?"

무엇보다 황당한 것은 그중 가장 어려 보이는 이가 홀로 수레 위에 올라서 다른 이들을 닦달하고 있다는 점이었다.

도무지 그의 상식으로는 이해할 수 없는 일이었다.

"소, 소문주님?"

그 모든 것에 경악하고 나서야 도운찬에게로 시선이 가 닿았다. 수레 옆에서 터덜터덜 걷는 그를 본 오장송은 화들짝 놀라 달려갔다.

"끄으으으으!"

"아아아아아아악!"

"빌어 처먹을!"

소문주 앞에 선 오장송은 옆에서 터져 나오는 악쓰는 소리에 움찔하여 그쪽을 바라보았다.

비에 젖은 그들은 전신으로 증기를 내뿜으며 전진했다. 입에서 새어 나오는 입김과 몸에서 뿜어져 나오는 증기를 보고 있자니 그들은 흡사 불에 타고 있는 것처럼 보였다.

지옥에서 왔나? 아닌데. 이 사람들 스님이랑 도사들인데…….

"소문주님, 이게 대체 무슨 일입니까."

"……일단 들어가서 이야기하시지요, 오 장로."

끼이이이익! 끼이이이이이익! 비에 젖은 수레가 귀신 같은 음산한 소음을 내며 움직였다. 유령문 안으로 진입하자마자 수레를 끌던 이들이 일제히 쇠 봉을 놓으며 바닥으로 꽈당 엎어졌다.

"빌어……먹을…….."

"……저 악귀 같은 새끼! 저…….."

"뭔 놈의 문파가 이렇게 심산유곡에 있어!"

백천이 도운찬을 향해 눈을 부라리며 버럭 소리를 내질렀다. 그 무시무시한 기세에 도운찬이 움찔하여 목을 움츠렸다.

"미안하외다. 유령문은 외부에 딱히 알려지는 걸 원치 않는 곳이라."

"끄으으응."

앓는 소리를 흘린 백천이 답도 없다는 듯 바닥에 엎어져 할딱대었다. 비에 쫄딱 젖어 끙끙대는 꼴들을 보고 있으니 패잔병이 따로 없었다.

"쯧쯧쯧. 다들 약해 빠져 가지고."

"저 새끼가……?"

"죽인다. 진짜 죽인다, 저거!"

원성이 빗발치는 가운데, 청명은 아랑곳하지 않고 수레에서 폴짝 뛰어내리더니 손에 들고 있던 호리병을 입에 가져갔다. 그러더니 꼴꼴대며 한참 술을 들이켠 뒤에야 크으, 하며 입가를 소매로 훔쳤다.

"뭐 얼마나 왔다고. 별로 멀지도 않구만, 엄살들은."

백천은 대거리할 기력도 없다는 듯 대자로 뻗어 하늘을 바라보았다.

'미쳤지. 미쳤어.'

섬서에서 이곳까지 오천 리 길을 왔다. 평범한 사람이라면 맨몸으로 걸어도 목숨이 간당간당할 거리다.

그런 길을 쇠로 된 수레를 끌고, 심지어 만년한철까지 싣고 왔으니 아무리 무인이라고 해도 몸이 남아날 수가 없다. 버텨 낸 게 기적이다. 더구나…….

'왜 사람들이 쇠로 수레를 만들지 않는 줄 알겠다.'

수레라는 건 기본적으로 기름을 쳐 가며 잘 굴러가도록 관리해야 하는 물건이다. 하지만 이 길에 동행한 모두가 주먹질이나 할 줄 알았지 일상생활에서는 아무짝에도 소용이 없는 무능력자들뿐이었다.

아무도 수레를 관리할 줄 몰랐기에 가면 갈수록 뻑뻑해지고 둔탁해지는 수레를 힘으로 억지로 끌고 올 수밖에 없었던 것이다.

"……사형. 죽을 것 같습니다."

"난 벌써 죽었어."

"난 죽이고 싶음."

훈련광인 유이설마저 이를 뿌득뿌득 갈아붙이며 청명을 노려보았다.

하지만 청명은 그런 시선을 온몸으로 받으면서도 태연하게 술을 꼴꼴 댈 뿐이었다. 아니, 그것도 모자라 오히려 일행들을 타박했다.

"쯧쯧쯧. 이렇게 뼈대가 약해서 어디다 써먹나 그래!"

"뼈? 뼈? 네 뼈는 어지간히 통뼈인 모양이지? 어디 얼마나 버티나 확인해 보……! 아아아아아아아악!"

광분하여 벌떡 일어나 청명에게 달려들던 백천이 엉덩이를 걷어차이고는 구석으로 날아가 처박혔다. 도운찬이 그를 보며 고개를 저었다.

'저 사람도 참 끈기가 대단해. 아니면 미련하든가.'

허구한 날 달려들다 얻어맞고 나가떨어지면서 어떻게 저리 꾸준하게 덤빌 수 있는지 의문스럽기도, 감탄스럽기도 했다.

청명이 백천을 보고는 혀를 끌끌 차다가, 헛웃음을 짓는 도운찬에게 툭 말했다.

"소문주님. 그래도 나름 고생한 것 같으니까, 우리 애들……. 아니, 우리 사형들 좀 씻게 해 주세요."

"당장 뜨거운 물을 준비하겠습니다."

"헤헤. 감사해요."

도운찬이 오장송을 향해 빠르게 말했다. 퍽 다급하게까지 느껴지는 목소리였다.

"따뜻한 물과 식사를 준비하십시오. 지금 당장!"

"아, 알겠습니다! 소문주님."

오장송은 고개를 끄덕이면서도 청명과 그 일행들을 흘긋댔다. 아무래도 소문주가 이상한 것들을 끌고 온 것 같았다.

뜨거운 욕탕에 몸을 담근 윤종과 조걸의 입에서 신음이 새어 나왔다.

"흐으으으으으으……. 여, 여기가 무릉도원이구나."

"이제 좀 살 것 같습니다."

욕탕 밖으로 발을 뺀 조걸이 눈살을 찌푸렸다. 발이 통통 붓다 못해 터져서 껍데기가 모조리 벗겨질 판이었다.

"진짜…… 이번엔 진짜 뒈지는 줄 알았습니다."

"끄응. 겨우 수레를 끄는 정도로 지옥을 볼 줄이야."

윤종은 중요한 건 결국 수련의 종류가 아니라 그 강도라는 진리를 다시 한번 새삼스럽게 깨닫게 되었다.

'그래서 청명이 저놈이 미친놈인 거지.'

단순히 수레를 끄는 것만으로 무인들을 골로 보내 버릴 줄이야.

"푸화아아아앗!"

그때, 한참을 물 안에서 뽀글거리던 백천이 숨을 내뱉으며 솟구쳐 올랐다. 촤아아악. 고개를 젖히자 흠뻑 젖은 머리가 뒤로 좌악 넘어갔다.

그 광경을 보던 조걸은 잠깐 말을 잇지 못하겠다는 듯 망설였다.

"……거, 뭐랄까."

백천의 길고 숱 많은 머리칼과 그 무엇도 없이 반들반들한 혜연의 머리가 나란히 물 위로 동동 떠 있으니 어쩐지 이상한 위화감이 든 것이다.

"하하. 혜연……. 스, 스님! 여기서 잠드시면 안 됩니다! 그러다 죽어요!"

웃으며 혜연을 돌아본 백천이 황급히 손을 뻗어 물속으로 잠기려는 혜연의 미끈미끈한 머리를 잡아서 끌어 올렸다.

"아니, 스님 머리를! 예의 없게!"

낚싯줄에 걸린 문어처럼 물 밖에 끌려 나온 혜연은 어질어질한 듯 고개를 몇 번 흔들더니 힘겹게 입을 열었다.

"……화산 분들은 지금까지 항상 이런 수련을 해 왔던 겁니까?"

"어……. 이게 보통이긴 하죠."

"솔직히 이번엔 좀 급하게 오느라 그렇지. 힘들기로는 저번 운남 갈 때가 더 힘들지 않았냐?"

"에이. 사숙, 우리가 그때보다 세진 것도 감안해야죠."

"아, 그런가?"

혜연이 조걸과 윤종의 대화를 듣다가 황당해서 고개를 내저었다.

'화산이 어떻게 이리 강해졌나 했더니.'

서안에서 이미 이들이 수련하는 모습을 몇 차례 보았지만, 그때 보던 건 정말 새 발의 피에 불과했다. 사람을 이리 죽어라 굴려 댄다면 강해지지 않는 게 더 이상하다. 강해지지 않으면 죽을 테니까.

혜연이 슬쩍 윤종을 바라보았다. 물 위로 드러난 그의 가슴 근육이 철판처럼 단단해 보였다. 혜연은 저도 모르게 제 팔뚝을 주물러 보았다.

'부끄럽구나.'

이들은 검수. 그리고 그는 권을 쓰는 권사다. 누가 더 육체를 단단하게 단련해야 하는지는 생각할 필요도 없는 일 아닌가.

하지만 겉보기엔 화산의 제자 중에서 가장 말라 보이는 윤종조차도 혜연보다 더 탄탄한 몸을 갖추고 있었다. 몸의 단련으로는 누구에게도 뒤지지 않는다고 생각하며 살아온 시간이 민망할 정도였다.

"그런데, 청명 시주는 어디 가셨습니까?"

"아까 씻고 나갔잖아요."

"왜 그리 급하게……?"

어리둥절한 혜연의 물음에, 조걸이 익숙하다는 듯 어깨를 으쓱였다.

"우리야 이제 쉬면 되지만, 청명이 놈은 이제부터 시작이니까요."

윤종이 못 말리겠다는 듯 고개를 느리게 저었다.

"하여튼 그 망할 놈은 진짜 사람 할 말 없게 만든다니까."

"……동감이다."

청명이 평소 어떻게 수련하는지 떠올린 화산의 제자들이 일제히 한숨을 내쉬었다.

쇠로 만든 수레를 끌고 오는 건 힘든 일이었다. 심지어 위에 탄 놈이 천근추(千斤錘)를 시전 하여 무게를 늘린 수레라면 더 말할 것도 없다.

하지만 그게 아무리 힘든 일이라고 해도, 섬서에서 이곳까지 오는 내내 천근추를 시전 하는 것보다 힘들 수는 없었다. 모두가 그걸 알았다.

주위에 잠깐 침묵이 내려앉았다. 곧 백천이 고개를 내저으며 입을 열었다.

"그러고도 바로 일을 하러 갔단 말이지."

"……진짜 미친놈 아닐까요?"

"……우린 아직 한참 멀었구나."

모두의 시선이 욕실 문 쪽으로 향했다. 나직한 백천의 중얼거림이 그들 모두의 심정을 대변해 주고 있었다.

 ◆ ❖ ◆

"그게 무슨 말씀이십니까? 운송이라니요?"

오장송이 황당하다는 얼굴로 소문주를 바라보았다. 그는 도무지 도운찬의 말이 이해가 되지 않았다.

"지금 문도들을 표사로 쓰시겠다는 겁니까?"

오장송의 목소리가 격앙되자 건너편에 앉아 있던 청명이 호리병을 살짝 흔들었다. 찰랑. 상황과 어울리지 않는 맑은 소리가 들렸다.

"자자. 너무 열 내지 마시고."

그 너스레에 오장송이 청명에게로 날카로운 시선을 돌렸다.

"자네는 누구인데 이곳에 앉아 있는가? 보아하니 화산의 어린 제자 같은데!"

"아, 저는……."

그 순간 도운찬이 쾌속으로 손을 뻗어 오장송의 어깨를 움켜잡았다.

"오 장로. ……입조심하십시오."

뒈지고 싶지 않으면 말이야. 물론 뒷말은 소리 없이 뻐끔거리기만 했지만, 그걸 알아보지 못할 오장송이 아니었다.

'……뭐지?'

협박? 아니, 소문주가 저자를 두고 자신을 협박할 리가. 설마 이거 경고인가?

도운찬의 묘한 반응에, 오장송은 떨떠름하게 청명을 바라보았다.

'이 어린 제자가 그만큼 위험하다는 뜻인가?'

그의 상식으로는 도무지 이해할 수조차 없는 일이 연이어 벌어지고 있었다.

청명은 아무것도 못 들은 것처럼 싱글싱글 웃었다. 그러고는 낭랑한 목소리로 말했다.

"나이는 어리지만, 장문인께 이 일에 대한 전권을 위임받아 왔으니 걱정하지 마세요. 제가 하는 말 하나하나는 모두 화산의 뜻이 될 테니까요."

"그걸 내가 어찌 믿……."

"아, 거참. 저희 그쪽 소문주님이랑 같이 왔잖아요. 설마 소문주님도 못 믿으세요?"

오장송이 도운찬과 청명을 번갈아 바라보더니 나지막이 한숨을 쉬었다. 열을 내던 그의 기세가 한풀 꺾였다.

"……그건 아니지만."

"그럼 됐죠, 뭐."

청명이 어깨를 으쓱하자 오장송은 할 말이 없다는 듯 입을 담았다.

청명의 눈짓을 받은 도운찬이 고개를 끄덕이고는 오장송을 향해 그간 있었던 일에 대해 설명하기 시작했다. 설명이 모두 끝나고도 잠시간 침묵하던 오장송은 침중한 눈빛으로 도운찬을 바라보았다.

"무슨 말씀이신지는 알겠습니다. 일견 일리가 있는 말 같습니다. 소문주님께서 왜 이들을 이끌고 오셨는지도 이해했습니다."

'오?'

청명이 새삼스럽다는 듯 오장송을 바라보았다. 참으로 의외였다. 표정이며 말투며 눈빛이며 꼬장꼬장한 것이, 어쨌거나 안 된다고 뻗대며 드러누울 줄 알았는데. 나름대로 말이 통하지 않는가.

"하지만 소문주님. 저는 아무래도 한 가지가 마음에 걸립니다. 문파의 재정이 중요하다는 건 너무 당연한 일이지만, 재정에만 눈이 팔린 문파는 결국은 먼 곳으로 뻗어 나가지 못하기 마련입니다."

"……음. 그도 맞는 말입니다."

"제자들이 물건을 나르는 것에 시간을 허비하다 보면 수련할 시간이 줄어들 수밖에 없습니다. 그리 낭비한 시간은 돌아오지 않습니다. 돈을 충분히 모은 뒤에는 이미 수련할 수 있는 가장 중요한 시기를 놓친 후일 것입니다."

그 말을 듣던 도운찬은 일리가 있다는 듯 연신 고개를 끄덕였다.

옆에서 두 사람을 지켜보던 청명이 속으로 혀를 찼다.

'귀가 뭐 저렇게 얇아?'

아주 네 말도 맞고, 네 말도 맞구나 하는 식이네. 문주라면 결단력이 있어야지! 저 양반이 이대로 문주 자리에 올라 유령문을 이끌었다면 그 끝이 어찌 되었을지 빤히 보였다.

하기야, 실력과 결단력을 동시에 갖춘 인재였다면 문파 내의 내분을 이토록 오랫동안 정리 못 했을 리 없겠지.

혀를 찬 청명이 두 사람을 바라보았다. 저들끼리 생각하게 내버려두면 결론이 엇나갈지도 모르니 이쯤에서 정리를 해야 할 듯싶었다.

"그러니까 장로님의 말씀은…… 수련이 제대로 안 될까 봐 걱정이란 말씀이시죠? 그것만 해결되면 다른 건 문제가 없고요?"

"돈 싫어하는 사람이 어디 있겠소? 수련만 제대로 할 수 있다면 반대할 이유가 없지. 하지만 둘은 양립할 수 없는 일 아니오?"

옳거니. 미끼를 물었다. 청명이 히죽 웃었다.

"에이. 양립이 왜 안 돼요. 양립할 수 있다는 걸 증명만 해 보이면 되는 거죠?"

"……으응?"

오장송이 고개를 갸웃거렸다. 청명은 어깨를 으쓱하며 웃었다.

"헤헤. 걱정 마세요. 제가 확실하게 보여 드릴게요."

어쩐지 사악해 보이는 그 웃음에 도운찬은 가슴이 철렁 내려앉고 말았다. 아무래도 큰일 난 것 같았다.

그는 눈을 질끈 감으며 속으로 못 다한 말을 중얼거렸다.

'오 장로. 실수한 겁니다.'

지난 여정을 통해 청명이 어떤 인물인지 이젠 어느 정도 알게 된 그의 눈앞엔 유령문의 서글픈 앞날이 이미 다 펼쳐진 것만 같았다.

· ❖ ·

"장로님! 이게 대체 무슨 일입니까?"

"소란 떨 것 없다."

아침이 되자마자 유령문 전체에 소집령이 떨어졌다. 순식간에 모여든 유령문의 문도들이 당혹감 어린 시선으로 오장송을 바라보았다.

"경주라니요?"

"……왜? 자신이 없더냐?"

"아니요. 황당해서 그럽니다. 저희가 누구입니까? 유령문의 제자 아닙니까?"

오장송은 그 패기가 마음에 든다는 듯 흡족히 고개를 끄덕였다.

"그렇지. 신법이라면 천하의 어느 문파에도 뒤지지 않는 유령문의 문도들이지."

"예. 그런데 경주라니요. 이게 뭔 말도 안 되는 소리인지…….."

제자들이 불만스럽게 중얼거렸다. 오장송이 더 들을 것도 없다는 듯 손을 가볍게 내저으며 단호하게 말했다.

"긴말할 것 없다. 너희는 저들을 이기기만 하면 된다."

그러고는 슬쩍 고개를 돌려 한쪽에 진을 치고 있는 화산의 제자들을 바라보았다. 그 눈빛이 그리 곱지만은 않았다.

'건방진…….'

그가 혀끝까지 올라온 욕설을 삼키며 살짝 입술을 짓씹었다.

그러니까 왜 이런 일이 벌어졌는가 하면…….

오장송이 눈을 눈살을 찌푸렸다. 청명을 보는 그의 시선이 날카로웠다.

"지금 증명이라 하셨소? 수련과 일을 양립할 수 있다는 걸 증명하겠다는 거요?"

"네. 말씀하신 그대로예요."

오장송이 언짢은 기색을 감추지 않고 언성을 높였다.

"이보시오! 설마 물건을 들고 나르다 보면 경공을 많이 펼치게 되니 자연히 수련이 된다는 소리를 하려는 건 아니겠지요?!"

"잘 아시네요."

말이 통하지 않는다는 것을 깨달은 오장송이 허탈하다는 듯 청명을 바라보았다.

"이보시오, 도장. 수련이라는 것은 정확한 방식과 지도가 어우러졌을 때 그 의미가 있는 것이오. 홀로 아무리 경공을 펼친다고 한들 그게 어찌 훈련이 된단 말이오!"

오장송의 반박에 청명이 코웃음을 쳤다.

"그건 그냥 가르치는 사람이 편한 방법이구요. 중요한 건 정확한 목표와 한계까지 몰아붙이는 열정이죠."

오장송이 황당하다는 듯한 얼굴로 청명을 바라보았다.

"아니……. 대체 소도장이 뭘 안다고…….."

"오 장로. 말씀을 삼가십시오. 이 소도장이 강호제일의 후기지수로 불리는 화산신룡 청명이외다."

그리고 그 화산신룡이라는 별호는 이 완전히 돌은 놈을 제대로 설명하는 별호도 아니라고!

"화산신룡?"

도운찬의 말에 오장송은 새삼스러운 눈빛으로 눈앞의 청명을 바라보았다.

도가의 정기라고는 조금도 느껴지지 않는 이 어린 도사가 그 화산신룡이라니…….

하지만 상대의 명성을 알게 된 이상 지금까지처럼 막 대할 수는 없는 노릇이었다. 그는 조금 누그러진 목소리로 말했다.

"크흠, 그렇구려. 하지만 아무리 그대가 화산신룡이라고 해도 이 점에서는 동의할 수 없소. 특히나 신법에 관해선, 우리 유령문은 세상 어느 문파에도 가르침을 구할 필요가 없소이다."

"그게 문제죠, 그게."

"무슨 말을 하고 싶은 거요?"

"세상은 발전하고 변하잖아요. 몇백 년 전에 이름 좀 날렸다고 그 이후로도 내내 잘나가는 건 아니거든요."

타앙! 청명이 손바닥으로 가볍게 탁자를 내리쳤다.

"그러니까! 이것도 강호의 일인데 입으로 내가 옳니, 네가 옳니 따지는 건 부질없지 않겠어요? 강호에서 누가 옳은지를 증명하는 방법은 하나뿐이죠."

그의 말에 오장송이 두 눈을 가느스름하게 떴다. 어린 도사의 입에서 나온 말이 맹랑하기 그지없었다.

"지금 설마 신법을 겨루자는 거요?"

청명이 자신만만하게 씨익 웃으며 답했다. 그러나 눈빛은 웃음기 없이 형형했다.

"네. 그게 제일 빠른 방법이니까요."

"허허. 왜 우리가 굳이……."

청명이 오장송의 말을 끊었다. 한 치의 흔들림도 없는 단호한 목소리가 그 뒤를 이었다.

"만약 우리가 지면 장문령부를 돌려드리고 두말없이 유령문에서 나갈게요. 대신 우리가 이기면 장로님도 소문주님께서 하시려는 일에 조건 없이 협조해 주세요."

"으으음."

오장송은 잠깐 고뇌하며 침음성을 흘렸다. 하지만 그 고민은 길게 이어지지 못했다. 청명이 툭 내뱉은 말 때문이었다.

"겁나시는 모양이네?"

"지금 뭐라 했는가?"

그가 눈을 부릅뜨며 청명을 노려보았다. 그러나 청명은 태연히 두 손을 머리 뒤에 깍지 끼고는 휘파람을 불었다.

"별말 안 했는데요?"

"이……."

"아니. 그냥 뭐, 말로는 유령문의 제자들이 천하에서 가장 빠르다고 하시는 분이 실제로는 자신이 없는가 보다 싶어서요."

어이가 없어 헛웃음을 터트린 오장송은 불쾌한 듯 입꼬리를 뒤틀었다.

"화산이 망신을 당하면 소문주의 입장이 곤란해질까 봐 좋은 방도를 찾고 있었거늘, 도장이 나를 끝내 피하지 못하게 하는구려!"

"오? 하시게요?"

"유령문은 도전을 피하지 않소이다. 그래, 어떤 식으로 결판을 내고 싶으신 거요?"

드디어 원하는 대답이 들려오자 청명이 만족스레 웃으며 머리 뒤에 꼈던 손깍지를 풀었다.

"방법이야 뭐 뻔하죠. 제가 직접 장로님을 이기면 가장 확실하지만 그건 실력에 대한 검증이지, 훈련에 대한 검증이 아니잖아요. 그러니까……

우리 사형들과 유령문의 제자들이 신법을 겨루는 게 좋겠네요."

"그대는?"

"뭐, 저까지 굳이 할 필요 있겠어요?"

오장송이 차갑게 가라앉은 눈빛으로 청명을 쏘아보며 말했다.

"화산제일로 불리는 화산신룡은 굳이 나설 필요도 없다?"

"예. 그러니까 더 좋은 조건 아닌가요?"

"……아무래도 우리 유령문이 굉장히 얕보인 모양이로군. 좋소이다. 그 도전 받아들이지. 대신!"

이를 으득 간 오장송이 탁자를 한차례 탕 치며 소리치듯 말했다.

"이 승부에서 패배한다면 얌전히 장문령부를 놓고 물러나시오. 화산이 정파를 자신한다면 자신이 한 말을 번복하지는 않겠지."

"정파고 자시고 저는 한번 뱉은 말은 꼭 지키는 사람이에요."

화산의 제자들이 들었다면 입에 거품을 물고 달려들었을 새빨간 거짓말을 입에 침도 안 바르고 잘도 하는 청명이었다.

"……뭔가 낚인 것 같은 기분도 좀 드는데."

"예?"

"아니. 아무것도 아니다."

오장송이 고개를 휘휘 내저었다. 저 어린 소도장의 언변에 말리든 느낌이 들기는 하지만, 그런 건 아무래도 상관없었다. 어차피 이 승부는 그들에게 절대적으로 유리하니까.

오장송은 더없이 진중한 눈으로 눈앞의 악소를 바라보았다.

"악소. 이 대결은 유령문의 명예가 걸린 일이다. 반드시 승리해야만 한다."

"걱정하지 마십시오, 장로님!"

자신만만하게 대답한 악소는 슬쩍 시선을 돌렸다.

연무장 한구석에 반쯤 널브러진 화산의 제자들이 보였다. 긴장감이라고는 털끝만큼도 없는 모습을 보니 괜스레 부아가 치밀어 올랐다. 그는 속으로 빈정거렸다.

'잘나가는 문파라 이거지?'

물론 유령문은 화산과는 비교할 수 없는 작은 문파다. 게다가 화산은 지금 천하에서 가장 유명한 문파라고 해도 과언이 아니지 않은가.

'하나 그렇다고 사람을 무시…….'

악소가 속으로 의지를 다지던 바로 그 순간이었다.

"우리가 왜, 이 새끼야! 네가 달리든가, 네가! 왜 네가 저지른 일을 우리가 수습해야 하는데!"

"싫어."

"아미타불. 나가 죽으십시오, 시주."

화산의 제자들 쪽에서 벼락같이 쏟아져 나온 비난과 원성에 악소는 움찔했다. 그들은 마치 승냥이처럼 으르렁대며 한 사람을 몰아붙이고 있었다.

백천이 부글부글 끓는 얼굴로 입을 열었다.

"애초에 여기는 좋게 좋게 사업을 하러 온 곳이 아니냐. 그런데 왜 또 일을 벌이냐고! 왜, 또!"

"아, 말이 안 통하잖아!"

속에서 천불이 나는 듯한 느낌에 백천이 자신의 가슴을 움켜잡았다.

"네가 말이 안 통하겠지! 네가!"

"동감."

아무래도 여론이 영 좋지 않았다. 하지만 그런 것에 신경을 쓸 청명이 아니었다.

"내가 웬만하면 좋게 풀려고 했다니까? 그런데 저 영감님이 자기들 경공이 훨씬 뛰어나니까 화산의 말은 들을 필요가 없다잖아."

"······뭐?"

백천이 슬쩍 얼굴을 굳히며 눈을 크게 떴다. 청명은 이때다 싶어 화산 제자들의 자존심을 살살 긁어 대었다.

"그런 말 듣고 참을 수 있어?"

"네가 먼저 비꽜겠지."

하지만 백천은 뚱한 얼굴로 청명을 바라보았다. 이런 일이 어디 한두 번인가. 다른 사람도 아니고 청명의 말을 옳다구나 믿어 줄 백천이 아니었다.

"저쪽에서 먼저 그럴 리가 있나? 보나 마나 네가 살살 긁어 댔겠지."

"······."

그리고 다른 이들도 마찬가지로 청명의 말을 믿지 않았다.

"사람 좋아 보이던데 설마 그랬겠어? 아주 입만 열면 거짓부렁이여!"

"지금까지 그렇게 당한 사람들이 어디 한둘이냐? 너를 믿느니 차라리 저쪽을 믿겠다!"

청명은 잔뜩 억울해하는 얼굴로 벙긋거리다 거세게 항변했다.

"진짜라니까?! 왜 내 말을 안 믿······."

"때려치워!"

이어지던 말까지 끊은 제자들의 표정은 의심과 불신으로 가득 차 있었다. 무슨 말을 해도 안 먹힐 것 같다. 청명으로서는 환장할 노릇이었지만, 딱히 증명할 방법도 없었다.

잠시 심란한 마음에 표정을 구기고 있던 백천은 머리를 벅벅 긁더니 조금 멀리 떨어져 있는 유령문의 문도들을 바라보았다. 보아하니 저쪽은 아주 의욕이 넘치는 모양이었다. 한숨을 푹 내쉰 그는 화산 제자들을 돌아보며 힘없이 입을 열었다.

"보나 마나 이 새끼가 사고를 친 거겠지만, 일단 일이 벌어진 이상 화산의 명예가 걸려 있는 것도 사실이다."

"그럼 본인이 하든가! 왜 지는 쏙 빠지냐고요!"

"내 말이!"

생각해 보니 또 화가 치밀어 올라 백천이 청명을 노려보았다. 청명은 원망 어린 눈빛을 받으면서도 그저 어깨를 으쓱하며 대꾸했다.

"내가 나서면 일이 안 되니까. 그리고 이건 누가 빠른가를 겨루는 게 아니거든."

"뭐래. 저 조동아리 콱!"

"……."

뭔 말을 못 하겠네. 제게로 쏟아지는 칼날 같은 눈빛을 받으며, 청명은 요즘 사형제들에게 사춘기가 온 건 아닌지 진지하게 고민했다.

백천이 그사이 마음을 다스리고는 단호하게 말했다.

"여하튼, 어떻게 시작된 일이든 싸움은 이기고 봐야 한다."

"맞아요! 아버지도 그러셨어요. 이쪽에서 잘못했어도 일단 패라고! 그러면 잘못도 덮어진다고."

당소소가 주먹을 불끈 쥐었다. 두 눈이 활활 불타는 게, 여차하면 진짜 팰 기세였다.

"……아니, 그건 너무 나갔고……."

거, 당가주님 그렇게 안 봤는데 엄청 과격하시네.

이마에 살짝 배어 나온 땀을 닦은 백천은 목을 가다듬고는 재차 말했다.

"사과는 사과고, 승부는 승부. 어쨌거나 화산이 유령문보다 못하다는 말은 들을 수 없지!"

"물론이에요."

백천이 화산의 제자들을 이끌고 연무장 중앙으로 향했다. 그에 발맞춰 악소도 사제들을 이끌고 연무장의 중앙으로 걸어 나왔다. 두 집단이 중앙에서 서로를 마주 보며 대치하기 시작했다.

백천의 맞은편에 선 악소는 뭔가 마음에 안 드는지 백천을 위아래로 훑어보더니, 몇 번이고 고개를 갸웃거리다 퉁명하게 말했다.

"엄청 샌님처럼 생기셨네."

"막 생긴 것보다는 낫지?"

괜히 한마디 했다가 본전도 못 건진 악소가 백천을 노려보며 이를 빠득빠득 갈아붙였다.

"주둥아리만큼 다리도 유연하면 좋을 텐데 말이야."

"뻣뻣하긴 한데 너 정도쯤이야."

"아니, 그런데 이게……."

"조용!"

악에 받친 악소가 두 눈에서 불꽃을 튀기는 순간 오장송 장로가 크게 소리치며 걸어 나왔다. 두 사람은 서로에게 눈을 흘기면서도 순순히 물러났다. 그래, 말싸움 따위는 아무래도 좋다. 중요한 건 승부다.

"상황은 모두 잘 알고 있을 테니, 딱히 설명하지 않겠소. 승부를 내는 방식은 아주 간단하오. 저기 산 위의 나무가 보이시오?"

"산? 무슨 산?"

화산의 제자들이 고개를 갸웃거리며 주변의 산을 찾았다. 이미 여기가 산인데 대체 어딜 말하는…….

이내 그들의 눈이 금방이라도 튀어나올 것처럼 휘둥그레졌다.

저 멀리, 어제 내린 비 때문에 자욱하게 깔린 안개 너머로 무언가 뿌연 것이 보였다. 워낙 희뿌연 탓에 몇몇은 잘못 봤나 싶어 눈을 비비기도 했다.

"설마 저거요?"

안개 때문에 잘 보이지도 않……. 아니, 안개가 없었어도 잘 보이지 않을 만큼 멀리 있는 산이었다. 백천이 산을 가리키며 물었다.

"설마 저 산을 말씀하시는 겁니까, 장로님?"

오장송이 태연하게 고개를 끄덕인다. 그러자 화산의 제자들이 '뭐 이런 인간이 다 있지?'라는 얼굴로 그를 바라보았다.

"왜? 힘들 것 같소이까? 힘들면 지금 포기해도 괜찮소이다."

하지만 안타깝게도 오장송은 화산의 제자들 다루는 요령을 몰랐다.

"힘들어요? 화산에서는 저 정도는 밥 먹고 산책 삼아 다녀옵니다."

"어휴. 경주라고 해서 뭐 멀리 가는가 했더니. 기어서도 가겠네."

화산의 제자들이 부글부글 끓는 얼굴로 먼 산을 바라보았다.

"저 산 위의 나무를 찍고 이곳에 먼저 도착하는 쪽이 이기는 걸로 하겠소."

"그런데 그걸 찍는 건 누가 확인합니까?"

"개방의 홍 대협께서 수고해 주시기로 하셨소."

"……어쩐지 아침부터 쉴 새 없이 욕을 하며 어딘가로 가더라니."

백천은 또 죄도 없이 휘말린 홍대광을 진심으로 애도했다.

"질문은?"

"없습니다."

굳이 따로 물을 것도 없는 간단한 방식이다. 문제는…….

'이상하게 의욕이 안 나네.'

백천이 한숨을 푹 내쉬었다. 아무리 생각해도 이게 뭐 하는 짓거리인지 이해가 가지 않았다. 마음을 다스리려 해도 회의감만 들었다.

슬쩍 뒤를 돌아보니 조걸과 운종, 유이설과 당소소가 그의 뒤쪽에 나란히 서 있었다. 다른 제자들의 표정도 저와 별반 다를 바 없었다.

"길게 끌 것 없겠지. 준비하시오!"

오장송의 말에 모두 일제히 자세를 잡았다. 그 옆쪽에서 유령문의 제자들 역시 여유 만만한 얼굴로 자세를 취했다. 복잡해 보이는 화산의 제자들과는 전혀 다른 표정이었다.

자신 때문에 벌어진 일로 황당하기만 한 제자들의 속을 아는지 모르는지, 청명이 활짝 웃으며 해맑게 응원했다.

"화산 이겨라!"

"넌 좀 닥치고 있어!"

"진짜 죽인다! 진짜!"

"벨 거야."

"저 화상 진짜, 어휴!"

사형제 간의 따뜻한 정이 오고 가는 순간이었다.

한숨을 내쉰 백천은 다리에 내력을 밀어 넣었다. 일이 벌어진 경위야 어찌 되었든, 화산의 이름이 걸렸으니 일단은 이기고 봐야…….

"출발!"

오장송의 신호가 떨어지자, 백천을 비롯한 열 명의 무인들이 쏜살처럼 앞으로 튀어 나갔다. 그들의 신형이 마치 꺼지듯 사라졌다.

순식간에 유령문을 벗어나 산길을 쾌속하게 질주하던 백천의 옆으로 악소가 슬그머니 달라붙었다.

"어이, 기생오라비."

백천의 눈이 이채를 띠었다. 이렇게 빠르게 달리면서도 저리 태연하게 말을 걸어오다니. 확실히 만만히 볼 수 없는 상대들이었다.

"규칙은 똑바로 들었어?"

"나무를 찍고 돌아오면 되는 것 아닌가?"

"쯧쯧. 이래서 샌님들이란."

어깨를 으쓱한 악소가 킬킬거리며 제 허리춤으로 손을 밀어 넣었다.

파아아아앗! 그가 손을 뽑아내는 것과 동시에 백천의 발 쪽으로 무언가가 날아들었다. 양 끝에 작은 추를 단, 기다란 실 같은 것이 순식간에 백천의 양쪽 발목을 칭칭 감아 챘다.

"어!"

경공에 집중하다 보니 미처 대처하지 못했다. 순식간에 양다리가 묶인 백천이 달리던 속도를 이기지 못하고 그대로 고꾸라졌다. 하필이면 간밤에 내린 비 때문에 진흙탕이 되어 버린 길 위로 말이다.

철퍽 하고 하늘 높이 치솟았던 흙탕물이 그의 등으로 처량하게 후드득 떨어졌다. 마치 일부러 기어들어 가기라도 한 것처럼 완벽하게 처박힌 모양새였다.

진흙탕에 얼굴을 파묻은 그는 흡사 죽은 사람처럼 움직이지 않았다. 그 모습을 보며 악소가 들으란 듯이 비웃음을 흘렸다.

"싸우지 말라는 소리는 없었다고. 그럼 천천히 와. 하하하하핫!"

얼마나 빨리 멀어지는지 마지막 웃음소리는 거의 들리지도 않았다.

우드드드득. 진흙을 꽉 움켜잡은 백천의 손이 허공을 쥐어뜯으려는 듯 번쩍 들렸다. 손안에 든 진흙이 덩어리져 흘러내렸다.
 천천히. 아주 천천히 고개를 든 그는 얼굴에 잔뜩 묻은 진흙을 한 손으로 느릿하게 훑어 냈다. 손가락에 엉겨 붙은 진흙이 아래로 흘러내렸다. 백천은 저 멀리 사라져 가는 악소를 바라보았다.
 "……."
 백천이 이를 뿌득 갈았다. 이윽고 그의 입에서 북해의 만년한설보다 차가운 목소리가 새어 나왔다.
 "……다 죽인다, 이 새끼들."
 내키지 않는 경공 대결에 흐릿하기만 하던 의욕을 순식간에 머리끝까지 충전한 백천이 두 눈에 핏발을 세우고 짐승처럼 질주하기 시작했다.

 술을 꿀꺽꿀꺽 들이켠 청명이 탄성과 함께 술병을 내리고는 소매로 입가를 쓱 문질렀다. 그러더니 화산의 제자들이 달려 나간 방향을 보며 씨익 웃었다. 그 웃음이 사악하기 그지없었다.
 "낄낄낄낄."
 혜연은 뚱한 얼굴로 그런 그를 바라보고 있었다. 화산의 제자가 아니다 보니 이 경주에는 참여할 수 없어, 어쩔 수 없이 남겨진 것이다.
 "시주. 조금 위험하지 않겠습니까?"
 "뭐가?"
 혜연이 화산의 제자들이 달려 나간 쪽을 바라보았다. 표정이며 목소리에 그들을 걱정하는 기색이 역력했다.
 "조금 전 유령문도들이 치고 나가는 모습을 보니 경공의 경지가 굉장히 높은 것 같던데……."
 "그렇겠지. 유령문이니까."

애초에 경공이 뛰어나지 않았더라면 청명이 이들과 손잡을 일도 없었을 것이다. 그 정도는 해 줘야 수지타산이 맞지.

"그런데 굳이 이런 승부를 벌일 필요가 있습니까?"

"네가 뭘 알겠냐."

청명은 유령문의 장로 오장송과 그 옆에 서 있는 소문주 도운찬을 흘 끗 보았다. 그러고는 들릴 듯 말 듯 작은 목소리로 말했다.

"……일단은 정리를 한번 할 필요가 있으니까."

"정리라고 하셨습니까?"

"아냐, 아무것도."

그는 어깨를 으쓱하고는 다시 술을 꼴꼴 마셔 댔다. 걱정할 필요 없다고 말하는 듯한 청명의 태도에도 혜연은 영 마음이 놓이지 않는 눈치였다.

"저는 못내 좀 불안한데……."

"요 땡중이 요즘 걱정만 늘어 가지고는. 수련은 괜히 하나?"

청명이 피식 웃으며 그를 바라보았다. 불안해 보이는 혜연과 달리 청명의 얼굴은 여유롭다 못해 아주 심드렁해 보였다.

제대로 된 경공을 배우지 못했던 예전의 화산 제자들이라면 모를까, 지금의 저들은 화산의 경공을 제대로 익히고 있다.

"경공이라는 건 가장 직관적인 무공이야. 열심히 수련한 만큼 그 성과가 그대로 나오기 마련이지. 그리고 내가 알기로 우리 사형들보다 열심히 구른 놈들은 없어."

"……그걸 아는 분이……."

"응?"

"아닙니다."

무어라 말하려 입술을 달싹이던 혜연이 입을 다물고 힘없이 고개를 내저었다.

'사실 과한 고민이기는 하지.'

이제 혜연도 화산 제자들의 실력을 웬만큼은 알고 있었다. 아니, 정확하게 말하자면 화산인이 아닌 외부인 중 혜연보다 저들에 대해 잘 아는 이는 없을 것이다.

그런 그가 보기에 백천과 그 일행의 실력은 이미 후기지수의 수준을 한참 넘어섰다. 저들을 소림으로 데리고 간다면 같은 배분 중에서는 당해 낼 이가 없을 것이었다. 혜연을 제외한다면 말이다.

아무리 유령문이 경공으로는 강호에서도 일가견이 있다고는 하나, 비슷한 나이대라면 화산의 제자들을 당해 내기는 쉽지 않을 것이다.

"생각해 보니 쉬운 승부가 될 것 같군요."

"쉬운 승부?"

하지만 이번에도 청명은 의미심장하게 입꼬리를 씩 말아 올렸다.

"뭐, 그랬으면 좋겠는데 말이지."

"네?"

"여하튼 늦으면 뒈지는 거야."

그의 두 눈은 재미있는 물건이라도 눈앞에 둔 듯 반짝거렸다. 그 모습을 보는 혜연의 얼굴에 다시금 불안이 깃들기 시작했다.

"웃차!"

조걸이 땅을 강하게 박찼다. 한 번 땅을 디딜 때마다 그의 몸은 몇 장씩 앞으로 쭉쭉 나아갔다. 기세를 탄 그는 순식간에 가장 앞으로 치고 나갔다.

"으하하하하핫!"

시원한 바람을 맞으니 입에서 절로 웃음이 터져 나왔다.

'빌어먹을 쇳덩어리 떼어 내고 나니 날아갈 것 같네!'

이 상쾌함이라니! 섬서에서 귀주까지 오천 리 길을 오는 내내 그 망할 묵철인가 뭔가로 만든 쇳덩어리를 차고 왔다. 맨몸으로 와도 다리가 부러질 거리인데, 평범한 쇠보다 열 배는 무거운 걸 팔다리에 매달고 왔으니 그 고통이야 오죽했겠는가.

그 쇳덩어리를 떼어 내고 나니, 몸이 너무 가벼워서 주체가 안 될 지경이었다. 덩달아 자신감도 솟구쳐 올랐다. 상대가 유령문이든 뭐든 지금이라면 얼마든지 이길 수 있다는 생각이 들었다.

콰악! 땅을 내딛는 발에는 힘이 넘쳐 났다. 체력도 남아돌았다.

'확실히!'

이곳까지 오면서 몸을 혹사시킨 효과가 있는지 지면을 박차는 다리에 들어가는 힘이 평소와 사뭇 달랐다. 경공이 훨씬 수월하게 느껴졌다.

'저 망할 놈이 시키는 훈련이 확실히 효과는 엄청나단 말이지.'

인정하기는 싫지만! 그러니까 어쨌든 이 승부는 일단 이겨 놓고…….

"호오? 꽤 빠른걸?"

순간, 바로 옆에서 들려온 목소리에 조걸의 고개가 획 돌아갔다.

'아니……?'

지금 그는 어마어마한 속도로 쏘아지는 듯 나아가고 있었다. 이렇게 빨리 달릴 수 있다는 사실에 스스로도 놀랄 만큼. 하지만 지금 옆에 따라붙은 이는 이 정도 속도는 아무것도 아니라는 듯 표정도, 숨소리도 여유로웠다.

'이 속도를 따라붙는다고?'

조걸의 얼굴에 살짝 경악이 스치는 그 찰나, 유령문의 제자가 조롱 섞인 표정으로 이죽거렸다.
"과연 명문의 제자라 이거지? 수련을 게을리하지는 않은 것 같군."
묘한 기시감을 느낀 조걸의 눈썹이 살짝 꿈틀댔다.
'그런데 이 새끼가?'
유령문 제자의 태도에 내려다보는 기색이 역력했다. 이건 과거 종남의 제자나 비무 대회 초기에 만났던 다른 구파일방 제자들이 자주 보였던 태도와 닮아 있었다. 적어도 이들은 경공이라는 측면에 있어서만큼은 화산의 제자들보다 자신들이 낫다고 확신하는 게 분명했다.
오랜만에 겪는 멸시에 살짝 열이 오른 조걸이 쏘아붙였다.
"그렇게 자신만만하다가는 큰코다칠 텐데?"
"자신감은 좋지만, 그쪽이야말로 한 가지 알아야 할 것 같은데."
유령문의 제자가 재미있는 농담이라도 들은 양 씨익 웃었다.
"이 길이 어떤 길인 줄 알아?"
조걸이 고개를 갸웃했다. 길이 다 같은 길이지. 이게 무슨 말인지…….
"우리가 훈련용으로 사용하는 길이다."
"그게 뭐 어쨌다고? 자주 뛰어 봤으니 너희가 이긴다는 거냐?"
"아니, 아니. 그런 말이 아니라."
이죽이던 유령문의 제자가 마치 화살처럼 앞으로 빠르게 쏘아져 나갔다.
"겪어 보면 알 거야!"
그 쾌속한 움직임에 조걸의 눈이 휘둥그레졌다. 그리고 그런 그의 뒤에서 윤종이 흙먼지를 날리며 어마어마한 속도로 달려왔다.

"걸아! 뭐 하는 거냐!"

"아, 아니, 저 새끼가……!"

"됐다! 일단은 따라잡아! 선두를 놓치면 골치 아프다!"

두 사람은 나란히 앞으로 돌진했다. 기세를 밀어붙여야만 한다. 내력을 있는 대로 다리로 밀어 넣고, 주저 없이 쾌속하게 앞으로 나아갔다.

"으라차아아아!"

"거기 서……!"

그리고 그 순간, 힘차게 내디딘 발에 이상한 감각이 느껴졌다. 반사적으로 고개를 내린 조걸의 눈에, 땅이 발에 밟힌 모양 그대로 푹 꺼지는 모습이 들어왔다.

"뭐, 뭐야!"

"함정?"

이내 조걸과 윤종이 내디딘 곳이 단번에 허물어지며 두 사람의 몸이 그대로 곤두박질치기 시작했다.

"으아아아아아아!"

"아니, 미친!"

전력을 다해 달리는 것만 생각했던 탓에 순간적으로 바닥이 꺼져도 그저 허우적대기만 할 뿐, 미처 대처할 수 없었다.

결국 두 사람은 어떻게 해 보지도 못하고 달리던 속도 그대로 구덩이의 벽면에 들이박고는 스르륵 아래로 흘러내렸다.

"꾸르르륵…….''

구덩이 바닥에 가득 차 있는 물에 떨어진 둘은 겨우 정신을 차리고 자맥질해 물 밖으로 고개를 뺐다. 물은 어마어마하게 차가웠다.

"푸우우우웃!"

"콜록! 에헤헤이! 콜록!"

얼굴이 시뻘게지도록 몇 번이나 기침하며 잔뜩 삼켰던 물을 뱉어 낸 윤종은 황당함에 입을 벙긋거리다 소리쳤다.

"이게 뭐야? 길에 왜 함정이 있어?!"

"그, 그러게요."

봉변을 당한 두 사람이 이를 득득 갈아붙이며 위로 솟아오르려던 그때, 머리 위에서 얄미운 목소리가 들려왔다.

"아, 한마디 더."

언제 돌아왔는지 앞으로 튀어 나갔던 유령문의 제자가 구덩이 위에서 고개를 쏙 내밀고 있었다. 만면에 웃음을 띤 그는 낄낄대며 말했다.

"이것 말고도 함정은 많으니까 조심하라고."

그렇지 않아도 잔뜩 부아가 치밀었던 조걸의 눈에 불똥이 튀었다.

"아니, 근데 저 새끼가 진짜?"

"이건 선물."

쿵! 유령문의 제자가 내디딘 진각이 지면을 뒤흔들었다. 구덩이 안에 있는 두 사람에게는 더욱 확연하게 와닿는, 강한 진동이었다.

그런데 지금 땅을 그렇게 강하게 밟아 버리면?

"아, 아니……."

우르르르르릉. 설마가 사람 잡는다고, 안 그래도 아까부터 아슬아슬해 보이던 구덩이의 벽면이 한꺼번에 무너지기 시작했다. 조걸과 윤종의 머리 위로 대량의 토사가 폭포처럼 쏟아져 내렸다.

기겁한 두 사람이 눈을 부릅뜨며 소리를 질렀다.

"야, 이 개자식아!"

"히이이이익!"

구덩이 주변이 폭삭 내려앉으며 조걸과 윤종이 있는 곳을 순식간에 메워 버렸다. 약간의 흙먼지만이 그곳에 구멍이 있었음을 말해 주었다.

깔끔하게 뒤덮인 구덩이를 내려다보던 유령문의 제자가 싱긋 웃었다.

"개인적인 악감정은 없지만, 우리도 지면 꼴이 사나워서 말이야."

그 말을 끝으로 그는 미련 없이 몸을 날려 앞으로 튀어 나갔다.

잠시 후. 어느새 잠잠하게 흙먼지가 가라앉은 토사 속에서 누군가의 손이 불쑥 튀어나왔다. 좌우를 두어 번 더듬은 손이 크게 주변을 크게 휘적거리더니 흙더미를 좌우로 마구 밀어 냈다.

"끄으으으으으!"

이윽고, 물과 토사로 뒤덮여 진흙 인간이 되어 버린 윤종과 조걸이 흙더미를 헤치며 밖으로 기어 나왔다. 바닥에 엎드린 조걸이 입에 들어찬 진흙을 마구 뱉었다.

"퉤! 퉤에에엣! 아아아악!"

"……걸아. 흙 먹지 마라."

진흙으로 범벅된 얼굴을 훔치며 조걸은 눈에 핏발을 세웠다.

"사형. 저 새끼들 모조리 죽여 버립시다."

윤종이라고 다를 건 없었다. 그가 살기로 형형한 눈을 빛내며 답했다.

"이번만은 공감이다."

잠시간 서로 시선을 교환한 두 사람이 약속이라도 한 듯 동시에 광폭한 기세로 내달리기 시작했다.

"잡히면 죽는다, 진짜!"

현종이 들었으면 머리를 싸매고 앓아누울 만한 쌍소리를 쉴 새 없이 내뱉으며 두 사람은 산을 향해 달려 나갔다.

"하악! 하악!"

그 시각, 당소소 역시 땀을 줄줄 흘리며 앞으로 내달리는 중이었다. 다리가 후들거리고 숨이 턱 끝까지 차오른 상황에서도 그녀의 시선은 자꾸만 옆쪽으로 힐끔힐끔 돌아갔다.

"사, 사고! 제발 두, 두고 먼저 가세……."

"안 돼."

말을 다 하기도 전에 단호한 대답이 곧바로 돌아왔다. 당소소의 바로 곁에서 유이설이 칼날처럼 서늘한 기세를 풍기며 달리고 있었다.

"더는, 허억, 못 뛰겠어요."

"할 수 있어."

아무리 그녀가 당가의 여식이라 기초 체력이 탄탄하고, 내력은 누구에게도 뒤지지 않는 수준이라고는 하지만, 그건 화산의 평범한 제자들을 기준으로 했을 때의 이야기였다.

아쉽지만 아직 당소소의 무위는 화산오검에 비할 바가 못 됐다. 그러니 그녀가 무슨 수로 저들과 같은 속도로 달리겠는가.

문제는, 유이설은 그런 상식이 통하는 사람이 아니라는 점이었다.

적당히 달리면 사형들이 알아서 이겨 줄 거라고 생각했건만, 유이설은 출발한 뒤로 내내 그녀의 옆에 딱 붙어 떨어지질 않았다. 결국은 울며 겨자 먹는 심정으로 유이설의 속도에 맞춰 뛰다 보니, 지칠 대로 지친 당소소는 이제 하늘이 노랗게 보일 지경이었다.

"주, 죽는다고요!"

"괜찮아. 할 수 있어."

내가 안 괜찮은데, 내가! 왜 사고가 괜찮다고 해요!

당소소의 얼굴에 원망의 기색이 스쳤다. 경주 중에도 수련을 해야 한다니. 마음 같아서는 그냥 포기하고 자리에 주저앉아 버리고 싶었지만, 무표정한 얼굴로 계속 곁을 지켜 주는 유이설을 보면 차마 그럴 수도 없었다.

그때, 유이설이 힐끔 앞쪽을 바라보더니 눈살을 찌푸렸다. 그들의 앞으로 달려 나갔던 유령문도 두 사람의 등이 보이기 시작한 것이다.

'따라잡았다고?'

아니, 아직은 따라잡긴 일렀다. 차라리 저쪽에서 일부러 속도를 늦췄다고 하는 편이 더 설득력 있다. 하지만 어째서?

마침 앞쪽을 달리던 이가 슬쩍 뒤를 돌아보았다. 그 입가에 맺힌 희미한 미소를 본 유이설이 눈을 가늘게 떴다.

"조심!"

"네?"

그녀의 예감은 틀리지 않았다. 앞을 달리던 유령문도들이 주변에 있는 나무들을 힘껏 걷어차기 시작한 것이다. 쿵! 쿠웅! 강력한 발차기가 나무를 뒤흔드는 순간, 유이설의 고개가 위쪽으로 확 꺾이듯 젖혀졌다.

"소소!"

유이설이 당소소의 팔을 잡아 자신 쪽으로 강하게 끌어당겼다. 그와 동시에 제 허리춤에 찬 검을 뽑아 들었다.

쇄애애애애액! 너무 우거져 빛도 잘 들지 않은 나무들 위쪽에서 무언가가 아래로 쇄도하듯 쏟아져 내리고 있었다.

'죽창?'

정확하게 말하면 죽창이라기보다는 죽봉이라고 해야 할 것이었다. 끝을 날카롭게 자르지 않아 살상력은 없는 대나무.

하지만 빠른 속도로 달리고 있는 이들에게는 아무리 끝이 날카롭지 않은 죽봉이라고 해도 충분히 위협적이었다.

"타앗!"

유이설의 입에서 짧고 강한 기합이 터져 나왔다. 그녀의 검이 허공을 맹렬하게 가르며 머리 위로 쏟아지던 죽봉을 모조리 베어 냈다.

'하찮은 짓을!'

파아아아앙! 그 순간, 무언가 터지는 듯한 커다란 소리가 났다. 죽봉에 이어 이번에는 커다란 공 같은 것들이 두 사람을 향해 쏟아졌다.

"소용없어!"

유이설의 검이 다시 하늘을 갈랐다. 당소소의 입에서 비명이 터졌다.

"아아아악! 안 돼요, 사고!"

응? 뭐가 안 돼?

그러나 멈추기엔 이미 늦었다. 검은 이미 휘둘러졌고, 두 사람을 향해 날아들던 공들은 일제히 매끈하게 잘려 나갔다.

퍼어엉! 퍼어어엉! 퍼어엉!

요란한 소리가 울려 퍼지는 동시에 잘린 공들이 폭발을 일으키더니, 무언가 시커먼 것들이 좌우로 넓게 펼쳐지며 뻗어 나왔다. 그것이 무엇인지 눈치챈 유이설의 눈이 화등잔만 하게 커졌다.

"그물······?"

하지만 깨달았을 때는 이미 늦은 뒤였다. 공에서 튀어나온, 쇠로 만든 그물들이 유이설과 당소소를 그대로 뒤덮었다.

좌악! 좌아아악! 한 겹! 두 겹! 이미 그물에 엉킨 두 사람의 위로 그물들이 연이어 쏟아졌다.

"꺄아아아아아악!"

결국 발이 엉키고 만 두 사람은 한 덩어리가 되어 내리막길을 굴렀다.

"아악! 악! 내 허리! 악!"

쿵! 쿠웅! 쿵쿵!

흡사 둥근 공처럼 말린 둘은 바닥에 박혔다 튀어오르고, 다시 구르기를 반복했다. 그렇게 한참을 굴러떨어지다 평지에 이르러서야 겨우겨우 속도가 줄어들었다.

힘없는 손이 흐느적거리며 그물을 치웠다. 겨우겨우 그물을 모두 벗은 당소소는 앓는 소리를 내며 바닥에 철퍼덕 엎어졌다.

"저…… 저 망할 놈들이……."

온몸이 다 욱신거렸다. 그녀가 이를 빠득빠득 갈며 한숨을 푹 쉬는데, 그물을 모두 벗어 내팽개친 유이설이 입을 열었다.

"소소."

서늘한 목소리에 반사적으로 고개를 든 당소소는 움찔하며 몸을 움츠렸다.

머리를 묶었던 끈이 반쯤 찢겨 산발이 된 유이설이 머리끈을 아예 찢어서 바닥에 내동댕이쳤다. 검디검은 머리칼이 귀신처럼 흘러내려 얼굴을 가렸고, 그 사이로 시퍼런 안광이 뿜어져 나왔다. 웬만한 담력을 가진 사람도 심장이 덜컥 내려앉을 만한 광경이었다.

유이설은 전신으로 귀기를 뿜어내며 씹어뱉는 듯 읊조렸다.

"먼저 간다."

"……죽이지는 마세요."

"생각해 보고."

그녀는 악귀 같은 눈빛을 뿜으며 검을 틀어쥐었다. 그러고는 빛살처럼 앞으로 내달렸다. 유이설의 신형이 순식간에 멀어졌다.

"……적당히 하셔야 할 텐데."

홀로 남겨진 당소소는 저도 모르게 유령문의 문도들을 걱정하고 말았다.

"이제 오나?"

홍대광이 목을 쭉 뺐다. 산 아래에서부터 빠르게 올라오는 기운 몇몇이 느껴졌다. 그의 눈이 반짝였다. 홍대광이 흥미롭다는 듯 중얼거렸다.

"누구일까?"

화산? 아니면 유령문? 무위로 따지자면 유령문의 제자들은 감히 화산의 상대가 될 수 없다. 하지만 경공이라면 이야기가 좀 다르다.

유령문의 무학은 오로지 경공과 신법에 특화되어 있는 무학. 무게 중심을 과도하리만치 위쪽으로 올려 더없이 가벼우면서도 빠른 발을 얻고, 반면에 파괴력은 어느 정도 포기한 계열이다.

그러니 오로지 경공만을 보았을 때는 어느 쪽이 더 낫다고 섣불리 판단할 수가 없었다. 경공에 관해서는 나름 전문가라고 할 수 있는 홍대광도 예측이 어려웠다. 하나, 팔은 안으로(?) 굽는다고 했던가.

'아무리 그래도 역시 화산이······.'

다른 이들도 아니고 화산오검쯤 되면 유령문에는 뒤지지 않을······.

그 순간이었다. 파아아앗! 수풀을 헤치고 안에서 불쑥 튀어나온 이가 정상으로 솟구쳐 올랐다.

"고생하십니다!"

"오?"

빛살처럼 날아든 그는 홍대광의 바로 옆에 있는 정상의 나무를 걷어차며 몸을 뒤집었다. 그러고는 달려오던 속도 그대로 아래를 향해 질주했다.

'유령문?'

처음으로 도착하는 이는 백천이나 유이설일 거라고 생각했는데, 의외로 유령문의 악소가 가장 먼저 정상에 도달했다.

"내, 내려가는 길은 저쪽!"

"압니다!"

빠르게 대답한 악소는 뒤도 돌아보지 않고 내달려 갔다. 그 뒷모습을 바라보던 홍대광의 뇌리에 문득 의문이 스쳤다.

'그럼 화산은?'

그 순간, 아래쪽에서 다시 몇 명이 쏜살처럼 정상으로 뛰어올랐다.

"고생하십니다!"

"찍고 갑니다!"

연이어 정상에 오른 네 사람이 모두 유령문의 문도였다. 홍대광의 눈이 휘둥그레졌다. 아직도 화산 제자들의 모습이 보이지 않았다.

'이게 이렇게 되나?'

아니, 아무리 저들이 빠르다고는 해도 화산이 이렇게 일방적으로 밀리지는 않을 텐데? 대체 아래에서 무슨 일이 있었던 거지?

"으아아아아아아!"

그런 그의 의문에 대답이라도 하는 듯, 어디선가 괴성이 터져 나왔다.

"죽인다아아아아아아!"

사람보다 목소리가 먼저 도착했다. 뒤이어 숲이 크게 뒤흔들린다 싶더니, 나무가 부러질 듯 좌우로 젖혀지며 그 안쪽에서 누군가가 과격하게 튀어나왔다.

백……. 아니, 정말 백천이 맞나?

황토색으로 물든 인간이 거의 네발짐승처럼 질주하며 정상을 향해 달려왔다. 진흙투성이라 얼굴이 잘 보이지 않는데도, 안광만은 확실히 흥 흥하게 빛나고 있었다. 그 광기 어린 모습을 본 홍대광은 저도 모르게 주춤하며 자라처럼 목을 움츠렸다.

화정검이 맞는데? 그런데 쟤는 왜 온몸에 진흙을 바르고 있지?

"아, 아니. 백천 소협! 어쩌다가……."

백천은 대답할 틈도 없다는 듯 허공으로 몸을 띄워 올리더니, 정상의 나무를 부서져라 세게 걷어차고는 다시 반대 방향으로 뛰어나갔다.

연이어 수풀 속에서 화산의 제자들이 튀어나왔다. 홍대광은 다시 한번 깜짝 놀랐다.

'쟤, 쟤들은 또 왜 저래?'

그나마 백천은 앞쪽만 흙투성이 수준이었는데, 지금 불쑥 나타난 조걸과 운종은 전신이 황토색 흙으로 뒤덮여 거의 진흙으로 빚은 인간처럼 보였다. 두 사람이 발을 거칠게 내디딜 때마다 온몸에 말라붙은 흙이 후두둑 떨어지며 먼지가 폴폴 휘날렸다.

그 기괴한 광경을 보고 있으니 이게 대체 뭐 하는 짓인가 싶었다.

"으아아아아아아!"

"죽인다! 반드시 죽인다!"

두 사람은 눈을 희번덕대며 애꿎은 나무를 강하게 걷어차고는 다시 짐승처럼 질주했다. 그들의 소리가 멀어지자 산 정상에는 순간적으로 정적이 흘렀다.

홍대광이 멍하니 눈을 끔뻑였다. 이거 단순한 경주 아니었나?

"그럼 다른……."

쐐애애애애애액! 머릿속에 떠오른 생각이 채 정리되기도 전에 다시 숲 속에서 시커먼 무언가가 튀어나왔다.

"……."

유이설이었다. 머리는 산발이 되었고 두 눈에서는 귀기를 뿜어내고 있었다. 얼음을 한 겹 씌운 듯한 얼굴이 홍대광의 눈에 콱 박혔다. 사람 한 명 잡을 듯한 기세였다.

순식간에 매처럼 솟아오른 그녀는 정상의 나무를 박차고 빠르게 멀어졌다. 유이설이 사라진 뒤에도 그 싸늘한 얼굴이 뇌리에서 떠나지 않았다. 홍대광은 괜히 등골이 서늘했다.

'대체 무슨 일이 벌어지고 있는 거지?'

여하튼 저 화산 놈들이 낀 일치고 평범하게 진행되는 일이 없었다.

"사숙!"

따라붙은 윤종과 조걸이 목이 터져라 앞서가는 백천을 불러 댔다.

"……죽인다."

하지만 백천은 그들에게는 눈길조차 주지 않은 채, 더 빨리 앞으로 달려 나갈 뿐이었다. 그의 시선은 오로지 전방에 고정되어 있었다.

그때, 조걸과 윤종의 옆에서 섬뜩한 목소리가 울렸다.

"더 빨리!"

"엄마! 깜짝이야!"

조걸이 화들짝 놀라 옆을 돌아본다. 기척도 없었는데 대체 언제 그들을 따라잡은 건지, 유이설이 나란히 달리고 있었다. 그녀의 눈에서 시퍼런 한기가 흘러나왔다. 백천이 이를 갈며 말했다.

"잡아! 반드시 잡아! 나는 죽어도 못 진다!"

"죽입시다!"

화산의 제자들은 점점 더 속도를 높이기 시작했다. 네 사람이 기운을 내뿜으며 전력으로 달리자, 그들이 지나간 뒤쪽으로 커다란 먼지구름이 폭풍처럼 몰아쳤다.

"더! 더 빨리! 있는 내력 다 뽑아내!"

백천의 외침에 화산의 제자들이 이를 악물었다.

"저 개새끼들! 잡아 죽여!"

도사라면 차마 내뱉지 못해야 할 말들이 마구잡이로 튀어나왔다. 그 도사답지 못한 태도와는 달리, 그들의 속도는 무시무시할 정도로 빨라졌다. 욕설을 읊어 댈수록 분노에 힘입어 점점 더 빨라지는 듯했다. 인간성과 무위는 아무런 관련이 없다는 것을 온몸으로 증명하는 그들이었다.

"보입니다!"

저 앞쪽으로 달려 나가는 유령문 제자들을 포착한 화산 제자들의 두 눈이 광기로 번들거렸다.

"후후후. 이래서 샌님들이란."

악소가 가소롭다는 듯 피식 웃었다. 지금 그들은 경공 실력을 겨루는 게 아니다. 누가 먼저 도착하는가를 겨루는 것이다.

경공이란 결국 특정 지점에 빠르게 도착하기 위한 방편일 뿐, 그 자체로 목적이 될 수 없다. 어떤 방법을 쓰든 가장 빨리 도착하기만 하면 된다. 아마 저 화산의 샌님들도 이번 일로 그 사실을 뼈저리게 느끼게 될 것이다. 다만, 순진한 도사들을 상대로 손속이 조금 과했나 싶기도 했다.

"도착하면 적당히 술 한잔하면서 사과를……."

그 순간, 가장 후미에서 달리고 있던 유령문의 제자가 등 뒤로 느껴지는 섬뜩한 기운에 슬쩍 뒤를 돌아보았다. 그러더니 기겁하며 소리를 내질렀다.

"사, 사형! 화산 놈들이 옵니다!"

"뭐? 벌써?"

악소가 대경하여 돌아보았다. 과연, 흡사 짐승처럼 질주하는 화산의 제자들이 그의 눈에도 보였다. 이를 악문 악소가 내력을 끌어 올렸다.

"속도를 높여! 더!"

"지, 지금 벌써 한계입니다!"

"망할! 뭔 놈의 도사들이 저렇게 빨라?"

안타깝지만, 이 순간에도 악소는 한 가지를 놓치고 있었다. 화산의 제자들은 그냥 빠른 게 아니라 반쯤 이성을 놓아 제정신이 아니라는 사실을 말이다.

"걸아!"

"으르르르르르르!"

백천과 윤종이 조걸의 양옆에서 나란히 한 손을 뻗어 그의 어깨를 움켜잡았다. 그러고는 동시에 조걸을 힘차게 내던지며 버럭 소리 질렀다.

"싸우지 말라는 법은 없단다!"

"물어! 물어뜯어!"

말라붙은 흙과 한 몸이 된 조걸은 먼지바람을 일으키며 허공을 날아갔다. 그가 두 눈 가득 광기를 내뿜으며 검을 검집째 뽑아 들었다.

"야, 이 개자식들아!"

"어엇! 피해!"

머리 위로 조걸이 떨어지는 것을 본 유령문의 제자들이 사색이 되어 사방으로 일사불란하게 흩어졌다.

하지만 모두가 피할 수는 없었다. 조걸의 검이 마지막으로 달아나는 유령문도의 허벅지를 정확하게 내려쳤다.

"느려!"

"아아악!"

비명을 내지른 유령문도가 고꾸라지며 구르고, 동시에 조걸이 땅에 내리꽂혔다. 쿠웅! 거세게 처박히고도 아프지 않은 듯 곧바로 벌떡 일어난 조걸은 비장하게 소리쳤다.

"이 새끼는 제가 맡겠습니다! 가십시오!"

"빨리 처리하고 따라붙어!"

남은 네 명이 뒤도 돌아보지 않고 앞으로 쏘아져 나가자 쓰러졌던 유령문도가 화들짝 놀라 일어나 달리려 했다. 하지만 그 앞을 조걸이 막아섰다.

그의 입가에 진득한 미소가 맺혀 있었다. 유령문도가 불안한 예감에 흠칫 몸을 떨었다.

"어딜 그렇게 급히 가시나. 너는 나랑 좀 놀자고."

"비, 비켜!"

유령문도가 날카롭게 대꾸했으나, 조걸은 음산하게 웃으며 검을 들어 올렸다.

"나도 비켜 주고 싶지. 비켜 주고 싶은데. 최소한 너도 나랑 비슷한 몰골은 돼서 가야지. 안 그래?"

"……."

"어디 한번 뒈져 봐라."

조걸이 눈을 까뒤집으며 유령문도에게 달려들었다.

"거리는?"

"조금 더 가까워졌습니다!"

"빌어먹을!"

악소가 이를 빠득 갈았다. 다리가 으스러져라 달리고 있건만, 도무지 거리가 벌어질 줄을 몰랐다. 아니, 오히려 점점 좁혀지고만 있었다.

'우리가 경공으로 뒤진다는 건가?'

이건 있을 수 없는 일이었다. 유령문의 무학은 경공에 특화되어 있다. 그러니 어지간해서는 경공으로 절대 뒤질 수 없다. 심지어 정신 수양이 궁극적 목표인 도가 계열의 무학을 익힌 이들에게 패한다는 건 자존심의 문제다.

"추평! 가라! 발목을 잡고 늘어져!"

"예, 사형!"

악소가 이를 악물고 소리쳤다. 그의 바로 뒤를 따르던 추평이 몸을 획 돌려 화산의 제자들을 향해 돌진했다. 소매 안으로 들어갔다 나온 그의 양손에는 작고 둥근 환들이 잔뜩 쥐여 있었다.

"이거나 먹어라!"

추평의 외침과 함께 환들이 허공으로 흩뿌려졌다.

퍼엉! 퍼어어엉! 굉음과 함께 환이 터지자 순식간에 희뿌연 연막이 길을 가득 메웠다. 추평은 눈을 번뜩이며 주변을 둘러보았다.

'자, 이제 뛰쳐나오는 놈들을 적당히 덮쳐서……'

그 순간, 희뿌연 연막 사이에서 시커먼 그림자가 추평을 향해 돌진했다. 일말의 망설임도 느껴지지 않는 움직임이었다.

"어?"

퍼어어어어어억!

조금도 주저하지 않고 짓쳐 달려든 유이설의 주먹이 추평의 얼굴에 거의 파묻히듯 틀어박혔다.

"쿠웨에에에엑!"

퉁! 퉁! 퉁! 단숨에 튕겨져 나간 추평은 몇 차례 바닥에 처박혔다 튀어 올랐다. 유이설은 거기서 멈출 생각이 없는 듯 먹이를 노리는 매처럼 허공으로 몸을 띄워 올렸다. 그리고 그를 향해 강하했다.

쿵! 추평 위에 올라탄 유이설이 두 눈 가득 시퍼런 한기를 내뿜으며 이를 갈았다. 살벌하기 그지없는 모습에 추평이 몸을 떨었다.

"너 아까 그놈이지."

"소, 소저? 저, 저는……!"

퍼억! 추평이 무어라 대답을 할 틈도 없이 유이설의 주먹이 그의 턱을 후려쳐 버렸다. 그녀가 허리를 좌우로 꺾어 가며 주먹을 내리칠 때마다 사방으로 처절한 곡소리가 울렸다.

"먼저 간다!"

"……저거 어디서 보던 건데."

백천과 윤종이 그런 그녀의 곁을 지나 앞으로 쏜살같이 달려 나갔다.

"소, 소저! 살려 주……. 아악! 악! 살려 줍쇼! 악!"

추평을 후려치는 그녀의 얼굴에는 그 어떤 표정도 보이지 않았다.

"으아아아! 저 찰거머리 같은 것들!"

악소가 있는 힘을 다해 달리며 비명을 내질렀다.

아니! 그래도 도사잖아! 도가 계열의 문파를 잘 알지는 못하지만, 그래도 도사라면 어딘가 고고하고 중후한 구석이 있어야 할 것 아닌가? 경공을 사용해도 뭔가 사뿐사뿐 뛸 것 같았는데!

하지만 화산의 제자들에게 그런 모습은 정말이지 조금도 없었다. 되레 선불 맞은 멧돼지가 따로 없을 정도로 무식하게 앞으로만 돌진할 뿐이었다.

"함정은?"

"아, 안 통합니다!"

화살 비가 쏟아지면 검으로 날려 버리고, 바닥이 꺼지면 한순간의 지체도 없이 솟아오른다. 옆에서 목창이 튀어나오면 이로 물기까지 했다.

"어쩔 수 없다! 달려! 마지막은 경공으로 결판난다!"

궁지에 몰린 유령문의 제자들은 이를 악물고 젖 먹던 힘을 다해 달리기 시작했다.

그들 역시 자존심이 걸린 일. 천하에서 경공으로는 어디에도 뒤지지 않는다는 유령문도들이 제대로 속도를 내기 시작하자 눈으로도 쫓을 수 없을 만큼 그 빠르기가 어마어마했다. 하지만…….

"아, 안 떨어집니다, 사혀어엉!"

"아니, 저 새끼들은 대체……?"

찰거머리보다 더 지독한 놈들! 악소의 눈가에 경련이 일어났다.

'아, 안 돼. 절대 질 수 없어.'

이곳은 그들이 훈련을 위해 사용하는 길이었다. 매번 달라지기는 하지만 어느 곳에 함정이 있고, 어떤 곳에서 조심해야 하는지 반쯤은 알고 있었다. 다른 것도 아니고 경공 대결에서 길을 아는 것보다 더 큰 이점이 어디 있겠는가. 그들이 화산의 제자들보다 훨씬 유리했다. 그런데도 진다고?

"으아아아아아아!"

절대 그렇게는 안 된다.

악소가 단전에서 내력을 모조리 끌어 올려 다리로 밀어 넣었다. 도착하는 즉시 피를 토하며 쓰러지는 한이 있어도 절대 질 수 없다. 그의 몸이 다른 사형제들을 뒤로하고 앞으로 튀어 나갔다.

"가십시오, 사형! 꼭 이기십시오!"

자신들이 해야 할 일이 뭔지 듣지 않아도 아는 듯, 그의 사제들이 속도를 늦추기 시작했다. 그리고 화산의 제자들을 보며 외쳤다.

"못 간다! 나를 밟고 가라!"

등 뒤에서 들려오는 소리에 악소는 눈을 질끈 감았다.

'너희의 희생을 잊지…….'

하지만 그 순간.

"아니. 이 새끼들이 지들이 먼저 비겁하게 꼴값 떨어 놓고 어디서 비장한 척하고 있어! 턱주가리를 꽉 뽑아 버릴라!"

어……. 사실 그건 맞지. 어, 그렇지.

"죽어어어엇!"

듣기만 해도 속이 뻥 뚫리는 타격음과 함께 사제들의 비명이 그의 귀를 찔렀다. 하지만 악소는 이를 악문 채 뒤도 돌아보지 않고 달렸다.

'더! 더!'

이렇게까지 달려 본 적이 얼마 만이던가. 더 이상은 다리에 힘이 들어가지 않는다. 숨이 턱 끝까지 차오르고, 폐가 찢어질 것 같았다.

'보인다!'

마침내 그의 눈에 저 멀리 유령문의 모습이 들어왔다. 눈에 들어왔다면 도달하는 건 순식간이다. 조금만 더 참으면 이길 수 있다. 그리고 일단 이기기만 하면…….

"호오?"

그때, 그의 등 뒤에서 음산한 목소리가 들려왔다.

자신도 모르게 본능적으로 뒤를 돌아본 악소의 눈에 흙으로 분장을 한 듯한 기생오라비의 얼굴이 들어왔다. 기괴하기 짝이 없는 표정으로 웃고 있는 얼굴이 섬뜩하게 느껴졌다.

"어이, 규칙은 똑바로 들었어?"

굉장히 익숙한 말이었다. 어? 이거 아까 내가 했던 말…….

악소가 생각을 끝마치기도 전에, 진흙이 말라붙어 황토색으로 물든 곱상한 얼굴에 새하얀 균열이 생겨났다. 이를 드러내며 웃는 백천의 눈이 광기로 번뜩였다.

"싸우지 말라는 소리는 없었다는데?"

"으아아아아아아!"

순간 뒤에 두고 온 사제들이 질러 댔던 비명이 머릿속을 스쳐 지나갔다. 끔찍한 짓이라도 당하는 듯 고요한 산을 울리던 비명이. 자신의 앞날을 예감한 악소가 기겁하여 마지막 남은 힘을 모조리 뽑아내어 유령문을 향해 돌진했다.

'조금! 조금만!'

주변의 경관이 길쭉하게 늘어나는 것처럼 보였다. 그만큼 빠른 속도였다. 심장이 터질 것 같았지만, 악소는 다리를 멈추지 않았다. 탄력을 받은 듯, 유령문으로 쏘아지는 그의 속도는 점점 빨라졌다.

'잡아 봐, 이 새끼야!'

싸움이고 나발이고 그건 같은 속도로 달릴 수 있을 때 이야기다. 네가 아무리 세도 속도는 내가 더 빠르다!

파아앗! 파아아아앗! 땅을 박차는 소리가 강력했다. 여태까지 살아오면서 그 어느 때보다 가장 빠르게 달리고 있다는 것을 체감한 악소가 부러져라 이를 악물었다.

 산을 스쳐 지나가고. 개천을 뛰어 건너고. 유령문으로 향하는 마지막 산길을 타고 오르는 악소의 머릿속에는 강한 쾌감이 쏟아졌다. 작은 점 같이 보이던 유령문의 대문이 순식간에 커다랗게 확대된다.

 이십 장! 십 장! 오 장! 삼 장! 마지막까지 방심하지 않은 악소가 남은 모든 힘을 모아 땅을 후리듯 박찼다. 양다리를 쭉 뻗고 양손을 가슴으로 모은 그는 이내 하나의 화살이 되어 일직선으로 유령문의 대문을 향해 쏘아졌다. 승리를 직감한 악소의 얼굴에 환한 웃음이 걸렸다.

 "이겼……!"

 턱! 순간 악소가 고개를 갸웃했다. 그의 다리는 여전히 허공에 떠 있다. 물론 팔도 바닥에 닿지 않았다.

 뭐지? 그런데 왜 몸이 멈춘 거지? 왜?

 악소가 천천히 고개를 옆으로 돌렸다. 그의 시야에, 바로 곁에 선 한 남자가 들어왔다. 어느새 손을 뻗어 자신의 목덜미를 단단히 움켜잡은 한 남자가.

 빙그레 웃은 사내는 눈짓으로 아래를 가리켰다. 악소의 시선이 슬쩍 아래를 향했다. 그리고 그는 보았다. 잔뜩 쏟아졌던 비와 진흙으로 범벅이 된 바닥이 그의 바로 눈앞에 있었다.

 "……너."

 촤아아아아아아아악! 악소의 몸이 진흙탕에 그대로 내리꽂혔다. 사방으로 진흙과 물이 철썩대며 엉망진창으로 튀었다.

 뒤틀린 그의 다리가 부들부들 경련을 일으키는 모습을 내려다보며 백천이 빙그레 웃었다.

 "……딱히 뒤끝이 남은 건 아니니까. 오해하지 마라."

악소를 내팽개치고는 가볍게 손을 턴 그는 세상 다시없을 상쾌한 얼굴로 고고하게 유령문 안으로 걸어 들어갔다.

실로 쪼잔하고 치졸한 승리의 순간이었다.

· ❖ ·

"이, 이게······."

오장송이 몇 번이고 눈을 끔뻑였다. 하지만 그의 눈앞에 펼쳐진 현실은 조금도 바뀌지 않았다.

'져, 졌다고?'

이럴 수가 있는가? 이건 도저히 질 수 없는 승부였다. 무위로 겨룬다면 몰라도 속도로 겨룬다면 유령문의 문도들은 세상 누구에게도 뒤지지 않는다고 자부하는 이들이었다.

심지어 유령문도들이 평소 훈련하던 길로 달렸는데 이곳에 처음 온 화산의 제자들에게 패했다고? 도저히 믿을 수 없다.

"어떻게 이런······. 말도 안 되는······."

그가 미처 정신을 다 차리기도 전에 도착한 화산의 제자들이 각각 한 손에 유령문도의 다리를 잡고 질질 끌며 안으로 들어섰다. 입에 거품을 물고 기절한 제자들의 모습을 본 오장송은 저도 모르게 눈을 질끈 감고 말았다.

기절해 버린 유령문도들이 연무장 앞에 차곡차곡 쌓였다. 꼭 시체의 산 같은 모양새에 오장송이 마른침을 꿀꺽 삼켰다.

"뭐 이렇게 오래 걸렸어?"

청명이 피식 웃으며 묻자 백천이 눈에서 살기를 뿜어낸다.

"그 주둥이냐? 방금 그 말을 지껄인 게 이 주둥이야, 엉?"

"죽인다! 진짜!"

"……목 내 봐. 잘라 줌."

백천을 선두로 화산의 제자들이 눈을 까뒤집고 청명에게 우왁스럽게 달려들었다.

하지만 이번에도 결과는 그리 다르지 않았다. 백천을 뻥 걷어차 날려 버린 청명은 혀를 차며 오장송을 향해 다가갔다.

"우리가 이겼네요."

오장송이 차마 대답을 하지 못하고 머뭇거리자 청명이 씩 웃었다.

"왜요? 무슨 문제라도?"

무어라 말하려는 듯 머뭇거리며 입을 살짝 벌렸던 오장송은 이내 고개를 내저으며 입을 닫았다.

화산 제자들의 몰골을 보면 무슨 일이 있었는지 도저히 모를 수가 없었다. 유령문도들이 먼저 수를 썼음이 분명한데, 여기서 오장송이 제자들의 상태를 지적해 봐야 적반하장에 지나지 않을 것이다.

"그럼 우리가 이긴 거죠?"

"……."

"말씀하시던 분 어디 가셨나? 우리가 이긴 건가요?"

"끄응. 그렇네."

"헤헤헤. 그렇죠?"

청명이 히죽 웃으며 오두방정을 떨었다. 놀림당하는 듯한 기분이 들어 울컥한 오장송이 붉으락푸르락한 얼굴로 그를 노려보았다.

나름 살 만큼 살았고, 온갖 일들을 다 경험해 온 그이건만, 지금 눈앞에서 웃어 젖히는 이 망할 놈처럼 얄미운 인간은 난생처음이었다.

"설마 한 입으로 두말하시진 않겠죠? 그럼 앞으로 적극 협조하시는 걸로 알게요."

사람이 어떻게 저렇게 밉상이지. 오장송이 한숨을 푹 내쉬었다.

"……알겠네. 한 입으로 두말을 할 수는 없지."

"네, 그래야죠. 그럼 앞으로는 소문주님 말에 잘 따라 주시고요."

"……그야 당연한 일 아닌가?"

"말로만 그러지 마시고, 제대로 좀!"

"아, 알았다니까!"

오장송이 버럭 소리를 지르고는 다시 한번 땅이 꺼질 듯 한숨을 쉬었다. 청명이 슬쩍 도운찬과 시선을 교환하며 히죽 웃었다.

'저 소도장이…….'

도운찬은 속으로 침음을 흘렸다. 안 그래도 왜 이리 일을 키우나 싶어 의아했는데, 아무 생각 없이 저지른 일이 아닌 모양이었다.

사실 도운찬은 여전히 소문주라는 직책의 한계에 갇혀 있었다. 그가 진정으로 문주 대접을 받았다면, 그가 직접 서명하고 돌아온 일에 장로가 이리 딴죽을 걸고 나설 수는 없었을 것이다.

그렇지만 아직 나이가 차지 않아 경륜이 부족한 도운찬으로서는 유령문을 이끄는 데 있어 오장송의 눈치를 보지 않을 수가 없었다.

그런 와중에 오 장로가 청명과의 승부에서 패배했다. 그러니 오 장로도 이제는 전처럼 목소리를 크게 내지 못할 것이 분명했다. 이 승부의 계기부터 결과까지 유령문의 문도들 모두가 지켜보았으니 말이다.

'감사하외다.'

그가 눈으로 청명에게 감사를 표했다. 그 시선을 받은 청명 역시 눈빛으로 은근슬쩍 도운찬을 재촉했다. 그 뜻을 읽은 도운찬은 이내 고개를 끄덕이고는 앞으로 나섰다. 장내의 모두가 도운찬을 주목했다.

"이 승부는 화산이 이겼다!"

호응은 돌아오지 않았다. 애초에 어떤 반응을 할 수 없는, 사실 그 자체였으니까. 도운찬은 개의치 않고 말을 이었다.

"하지만 이것이 유령문의 패배를 의미하지는 않는다. 유령문과 화산은 이미 친구가 되기로 하였으니, 친우와 승패를 굳이 가를 필요는 없다."

확신으로 가득한 도운찬의 힘찬 목소리가 쩌렁쩌렁 울려 퍼졌다.

"술을 가져와라. 연회를 열겠다. 그리고 이 자리는 유령문이 친우로서 화산을 환영하는 자리가 될 것이다!"

"예, 소문주님!"

마침내 유령문도들의 입에서 우렁찬 대답이 터져 나왔다. 도운찬이 빙그레 미소를 지으며, 청명을 바라보았다.

"조금 이른 시간이지만 한잔 어떠시오, 소도장?"

"에이. 뭘 물어보세요. 당연히……."

"그 전에!"

그런데 청명이 대답하기도 전에 누군가가 버럭 소리를 질렀다. 옆을 돌아본 도운찬과 청명의 눈에 진흙으로 범벅이 된 백천, 조걸, 그리고 윤종이 들어왔다. 유이설과 당소소는 언제 씻으러 갔는지 이미 사라지고 없었다.

눈이 마주치자 윤종이 넋 나간 표정으로 힘없이 말했다.

"……일단 좀 씻구요."

……도운찬은 어쩐지 숙연해진 기분으로 고개를 끄덕였다.

・❖・

　연회장에 정적이 흘렀다. 깨끗하게 씻고 뽀송뽀송해진 백천이 건너편을 향해 칼날 같은 시선을 보냈다. 맞은편에 앉은 악소 역시 백천을 향해 잡아먹을 듯한 시선을 보내고 있었다.
　경주에 참여한 화산의 제자들과 유령문의 제자들은 연회가 시작되고도 한참을 아무런 말도 주고받지 않은 채 서로를 노려보았다. 활기차고 즐거운 연회를 기대했던 다른 유령문의 제자들마저도 날카로운 분위기에 눈치를 보느라 제대로 입을 떼지 못하고 있었다.
　아무 말 없이 한참 동안 백천을 노려보던 악소가 마침내 입꼬리를 뒤틀며 말문을 열었다.
　"……설마 이겼다고 생각하는 건 아니겠지?"
　"이겼다고 생각하는데?"
　백천이 온화한 표정으로 화답했다. 악소의 볼이 푸들푸들 떨렸다.
　"정말 실력대로 붙었으면 우리가……."
　"응. 우리가 이겼어."
　삽시간에 붉어진 악소의 이마에 기어코 핏대가 서기 시작했다. 아니, 저놈은 생긴 건 저리 훤칠하게 생겨서는 말하는 건 대체 왜 저 모양이란 말인가.
　"……좀팽이 같은 게."
　"패배자."
　"기생오라비."
　"패배자."
　"말코 도사 놈이!"

"패배자."

결국 약이 잔뜩 오른 악소가 뒷목을 잡으며 눈을 까뒤집기 시작했다.

"야! 다시 붙어! 이번에는 그 다리몽둥이를 아예 분질러 줄 테니까!"

"우리가 이겼는데 귀찮게 뭐 하러."

악소가 거의 거품을 물 듯 보이자 옆에 있던 이들이 황급히 말렸다.

"진정하십시오, 사형! 소문주님께서 주최하신 연회가 아닙니까! 이러다 연회를 망치기라도 하면 큰일 납니다!"

"……끄으으."

사제들의 만류를 듣고서야 씩씩거리며 간신히 진정한 악소는 도무지 이해를 못 하겠다는 시선으로 화산의 제자들을 보았다.

"너희가 그러고도 도사냐?"

"왜? 도사는 얻어맞기만 하란 법이 있나? 도사고 나발이고 상대가 먼저 시비 걸어오면 패 줘야지."

시정잡배의 입에서나 나올 법한 말을 당당하고 우아하게도 늘어놓는 백천을 보며 악소는 황당함에 헛웃음을 흘렸다.

이놈들 진짜 도사가 맞긴 한가? 소문주님께서 속으신 거 아닌가? 이놈이고 저놈이고 순 산적 같을 뿐, 도사 같은 놈은 하나도 없는데.

"너희가 이긴 건 인정하지. 하지만 그렇다고 유령문을 무시할 생각은 하지 마라! 나는 명문이라는 놈들만 보면 몸에 두드러기가 생기는 사람이니까."

"그건 이쪽도 마찬가지야."

생각지 못한 대답이 돌아오자 악소가 고개를 모로 기울였다.

"너희는 명문 정파잖아?"

뜻밖이라는 속내가 묻어나는 말에 백천이 피식 웃으며 답했다.

"명문 정파? 몇 년 전까지 화산이라는 이름을 들어 본 적이 있냐?"

어? 어…… 생각해 보니 그러네?

"지금 유령문 정도면 호의호식하고 사는 거지. 옛날 화산은 이런 건 꿈도 못 꿨어."

그렇게 말한 백천이 주위를 찬찬히 둘러보았다. 옆에서는 윤종과 조걸이 고개를 끄덕이며 동조했다.

"욕탕도 있고."

"밥도 잘 나오고."

뭔…… 거지새끼들인가? 악소는 황당함을 금치 못했다.

"우리 욕을 하든 말든 그건 너희 마음인데, 우리가 좋은 환경에서 편안하게만 살았다고 생각하지는 마라. 그건 기분 나쁘니까."

백천이 손을 내저으며 말했다. 화산의 제자들이 동감하며 고개를 끄덕였다. 오직 당소소만이 슬쩍 고개를 돌리며 딴청을 피웠다.

"어쨌거나 유령문은 앞으로 한동안은 화산과 한배를 타야 하지. 묵은 앙금은 이걸로 풀자고."

백천이 술병을 앞으로 살짝 내밀자 악소가 깊은 한숨을 내쉬었다. 이 상황이 내키지는 않지만, 그도 자신이 어떻게 행동해야 하는지 모를 멍청이는 아니었다. 그리하여 마침내 자신의 앞에 놓인 잔을 내밀었다.

졸졸졸. 백천이 따른 술이 악소의 잔에 넘칠 듯 차올랐다. 잔을 내려놓은 악소가 병을 넘겨받아 백천에게도 따라 주었다.

"별로 마음에 들지는 않지만."

"그건 이쪽도 마찬가지야."

악소와 백천의 시선이 허공에서 맞닿으며 불꽃을 튀겼다.

"어디 한번 잘 지내 보자!"

"오냐! 어디 한번!"

챙! 두 사람의 술잔이 격렬하게 맞부딪치며 맑은 소리를 내었다.

그 모습을 지켜보던 당소소는 남몰래 한숨을 푹 내쉬었다.

'애도 아니고 진짜.'

· ❖ ·

"자세한 부분은 은하상단에서 설명해 줄 거예요."

"알겠소이다."

따로 마련된 자리에 청명과 도운찬, 오장송과 계형이 마주 앉았다.

"그리 어려울 건 없을 거예요. 그리고 다시 한번 말하지만 이건 유령문에도 분명 이득이 되는 일이거든요."

도운찬이 묵묵히 고개를 끄덕였다. 오장송은 여전히 조금쯤 껄끄러운 기색이었지만, 약속이 있으니 이전처럼 적극적으로 반대하지는 않았다.

청명이 뭔가 조금 더 설명하려는 찰나, 도운찬이 정중히 끊어 냈다.

"그리 걱정하실 것 없소이다. 이미 유령문은 화산과 함께하기로 결정하지 않았습니까."

"……."

"설사 이 일로 큰돈을 벌지 못한다고 해도 상관이 없소. 이번 일로 나도 확실하게 느꼈소이다. 과거의 방식을 답습하기만 해서는 유령문이 더 클 수 없다는 걸 말이오. 우리는 화산과 함께하며 더 먼 곳을 보려 하외다."

의외의 말에 두 눈을 깜박이던 청명이 기분 좋게 씩 웃었다.

"좋죠."

도운찬의 눈빛은 청명이 지금껏 봐 온 어느 때보다 진지해 보였다.

"우리가 맡은 일은 확실히 하겠소이다. 그러니 화산도 유령문을 이끌어 주겠다고 한 약속을 잊지 마십시오."

"걱정 마세요. 제가 또 그런 건 확실하거든요."

그가 굳게 고개를 끄덕였다. 청명의 얼굴에 만족감이 어른거렸다.

'이렇게 하나하나 시작하는 거지.'

문파의 영향력은 반드시 본산과 속가로만 이뤄지는 것이 아니다. 과거의 화산은 속가뿐 아니라 수많은 중소 문파들과 연계하여 그 세력을 키워 나갔다.

물론 유령문과의 협업은 그저 시작일 뿐이다. 하지만 이런 과정이 반복되다 보면 그리 멀지 않은 시기에 화산이 다시 과거의 위상을 되찾을 날이 올 것이다.

도운찬이 그 마음을 안다는 듯 작게 미소 지으며 말했다.

"내일 제가 유령문의 문주로 정식 취임을 하게 됩니다. 기본적으로 문주로 취임하는 자리에는 문도뿐 아니라 참관인을 초청하게 되어 있습니다. 그러니 화산 분들께서 참관을 해 주시면 참으로 감사하겠습니다."

"뭐 그런 걸로 감사하기까지 하세요. 당연히 그래야 할 일인데요."

"당연히 감사해야 할 일이오."

도운찬이 가볍게 고개를 숙였다. 지금 당장은 화산과 함께하기로 한 것이 이득인지 손해인지 알 수 없다. 시간이 지나 봐야 알 수 있는 일이니까. 하지만 이 상황이 유령문에게 다시없을 변화의 기회라는 건 분명했다.

청명이 슬쩍 고개를 돌려 오장송을 바라보았다.

"장로님께선……."

오장송이 한숨을 내쉬더니 담담히 말했다.
 "내 이미 뱉은 말을 멋대로 바꾸는 졸장부가 될 생각은 없소이다. 최선을 다해 협조하겠소. 일단 하기로 한 이상, 이 일에도 유령문의 명예가 걸린 셈이니."
 "잘 생각하셨어요."
 "대신 한 가지 묻고 싶은 게 있소만."
 오장송이 잠시 머뭇거리는가 싶더니, 곧 열의로 가득한 눈빛을 띠고 말했다.
 "내 소문주께 듣자 하니, 화산 제자들의 수련 지도는 소도장께서 도맡아 한다고 하더군. 그게 사실이오?"
 "뭐 대충은 그렇죠."
 오장송이 여전히 믿기 힘들다는 듯 고개를 가로저었다. 막내 배분인 청자 배가 되레 자신보다 배분 높은 이들을 가르치다니. 제아무리 청명이 화산신룡으로 불리는 천하제일의 후기지수라지만, 이건 너무도 파격적인 일이었다. 자칫 문파의 위계질서가 뒤흔들릴 수 있는 일이니까.
 '이게 최근 화산이 그 이름을 떨치는 이유인가?'
 과거의 법도에 얽매이지 않는다. 발전을 위해 좋은 변화를 받아들인다. 거듭 강조해도 모자라지 않을 말이긴 하나, 화산처럼 오랜 역사를 가진 문파에서 그걸 실천하기란 결코 쉽지 않았을 텐데……. 고민을 마친 오장송이 굳은 목소리로 말했다.
 "만약 그 말이 사실이라면 내가 소도장에게 바라는 것은 오로지 하나뿐이오."
 "말씀하세요."
 "우리 유령문의 제자들을 더 강하게 만들 방법을 알려 주시오."

오장송이 청명을 향해 깊숙이 고개를 숙였다. 예상치 못한 반응에 살짝 당황한 청명이 얼른 손을 내저었다.

"왜 이러세요!"

"늙은이가 노욕에 객기를 부렸소이다. 하지만 그 모든 일은 오로지 유령문의 제자들을 위함이었음을 알아주시오. 소도장께서 유령문을 도와주신다면, 우리 역시 화산에 그 은혜를 갚는 데 일순간도 주저하지 않을 것이외다."

더없이 진지한 목소리였다. 청명은 새삼스러운 눈빛으로 오장송을 바라보았다.

사실 저 나이에 청명처럼 어린 사람에게 고개를 숙이는 건 결코 쉬운 일이 아니다. 그 방식에야 조금 문제가 있었을지 모르지만, 오장송이 유령문만을 위한다는 말은 진심이라 봐야 할 것이었다.

"알았으니까 고개 드세요. 그게 뭐 별거라고요."

별거? 고개를 든 오장송은 청명을 보고 의아하여 미간을 찌푸렸다.

그도 그럴 게…… 청명이 무척 기괴한 표정으로 웃고 있었다.

"기본적으로는 화산과 비슷하게 수련하면 되겠지만……."

움찔. 그 태연한 중얼거림에 도운찬과 계형이 짧게 몸을 떨었다. 화산에서 오는 동안 보아 온 숱한 광경들이 그들의 눈앞을 스치고 지나갔다.

"유령문은 일과 수련을 병행해야 하니, 방법이 좀 달라져야겠죠. 그러니까 어떻게 하냐면……."

그날. 화산의 제자들과 유령문의 문도들이 술과 욕지거리로 우정을 쌓아 가는 와중, 한쪽에서는 어떻게 하면 유령문의 제자들을 잘 조질(?) 수 있는지에 대한 청명의 열띤 강론이 이어졌다.

하필 그 강론의 가장 열성적인 학생이 오장송 장로였다는 게, 유령문의 제자들이 앞으로 겪게 될 불행의 시작이었다.

안타깝게도 말이다.

· ❖ ·

"그럼 살펴 가십시오!"

"잘 먹고 잘 쉬다 가요!"

유령문의 소문주……. 아니, 이제는 유령문의 문주가 된 도운찬이 청명의 양손을 꼭 잡으며 진심으로 감사를 전했다.

"소도장. 정말 고맙소이다."

"에이, 별말씀을요."

슬쩍 주변에 있는 사람들을 둘러본 청명이 도운찬에게만 들리도록 작게 속삭였다.

"그보다 말씀드린 건 꼭 부탁드릴게요."

도운찬이 알아들었다는 듯 가만히 고개를 끄덕였다.

"걱정하지 마시오. 내 만인방이 수상한 움직임을 보인다면 바로 화산으로 전달하도록 하겠소."

"그래만 주시면 더 바랄 것도 없죠."

"한데…… 굳이 그렇게까지 해야 할 이유가 있소? 개방도……."

청명이 심드렁한 눈으로 저 멀리 있는 홍대광을 슬쩍 바라보았다.

"아, 저 거지요? 그게 뭐랄까. 참…… 영 믿음이 안 간다고 해야 하나……."

누군가 자기 얘기 하는 건 귀신같이 알아채는 홍대광이 멀리서 외쳤다.

"응? 나한테 무슨 말 했냐, 화산신룡?"

"에이. 아니에요. 아무것도."

청명이 손을 내젓자 홍대광이 의아하다는 듯 고개를 갸웃했다.

사실 청명은 홍대광을 못 믿는 것이 아니다. 개방을 못 믿는 것이다. 그리고 더 나아가서는 개방이 아닌 구파일방을 신뢰하지 못한다. 아니, 신뢰하지 않는다.

지금이야 정파와 사파의 구분이 명확하니 구파일방에서도 화산의 손을 들어 주고야 있다. 하지만 저들이 자신의 필요에 따라 입장을 순식간에 바꾸는 자들이라는 사실은 이미 겪어 보지 않았던가.

청명은 한번 당한 일을 또 당할 만큼 멍청하지 않았다.

적어도 홍대광이 개방 내에서 누구도 무시할 수 없을 만큼 확고한 입지를 얻기 전까지는 개방을 전적으로 믿을 생각이 없었다.

'마침 유령문이 귀주에 있으니 광서와 가깝기도 하고, 발도 빠르니까.'

만인방의 동태를 감시하기에 이보다 최적의 문파는 없었다.

"혹시 다른 문제가 생기면 언제든 화산으로 연락 주세요."

"물론이오."

청명과 도운찬이 이야기를 나누는 동안 화산의 제자들과 유령문 문도들도 마지막 인사를 나누고 있었다. 허공에서 부딪친 악소와 백천의 시선이 다시 이글거렸다.

"잘 가라. 어디 가서 맞고 다니지 말고."

"잘 있어라. 다음에 만날 때는 좀 빨리 뛰어라. 느려 터져서는."

서로를 보며 으르렁대던 두 사람은 약속이라도 한 양 몸을 획 돌렸다.

"그럼 다들 다음에 뵐게요."

"잘 가십시오. 화산파 분들!"

청명이 손을 휘휘 저으며 빙그레 웃었다. 그러고는 제 쪽으로 다가오는 백천 무리를 보며 옆을 턱짓했다.

어느새 청명이 꺼내 놓은 쇠공들이 옹기종기 모여 있었다.

"뭐 해. 차야지."

"……끄응."

백천과 다른 제자들이 저마다 한숨을 내쉬며 주섬주섬 쇳덩어리를 팔다리에 찼다. 그러자 청명의 매서운 눈길이 다른 곳으로 향했다.

"거지 아저씨. 슬금슬금 빠질 생각 하지 말고 빨리 차요."

"……망할 놈."

입으로는 불만을 토해 내면서도 홍대광 역시 주섬주섬 팔목과 발목에 묵철환을 착용했다. 그렇게 모두 쇳덩이를 차자 청명이 말했다.

"이제 끌어야지."

그 말 한마디에 모두가 힘없이 발을 직직 끌며 걸어가 수레에 달라붙었다.

"끄응차! 으라차!"

무거운 수레가 기우뚱하더니 덜그럭덜그럭 대며 앞으로 나아가기 시작했다.

점점 멀어지는 수레를 보며 서 있던 악소가 가볍게 눈살을 찌푸렸다.

"저 뺀질이 놈……."

그러자 옆을 지키던 그의 사제가 불만스러운 목소리로 중얼거렸다.

"저 백천이라는 작자는 영 덜되어 먹은 것 같지 않습니까? 끝까지 이겨 먹으려고……."

그 말이 채 끝나기도 전에 유령문의 제자들이 저마다 불만을 토로했다. 대부분이 어제 화산과 승부를 겨뤘던 이들이었다.

"좀 재수 없기는 했어."

"경박하고! 도사라는 놈들이!"

그 목소리가 점점 더 높아지자 악소의 미간이 와락 찌푸려졌다. 그가 주위를 돌아보며 싸늘하게 일갈했다.

"누가 덜되어 먹었다고?"

"그 백천이라는 허여멀건 놈 있잖습니까. 그…….."

"누가?"

그제야 심상치 않음을 느낀 유령문의 제자들이 일제히 입을 다물고는 힐끔대며 악소의 눈치를 살폈다. 악소가 차가운 눈빛으로 그들을 노려보다 긴 한숨을 내쉬며 말했다.

"내가 자존심을 부리긴 했지만, 아직 유령문은 감히 화산에 비견될 수 있는 문파가 아니다. 그리고 저 백천은 화정검이라는 별호로 천하에 명성을 떨치고 있는 신진 고수다. 이곳이 아니라 밖에서 만났다면 우리는 감히 말조차 걸어 보지 못했을 것이다."

"그건 그렇지만……."

"그리고 그 사실은 저 백천이라는 놈이 가장 잘 알고 있다. 저놈이 스스로를 고아한 명문의 제자라 생각했다면, 굳이 번잡하게 우리와 술을 마시고 말을 섞지 않았을 것이다."

그 말에 사제들이 하나둘 고개를 끄덕였다. 사실 명문의 제자들이 중소 문파 제자들에게 얼마나 고깝게 구는지는 모두가 익히 아는 일 아니던가.

"한데 저놈은 어땠느냐? 우릴 보며 이를 갈고, 욕을 하고, 화를 냈다. 그게 뭘 의미하는 줄 아느냐?"

"……인성이 나쁘다?"

어……. 그건 그렇지. 그것도 맞는 말인데…….

차마 부정하지 못한 악소가 헛기침을 몇 차례 하고는 다시 입을 열었다.

"유령문의 제자들이 자신들보다 못하다고 생각하지 않는 거다. 같이 드잡이를 하는 것도 격이 맞는 사이에나 하는 일이 아니더냐."

악소의 말에 깨달음을 얻은 유령문의 제자들이 슬쩍 고개를 숙였다.

"물론 그 방식이 거칠고 짜증 나기는 하지만…… 그래도 저들은 우리를 낮잡아 보지 않았다. 그런데 그걸 재수 없다고 욕을 하면 우리가 뭐가 되겠느냐! 감추는 것 없이 본의를 드러내는 이를 욕하지 마라. 속마음을 숨긴 채 예의 바른 척하는 놈들보다는 백배 낫다!"

"……알겠습니다, 사형. 죄송합니다."

사형제들을 질책하는 악소의 말을 뒤에서 가만히 듣고 있던 도운찬이 빙그레 미소 지었다.

'악소는 저들을 제대로 보았구나.'

물론 과격하고 기이하다. 하지만 그만큼 화산의 제자들에게는 사람을 끌어당기는 진의(眞意)가 있다.

'이제 유령문도 많은 것이 바뀌겠지.'

도운찬은 그 변화가 결코 유령문에 해가 되지는 않으리라 믿었다.

그는 조용히 웃으며 이제는 점이 되어 버린 화산 제자들의 뒷모습을 아주 오래도록 응시했다.

'살펴 가시오, 도장.'

수레는 연신 삐걱대며 서쪽으로 향했다. 그 위에 앉아 고개를 빼꼼 내민 청명이 수레를 끄는 이들을 향해 구시렁대었다.

"속도가 좀 늦어졌는데?"

"뭐, 이 새끼야?"

"어쩌라고? 그럼 너도 끌든가!"

곧장 잘 벼린 칼 같은 말들이 쏟아지자 청명은 얼른 고개를 쏙 집어넣었다가 다시 빼꼼 내밀었다.

'사형들이 과격해졌어.'

어라? 이상하다. 그러고 보니 땡중도 아까부터 욕을 하고 있는 것 같은데……?

이들의 인내심이 슬슬 한계에 달했다는 것을 깨달은 청명은 잠깐 고민하다 히죽 웃으며 입을 열었다.

"뭐, 그럼 다들 힘들어 보이니까 조건 하나 걸어 줄게."

"조건은 무슨!"

"또 뭐로 사람 괴롭히려고, 이 악귀 새끼야! 안 들어! 꺼져!"

여기저기서 반발이 비처럼 쏟아졌다. 청명이 어깨를 으쓱했다.

"일단 들어 봐. 꽤 좋은 제안일 텐데?"

"아, 안 듣는다고!"

"지금 생각보다 시일이 조금 지체됐거든? 여기서부터 당문까지 쉬지 않고 가면 화산으로 돌아가는 길에는 안 괴롭힐게. 아, 당문에서도."

내내 전방만 주시하던 백천이 드디어 휙 돌아보았다.

"진짜냐?"

"내가 거짓말하는 거……. 아니, 아니다. 이번에는 진짜야."

어차피 돌아올 대답이 뻔하다는 생각에 청명이 슬그머니 말을 바꿨다.

"이게 뭘 잘못 먹었나? 그럼 돌아가는 길은 편안히 갈 수 있는 거냐?"

"벽곡단이 아니라 밥도 먹고?"

"밤에는 풀 덮고 자는 게 아니라, 객잔에서 자고?"

"아미타불! 어차피 같은 풀이니 바닥에 난 잡초나 뜯어 먹으라는 말씀도 안 하시는 겁니까?"

"……스, 스님. 그런 짓까지 당하셨습니까?"

순간 아연실색한 화산 제자들의 물음에, 혜연의 눈앞이 눈물로 부옇게 흐려졌다. 지금껏 겪었던 고초가 그의 머릿속에 스쳐 지나갔다.

마라(魔羅)가 따로 있는 게 아니로구나. 저게 마라지, 저게 마라야.

"그래. 평범하게 돌아가게 해 준다니까. 이 수레도 팔고 갈 거야."

청명의 입에서 나왔다고는 믿을 수 없을 정도로 파격적인 제안에 화산 제자들은 모두 경악하며 청명을 바라보았다. 거의 기겁하는 제자들의 반응에 비해 청명은 태연자약했다. 별로 놀라울 것도 없지 않냐는 태도였다.

사실 생각해 보면 너무 당연한 일이다. 강호행이라는 게 원래 그런 것 아닌가. 적당히 길을 가며 운치도 즐기고, 협행도 하고!

하지만 화산의 제자들은 그런 평범한 여행을 단 한 번도 즐겨 본 적이 없었다. 바로 저 마귀 놈 때문에!

"나중에 딴말하면 진짜 껍데기를 벗겨 버린다!"

"진짜다? 너 이번에는 정말 진짜다?!"

청명이 손사래를 치며 히죽히죽 웃어 댔다.

"그렇다니까. 참. 의심들도 많아. 대신에 당가까지는 전력으로 가는 거야. 알았지? 밤에도 안 쉴 거야."

그러자 모두의, 특히나 당소소의 눈은 독기가 어려, 마치 불이라도 붙은 듯 활활 타올랐다.

"당장 출발해요, 사숙!"

"오냐! 가자! 그래, 어디 한번 뒈지도록 가 보자!"

백천이 마차와 연결된 봉을 꽉 움켜잡았다. 그러고는 목소리를 높였다.

"사천당가까지 쉬지 않고 간다!"

"오오! 달립니다!"

혜연의 몸에서 황금빛 서광이 뿜어져 나오기 시작했다.

"아미타불! 속도를 높일 테니 꽉 잡으십시오, 시주들!"

"갑시다, 스님!"

"가자! 땡중!"

"땡중 누구야! 어떤 놈이야!"

시끌벅적한 가운데 혜연은 힘을 있는 대로 끌어 올리며 짓쳐 달리기 시작했다. 어찌나 힘이 좋은지 수레가 땅에서 붕 뜰 정도였다.

"으아아아아아! 당문에만 가면 쉴 수 있다!"

"간다아아아아아!"

홍대광은 그들을 따라 덩달아 속도를 높여 달리면서 미소 지었다.

'지랄들을 한다, 지랄들을.'

어쨌든 수레는 바람과도 같은 속도로 나아가기 시작했다. 바로 사천으로.

화산귀환 9

발행 | 2025년 6월 9일

지은이 | 비가
펴낸이 | 강호룡
펴낸곳 | ㈜러프미디어
디자인 | 크리에이티브그룹 디헌
기획 편집 | 러프미디어 편집부

ISBN 979-11-7326-080-3 04810
       979-11-7326-078-0 (set)

출판등록 | 2020년 6월 29일
주소 | 경기도 부천시 송내대로 29 리슈빌딩 3층
전화 | 070-4176-2079
E-mail | luffmedia@daum.net
블로그 | http://blog.naver.com/luffmedia_fm

해당 도서는 ㈜러프미디어와 독점 계약되었으며, 저작권법에 의해 보호받는 저작물입니다.
무단 전재와 무단 복제를 엄금합니다.